KB151954
細雪

1판 1쇄 찍음 2011년 7월 25일
1판 1쇄 펴냄 2011년 7월 28일

지은이 | 호리이
펴낸이 | 정 필
펴낸곳 | 도서출판 **뿔미디어**

기획총괄 | 이주현
기획 | 손수화
편집책임 | 조주영
편집 | 이재권, 심재영, 문정흠, 주종숙, 이진선
관리, 영업 | 김기환

출판등록 | 2002년 9월 11일 (제1081-1-132호)
주소 | 부천시 원미구 상3동 533-3 아트프라자 503호 (우)420-861
전화 | 032)651-6513 / 팩스 032)651-6094
E-mail | BBULMEDIA@paran.com
홈페이지 | www.bbulmedia.com

값 9,000원

ISBN 978-89-6639-208-7 03810

※파본은 구입하신 서점에서 교환하여 드립니다.

호리이 장편 소설

SCARLET ROMANCE NOVEL

Scarlet
스칼렛

목차

서(序)

바람에 흩날리는 하얀 꽃잎이 마치, 겨울날의 눈발처럼 보였다.

사 월도 말일에 가까워 더 이상 눈이 올 것 같지 않았지만 날씨는 쌀쌀함과 온화함을 동시에 띠고 있었다. 갑자기 찾아온 추위는, 이른 아침에는 춥다가 낮이 되면 따뜻해지고 다시 밤이 되면 쌀쌀해진다. 그 때문에 봄을 맞이해 검은 가지 위에 맺힌 꽃송이들이 찬바람을 타고 산산이 부서져 하늘을 하얗게 메우곤 했다. 마치 눈송이처럼.

찬 기운이 서린 바람은 다시 하늘 위로 흰 꽃잎을 태워 올라갔다. 가던 길을 멈추고 그렇게 흩어지는 꽃잎들을 바라보다가 그녀는 말발굽이 달그닥거리는 소리를 들었다.

이른 아침이었다. 이런 시간에 말을 타고 지나가는 사람이 누가 있을지 궁금한 마음에 그녀는 고개를 돌렸다. 하지만 말과 함께 달려온 듯한 바람이 하얀 꽃 이파리 무더기들과 함께 그녀의 시야를 어지럽혔다. 눈에 먼지가 들어간 것 같았기 때문에 그녀는 눈을 감으면서 고개를 숙였다.

말을 탄 사람들은 그 순간 그녀의 앞을 지나쳐 갔고 그녀가 고개를 들었을 때, 말발굽 소리는 점점 더 멀어지고 있었다. 살랑살랑기리는 말꼬리들 사이로, 흩어지는 눈 같이 하얀 꽃잎들이 찬바람과 함께 휘릭 지나갔다.

"빨리 들어오지 않고 뭐하는 게야! 이리 굼떠서 어디 먹고 살겠니!"

"네, 들어가요. 어머니!"

서둘러 대답하면서 그녀는 저도 모르게 멀어지는 말들의 뒷모습을 바라보았다. 말 위에 타고 있는 누군가와 눈이 마주친 것 같았지만, 잘못 본 걸 것이다. 그리 생각하며 그녀는 집 안으로 발걸음을 옮겼다.

흰 꽃잎이 세설(細雪)처럼 흩날리는 봄날이었다.

1.
눈길

소담하게 솟은 가슴을 핥으면서 남자는 거친 숨을 내쉬었다. 앙증맞은 도화색 유두 위를 붉은 혀가 느릿느릿 핥고 깨물었다. 그때마다 여린 입술 사이로 앙다문 신음성이 흘러나왔다.

"하악……!"

짙푸른 빛이 도는 남자의 검은 머리카락이 가느다란 갈색 목덜미로 흘러내렸다. 검푸른 눈망울이 볕에 그을린 조막만한 얼굴을 훑고 지나갔다. 눈을 꼬옥 감고서 입술을 깨물고 있는 여자, 아니 아직은 소녀라는 말이 더 어울리는 얼굴은 그런 남자의 시선을 알지 못했다. 감고 있는 눈을 뜨지도 못하고 입술을 깨문 채 바들바들 떨고 있는 모습은 가련해 보이기도 하고, 또 어찌 보면 고집스럽게 인내하고 있는 것처럼 보이기도 했다.

그는 그녀의 반응을 기다리고 있었다. 숨을 삼키고 애무에 저항하듯이 옴짝달싹도 하지 않는 것이 아니라, 달뜬 숨결을 내뱉고 그를 향해 손톱을 세우길 바랐다. 그가 여태까지 만났던 여인들은 그런 반응에 솔직했기에, 지금 이 여인에게도 그런 반응을 기대하는 것이다.

하지만 유감스럽게도 그녀는 쾌감을 참고만 있을 뿐, 반응이 거의 없었다. 뻣뻣하게 굳은 몸과 겁먹은 얼굴이 그것을 말하고 있었다. 하지만 그는 그녀의 몸 이곳저곳을 건드려 보았다. 참는다면 대체 얼마만큼 참아 낼 수 있을지 오기가 생긴 것이다.

볕에 그을린 목덜미와 달리 소녀의 쇄골은 아무런 때가 타지 않은 것처럼 하얗고, 그 위에 남자가 남긴 자극으로 인해 붉게 물들어 있었다.

그 아래로 점점 내려와 손에 잘 잡히지도 않을 만큼 작은 가슴을 조물락거리고 발딱 일어선 유두를 희롱하면서 남자는 소녀의 목덜미에 얼굴을 파묻었다. 밀착된 두 사람의 몸은 공기조차 비집고 들어갈 수 없을 만큼 빈틈없이 붙어 있었고, 벌려진 소녀의 다리 사이에 자리 잡은 남자의 몸은 거침없이 움직여 소녀를 능욕했다.

"흑!"

그녀가 숨을 삼키면서 허벅지를 오므렸다. 남자의 손 하나가 그녀의 허벅지 사이의 은밀한 곳에 닿은 것이다. 하지만 그녀가 아무리 힘을 주며 저항해도, 그의 무자비한 손길 앞에서는 아무런 소용이 없었다.

미칠 것 같다. 남자는 몽롱한 머리 한구석으로 그렇게 생각했

다. 맨살에 닿는 뜨거운 체온과 그 체온을 타고 느껴지는 옅은 풀 향기, 그리고 손바닥에 보드랍게 감기는 피부의 감촉이 그의 이성을 점점 더 마비시키는 것 같았다. 젖어 있는 그녀의 중심을 억지로 열고 손가락을 밀어 넣어 비비자, 질척한 소리가 귀를 자극했다.

"흡……!"

숨을 참고 들이마시면서 그녀는 이불자락을 세게 붙잡았다. 차마 그를 밀어낸다는 생각은 아예 하지도 못한 채, 그녀는 애꿎은 입술과 이불자락만 괴롭혔다. 그저 부끄러움에 온몸이 경직되어 빨리 이 순간이 지나가기만을 바랄 뿐이었다.

갑자기 남자가 다리를 들어 올려 놀란 그녀가 눈을 뜨자 흑갈색 눈망울에 새벽빛이 어렸다. 충격에 잠긴 그녀의 눈동자는 그대로 허공에 고정되었고, 볕에 탄 손은 하얀 이불자락을 세게 쥐었다. 허리가 반으로 접히고 하얀 허벅지가 허공에 떠올랐다. 시야에 적나라하게 드러난 소녀의 비부에 입술을 대고 남자는 정성껏 애무했다.

자그마한 붉은 꽃잎들은 붉은 뱀 같은 혀가 스치고 지나갈 때마다 놀라서 바르르 떨었고, 그때마다 소녀의 작은 몸은 작살 맞은 연어처럼 파드득거렸다. 하지만 온몸이 녹아 버릴 것 같은 자극에도 소녀는 더 이상 신음성을 흘리지 않았다. 그나마 나오던 비명마저도 충격으로 삼켜 버린 듯했다.

그런 소녀의 모습을 흘끔 쳐다보고 나서 그는 마른 입술을 핥아 내렸다. 더 이상 참는 것은 무리였다. 이미 그의 중심은 흥분으로 인해 단단히 머리를 세우고 있었고, 소녀의 안으로 파고들 준비를 끝낸 상태였다.

타인의 눈앞에 적나라하게 벌려진 몸을 오므리지도 못한 채 그녀의 흑갈색 눈망울은 자신의 위해서 움직이는 남자를 응시했다. 그 눈동자에 비친 자신의 모습을 노려보면서 남자는 그녀의 안으로 거침없이 밀고 들어왔다.

그녀는, 남자를 받아들이는 것이 처음이었다. 그녀에게 있어서 고문 같았던 남자의 애무에 충분히 젖어 있는 안쪽은, 난생 처음으로 받아들이는 외부의 침입을 버거워했다.

충격과 아픔으로 소녀의 눈에는 눈물이 고였다. 하지만 그녀는 입술을 깨물면서 참아 냈다. 방금 전까지의 쾌감이 사라지고 온몸이 두 쪽 나는 것 같은 고통은 기절할 것 같이 몽롱하던 그녀의 이성을 다시 현실로 되돌리고 있었다.

아픔을 참기 위해 그녀는 무의식적으로 입술을 깨물었다. 하지만 척추를 타고 올라와 내장을 밀어낼 것 같은 고통은 사라지지 않았다. 이불을 움켜쥔 손에 힘을 주고 버텨도 소용없는 그런 아픔이었다.

"아파?"

속삭이는 그 목소리에 대답을 하지 않았다. 고행이라도 하듯이 얌전한 그 모습을 보면서 남자는 슬쩍 미소를 지었다. 얼마만큼 참아 낼 수 있는지 두고 보겠다는 오기가 그에게 있었다.

예고도 없이 무자비하게, 남자의 몸이 그녀의 안쪽으로 끝까지 들어왔다. 그 고통에 소녀는 숨을 삼키면서 이불자락을 쥔 손

에 힘을 주었다. 남자는 그런 소녀의 얼굴을 무심히 바라본 다음 격렬하게 몸을 움직이기 시작했다. 관계가 처음인 그녀로서는 견디기 힘들 정도로 거친 움직임이었고, 그녀를 전혀 배려하지 않은 행동이었다.

하지만 그녀는 비명도 신음도 모두 삼키고서 거칠게 허리를 움직이는 남자의 몸을 오롯이 받아 냈다. 허리가 들썩거리고 침상의 기둥에 어깨가 닿아 더 이상 뒤로 물러날 수 없을 때까지 몸이 밀렸지만, 남자는 아랑곳하지 않고 마음 내키는 대로 욕심껏 움직였다.

이윽고 소녀의 하얀 허벅지에서 붉은 피가 흘러 흰 침상을 적셨다. 고통조차 아득하게 느껴지는 시간이 흐른 후에 쾌감의 절정에 이른 남자는 일부러 그녀의 목덜미를 깨물면서 가볍게 신음했다.

"……크윽!"

그렇게 소녀의 안에 자신을 남김없이 쏟아 낸 남자는 가벼운 탈력감과 더할 나위 없는 만족을 느꼈다. 이만큼이나 기분이 좋았던 적이 근래에 있었던가? 기억을 더듬으며 그는 거친 숨을 내쉬고, 그대로 소녀의 몸 위로 쓰러졌다.

자신보다 훨씬 큰 남자의 무게를 고스란히 받게 된 소녀는 잠시 버둥거렸지만 그의 밑에서 옴짝달싹할 수 없었다. 그가 아직 그녀의 안에 있었다. 숨을 쉴 때마다 결합된 부분에서 찌걱찌걱거리는 소리가 귓가에 들려와 소녀의 뺨을 붉히게 만들었다.

드디어 다 끝난 거다. 머릿속에 그 생각이 떠오르자, 그녀는 조심스럽게 입을 열었다.

"저, 저기……."

참는 듯한 신음성 이외에는 아무런 소리를 내지 않던 그녀의 말에 남자는 잠시 감았던 눈을 뜨고 자신을 바라보는 진한 흑갈색 눈망울을 쳐다보았다. 맑고 고용한, 조금도 더렵혀지지 않은 듯한 순수한 그 눈을 보자, 그는 문득 자신이 부끄러워져 불쾌감을 느꼈다. 게다가…….

"천첩이…… 이, 일어나도 되겠습니까?"

겁도 없이 이런 말을 하는 그녀의 태도가 마음에 들지 않았다. 한순간 좋았던 기분이 완전히 사라지는 느낌이었다. 그는 입가를 끌어당겼다. 비웃음을 짓는 그 표정에 그녀의 얼굴은 더 이상 빨개질 틈도 없이 붉어졌다. 그 뺨을 손끝으로 스치면서 남자는 소녀의 위에서 몸을 일으켰다. 호흡이 자유로울 정도가 되었지만, 그는 아직 소녀의 몸에서 빠져나가지 않았다.

"짐이 일어나도 좋다고 말할 때까지는 안 돼."

졸음기가 섞인 그 목소리에 그녀는 고개를 끄덕였다. 하지만 이제는 불안한 표정으로 밝아 오는 장지문을 바라보았다. 이제 곧 날이 밝을 것이다. 혹여 사람들이 자신이 이곳에 있는 것을 발견하게 된다면 어떻게 되는 걸까……?

초초해졌다. 불안하다. 무섭다. 그리고 이 자리에서 도망치고 싶었다. 지금 당장.

움직여서는 안 되지만, 그녀는 남자가 완전히 잠이 들자 천천히 몸을 일으켰다. 다리 사이로 뜨거운 액체가 주르륵 흘러내렸

지만 여인은 그것을 무심한 눈으로 바라보았다. 바닥에 떨어져 있는 속옷 자락으로 그런 몸을 대충 닦고서 겉옷을 걸쳤다.

바깥으로 통하는 장지문을 열고 정원 밖을 나서자, 문 앞을 지키고 있던 무사들이 일제히 고개를 돌려 그녀를 냉정한 눈으로 바라보았다. 여인이 들어갔던 시간보다 한참 뒤에 나오면서 빈손인 것을 알면서도 관심이 없는 듯했다.

"……."

그들에게 꾸벅 인사를 하고서 그녀는 흐트러진 머리카락을 정리하면서 이제 완전히 밝아 오는 바깥으로 나왔다. 이슬이 촉촉하게 내려앉은 정원을 가로질러 소녀는 바깥으로 나왔다.

황제의 사냥터가 있는 경수성에 마련된 작은 장원의 주인이 누구인지 아는 이는 하나도 없었다. 암행을 나온 황제가 벌써 보름째 이곳에 머물고 있다는 것도 이 주변 사람들은 모르고 있었다. 오늘 새벽 화로의 숯을 갈러 왔던 그녀만이 무심결에 천자의 용포를 보았을 뿐이었다. 그리고 그 대가로 그녀는…….

장원의 바깥을 나와 집으로 가는 길에 놓인 개천에 도달하자, 그녀는 걸음을 멈추고 옷을 벗었다. 이른 아침이라 인적이 드문 이곳에서라면 마음 놓고 목욕을 해도 괜찮을 것이다. 한겨울처럼 차가운 물에 몸을 담그자 온몸이 아릿아릿하게 저려 왔다.

"흑……!"

눈물이 났다. 아파서 우는 것인지 아니면 다른 감정이 있는 것인지 그녀도 아직은 그것을 잘 몰랐다.

그 사람은 새벽 내내 집요하게 그녀의 몸을 빨고, 깨물고 핥아 댔다. 잠시도 가만두지 않았다. 볼품없이 솟아오른 가슴은 단단한 이빨에 깨물려 까슬거렸고, 허벅지 안쪽의 여린 피부도 스치고 까져서 물이 닿을 때마다 쓰라렸다. 잘 보이지 않지만 그가 마지막에 세게 깨문 목덜미는 지금쯤 피멍이 들었을 것이다. 그녀의 몸에는 그런 식으로 생긴 멍이 없는 곳이 없었다. 그녀의 온몸을 유린하던 상대가 남긴 진한 흔적이었다.

그 흔적들을 가지고 집에 돌아갈 수 없었다. 그녀의 가족이 이 모습을 보게 된다면 대체 무슨 말을 하게 될지 두려웠다. 암행을 나온 황제의 성은을 입었다고 고백할 수 없었다. 아니, 이런 일을 어떻게 말을 한단 말인가?

자신의 신세와 지금의 두렵고 무서운 감정이 뒤죽박죽으로 뒤엉켜, 난영은 한없이 서러웠다. 이른 새벽의 새가 일어나 짹짹거리는 소리를 들으면서 그녀는 얼굴을 감싸고 물에 몸을 담갔다.

"흑흑……."

그녀가 할 수 일은 아무것도 없었다. 우는 것 이외에는…….

여기서 실컷 울고, 돌아가서 아무 일도 없었던 것처럼 굴어야 했다. 경(庚)의 황제가 이곳에 와 있다는 것은 비밀이었다. 그러니까 그녀는 함부로 그와의 일을 발설할 수 없었다. 몰락하여 양민이나 다름없는 생활을 하더라도 그녀의 돌아가신 아버지는 언제나 황제에 대한 충정을 가지고 계셨던 분이었다. 그런 아버지의 가르침이 아직 머릿속에 남아 있는 그녀는 군주에게 누가 되는 일은 할 수 없었다.

그러니까 이 일은 그녀의 가슴속에 깊이깊이 묻어 두고 없었

던 일로 하는 것이다. 황제도 자신과 같은 시골 계집 따위는 기억하지 않을 것이었다. 그가 자신에게 갖는 감정은 호기심, 그 이상도 이하도 아니었을 테니, 없었던 일로 해도 아무런 문제는 없으리라.

그렇게 생각하자, 다시 눈물이 났다. 이번에도 그녀는 그 눈물의 의미를 이해하지 못했다. 아니, 알고 싶지 않았다.

⌘ ⌘ ⌘

오랫동안 주인이 돌아오지 않았던 마을 구석의 장원에 주인이 잠시 머물러 왔다는 소식이 퍼진 것은 어제 아침의 일이었다. 장원의 관리인은 주인이 갑자기 와서 일손이 달리니 난영이 와 주었으면 좋겠다는 이야기를 촌장에게 했고, 그 이야기를 가지고 촌장이 그녀의 집으로 찾아온 것이다.

예난영(濊蘭影)의 집은 마을에서 가장 가난했다. 오로지 글만 읽을 줄 아는 선비인 아버지에게 가족들의 생계는 뒷전이었고, 그런 아버지를 모시면서 어머니와 난영은 밭일과 삯바느질을 하면서 입에 풀칠을 하는 수밖에 없었다.

융통성 없고 꼬장꼬장한 아버지는 양반으로서 곧 죽어도 쌀밥을 먹어야 했고, 반드시 국과 두 가지 이상의 찬이 있어야 선비의 체면이 산다고 생각하는 사람이었다. 그 때문에 아버지의 식사를 차리고 나면 어머니와 그녀는 굶기가 일쑤였다.

그런 아버지가 재작년 급환으로 돌아가시고 나서 그 뒤를 따라 난영의 어머니까지 쓰러지자, 그녀는 더 이상 사대부의 체면이고 뭐고 내던지고 말았다. 낮에는 불러 주는 곳만 있으면 어디든 품앗이를 나가고 밤에는 삯바느질로 어머니의 약값을 벌었다. 그래도 여자 혼자 하는 일이라 벌이는 시원치 않았고, 살림은 늘 곤궁에 시달렸다.

때문에 그녀는 촌장이 가지고 오는 일에는 토를 달지 않고 어디든지 나가곤 했다. 어머니의 상태가 허락하는 한 뭐라도 하지 않으면 하루하루를 버티기가 힘들었기 때문이었다.

우혜원에서 사람이 왔다며 촌장이 그녀를 찾아온 것도 어제 아침의 일이었다.

"공 부인께서 저를 찾는다고요."

"응. 워낙 오랜만에 오시는 주인님을 뫼시는 일이라 급한 대로 침실은 치웠지만, 아직 손이 안 닿은 곳이 있으니까. 집안을 손보고 부엌일도 잠시 봐 줄 사람이 필요하다는구나. 너는 예전에도 몇 번 거기서 일했으니까 익숙한 곳이잖니. 네가 다녀오는 동안 네 어머니는 우리 안사람이 틈틈이 들여다 봐 줄게. 그건 걱정하지 말거라."

"네, 정말 감사합니다."

촌장에게 몇 번씩 인사를 하고 난영은 우혜원(雨蕙園)이라는 이름의 장원으로 향했다. 마을에서 가깝지만 계곡을 끼고 들어가는 으슥한 곳에 있고, 금지(禁地)인 사냥터에 가까워 마을 사람들은 좀처럼 가까이 가지 않는 장원이었다.

세워진 지 일 년이 넘었으나, 외지에 살고 있는 주인은 한 번

도 내려오지 않아서 누가 주인인지도 알지 못했다. 장원의 관리인이 시시때때로 마을 사람을 고용해 청소며 집의 관리를 하기는 했어도, 이렇게 주인이 왔다는 이야기를 들은 것은 처음이었다.

난영은 주인이 없을 때 종종 촌장의 소개로 그 집을 치우러 다녔었기 때문에 우혜원으로 가는 길은 익숙했다. 게다가 그녀의 집에서 장원은 가장 가까이에 있었다. 일, 이 각이면 다녀올 수 있는 거리다.

"예 소저, 어서 와. 이야기 들었지? 오늘 우리 주인님께서 사냥을 나갔다가 곧 돌아오실 게야. 오래 머물지 않으실 거니까, 잠시 잠깐 시중을 들어 줘요. 번잡한 것을 싫어하신 분이라 입이 무겁고 차분한 사람이 필요했어."

우혜원의 집사인 공숙의 아내인 공 부인이 그녀를 맞이할 때만 해도 난영은 자신의 운명이 며칠 후 새벽, 그렇게 뒤틀릴 줄은 생각지도 못했다.

"잘 부탁드립니다, 부인."

그랬기에 자신에게 좋은 기회를 준 부인에게 깍듯이 인사를 하고 웃을 수가 있었다.

당장 오후에 사냥터에서 돌아온다는 주인을 맞이하기 위해 집안은 정신없이 바빠 보였다. 그 사람들의 틈에 끼어 난영은 청소를 하고 요리도 하고, 장원의 주인과 함께 온 수행원들의 시중을 들면서 반나절을 보냈다.

늦은 오후의 해가 뉘엿뉘엿 지고 있을 때였다. 사냥을 끝낸 주인이 온다는 소리에 난영은 호기심이 생겨 부엌에서 나왔다.

주인이 오시면 제일 먼저 씻을 것이라는 말에, 목욕물을 데우느라 장작과 씨름을 한 그녀의 얼굴에는 검뎅이 지저분하게 묻어 있었다. 가까이 있는 물동이에 얼굴을 비추고 그을음을 대충 씻어 내면서 그녀는 주인이라는 사람이 어떤 사람일지 이리저리 상상해 보았다.

우혜원은 동리(洞里)에서는 가장 큰 장원인지라, 난영의 동네 사람들은 그곳의 주인에 대해서 몹시 궁금해하고 있었다. 그녀가 그곳으로 간다고 하자, 촌장의 딸인 친구가 주인이 어떤 사람인지 알려 달라고 채근했기 때문에 난영의 마음은 더욱 바빠졌다. 게다가 그녀도 다른 사람들과 똑같은 기분이었다. 경치 좋은 계곡에 이렇게 멋있는 장원을 지어 놓고 살고 있는 사람이 대체 누구인지 알고 싶었다.

'이만하면 됐지?'

완전히 깨끗하지는 않지만 부끄럽지 않을 정도로 얼굴을 씻고 나서 그녀가 몸을 돌렸을 때, 갑자기 시야가 좁아지면서 비릿한 피비린내가 났다.

바람이 뺨을 스치고 서걱거리는 비단 소리가 귓가에 다가왔다. 상황을 파악하지 못하고 당황한 표정으로 고개를 들자, 그녀의 머리 꼭대기에 사람의 얼굴이 보였다. 지는 해를 등 뒤에 두고 있는 탓이 그 사람의 얼굴은 난영의 눈에는 잘 보이지 않았다.

"우물을 찾는데 어디지?"

땀과 짐승의 피 냄새가 범벅이 된 남자는 그녀에게 고개를 숙이며 그리 물었다. 순간적으로 머릿속이 새하얘져 그녀는 그의 질문에 곧바로 대답할 수 없었다. 피 냄새에 대한 두려움과 함께 그녀의 가까이 닿은 얼굴은 숨이 막힐 정도로 멋있다는 말 이외에 다른 표현이 떠오르지 않았다. 그는 그녀가 여태까지 본 사람 중에서 가장 아름다운 사람이었다.

그리고 어디서 본 듯하다.

"꼬마야, 우물이 어디냐고?"

신경질적인 목소리가 다시 들려오자, 난영은 퍼뜩 정신을 차리고 눈을 깜빡였다. 꼬마라는 말에 가슴이 쿵하고 내려앉는 것 같았다.

이미 시집갈 나이가 한참 지난 그녀였지만, 어린 시절부터 제대로 먹지 못한 탓에 또래보다 체구가 작고 어려 보이는 외모를 가졌다. 그래서 그가 자신을 나이보다 어리게 보아도 어쩔 수 없는 일이었다. 그런데도 그 순간에는 이상하게 기분에 거슬려서 그녀는 입술을 깨물었다.

"벙어리인가……?"

중얼거리는 소리가 들려왔다. 그녀는 그렇지 않다고 고개를 저으면서 시선을 들었다. 비쩍 말라 눈만 땡그랗게 뜬 그녀의 말간 눈망울에 가득 들어온 그 남자는 흐트러진 머리카락을 아무렇게나 질끈 묶고서 핏물이 줄줄 흐르는 노루의 목덜미를 잡고 있었다. 검푸른 빛이 도는 짙은 눈동자에는 싸늘한 한기가 담겨 있었고, 빰에는 화살 맞은 노루의 피가 묻어 살기등등하게 보였다.

그 때문인지 난영의 심장이 쿵쿵하고 뛰었다. 두려움이 정수리부터 시작해서 발끝까지 닿는 느낌이었다. 갑자기 눈앞이 캄캄해졌다.

"우물은 저쪽……."

기세에 눌린 그녀는 이럽사리 입을 열면서 손가락으로 우물을 가리켰다. 그녀가 있는 곳에서 우물은 그다지 멀지 않았으나, 담벼락의 구석에 가려져 있어서 쉽사리 눈에 들어오지는 않았다. 난영의 대답에 남자는 노루의 시체를 들고 우물가로 향하더니 한쪽에 앉아 단도를 들어 노루의 가죽을 벗기기 시작했다.

"주인님! 그 일은 제가 하겠습니다."

뒤이어 얼굴에 상처가 난 다른 젊은 무사가 그런 말을 하지 않았더라면, 난영은 그가 우혜원의 주인이라곤 생각을 하지도 못했을 것이었다. 그만큼 젊고 싸늘한 분위기가 감도는 사람이었다.

그녀는 발에 못이라도 박힌 것처럼 그 자리에 서서 날카로운 비수를 휘두르고 있는 남자를 바라보았다. 조각같이 단정한 얼굴에 짙은 검은색 눈동자, 피처럼 붉은 입술만 보면 기방에 일하러 갔을 때 가끔씩 보는 백면서생(白面書生)처럼 느껴졌다.

하지만 노루를 손질하는 그의 손길은 거침이 없었고 눈빛은 단단하여, 만사 통달한 분위기였다. 함부로 다가갈 수 없는 기세(氣勢)가 있기에 그를 바라보는 난영의 가슴은 아직도 콩닥콩닥 뛰

고 있었다.

그녀가 놀란 표정을 짓는 동안에 젊은 무사는 주인이라는 남자에게 다가가 만류했다.

"그만두시고 들어가 쉬십시오. 곧 목욕 준비를 하겠습니다. 여봐라!"

"네!"

자신을 부르는 외침에 난영이 반사적으로 대답하자, 무사는 근엄한 어조로 소리쳤다.

"빨리 목욕을 준비하도록 해라. 주인께서 곧 목욕하실 게다."

"예, 알겠습니다."

대꾸하고 부엌에 들어가는 동안 우혜원의 주인이라는 남자는 묵묵히 벗겨 낸 노루의 가죽을 한쪽에 치우고 핏물이 흐르는 손을 바가지 물로 대충 씻어 냈다. 뒤늦게 달려온 장원의 집사가 수건을 내밀자, 그는 무심한 표정으로 그것을 받아 들어 얼굴을 닦으면서 말했다.

"누구냐?"

"예?"

"방금 저 아이, 누구냐고 물었다."

그 말에 우혜원의 총집사인 공숙은 공손한 어조로 대답했다.

"예, 황상(皇上). 예난영이라고, 마을의 처자입니다. 일손이 필요하여 아내가 불렀습니다."

경원국의 황제인 건양제(建陽帝) 경류의는 공숙의 대답에 이맛살을 슬쩍 찌푸렸다.

"제대로 먹지 못하는 듯한데, 이 고을의 태수는 빈민의 구제를 제대로 하고 있는 건가? 게다가 저리 어린아이를 데려와 쓰다니, 자네도 어지간하군."

"어린 것이 고생이 많아서 그렇습니다. 그 아비가 글방 서생인지라 가세가 무척이나 어려웠지요. 저리 보여도 벌써 시집을 갈 나이랍니다. 집안 형편 때문에 아무도 청혼을 하지 않으려 하여 태수님도 고민하고 계시지요. 그런 형편에 병상의 어미를 수발하는 착실하고 단정한 처자입니다. 공짜 돈은 절대로 받지 않는지라, 돕고 싶으면 이런 식으로 불러 일을 부탁하는 수밖에 없습니다. 태수께서 이리저리 돕기도 하셨지만 그것도 한계가 있는지라……."

"그래? 그건 그렇고 너무 소란 떨지 마라. 내가 황제임이 들키기라도 한다면 그게 더 귀찮은 일이니, 사가에서 하듯 행동해라. 황제 취급은 궁에서 당하는 것만으로도 족하다."

그는 그렇게 말하면서 목욕통을 채우기 위해서 커다란 물동이를 들고 걸음을 옮기는 소녀를 바라보았다. 가느다란 몸에 무슨 힘이 그렇게 있는지 소녀는 별로 힘들어 보이지 않은 표정으로 걸음을 옮기고 있었다.

용하다. 머릿속으로 그런 생각을 하는 그의 귓가에 공 집사의 공손한 대답이 들려왔다.

"알겠사옵니다, 주인님."

방에 마련된 목간통에 물을 적당히 채우고 나서 난영은 물동

이를 드느라 너무 힘을 준 나머지 바들바들 떨리는 팔이 진정되기를 기다리며 방 안을 둘러보았다. 주인이 왔다고 화려하게 단장된 방은 이전과는 달리 별세계처럼 보였다.

금박을 입힌 휘장이며 고급스러운 침상, 색색의 실로 산수를 수놓은 족자가 걸린 벽, 등등은 이전까지 텅 비었던 공간이 꽉꽉 들어차 있었다. 바깥에는 아직 인기척이 없었고 이렇게나 고급스러운 물건을 가까이서 보는 것은 처음이었기 때문에 난영은 호기심을 억누를 수가 없었다.

맨 먼저 가까이 보이는 자개 문갑과 무늬가 아름다운 청자가 반짝반짝 빛나는 것을 그녀는 호기심이 가득한 눈동자로 바라보았다. 오색으로 빛나는 자개와 광택이 나는 옻칠은 손을 대면 더러워질 것 같아서 차마 가까이 다가가지도 못했다. 자개장의 위에 놓인 청자의 구름무늬도 감탄이 나올 정도로 아름다웠다. 어떻게 흙을 구워 이런 오묘한 색과 무늬를 냈는지 궁금했다.

하지만 난영의 눈길을 가장 끈 것은 벽에 걸린, 수놓은 족자였다. 자수를 좋아하는 그녀의 눈에는 그 족자가 가장 마음에 들었다. 색실을 꼬아 음영을 만들고 여러 가지 방법으로 아름다운 도화원을 수놓은 족자의 자수 기법이 어떤 것인지 궁금한 나머지, 난영은 저도 모르게 그 표면을 만져 보다가 갑작스러운 인기척에 깜짝 놀라 움직임을 멈췄다.

"아!"

겁에 질려 반사적으로 고개를 돌리던 그녀는 등 뒤에 서 있는 누군가가 부딪혔다. 노루의 피 냄새와 땀 냄새가 범벅이 된 체취가 그녀의 코를 찔렀다. 그 때문에 난영은 자신과 부딪힌 사람이 누구인지 깨닫고 화급히 고개를 숙이며 말했다.

"죄송합니다! 죄송합니다!"

경황없이 인사를 하면서 빨리 방을 나가려고 하는데 갑자기 움직이려 하니 다리가 꼬여 버렸다. 너무나 놀라서 비틀거리는데 뒤이어 강인한 손이 그녀의 허리를 붙들고 일으켜 세웠다.

"그렇게 사과할 필요 없다. 잘못한 것도 없는데."

그런 류의의 말에 난영은 머리를 한 대 맞은 것처럼 움찔했다. 이때까지 누구에게도 이런 이야기를 들어 본 적이 없기에 어떤 말을 해야 할지 떠오르지 않았다.

하지만 다음 순간, 허리에서 느껴지는 남자의 체온과 나쁜 짓을 하다가 들킨 것 같은 느낌에 그녀는 정신없이 뛰는 가슴을 부여잡았다. 이내 정신을 차리고서 그녀는 재빨리 류의의 가슴을 밀어냈다. 반사적이고 본능적인 행동이었지만, 그녀는 이내 그 동작을 후회했다.

단단한 벽을 만지는 것처럼 딱딱함 감각이 손바닥을 통해서 느껴졌다. 따뜻한 체온이 옷감 너머에서 그녀에게 다가오는 동시에 피비린내가 아닌 땀 냄새에 섞여 침향이 그에게서 났다. 피부 깊숙이 스며들어 피 냄새에도 지지 않는 그런 남자의 향기였다. 그것을 느끼자마자 난영은 저도 모르게 그에게서 손을 떼고, 반사적으로 고개를 숙였다.

"죄송합니다. 주인께 폐를 끼쳤습니다."

난영은 남의 집 일을 다니면서 머리를 조아리는 것이 익숙한

나머지 무의식적으로 자신을 낮추고 일단 누구에게든 사과를 하고 말을 시작하는 버릇이 있었다. 어린 나이에 남의 집 일을 다니다 보면 이런저런 소리를 듣기 마련이었고, 그럴 때는 자신의 잘못이 아니어도 사과하는 편이 상황을 가장 무난히 넘기는 지름길이었던 것이다.

“머리를 함부로 숙이지 마라. 자신의 잘못이 아닌데, 머리를 숙이는 것은 보는 것도 짜증난다.”

류의의 목소리에는 불쾌감이 강하게 어려 있었기 때문에 난영은 저도 모르게 움찔거리면서 다시금 ‘죄송합니다.’ 라고 중얼거렸다.

금방이라도 울 것 같은 난영의 얼굴을 보자 그는 그녀에게 뭐라고 타박하는 것을 그만두었다. 지금 말해 봐야 몸에 배인 태도가 한순간에 사라질 수 없는 일이다. 대체 얼마나 남에게 머리를 조아리고 살았기에 저러나 싶어서 그는 치밀어 오르는 짜증을 일부러 억눌렀다. 그가 입을 다물자, 그녀는 냉큼 그만 물러나겠다고 말했다.

“…….”

자신의 말에 대꾸 없이 그가 노려보자, 그녀는 어찌할 바를 모르겠다는 표정으로 고개를 숙였다. 빨리 이곳에서 나가고 싶었다. 사내의 시야에서 벗어나고 싶었다. 속이 갑갑하고 온몸이 울리는 기분이었다. 그때 그가 손짓으로 나가라고 하자, 그녀는 기다렸다는 듯이 뒷걸음질 치더니 문을 닫자마자 줄행랑을 쳐 버렸다. 그 기척에 류의는 어이가 없다는 듯이 닫힌 문을 쳐다보았다.

"별꼴을 다 보겠군…… 내가 뭘 어쨌다고……."

혼잣말로 중얼거리면서 그는 옷고름을 풀었다. 그러다가 손을 멈추고 천천히 그녀의 손이 닿았던 가슴께를 만지작거렸다. 그 순간 조금 전의 감촉이 생생하게 떠오르면서 피가 뜨거워졌다.

작고 가벼웠던 난영의 몸은 오늘 잡았던 노루의 피마냥 따스하고 가냘팠다. 곧 죽음을 앞둔 노루마냥 까맣고 유순한 눈동자에는 금방이라도 울음을 터트릴 것처럼 눈물을 담고 있었고, 자신을 향해 사죄의 말을 올리는 연분홍색 입술이 말랐는지 연신 혀끝으로 침을 발라서, 오히려 시선을 끌듯이 번들거리고 있었다.

그는 그때 그 입술에서 시선을 떼지 못했다. 아랫도리가 뻐근하니 당겨 오는 것은 아마도 그가 이제야 사냥에서 오는 긴장이 풀렸다는 것을 역설적으로 말해 주는 것 같았다. 품에 쏙 들어오는 앙증맞은 그녀의 어깨에 입을 맞추면 울먹이는 표정이 어찌 변할지 궁금해졌다.

'여인을 품에 안을 때가 되었나?'

머릿속으로 그리 생각하면서 류의 목간통에 들어갔다. 뜨거운 물은 긴장하고 있는 그의 전신을 부드럽게 감싸 주었다. 생각해 보니 벌써 보름 넘게 여인을 안지 못했다. 여자가 그리운 것도 당연했다.

황도의 갑갑한 분위기에서 잠시 벗어나고자 나온 사냥길이었다. 도성의 일은 승상에게 맡겨 두고 자신은 암행을 하며 민심을

살피고 잠시 쉬고 돌아오겠다고 말했을 때, 승상은 잠자코 그의 뜻을 따랐다. 누구나 그가 이제는 쉬어야 한다고 생각하던 때였기 때문이었다.

황도에서는 황제가 여름 별궁인 이화궁(梨花宮)으로 나갔다는 이야기가 돌고 있을 것이었다. 황제를 모시는 대부분의 사람들은 그쪽으로 향하는 동안 류의는 몇몇 믿음직한 자들과 함께 이화궁에서 북동쪽에 있는 우혜원으로 왔다.

우혜원은 재작년 그가 조용히 생각할 것이 있을 때 오려고 만든 곳으로 그동안은 좀처럼 시간이 나지 않아 올 수 없었다. 장원의 관리인은 그의 어릴 적 유모와 그 남편으로 사가에서 지낼 적에 그들은 그를 아들처럼 살뜰히 챙겼고, 그에게 온 힘을 다해 충성하였다. 그들에게 장원을 맡기고 언제든 오겠다고 말했는데…… 그랬기에 지금보다 더 좋은 날, 좋은 기분으로 오고 싶었던 곳이었는데…… 설마 이런 일로 오게 될 줄은 생각도 못했지만.

쓴웃음을 지으며 그는 얼굴에 물을 끼얹었다. 그러자 투명한 물 위에 붉은 핏방울이 번져서 사라졌다. 노루의 가죽을 벗기면서 묻은 피다. 물에 삼나무의 향유를 부었기 때문에 그 미미한 피 냄새를 애초에 존재하지 않은 것처럼 사라졌다. 하지만 그는 자신의 몸에 묻은 피 냄새가 결코 지워지지 않으리라는 것을 잘 알고 있었다.

그것은 노루의 피같이 시시한 것이 아니다. 사람의 피 냄새다.

아무것도 묻어 있지 않은, 물기 어린 손을 가만히 쳐다보면서 그는 잠자코 입술을 깨물었다. 눈을 감아도 눈을 떠도, 그날의 피 냄새는 결코 사라지지지 않을 것이었다.

"상공, 계십니까? 연화입니다."

나긋나긋하고 간드러지는 목소리가 들려온 것은 그 다음 순간이었다. 그는 생각을 머리에서 지우고 무심한 표정으로 뒤를 돌아보았다. 매미 날개와 같은 얇은 옷을 입은 여인이 교태 어린 몸짓으로 그의 앞에 다가왔다.

"상공께서 저를 부르신다는 소식을 듣고 천첩이 이리 왔습니다. 오늘 사냥은 즐거우셨나요?"

파르르 떨리는 속눈썹을 바라보면서 류의는 피식하니 웃음을 지었다. 이곳에 오기 전 잠시 머물러 술을 마셨던 기루에서 그와 잔을 나누었던 기녀가 기다렸다는 듯이 나타난 것은 분명히 공 집사의 수완일 것이다. 공 집사는 눈치가 비상한 사람이다.

사냥을 하면서 하루 종일 내달렸어도 몸 안에 들끓는 혈기(血氣)는 좀처럼 가라앉지 않는다. 여자가 필요했다. 메마른 가슴을 적셔 줄 술과 함께 따스한 여인의 품 안이 그에게는 절실히 필요했다.

그날 이후로, 여자는 더 이상 믿지 않음에도 불구하고.

정신없이 바깥으로 나오고 나서야, 난영은 자신이 물동이를 방 안에 놓고 나왔다는 사실을 깨달았다. 당장 필요한 것은 아니나, 주인의 방에 둘 만한 물건은 아닌지라 가지고 나오기는 해야 했다. 그래서 다시 들어갈까 말까 고민하고 있는 사이에, 누군가

가 그녀에게 말을 걸었다.

"어머, 난영 소저가 아닌가? 오늘은 여기에 일하러 온 건가요?"

그 자태만으로도 성안의 모든 남자들의 마음과 돈을 녹인다는 경수성 제일의 명기(名妓) 채연화(囆蓮花)의 모습에 난영은 눈을 동그랗게 떴다. 생각지도 못한 곳에서 생각지도 못한 사람을 보았기 때문이었다.

금기서화(琴棋書畫)에 능하고, 그 아름다움은 경의 수도 건녕성(建寧城)의 기녀들에게도 지지 않을 것이라는 찬사를 듣고 있는 연화는 그 화대가 집 한 채를 넘는다고 할 정도로 귀한 몸이었다. 하지만 아무리 돈이 많은 사대부라 하여도 돈만으로는 그녀를 부를 수 없었다. 재주가 없는 사내는 사내로 보지도 않고, 천박하게 돈만을 굴리는 자를 경멸하는 연화의 성품 때문이었다. 그런 그녀가 우혜원에 이렇게 나타날 줄은 생각지도 못했기 때문에 난영의 놀라움은 더욱 컸다.

그녀와는 기루의 일을 도우러 다니면서 몇 번 인사를 나눈 적이 있었다. 이름만 사대부의 딸인 자신과 원래는 어린 시절 길거리에서 기루로 팔려 왔다는 연화의 처지는, 지금에 와서는 완전히 반대라는 생각에 난영은 그녀를 동경(憧憬)하고 있었다. 가난 때문에 항상 위축되고 소심한 자신과 달리 어떤 처지에서도 당당하고 아름다운 연화의 모습이 부러웠기 때문이었다.

"아, 안녕하세요, 연화 낭자."

더듬거리며 인사를 하는 난영을 보며 연화는 긴 소매로 가려진 손을 들어 입가에 가져가며 화사하게 웃음을 지었다.

"혹시나 했는데 역시나 맞았네. 난영 소저가 이곳까지 웬일이에요? 역시 이곳에 일하러 온 건가요?"

"예, 지척에 살고 있는데 일손이 달린다 하여 일을 하러 왔습니다."

공손한 난영의 대답에 연화는 거만하게 고개를 끄덕이고 그녀가 나온 방을 가리키며 물었다.

"상공은 안에 계시죠?"

"예. 하, 하지만……."

지금쯤이면 목욕을 하고 있지 않을까라는 말을 하는데 혀가 꼬이는 기분이었다. 볕에 그을린 얼굴을 붉게 물들이며 난영이 말을 우물거리자, 연화는 별것 아니라는 듯이 말했다.

"어머? 역시 얌전한 여염집의 규수는 달라도 다르군요. 그리 부끄러워할 것 없어요. 기녀가 하는 일이야 다 그렇고 그런 것 아니겠어요? 때마침 잘됐네요. 난영 소저의 볼일이 다 끝났다면 나가면서 주변의 사람을 물려 주세요. 저는 상공과 둘이서 오붓한 시간을 보내고 싶거든요."

반투명한 비단 자락을 휘날리면서 연화는 방 안으로 들어갔고, 난영은 멍한 표정으로 그런 그녀를 바라보았다. 그러다가 간신히 정신을 차린 그녀는 벌게진 얼굴을 휘휘 저었다.

계속 이곳에 있어 봐야 좋을 것도 없고, 할 일도 없다. 빨리 다른 일에 집중해야만 했다. 그렇지 않으면 그 사람의 품에서 났던 향긋한 향이 자꾸만 생각 날 것 같았다. 그리고 그와 연화가

함께 있을 장면도 계속해서 머릿속에 떠올릴 것이다.

그런 자신이 낯설게만 느껴져 그녀는 후다닥 달려 부엌으로 향했다. 길을 따라 정원을 가로지를 때, 풀밭에서 튀어나온 누군가와 부딪힐 뻔하자, 그녀는 반사적으로 자신이 먼저 잘못했다는 말을 입에 담았다.

"죄, 죄송합니다."

"발소리를 주의해서 다녀라."

"죄송합니다."

딱딱하고 싸늘한 그의 어조에 난영은 자세를 바로하고 다시금 사과의 말을 되뇌었다. 우물가에서 보았던 주인을 가까이 모시던 무사였던 것이다. 그는 난영이 두 번째로 사과하자 더 이상 아무 말도 하지 않고 먼저 몸을 돌려 숙소로 가 버렸다.

그의 눈빛에 떠오른 경멸스러운 빛을 난영은 보았다. 맞아, 저게 보통의 반응이다. 류의처럼 잘못하지 않았는데 사과 따위 하지 말라는 말은 아랫사람에게 하는 것이 아니다.

……아닌데, 사실은 그 말이 참 고마웠다. 잘잘못을 떠나서, 그냥. 마음에 남았다.

해가 뉘엿뉘엿 지고 있었다. 난영은 붉은 노을이 눈부시다고 생각하면서 부엌으로 향했다. 부엌은 장원 사람들을 모두 먹일 저녁 식사 준비로 정신없이 바빴다. 사람들의 틈에 끼어서 심부름을 하고 국의 간을 맞추는 등, 난영도 바쁘게 움직였다.

"주인께 올릴 식사는 다 준비 되었는가?"

"예, 다 되었습니다."

주방의 총 책임자인 부엌어멈이 그렇다 말하자, 공 부인은 난영을 돌아보며 말했다.

"난영아, 린랑(璘浪). 준비된 요리를 들고 따라오너라."

"네."

공 부인의 명대로 난영과 또 다른 시비인 린랑은 쟁반 위에 차려진 요리를 들고 그녀를 따라갔다. 주인이 머무는 거처에는 두 사람의 장정이 문을 지키고 있었다. 다소 위압적으로 보였기에 난영이 힐끔 쳐다보자 공 부인은 가벼운 어조로 말했다.

"신경 쓰지 말거라, 주인을 경호하는 자들이니."

"주인께서는 그런 일에 신경을 많이 쓰시나 보죠?"

"도읍인 건녕성에서 크게 장사를 하시는 분이시니까."

"예, 그렇군요."

고개를 끄덕이면서 입을 다무는 난영과 달리 린랑은 호기심이 가득한 어조로 물었다.

"주인님은 결혼을 하신 분이래요?"

"왜?"

"그냥, 궁금해서요."

"따님이 한 분 계시지. 부인은 얼마 전에 돌아가셨단다. 그리고 린랑, 그 입을 함부로 놀리지 말거라. 경솔히 행동하는 사람을 주인은 제일 싫어하시니."

"예입."

린랑은 건성으로 말하면서 입을 비죽이 내밀었고 난영은 미소를 지었다.

문 밖에 도착하자, 안쪽에서 연화의 콧소리 가득한 목소리가 들려왔다.

"어머? 상공! 그러면…… 아흣!"

그 민망한 소리에 난영은 얼굴이 새빨개졌지만, 린랑은 오히려 귀를 쫑긋 세웠다. 안쪽의 상황이 궁금한 모양이었다. 그런 젊은 처자들과는 달리 공 부인은 침착한 어조로 안쪽을 향해 말했다.

"주인님, 식사를 가지고 왔습니다."

"아힛……! 상고……옹!"

자지러드는 여자의 목소리가 사그라지자, 공 부인은 망설임 없이 문을 열었다. 휘장이 올라간 침상 위에 류의가 앞섶을 풀어 헤치고 앉아 있었다. 그의 어깨에 매달리듯 기대어 앉아 있는 연화 역시 옷을 걸치고는 있었지만, 거의 반라에 가까웠다. 야릇한 미소가 떠오른 표정으로 들어오는 사람을 당당히 바라보는 그녀의 모습에 난영의 얼굴은 더욱 붉어졌다.

귀가 화끈거렸다. 마치 감기에 걸린 것처럼 느껴졌다. 그런 그녀를 보고 연화는 오히려 보란 듯이 류의의 목을 휘감았으나, 남자는 귀찮다는 듯이 팔을 풀어 버리고 침상에서 일어났다.

그때 난영은 그와 눈이 마주쳤다. 놀란 토끼눈을 하고 있는 그녀의 얼굴을 보고, 그는 별 관심 없다는 듯이 무심한 표정을 지으며 혀끝으로 입술을 핥았다.

쿵 하고 심장이 내려앉는 기분이 들었다. 난영은 피가 머리끝까지 몰리는 기분이었다. 어지럽고 힘이 빠지려고 하는 다리와 팔을 바들바들 떨면서 간신히 몸의 균형을 잡는데, 남자는 그런 그녀의 속도 모르고 난영의 앞으로 다가왔다.

"낮에 잡은 노루 고기인가?"

여인의 향긋한 살내음이 그의 몸에 배여 있는 듯했다. 난영은 저도 모르게 고개를 숙이고 그의 탄탄한 가슴을 보지 않기 위해 노력했다. 하지만 눈동자는 그녀의 의지를 거스르고 자꾸만 흘끔흘끔 눈앞의 맨살을 훔쳐 보였다. 근육으로 이루어진 넓은 가슴과 움푹 파인 쇄골은 그녀의 안쪽, 난영이 여태까지 존재하는지도 몰랐던 이성에 대한 호기심을 자극하는 것 같았다.

"예, 오늘 주인님께서 잡아 오신 노루로 찜을 해 보았습니다."

"이리 빨리 말인가? 자네는 언제나 그렇듯 손이 빠르군."

그렇게 말하면서 남자는 손으로 고기 덩어리 한 점을 집어 들었다. 그 거침없는 행동에, 난영은 움찔하며 어쩔 줄 몰라 했다.

가슴이 두근거리는 것이 너무 심해서 빨리 이 순간이 지나가면 좋겠다고 그녀는 생각했다. 참을 수 없이 간질간질한 느낌이 온몸에서 느껴졌다. 바들바들 떨리는 난영의 어깨를 보면서 남자는 일부러 보란 듯이 양념이 묻은 손을 입술로 빨았다. 희고 긴 손가락이 붉은 입술 사이로 들어간다. 붉은 혀끝이 손가락과 입술을 핥으며 훑어 지나갔다.

난영은 어쩐지 자신의 손끝이 간질거리는 듯한 느낌을 받았다. 그와 그녀 사이에는 손바닥 두 개의 길이만큼의 거리가 있는데도, 그가 직접적으로 그녀에게 손을 댄 것도 아닌데도, 그녀의 손끝이 혀끝에 유린당하는 것이 아닌데 간지러운 느낌이 그녀의

척추를 타고 전신으로 흘러가는 느낌이었다. 시선을 돌려도 느낌은 사라지지 않았다. 그리고 남자는 그런 그녀를 똑바로 노려보았다.

"아잉, 상공! 소첩에게도 한입 주시어요."

두 사람 사이의 야릇한 분위기를 눈치챘는지 연화가 재빨리 끼어들며 아양을 떨었다. 남자는 그녀의 말에 다시금 손을 뻗어 고기 한 점을 집어 들어 연화의 입에 물려 주었다. 이번에도 아까와 같이 자극적이고 야릇한 장면이었지만, 오히려 난영은 그 모습을 보면서 안도했다. 자신의 몸 안을 스멀스멀하게 기어 다니던 기운들이 연화 덕분에 사라지는 듯한 기분이었다.

연화는 그에게서 요리를 받아먹으며 난영을 매섭게 노려보았다. 빨리 상을 차리고 나가라는 듯한 눈빛이었다. 그 눈빛을 받자 난영은 정신이 번쩍 들었다. 그녀가 재빨리 몸을 뒤로 빼고 탁상에 쟁반을 놓자 남자의 시선이 그 뒤를 따라왔다.

"아주 맛있네요, 상공."

"공 부인의 요리 솜씨는 건양에서도 제법 유명했었지."

남자는 담담한 어조로 대답했고, 그 말에 연화는 애교가 가득 담긴 어조로 말했다.

"어머 그런가요? 다음에 소첩도 배울 수 있을까요?"

남자는 연화의 말을 무시한 채 공 부인에게 말했다.

"내일은 고기가 아니라 자네가 자주 해 주던 부침개가 먹고 싶은데……."

"하명하신 대로 차려 올리겠습니다."

공 부인은 담담한 어조로 말했다. 그사이에 난영과 린랑은 상차림을 끝내고 두 사람의 눈치를 보았다. 특히 난영은 뱃속이 점점 꼬이는 느낌이었다. 의식하지 않으려고 해도 류의의 시선이, 그의 존재감이 그녀의 온몸을 욱신거리게 만들었다. 대체 이 의미를 알 수 없는 느낌이 무엇인지 알지 못하기에, 난영은 더욱 혼란스러웠다.

"그럼 이만……."

귓전에 들려오는 공 부인의 목소리가 마치 구원의 신호처럼 느껴졌다. 공 부인의 뒤를 따라 문밖으로 나갈 때까지 그녀의 온몸은 긴장으로 인해 움직임이 뻣뻣했다.

"상공…… 아까는 장난이 지나치셨습니다."

문이 닫히자, 연화는 류의에게 그렇게 속삭였다. 그 말에 남자는 그녀를 무심히 응시하며 되물었다.

"뭐가 말인가?"

"소첩이 질투하라고 순진한 난영 소저를 놀리다니요. 그 소저가 그렇게 새파랗게 질리는 것을 보고 있자니, 제가 다 가슴이 아프더군요."

"질투하라고 하는 것을 알면서 말인가?"

"질투는 질투이고 연민은 연민이지요. 개인적으로 그 소저가 참 가엾다고 생각하고 있거든요. 그놈의 사대부 체면이 뭔지……. 그 때문에 어린 나이부터 굶기를 밥 먹듯이 하며 고생해 왔으니까요."

화사하게 웃으면서 말하는 연화의 눈빛에는 득의양양한 기운

이 어려 있었다.

류의는 피식하니 웃음을 지었다. 말과 다른 그녀의 행동이 조금씩 짜증이 나려고 하고 있었다. 이상하게 그 순간부터. 그녀에 대한 욕구도 완전히 가라앉았다.

2.
뒷모습

부엌의 정리가 끝나자 난영은 깊이 한숨을 내쉬며 앞치마에 젖은 손을 닦았다. 바깥은 고요하고, 바람 소리만 간간이 열린 문 사이로 들어왔다. 쌀쌀한 그 느낌에 그녀는 몸을 바르르 떨고, 부엌문을 닫으려 움직였다.

"일이 다 끝났니? 수고했다."

부엌에 온 공 부인이 그런 난영의 모습을 발견하고 그녀에게 말을 걸었다. 부인에게 꾸벅 인사를 하자, 공 부인은 온화한 표정을 지으며 말했다.

"린랑은?"

"잠시 산책 나간다고 나갔어요. 부엌 아주머니도 돌아가셨고요."

"그래. 소저도 저녁은 먹었지?"

"당연히 먹었죠."

난영은 웃음기 띤 얼굴로 말했다. 부엌과 바깥채를 들락거리며 주인과 함께 도성에서 왔다는 장정들을 먹이고, 부엌의 식구들이 간신히 요기를 챙긴 것은 사방이 캄캄해진 뒤였다. 그 사람들의 틈에 끼어서 그녀도 끼니를 때웠다.

반나절 내내 온 장원을 종종거리며 다닌 터라, 부엌의 곁방에 엉덩이를 붙였을 때는 솔직히 아무것도 먹고 싶지 않았다. 하지만 밥상에 마련된 숟가락을 잡자마자 대체 어디서 생겨났는지 식욕이 솟았다. 제대로 된 식사를 하는 것이 얼마만인지 모를 일이었다.

"부엌의 정리도 대충 끝났으니, 저도 이만 돌아가서……."

"날이 이리 어두운데 무슨 길을 떠나겠다는 거냐? 부엌의 문간방을 내어 줄 테니 거기서 쉬도록 해라."

"하지만 어머님께서 혼자 계셔서……."

"남 부인이 혼자서 움직이지 못할 정도로 중한 병은 아니잖느냐. 소저도 어미의 어리광을 너무 받아 주고 있어. 주인님이 돌아가실 때까지 소저가 여기에 머물면서 일을 시키겠다고 촌장께 말을 넣어 두었으니 신경 쓰지 말거라. 그렇지 않아도 아까 저녁 때 소저의 집과 촌장님 댁에는 사람을 시켜 찬거리를 넉넉히 보냈으니 남 부인도 만족하시겠지."

딱 부러지게 말하는 공 부인의 말에 난영은 대꾸할 말이 없어서 쓰게 웃었다. 어머니의 병은 기실 병이 아니었다. 그동안의 고생이 겹친 몸살에, 아버지가 돌아가신 뒤로 의지할 곳이 없어서 생긴 마음의 병이다. 의원을 불러도 차도가 없고 그들이 주는 약방문이며 처방이래 봐야 잘 먹이고 쉬게 하는 수밖에 없다고 말하는 마음의 병이었다.

그리고 그 약값이며 식비를 버는 사람은 난영이었다. 매일 매일 삯일이며 품앗이에 불려 다녀도 어머니의 꾀병은 나아질 리가 없었다. 어머니는 지친 것이다. 아버지 생전의 투정을 받으며, 그 비위를 맞추느라 지친 어리광을 이제는 딸에게 바란다.

난영은 그런 어머니의 어리광을 말없이 받아 주고 있었다. 무슨 일이 있어도 부모에게는 효도해야 한다고 배웠고, 그녀 자신도 그래야 한다고 생각하고 있기 때문이었다.

마을에서 그런 자신의 어머니에 대해서 어떤 말을 하고 있는지 알고 있지만 그녀는 그 문제에 대해서는 귀를 닫고 입을 닫았다. 어머니가 좋지 않은 소리를 듣는 것은 속상했지만, 어쩔 수 없는 일이기 때문이었다.

그런 저간의 사정을 모두 알고 있는 공 부인은 엄격한 어조로 말했다.

"내게 면목 없다고 굳이 새벽부터 일할 것도 없다. 내일 아침이면 일하는 사람이 몇몇 더 올 것이니까, 너무 걱정 말고 지금부터는 푹 쉬거라. 그리고 점심나절에 내 방에 와서 장부 정리하는 일이나 도와주렴. 그렇지 않아도 주인님께 보고드려야 할 일을 정리해야 해서 손이 필요하단다. 린랑은 자꾸 계산이 틀려서 내가 골치가 아프거든."

"가, 감사합니다……."

공 부인의 다정한 그 말에 어쩐지 왈칵 목이 메여 왔다. 하지만 울지 않으려는 생각에 눈에 힘을 주고 그녀는 웅얼거리듯이 감사의 말을 부인에게 올렸다.

난영이 자기로 한 부엌의 끝에 있는 작은 방은 좁지만 아궁이의 불 때문에 따뜻한 곳이었다. 그리고 부엌은 정리가 모두 끝났기 때문에 내일 아침까지는 조용할 것이다.

"난영아, 월병이 좀 남았지?"

아궁이의 불씨가 꺼지지 않도록 살피고 있는데 일을 마친 비녀(婢女)들이 부엌에 들어와서 간식으로 만든 약과며 월병을 찾기 시작했다. 그녀들도 이제부터는 쉬는 시간이기 때문에 간단히 요깃거리를 할 생각인 듯했다.

"저기 찬장에 있어요. 약과랑 유과도 있는데……."

"아, 찐빵이랑 만두도 있어! 이거 먹어도 되겠지?"

"넉넉하게 만들었으니, 괜찮지 않을까요?"

"그렇겠지? 부잣집에서 일한다는 건 이런 게 좋다니까. 아아, 이거 부침개다. 먹어 버릴까!"

"아, 그건 내일 아침에 주인께 올릴 것이에요."

기름기가 자르르 도는 부침개에 손을 대려는 비녀를 말리면서 난영은 다급하게 말했다. 해산물을 잔뜩 넣은 부침개는 윤기가 흘러, 보기만 해도 침이 고였다.

"건드리면 부인께 혼날 걸요."

"아아, 그럼 어쩔 수 없지. 주인께서 드실 것이라는데……."

공 부인은 좋은 가정부였지만, 어떤 면에 있어서는 무척이나 엄격한 사람이었다. 특히 이번처럼 간만에 오시는 주인을 모시는 일에 소홀이 하면 경을 칠 것이다. 그 사실을 잘 알고 있기에 시비들은 부침개에는 더 이상 관심을 두지 않았다.

대신에 그녀들은 아직 푸짐하게 남아 있는 말린 과일이며 월병을 접시에 담으면서 처음으로 얼굴을 본 주인에 대한 이야기를 시작했다.

"아까 경수제일미라고 하는 채연화 얼굴 봤어? 우아, 나 그렇게 가슴 떨리게 예쁜 여자는 처음 봤어. 남자들이 왜 채연화, 연화 하는지 알겠더라. 근데 그 연화가 얼굴을 붉힐 정도로 우리 주인님도 멋있으시고…… 훤칠한 미남자셔."

"그러게 솔직히, 나 얼굴도 모르는 주인님께서 갑자기 오셨다는 전갈을 받고 어떤 분일까 걱정했었는데, 어휴…… 살 떨리게 멋있으시더라. 생각보다 젊고……."

"나도 나도 주인님을 가까이 모시고 싶어. 난영이 넌 어떻게 생각해? 너도 우리 주인님을 뵈었지?"

갑자기 자신에게 묻는 말에 난영은 얼떨떨한 표정을 짓다가 그녀들의 말에 적당히 대꾸했다.

"소문으로만 듣던 분이 상상외라서 조금 놀랐어요."

"어떻게 상상했는데?"

"그러니까…… 장수원(長壽院)의 주인님 같을 것이라고 생각했죠. 제가 아는 부자란 그분 정도니까요."

이 마을 제일의 부자에 대해 말하자, 시비들은 이내 깔깔거리며 웃음을 지었다.

“아이고! 장수원주님이래! 난영이 너, 진짜 너무했다.”

“맞아, 아무리 그래도 그건 아니야. 정말 아니야. 어떻게 배불뚝이 돼지 같은 장수원주님이랑 우리 주인님이 비교가 돼.”

“그렇죠? 좀 심하긴 하네요.”

적당히 맞장구를 치고 난영은 아궁이에 넣을 마른 나뭇가지를 부러뜨렸다. 뚝 하는 소리와 함께 두 조각으로 끊어진 나뭇가지를 바라보면서 그녀는 조용히 한숨을 내쉬었다.

진짜 놀랐던 것이 대체 어디서부터였을까? 처음 보았을 때? 방 안에서 마주쳤을 때? 아니면 식사를 들고 있었을 때……?

마지막 장면을 떠올리자, 그녀의 심장은 다시 불에 타는 나뭇가지처럼 타닥거리는 소리를 냈다. 그가 자신을 바라보던 눈길이 머릿속에서 떠나지 않았다. 그런 식으로 누군가의 눈길을 받아 본 적이 없기에, 더욱더 가슴이 뛰었다.

그 감정이 어떤 것인지 난영은 명확히 정의 내릴 수 없었다. 하지만 한 가지 확실한 것은 그것이 단순히 놀라움이라는 단어로 정의되지 못한다는 것이다. 그녀는 놀라기도 하고 두려워하기도 했으며 또…….

입술을 깨물면서 난영은 고개를 설레설레 저었다. 그런 그녀의 귓가에 비녀들이 수군거리는 소리가 들려왔다.

“아아, 정말…… 주인님의 곁에서 채연화 얼굴이 복사꽃마냥 피는 것을 업복이한테 보여 주고 싶다. 업복이 녀석, 저번에 저자에서 채연화를 봤다고, 조만간에 연화에게 차 시중을 들게 하겠다고 그러면서 어찌나 방방 뛰던지 무진장 얄밉더라니까.”

“어이쿠! 업복이 주제에 경수제일미를 어찌해 보겠다고? 맙소사! 경수성 성주께서도 어찌해 보지 못하는 게 채연화인데? 콧대 높아서 제가 내키지 않으면 아무리 억만금을 준다 해도 얼굴 한 번 안 비치잖아?”

“그러게 말이야, 꿈도 크지. 근데 그 경수제일미가 우리 주인님이 부른다고 예까지 냉큼 온 것을 보아하니, 우리 주인님이 대단하시긴 한가 봐.”

“얼굴만으로도 대단하긴 하지. 그 당당한 풍채하며…… 아이고, 난 처음에 주인님이 말에서 내리시는 모습을 훔쳐보고 가슴이 두근두근거렸었잖아. 오금이 저려서 큰일 났다니까. 주인님께서 시침(侍寢) 들라고 부르시면, 앞뒤 안 가리고 푹 안겨서…….”

“아이고, 이것아! 업복이 꿈보다 니 꿈이 더 크다! 니 얼굴로 어딜 감히……! 넌 채연화 발치에도 못 미쳐!”

그렇게 주인에 대해서 정신없이 떠드는 비녀들의 목소리를 듣는 체 마는 체하면서 난영은 아궁이의 불이 꺼지지 않도록 살피고 곁방으로 들어갔다. 미리 준비된 이불을 깔고 그 안으로 들어가자 낮 동안 쌓였던 긴장이 풀리면서 피로가 한꺼번에 몰려들었다.

하지만 자리에 누워도 장지문 너머에서 떠드는 비녀들의 목소리는 사라지지 않았고, 그 이야기에 저도 모르게 귀를 기울이는 자신이 있었다.

수다는 채연화에게서 넘어와 우혜원의 주인이 무엇을 하는 사

람인지에 대해서로 이어지고 있었다. 그가 무엇을 하는 사람인지에 대해서는 시비들 사이에서도 의견이 분분한 모양이었다.

난영은 공 부인이 말해 주었던 것을 떠올렸지만, 그녀들에게 그 이야기를 함부로 말하지 않았다. 왠지 모르게 그 사람에 대해서 입에 올려서는 안 될 것 같았기 때문이었다. 게다가 어차피 그녀가 말을 하지 않아도 공 부인의 곁시인 린랑이 오늘 밤에라도 이런저런 이야기를 그녀들에게 한 바가지쯤 쏟아 낼 것이다.

'자야지, 피곤하니까 빨리 자야지…….'

난영이 문을 닫고 불을 끄자, 비녀들은 눈치 있게 자리에서 일어났다. 부엌의 불을 끄고 문이 닫히는 소리가 난 뒤 인기척은 멀어졌다. 사방은 쥐 죽은 듯이 조용하고, 간간이 산 위에서 흘러오는 바람 소리만이 창문 너머로 들려왔다.

그 정적에 마음을 맡기고 그대로 눈을 감았다. 피곤하니까 금방 잠들 수 있을 것이라는 생각이, 생각으로 끝났다는 것을 깨달은 것은 한참 뒤, 그녀가 어둠 속에서 눈을 떴을 때였다.

뭔가 이상하게 긴장이 되면서 좀처럼 잠을 이룰 수 없었다. 눈을 감고 뛰는 심장 소리에 귀를 기울이면서 어떻게든 잠을 청했지만, 그것도 잠시 뿐이었다. 깜빡 선잠에 들었다가 깨는 일을 계속하자, 심난한 기분이 들었다.

그리고 그 기분 때문에 더 이상 잠이 들 수 없다고 생각한 그녀는 결국 새벽녘에 가장 먼저 자리에서 일어났다. 적막한 주변의 분위기에 귀를 기울이면서 잠시 머뭇거리다가, 세수를 하기 위해 바깥으로 나왔다.

차가운 새벽 공기에 입김이 하얗게 얼었다. 산속이라 밤에는 기온이 뚝 떨어지기 때문이었다. 달은 이미 지고 별만이 드문드문 남아 있는 새벽의 하늘을 바라보면서 난영은 깊이 한숨을 내쉬었다. 마음이 심란한 것이 꼭 핏속에서 뭔가가 쾅쾅하고 뛰는 것 같았다. 요 며칠 동안 가슴이 몽우리가 진 것처럼 아픈 것이 자신의 몸에 혹여 이상이라도 생긴 것이 아닌가 걱정이 되었다. 게다가 잠을 자든 깨어 있든 그 남자는 그녀의 머리 한구석에 콕 박혀 있는 것처럼 느껴졌다.

'나랑 아무 상관도 없는 사람인데…….'

주인이 어떤 일을 하는 사람인지는 알 수 없지만, 경수제일미인 연화를 단숨에 불러들여 시중을 들게 만들 수 있는 사람이라는 것은 충분히 알 수 있었다. 그렇게 생각하자 난영의 기분은 우울해졌다. 연화와 그 남자가 나란히 침상 위에 앉아 있던 모습을 상상하자마자, 심장이 절구통을 찧는 소리를 내면서 얼굴이 빨개진 것이다.

안 돼, 왜 자꾸 이런 생각을 하는 거야. 속으로 중얼거리면서 다시 찬물로 뺨을 두드렸다. 물에 스민 냉기 때문에 뺨이 얼얼해질 때쯤에 그녀는 자리에서 일어났다. 그래도 들뜬 마음은 좀처럼 가라앉지 않아 기분이 이상했다.

낯선, 달갑지 않은 어떤 일이 자신의 안에서 벌어지고 있는 느낌이었다. 난영은 그것이 무엇인지 알지 못했고 그다지 알고 싶지 않았다. 그 어떤 것이든 지금의 자신에게는 아무런 쓸모가 없음을 스스로 인식하고 있기 때문이었다.

그런저런 생각을 하며 그녀는 후원으로 향했다. 장원의 여주인을 위한 공간인 후원은 인적이 드물지만 공 부인이 정원을 정성껏 가꾸어 무척이나 아름다운 곳이었다.

연한 연두색으로 물들어 가는 후원에 들어가 막 꽃봉오리를 피우기 시작한 덤불의 모습을 응시하기도 하고, 편편한 돌이 깔린 길을 천천히 걸어 안쪽으로 들어가는데, 길 한복판에 류의가 서 있었다.

생각지도 못한 그의 모습에 난영은 깜짝 놀라 걸음을 멈췄다. 그는 난영이 다가오는 것을 눈치채지 못한 듯이 그 자리에 서서 빛이 사라지고 있는 하늘을 무심히 응시했다. 외로워 보인다. 무엇 때문인지 몰라도, 무척 외로워 보인다고 난영은 느꼈다. 날이 서 있던 것과는 전혀 다른 그의 모습이 이상하게 눈에 들어왔다.

살랑거리는 바람이 뺨을 스치자, 난영은 재빨리 생각을 접고 몸을 돌렸다. 생각에 잠겨 있는 듯한 그를 방해하고 싶지 않아 난영은 고개를 돌렸다. 그가 자신을 눈치채지 못했다면 괜히 그의 생각을 방해하고 싶지 않았던 것이다.

올 때와 달리 돌아갈 때는 발소리를 조심하면서 난영이 돌아가자, 류의는 고개를 돌려 그녀의 뒷모습을 응시했다. 가냘프고 자그마한 몸이 점점 어둠아 파묻혀 갔다. 처음부터 그녀가 있다는 것을 알고 있었다. 하지만 모르는 척했다. 다가오는 사람이 난영이라는 것을 알아차린 순간부터 동요하는 자신을 용납할 수 없었기 때문이었다.

발걸음 소리가 멀어지고 그녀가 완전히 멀어지자, 그는 저도 모르게 깊은 한숨을 내쉬었다. 자신답지 않다. 누군가를 향해 심장이 뛰는 것은 정말 자신답지 않았다.

다음 날 오전에 주인이 다시 사냥을 나간다는 이야기가 나왔다. 중복들이 부지런히 그 준비를 하느라 바깥채 쪽은 시끌시끌했다. 장정들이 왁자지껄 떠드는 소리는 안채의 부엌까지 들려왔다.

"난영아, 주인께서 나가시면 안채를 정리하렴. 그리고 저녁때까지는 쉬어도 좋아. 주인께서는 늦게나 돌아오신다고 했으니까."

"예, 부인."

어쩌면 오늘은 돌아오지 않을지도 몰랐다. 연화가 류의와 함께 사냥에 따라간다는 말은 벌써 가솔들 사이에 퍼졌던 것이다. 대문 쪽이 조용해진 뒤에 난영은 류의가 머물고 있는 방으로 들어갔다. 방 안에는 연화가 쓰는 사향의 향이 스며들어 있었다.

그 향기가 역하게 느껴졌기에, 난영은 창문을 하나하나 열어 안에 고인 공기가 바람에 쓸려 나가기를 기다렸다. 흐트러진 침상의 이불을 개켜 마루의 난간에 널어놓고 그녀는 침상 가까이에 걸려 있는 자수 족자 앞에 서서 족자의 풍경을 말없이 바라보았다.

비단실과 비단이 빛을 받아 반짝반짝 빛나고 있었다. 황홀할 만큼 아름답다고 생각해서 그곳에서 눈을 뗄 수 없었다. 그러다 문득 자신을 바라보는 시선이 느껴져 고개를 돌리자, 언제 돌아

왔는지 류의가 문간에 서서 자신을 응시하고 있었다.

"아, 주인님."

"청소 중인가?"

나직한 목소리가 귓가에 울리자 귓불이 화끈거렸다. 쑥스러움을 감추기 위해 그녀는 괜히 옷자락을 만지작거리면서 그에게 물었다.

"어인 일이십니까? 시키실 일이라도……."

"네가 신경 쓸 일 아니다."

그는 냉정하게 말하고 문갑의 서랍을 열어 무언가를 꺼냈다. 그것이 활을 쏠 때 쓰는 골무라는 것을 난영도 알고 있었다.

난영은 자신의 앞에 서 있는 그의 모습을 말없이 응시했다. 날렵하게 차려 입으니 그의 꽉 조인 몸에서는 그녀를 압도하는 것 같은 힘이 느껴져 긴장을 풀 수가 없었다. 그녀보다 훨씬 더 몸집이 큰데도 불구하고 그는 거의 기척 없이 유연하게 몸을 움직였다.

발소리도 거의 나지 않을 만큼 가벼운 걸음걸이로 그는 방을 가로질렀다. 그녀의 앞을 스쳐 지나갈 때, 침향이 난영의 코끝을 간질였다. 그리고 향기의 끝자락이 뺨을 스칠 때쯤에 그의 모습은 정원의 한가운데에 있었다.

난영은 이불을 털러 나가는 척하면서 그 뒷모습을 지켜보았다. 그리고 자신의 이해할 수 없는 행동에 고개를 갸웃거렸다. 묘한 일이었다.

류의가 다시 우혜원으로 돌아온 것은 그때부터 나흘이 지난 뒤였다. 난영은 그가 돌아오는 모습을 맨 처음 본 사람이었다. 공 부인의 심부름으로 마을에 나갔다가 돌아오는 길에 아프신 어머니가 잘 계시는지 살피고, 돌아오던 중이었다.

어머니는 난영이 집에 있을 때보다 훨씬 더 건강해 보였다. 그녀가 없는 동안에도 촌장의 집에서 사람이 종종 다녀갔고, 공 부인도 특별히 신경을 써서 음식을 보냈던 모양이었다. 하지만 어머니는 난영을 보자마자 등허리가 쑤신다고 한탄하면서 물었다.

"우혜원에서 언제까지 머물 예정이냐? 네가 없으니 관절 마디마디가 쑤시는 것 같다."

"저도 잘 모르겠어요. 주인 어르신께서 아직 돌아오지 않으셨거든요."

"듣자 하니, 훤칠한 미장부라지?"

"사람들이 하는 말대로예요."

남 부인에게서 류의에 대한 이야기가 나오자 난영은 괜히 빨리 뛰는 심장을 의식하면서 조심스럽게 대답했다. 남 부인은 그 말에 이맛살을 찌푸리더니 그녀를 천천히 훑어보았다.

"듣자 하니, 딸이 하나 있는 사람이라는데 사실이냐? 부인이 일찍 여의었고?"

"공 부인 말씀으론요."

"그렇구나. 그런 사람이라니…… 짠하네……. 젊은 나이에 홀아비라니, 한참 여인이 그리울 때인데……."

남 부인의 말에서 느껴지는 미묘한 낌새를 눈치채지 못할 만큼 난영은 둔감하지 않았다. 자신을 바라보는 그녀의 얼굴에서 눈을 떼고 그녀는 어머니의 말을 듣지 못한 척했다. 하지만 남 부인은 그 뒤로도 우혜원주가 불쌍하다는 둥, 아이에게는 여인의 손길이 필요하다는 둥, 자신도 그렇기에 난영의 아버지와 결혼했다는 둥의 푸념을 늘어놓았다.

어머니의 신세한탄이 길어질 것 같자, 난영은 그녀의 눈치를 보아 가며, 조심스럽게 말했다.

"어머니, 저는 이만 가 봐야겠어요. 너무 늦으면 부인께서 걱정하실 거예요."

"벌써 가려는 게냐? 집안 꼴을 보고도?"

집안은 먼지 한 톨 없이 깨끗하게 정리되어 있었다. 난영이 오자마자 방 안을 쓸고 닦았기 때문이었다. 어떻게든 자신을 더 붙잡으려는 남 부인을 향해 난영은 조심스럽게 말했다.

"삯을 받았으니 그만큼 일을 해야죠."

"아이고…… 어쩌다가 우리 집안이 이리 되었누! 내가 빨리 죽어야지. 꽃 같은 너 고생시키지 않으려면 내가 빨리 죽어야 한다! 왜 네 아버지는 나를 안 데리고 가시는지 모르겠다. 내가 이리 아파 죽는데……."

"어머니, 제발 그런 말씀은 하지 마세요."

난영의 목소리가 조금 올라가자, 남 부인은 그제야 입을 다물고 침상에 누워 버렸다. 난영은 자신에게서 등을 돌리는 그녀의 뒷모습을 잠시 바라보다, 이불을 덮어 주었다. 방문을 닫으며 하는 '다녀오겠습니다.' 라는 목소리는 작았다. 목소리가 떨리는 것을 감추려고 했기 때문이었다.

그런 어머니를 보고 있노라면 숨이 막혔다. 그녀가 필사적으로 남의 일을 다니는 것도 어머니와 조금은 떨어지고 싶었기 때문이었다. 그녀와 계속 함께 있다 보면 자신도 그렇게 될 것 같아 두려웠다. 하지만 가슴 한편으로는 그녀가 한없이 가여워 마음이 무거웠다.

난영은 그런 마음을 털어 버리려 우혜원으로 가는 길가의 계곡에 잠시 서서 맑게 흐르는 물을 바라보았다. 비가 오지 않아 계곡의 수위는 그다지 높지 않았고 그 때문에 산천어며, 송사리들이 떼를 지어 다니는 것이 눈에 훤히 보였다. 날이 조금만 더 따뜻했더라면 동리의 아이들은 이 계곡에서 물고기를 잡을 것이다.

작년의 재미있었던 여름을 떠올리며 입가에 웃음을 짓고 있는데 말발굽이 부딪히는 소리가 귀를 울렸다. 반사적으로 고개를 돌리면서, 그녀는 혹시나 하는 마음을 품었다.

거짓말처럼 그가 길 위에 있었다. 박차를 가하며 말을 달리던 그는 난영이 서 있는 것을 보고 말을 멈췄다. 거센 콧김을 뿜으며 말은 머리를 흔들었고, 그런 말을 달래려는 듯이 말목을 가볍게 토닥이며 뭐라고 속삭였다.

류의는 혼자였다. 난영은 길의 반대쪽을 응시하면서 다른 사람들이 오지 않는지 살펴보았다. 길 위에는 그 이외에 아무도 없었다.

"돌아오셨습니까? 다른 분들은……?"

"곧 따라올 것이다. 너는 여기서 홀로 뭐하는 것이냐?"

가까이 다가오는 그와 함께 온 질문에는 약간의 호기심이 담겨 있었다. 단단하고 차가운 돌멩이 같은 눈동자가 자신에게 닿는 것을 느끼며 난영은 조심스럽게 대답했다.

"공 부인의 심부름을 다녀오는 길입니다."

"그럼 빨리 장원으로 돌아가지 않고?"

"……물이 맑아서요."

그 말에 류의는 호기심이 생겼는지 흐르는 물을 쳐다보았다. 입가에 살짝 미소가 떠오르는 것을 보자, 난영의 뺨도 붉어졌다. 하지만 다시 마음을 다잡는다. 막연한 동경심도 품어서는 안 된다. 작은 구설수도 만들고 싶지 않았다. 자신의 어머니가 어떤 생각을 하고 있는지 아는 이상, 스스로 더욱 조심해야 한다고 생각했다.

괜한 기대감, 덧없는 희망, 마음을 좀 먹는 어떤 것도 난영은 원치 않았다. 게다가 그는 그녀에게 별 관심이 없으리라. 손만 내밀면 그 어떤 여인도 품을 수 있을 것이었다. 경수성에서 가장 아름다운 여인도 그를 향해 몸이 달아 있는데, 자신같이 초라한 이가 류의의 눈에 찰 리 없었다. 생각뿐인데도, 입 안이 썼다.

"확실히 물이 맑군. 산천어와 송어가 많이 잡히겠어."

"여름에 아이들이 종종 낚시를 하러 옵니다."

"그런가? 계곡이 넘치면 위험할 것 같은데?"

"장마 때만 아니라면 그리 위험하진 않아요."

대답하면서도 난영은 길 위를 흘끔거렸다. 언제 다른 사람들이 오는지 은근히 신경 쓰였다. 길가에 서 있는 류의의 말은 얌전히 풀을 뜯고 있었다. 그런 난영의 머리 위로 갑자기 류의가 손을 뻗었다. 생각지도 못한 그의 행동에 그녀가 몸을 움츠리자, 그는 다소 부드러운 어조로 말했다.

"머리 위에 꽃잎이 앉았다."

"아, 죄송합니다."

"사내에 익숙하지 않은 모양이지?"

그가 불쑥 그리 말하자, 난영의 얼굴은 순식간에 새빨개졌다. 어쩔 줄 몰라서 입술을 깨무는 그녀의 뺨 위로 그의 손끝이 닿았다. 그러자 불에 데인 것처럼 온몸에서 열이 났다.

피해야 한다고, 뒤로 물러나야 한다고 생각했지만, 몸이 움직여지지 않았다. 마치 다리가 그대로 지면에 뿌리를 내린 것처럼 옴짝달싹할 수 없었다.

나비가 꽃잎에 앉았다 날아가듯이 간질거리는 손길은 뺨 위에 닿았다가 떨어지고 그는 그녀에게서 물러났다. 쿵쿵거리는 심장 소리가 온몸으로 울려 그의 귓가에 들릴 것만 같았다. 하지만 낮게 가라앉은 목소리가 고개 숙인 난영의 귓가에 들려왔다.

"태워 줄 테니, 이만 가자."

대답도 못하고 고개를 저었다. 그와 함께 말을 탈 수는 없었다. 가까이 있는 것만으로도 이렇게 몸이 떨리는데, 좁은 말 등에 그와 몸을 맞대는 것은 상상조차 하고 싶지 않았다. 얼굴을 붉힌 채 필사적으로 고개를 젓는 난영을 류의는 말없이 응시하

다가 알았다는 듯이 고개를 끄덕였다.

“그럼 천천히 걸어 오거라. 공 부인에겐 내가 말해 둘 터이니.”

“가, 감사하옵니다.”

간신히 목소리를 짜내어 말을 하고 난영은 길 위로 올라가는 류의의 뒷모습을 훔쳐보았다. 가까이 다가가 그가 한 걸음 한 걸음 내디딜 때마다 그녀의 심장도 쿵쿵하고 함께 뛰는 것 같았다. 이윽고 류의를 태운 말이 큰 소리를 내며 달려가고 나서야, 난영은 길가로 향했다.

그리고 등 뒤에서 여러 마리의 말발굽 소리가 들려와 고개를 돌렸다. 사냥에 나갔던 사람들은 한 사람만 빼고 모두 돌아오고 있었다. 채연화는 거기에 없었다. 그것을 보자, 난영의 마음은 괜스레 안심이 되었다.

입가에 미소가 떠올랐다는 것을 그녀가 깨달은 것은 우혜원에 거의 도착했을 때였다.

류의는 그 뒤로 사냥을 나가지 않았다. 하루 종일 서재에서 책만 읽는다고, 그에게 차를 올리러 간 린랑이 하는 말을 난영은 한 귀로 흘려들었다. 아니, 그러는 척했다.

가솔 중에서 그에게 관심이 없는 사람은 난영뿐인 것처럼 보였다. 비녀들은 때때로 그의 앞에서 요염한 미소를 지었고, 심지어 린랑마저도 난영에게 귀엣말로 그의 시침을 들고 싶다고 말했었다. 그때마다 난영은 스스로가 생각해도 이상한 표정을 지었다. 웃으려고 하는 것인지 화를 내려고 하는 것인지 스스로도 모를 그런 미소였다.

린랑은 그가 서책에 푹 빠져 있다고 했지만, 류의는 서재에만 있는 것이 아니었다. 난영이 하얗게 내려앉은 꽃잎을 쓸러 정원에 나왔을 때나, 툇마루의 한 곁에서 바느질을 하고 있을 때, 뜨락의 잡초를 뽑으러 나왔을 때, 집중하던 일에서 잠시 시야가 흐트러져 고개를 들면, 늘 그가 가까이 있었다.

때로는 그저 시선이 느껴져 고개를 돌렸을 때 그와 눈이 마주치기도 했다. 그는 무표정한 얼굴로 그녀를 빤히 바라보고 있었고, 난영은 다른 비복들이 그러는 것처럼 주인인 그에게 예의를 갖추고 하던 일에 집중했다. 그것은 생각했던 것보다 훨씬 힘들었다. 몰랐다면 모를까, 일단 의식하고 나면 류의를 무시하기는 무척이나 어려웠으니까.

"우리 주인님, 돌아가신 부인하고 무척이나 사이가 좋으셨대. 그래서 여자가 몇이든 다른 여인에겐 크게 관심이 없으신 거래."

린랑이 아쉽다는 듯이 불쑥 그렇게 말했을 때, 난영은 저녁 요리에 쓸 부추에 묻은 흙을 털어 내고 있었다. 표정은 건성으로 듣고 있는 듯해도 그녀의 온 신경은 린랑이 하는 이야기에 집중되어 있었다.

"원래 우혜원을 지으신 것도 부인하고 함께 오려고 하셨던 것인데 부인께서 돌아가시는 바람에 찾지 않으셨대. 낭만적이지 않니? 아아, 어쩐지 채연화한테도 좀 무덤덤하시더라. 듣고 있어, 난영아?"

"으, 응."

건성으로 대꾸하면서 난영은 가볍게 한숨을 내쉬었다. 그리고 저도 모르게 그렇게 나온 한숨에 이맛살을 찡그렸다. 왜 아쉽고 싸한 마음이 드는 것인지 스스로가 이해되지 않았다.

그러는 동안 난영은 점점 잠이 없어졌다. 간신히 잠이 들었다가도 무언가 들뜬 기분에 이불 속에서 눈이 떠졌고, 그렇게 눈이 떠지면 첫 새벽의 닭이 울 때까지 잠들 수가 없었다. 사방이 고요한 가운데 머릿속은 오로지 류의에 대한 생각만이 떠올라 그런 자기 자신이 너무나 싫어졌다.

그날도 새벽에 일어나 신숭생숭한 마음을 가라앉히려 난영은 우물가에 가 세수부터 시작했다. 찬물에 닿은 뺨은 한겨울 찬바람을 맞은 것처럼 감각이 없었다. 그대로 쭈그리고 앉아서 땋은 머리카락을 정리하고 있는데 인기척이 느껴졌다. 혹시 하는 기분에 흠칫하며 고개를 돌리자, 커다란 하품 소리와 함께 부엌어멈의 목소리가 들려왔다.

"어메, 난영이 벌써 일어났는가? 니는 젊은 것이 왜 그러코롬 잠이 없나?"

"예, 아주머니도 일어나셨어요?"

부엌에서 요리를 전담하는 부엌어멈은 하품 후에도 아직 잠이 덜 깼는지 눈을 비비면서 터덜터덜 우물가로 다가오고 있었다.

"아궁이 불은 안 끄잤제?"

"예, 불씨가 남아 있어요."

"고럼, 미안헌디 주인 양반 방에 가서 화로에 불 좀 켜 줄랑가? 내가 아직 잠이 덜 깨설랑……."

"예."

대답을 하면서도 난영의 기분은 복잡했다. 잠든 그의 얼굴을 보게 되는 것이 신경 쓰이는 것인지, 아니면 그의 방에 혼자 들어가는 것이 신경 쓰이는 것인지 알 수 없었다.

마음을 진정시켜야 할 다른 생각이 필요했다. 그래서 그녀는 방 안에서 보았던 자수 족자를 생각했다. 그가 없는 동안 방 청소를 한다는 핑계로 매일 같이 보러 갔던 족자도 그가 돌아와서는 좀처럼 볼 기회가 없었다. 그래, 그 족자를 보러 가는 거다. 그 사람은 그 방에 없어. 그렇게 생각하자, 간신히 어깨에 힘이 빠졌다.

숯불이 담겨 있는 솥을 들고 난영은 천천히 걸음을 옮겼다. 산계곡에 위치한 장원은 아무리 여름이라 해도 새벽이면 금방 온도가 내려가, 아침이면 제법 쌀쌀했다. 따뜻한 아침을 맞이하려면 이맘때쯤에 숯을 한 번 갈아 주어야 했다.

주인의 처소 들어가는 입구에는 무사들이 우락부락한 표정으로 지켜 서고 있었다. 자주 얼굴을 보아 이제는 제법 친근해진 그들에게 슬쩍 눈인사를 하자, 그들은 답례하며 나무문을 열어 주었다. 끼익하는 소리와 함께 화초가 자라고 있는 어두컴컴한 돌길이 보였다. 고즈넉한 정원에는 풀벌레 소리 하나 들을 수 없이 조용했다.

새벽의 어둠에 익숙한 눈으로 조심스럽게 걸음을 옮겼다. 정

적으로 감싸인 안채의 고요함을 깨는 것이 어쩐지 미안했기 때문이었다. 굳게 닫혀 있는 문을 열 때에는 조금 망설임이 생겼다.

머리를 흔들어 잡념을 없애고, 자고 있는 사람이 깨지 않도록 조심하면서 난영은 문을 열었다. 어두컴컴한 방 안은 생각했던 것처럼 싸늘한 공기가 감돌고 있었다. 실내의 어둠에 눈이 익숙해질 때까지 잠자코 방문 앞에 서서 난영은 온 신경을 곤두세워 안쪽의 인기척을 살폈다. 반투명한 휘장이 내려앉은 침상에서는 아무런 기척도 느껴지지 않았다.

주인은 깊이 잠이 든 것 같았다. 안심하면서도 조심스럽게 움직여 난영은 화로의 숯을 갈고 불길이 잘 일어나기를 기다렸다. 그사이에도 해가 뜨고 있기에, 방 안은 조금씩 조금씩 밝아지고 있었다.

화로가 충분히 달궈지자 소녀는 발걸음 소리가 나지 않도록 조심하면서 족자가 걸린 벽으로 향했다. 그러다가 미처 발아래에 있는 탁자를 보지 못하고 걸려 대차게 넘어지고 말았다.

"앗!"

저도 모르게 비명 소리를 내며 쓰러진 그녀는 당황한 마음에 화급히 몸을 일으키려고 했지만, 얼떨결에 손에 짚은 무언가가 갑자기 스르르 빠져나가는 바람에 다시 엉덩방아를 찧으며 고꾸라졌다.

몸이 얼얼하게 아픈 것은 둘째치고라도 혹여 주인이 잠을 깨었을까 하는 생각에 그녀는 저도 모르게 숨을 죽이고, 그녀를 두 번째로 쓰러뜨린 물건을 손에 꼬옥 쥐었다. 이대로 침상 쪽에서 움직이는 기척이 없다면, 아무 일도 없다는 듯이 일어나 방을 나설 생각이었다.

"……."

'깨지 않으신 겐가?'

다른 기척도 없었고 숨소리마저도 들리지 않았다. 혹시 방에 아무도 없는 것인지도 몰랐다. 어쩌면 서재에서 책을 읽느라 그곳에서 잠들었을지도 모를 일이다. 애써 좋은 쪽으로 생각하면서 난영은 북소리를 울리며 세게 뛰는 가슴께의 옷자락을 손으로 쥐었다. 무엇이든 확실해질 때까지 좀처럼 움직일 수 없었다.

정적은, 그녀의 가슴이 진정될 때까지 계속되었다.

"후유……."

저도 모르게 안도하면서 조심스럽게 몸을 일으키던 그녀는 새벽빛이 조금씩 들어오는 바닥에서 뭔가가 반짝이는 것을 발견하고 무의식적으로 손을 내밀었다.

그것은 그녀의 주먹만 한 크기의 도장이었다. 쥐는 부분에는 용이 조각되어 있고 어두운 가운데서도 용의 아가리에 물려 있는 여의주가 희미하게 빛나는, 한눈에 보아도 값비싸 보이는 물건이었다. 범상치가 않은 분위기가 그 도장에서 풍겨 나오고 있었다. 아무리 세상 물정에 어두운 난영이라고 해도 이 물건이 가치를 매길 수 없이 귀한 것이라는 느낄 수 있을 정도의 품격이 있었다.

저도 모르게 눈을 동그랗게 뜨고 그것을 빤히 바라보고 있자,

머리 위에서 남자의 나지막한 목소리가 들려왔다.

"그것은 옥새라고 하는 물건이다. 생각했던 것보다 평범하지 않은가?"

"에에엑!"

깜짝 놀란 그녀가 고개를 들었을 때, 우혜원의 주인이자 경나라의 주인인 천자는 손수 그녀의 몸을 번쩍 들어 올렸다. 정신을 차리고 보자, 난영은 침상의 어두운 그늘 아래에서 그와 단둘이 있게 되었다.

눈동자가 보였다. 아니, 어둠 속에서도 그의 눈동자만큼은 확실하게 인식할 수 있었다. 그러자 심장은 아까보다 더욱더 세게 뛰었다. 쿵쿵 뛰는 자신의 심장 소리가 온 집 안에 울리는 기분이었다.

손가락 하나 까딱할 힘조차 없는 그녀의 맨살에 타인의 살이 닿았다. 정신없이 체온이 올라가는 그녀의 피부보다 더한 열기를 머금은 손바닥이 그녀의 손등에 닿았다. 만지작거리듯이 부드럽게 쓸면서 그 손은 그녀의 팔을 타고 올라가 뺨 위에 흘러내린 머리카락을 가볍게 넘겨 주었다.

다음 순간 귓가에 나직한 목소리가 들려오는 것을 난영은 간신히 의식할 수 있었다.

"짐의 정체가 너에게 발각당했으니, 너를 이제부터 어찌할까……?"

"서, 설마 황상이시옵니까?"

한껏 겁을 먹은 목소리로 난영은 그렇게 물었다. 확인할 것도 없었다. 그녀의 한 손에는 옥새가 쥐어져 있었고, 다른 손에는 용이 수놓아진 포의가 들려 있었다. 침상에 와서야 난영은 넘어진 와중에 그녀가 손에 잡은 것이 용포(龍袍)라는 것을 알았다.

발톱이 다섯 개인 용은, 천자(天子)의 상징이었다. 그리고 경원국에서는 오로지 단 한 사람만이 용이 수놓아진 금포를 입을 수 있었다.

심장이 북소리를 내며 쿵쿵 뛰었다. 그녀의 모든 신경은 코가 닿을 듯이 가까이 있는 남자에게 쏠렸다.

"그렇다면 어찌하겠느냐……?"

어둠 속에서 남자가 웃음을 지었다. 난영의 눈에는 그것이 두렵게만 느껴졌다. 저도 모르게 뒤로 몸을 물렸지만, 딱딱한 벽이 그녀의 움직임을 가로막았다. 벽 너머에서 느껴지는 서늘한 한기가 슬금슬금 다가와 피부에 소름을 만들었다.

의식하지 못하는 사이에 그녀의 어깨를 쓸고 지나간 남자의 손은 그녀가 쥐고 있는 주먹을 하나하나 펴게 만들었다. 손가락이 펴지자 손에 쥐고 있던 용포를, 그는 침상 밖으로 내던져 버렸다. 그것에 깜짝 놀라 난영이 고개를 돌리자 남자는 그렇게 드러난 소녀의 귀에 입술을 대고 속삭였다.

"보다시피 용포와 옥새를 가진 자가 천자라고 한다면, 내가 경원의 천자일 것이다."

"아……!"

귓불을 간질이는 뜨거운 숨결 때문에 그녀의 사지는 뻣뻣하게 굳어 버렸다. 눈앞의 남자가 천자라는 사실에 어찌할 바를 모를

정도로 혼란스러운데다가 너무나 가까이에서 느껴지는 확연한 남자의 체취에 난영의 머릿속은 혼돈 그 자체였다.

류의는 작은 동물처럼 벌벌 떨고 있는 그녀의 귓불을 약하게 깨물면서, 옥새를 쥐고 있는 난영의 손을 감쌌다.

"짐은 지금 암행 중이다."

"……흑!"

오금을 저리게 하는 자극에 저도 모르게 입술을 깨물면서 난영은 신음성을 참았다. 눈을 꼭 감은 채 옴짝달싹 못하는 그녀의 귓불을 깨물락거리면서 남자는 난영의 손에서 옥새를 빼내어 한쪽으로 굴려 버렸다.

황궁의 관인(官人)들이 본다면 대경실색할 장면이었지만, 난영은 정신이 너무나 혼미한 나머지 그 사실을 거의 알지 못했다. 거치적거리는 것이 모두 사라지자, 남자는 본격적으로 그녀를 탐하기 시작했다.

류의는 자신의 애무에 저항조차 하지 못하는 그녀의 옷자락으로 손을 집어넣었다. 손 안에 들어오는 자그마한 가슴의 말캉한 감촉이 느껴지자 아랫도리가 빠근하니 반응을 보였다.

역시나라는 생각에 그는 비릿한 웃음을 지었다. 경수제일미라고 불리는 기녀의 목욕과 술시중을 받았지만 도무지 회가 동하지 않았다. 그녀가 아무리 명기여도, 능수능란한 잠자리 기술을 가지고 있어도 그것뿐이었다. 마음이 채워지지 않는다. 아니, 어떤 여인과 잠자리를 가져도 마음은 늘 허전했다. 존재하는 본능을 채우고 나면 그것으로 끝이었다.

하지만 이 작은 여인은 그렇지 않았다. 건드려 보고 싶은 마음과 그렇지 않은 마음이 복잡하게 뒤엉켰다. 우혜원의 비복은 건드리지 않는다. 욕망을 풀 만한 여인은 굳이 하인들이 아니어도 충분히 많았다. 자꾸 눈길이 가도 단지 여인이 고파서 그런 것이라고 자신에게 윽박질렀다. 그래도 소용이 없었나 보다. 이미 그녀의 몸은 자신의 아래에서 반라가 되어 가고 있었다.

처음에 류의는 난영을 덮칠 생각이 없었다. 잠이 오지 않아서 그는 침상 가에 있는 창문의 조금씩 밝아 오는 문지방을 응시하고 있었다. 방문 밖에서 누군가가 들어오는 인기척이 느껴지기에 잠시 신경을 곤두세워 발걸음 소리를 들었다. 자박자박한 평범한 걸음 소리로, 그가 화로의 불을 갈러 온 사람이라는 것을 어렵지 않게 알 수 있었다.

단지 나타난 사람이 그가 예상했던 시비(侍婢)가 아닌 난영이었다는 것이 의외였다. 그동안은 계속 공 부인의 곁시인 린랑과 늙은 부엌어멈이 이 일을 해 왔다.

난영은 그의 잠을 깨우지 않기 위해 방에 들어와서도 한참 동안 숨을 죽이고 동정을 살폈다. 그 모습은 마치 사냥터에서 본 자그마한 토끼 같았다. 수풀의 어둠 속에 몸을 숨기고 덜덜 떨면서 사냥꾼이 지나가기를 기다리는 듯한 토끼.

그녀가 그대로 화로만을 채우고 돌아갔다면 류의 역시 그녀를 알은체할 생각이 없었다. 하지만 자그마한 토끼 같은 소녀는 자신의 일을 끝내자마자 고양이처럼 소리 없이 살금살금 움직여 침상가로 다가왔다.

그는 문득 새벽 내내 들여다보던 용포와 옥새가 생각났다. 그것들은 침상 곁에 있는 탁상 위에 아무렇게나 올려놓았던 것이다. 자고 있는 동안에는 아무도 들어오지 않으리라 생각하여 놔둔 그것들이 그녀에게 들킨다면 다소 귀찮아지겠다는 생각이 들었다.

난영은 어둠 속에서도 무언가를 똑바로 응시하고 있었다. 대체 뭘 보는가 싶어 그녀의 시선이 닿은 곳을 쳐다보니 거기에는 일전에 그녀가 넋을 놓고 쳐다보고 있던 족자가 걸려 있었다. 족자만을 보고 걷던 그녀가 발치에 있던 탁자를 보지 못한 것도, 그 때문에 미끄러져 넘어지는 것을 보는 것도 류의에게는 재미있는 일이었다.

품 안의 여인에게서는 그를 자극하는 물기 어린 살 냄새가 났다. 미칠 것 같은 본능을 한 가닥의 이성으로 간신히 제어하면서 그는 그녀의 가냘픈 목소리에 귀를 기울였다.

"천…… 천자시라고요?"

뒤늦게 그녀는 정신을 차렸다는 듯이 미약한 저항을 하면서 고개를 돌렸다. 어둠 속에서도 보일 정도로 바르르 떨리는 긴 속눈썹이 그의 가학심을 건드리는 듯했다. 어찌 보면 사냥과도 비슷한 느낌이었다. 여린 짐승은 잔혹한 사냥꾼의 눈을 피해 제대로 숨지 못하면, 그 목숨을 부지하지 못한다.

"처, 천첩은…… 황상을 알아뵙지 못하고…… 흡!"

어떻게 해서든 사죄의 말을 올리고 이 자리를 모면해야겠다는 난영의 생각은 다음 순간, 자신의 가슴을 세게 쥐는 남자의 손힘에 놀라서 머릿속에서 지워져 버렸다. 그녀는 경악에 잠긴 표정으로 자신의 가슴으로 머리를 숙이는 남자를 바라보았다.

보이는 것은 정수리와 그 주변으로 흘러내리는 머리카락, 그리고 캄캄한 새벽의 어둠 뿐. 본능적으로 버둥거리면서 자신의 가슴을 깨무는 남자를 밀어내려고 했지만, 소매에 걸려 있는 팔이 제대로 움직이지 않았다.

팔을 휘감는 소매 때문에 제대로 버둥거리지도 못한 채, 난영은 난생 처음 받아 보는 타인의 애무에 놀라 충격으로 굳어 버렸다.

"그럼 이제부터 자네는 짐을 알아보지 못한 죗값을 치르는 것이 좋겠지."

귓가에 그런 말이 들렸던 것 같았다. 사지가 떨리고, 이제껏 알지 못하는 이상한 느낌과 함께 아랫도리가 저릿저릿거리면서 젖어 왔다. 귓불, 뺨, 목덜미 젖가슴의 피부가 타인의 타액에 젖고 이빨에 깨물렸다. 자신조차 부끄러워 만지지 못한 은밀한 비부에 타인의 크고 긴 손가락이 침투했을 때는 수치심으로 죽는 것이 아닐까 싶은 생각이 들었다.

하지만 싫지 않았다. 스스로도 의식하지 못할 정도로 미약하게 그녀는 그의 애무에 반응했다. 그리고 그 사실에 놀라 온몸을 경직되었다. 이게 아닌데, 자기 몸이 자기의 것이 아닌 것 같았다.

"흡, 흐윽……!"

필사적으로 신음을 참는 그녀의 모습에 류의는 애무를 멈추고

그녀의 귀에 대고 속삭였다. 참지 않아도 돼, 신음성을 감추지 마라. 하지만 소녀는 그의 속도 모르고 아무런 반응 없이 쾌감조차도 견디는 모습이었다.

그것을 보자, 그는 마치 일곱 살의 어린아이처럼 기분이 나빠졌다. 모처럼 자신이 누군가에게 흥분하여 정신없이 매달리는데, 그 상대는 그의 속도 모르고 옴짝달싹하지 않으니, 재미가 없는 것이다.

난영이 아직 남녀 관계에 무지하다는 것은 류의의 머릿속에 존재하지 않았다. 그는 그녀의 반응을 이끌어 내기 위해 자신의 즐거움을 뒤로 미룬 채 집요하게 그녀를 애무했고, 그것이 그녀를 더욱더 움츠리게 만든다는 것을 모르는 채 그녀의 맛을 즐겼다.

그렇게 그 새벽은 난영에게는 영원히 끝나지 않을 것처럼 흘러갔다.

3.

초가집의 여인

모처럼 편안히 잠이 든 것 같았다. 점심나절이 되어서야 눈을 뜬 류의는 볕이 들어와 환한 침상 안을 멍한 시선으로 응시하면서 그렇게 생각했다.

이렇게 편히, 이렇게 깊이 잠들어 본 적은 그날 이후 처음이었다. 꿈조차 꾸지 않고 아무 걱정 없이 휴식을 취한 것이 마지막으로 언제였던가, 기억조차 나지 않을 정도로 오래된 일 같았다.

기분 좋은 숙면의 이유는 아무리 잠이 덜 깨었어도 충분히 인식할 수 있었다. 난영을 품에 안아, 불안정하게 날뛰던 혈기를 가라앉히고 모처럼 사람의 살 내음과 체온을 느꼈기 때문이었다.

여인에게 흥분한 것이 너무 오랜만이어서 필요 이상으로 정신없이 날뛰었던 것 같아서 그는 조금 부끄러운 기분이었다. 그럼에도 불구하고 그는 다시 난영을 안고 싶었다. 그러고 나서 함께 아침을 먹을 생각이었다.

하지만 텅 빈 자신의 옆자리를 보자, 그런 기분은 씻은 듯이 사라졌다. 그는 잠들기 전에 그녀에게 움직이지 말라 분명히 말했던 것을 기억했다. 그리고 안심하고 잠이 들었었다. 난영이라면 그 말을 반드시 지킬 것이라고 생각했다. 그렇게 겁이 많고 여린 아이라면, 지존의 명을 함부로 거역할 수 없을 것이기 때문이었다. 장난삼아 한 죗값을 치르라는 말에 벌벌 떨면서 그를 받아들이던 고지식한 아이 아니던가.

그런 그녀가 자신의 말을 어겼다는 생각이 들자, 그는 드물게 분개했다. 자리에서 벌떡 일어나서 옷을 대충 꿰어 입고 그는 바깥으로 나가 자신의 호위인 강세준을 불렀다.

"세준!"

"예, 부르셨습니까?"

정원을 서성이던 그는 주인의 부름에 재까닥 대답하며 앞으로 부복했다. 흐트러진 류의의 모습에 놀라는 것보다 더 놀라운 말이 떨어지기 전까지 세준의 표정은 거의 변화가 없었다.

"예난영이라는 처자는 어디에 있지?"

"예? 누구라고요?"

"예난영. 새벽에 내 방에 화로를 가지고온 소저(小姐) 말이다."

"그러니까……."

"그 소저라면 이른 아침에 장원을 나갔다는 이야기가 있습니다."

"뭐라고?"

놀란 나머지 세준의 대답이 늦어지자, 안채를 호위하던 무사 한 명이 재빨리 말했다. 그 말에 류의의 눈썹이 치켜떠지고, 그를 향해 다그치듯이 물었다.

"언제? 어디로?"

"저도 당직을 보았던 녀석과 교대하면서 들은 이야기입니다. 이른 새벽에 곧장 장원을 나서서 어디로 갔는지는 모른다고……."

"공 집사를 불러라."

호위에게서 더 이상 아무런 말이 나올 것 같지 않자, 류의는 그의 말허리를 자르고서 명을 내렸다. 호위는 곧장 그에게 포권한 다음, 군소리 없이 바깥채로 향했다.

그가 멀어지자 세준은 류의를 향해 조심스러운 어조로 말했다.

"그 소저가 무슨 잘못을 했습니까? 혹여 없어진 물건이라도 있다면……."

"내 명을 지키지 않은 것이 잘못이라면 잘못이지."

"예? 그러면 관(官)에 알려 처리하는 것이……."

"관에 알릴 필요 없다. 내가 천자라는 사실을 알면서도 명을 어긴 아이다. 제법 배포가 크니 그에 걸맞은 대접을 해 주어야 해."

이해하기 어려운 류의의 말에 세준은 고개를 갸웃거렸다. 잠시 후 공 집사가 헐레벌떡 뛰어와 그의 앞에 부복했다.

"부르셨사옵니까, 주인님."

"예난영이라는 소저가 사는 곳이 어딘지 아느냐?"

"난영이 말입니까? 여기서 마을로 통하는 길로 빠져나가 처음 보는 집이 그 처자의 집입니다만…… 무슨 일이옵니까? 안 그래도 난영이가 주인님의 방에 화로를 갈러 간 뒤 말도 없이 가 버려서 제 안사람이 걱정하고 있습니다."

그 말에 곧장 대답하지 않고서 류의는 성큼성큼 걸음을 옮기기 시작했다.

"말을 준비해라. 호위는 세준 한 명이면 된다."

"어딜 가시는 겁니까? 주인님께서 확실히 말씀해 주시지 않으면……."

긴 다리로 성큼성큼 걷는 류의의 속도에 맞추려면 다리가 짧은 공 집사는 저절로 종종걸음이 될 수밖에 없었다. 류의의 명을 들은 비복 하나가 그의 심상치 않은 분위기에 눌려 다급하게 마구간으로 달려갔다. 덕택에 류의가 대문에 도착했을 때, 말은 이미 차비를 끝내고 주인을 기다리고 있었다.

"주인님……."

공 집사는 다시금 걱정이 된다는 듯이 그를 불렀고, 말 위에 가볍게 오른 류의는 그런 공 집사를 향해 걱정 말라는 듯이 부드러운 어조로 말했다.

"자네의 안사람이 하는 걱정이 그대로 들어맞았을 게야."

그 말에 공 집사의 얼굴이 흙빛이 되었다. 그런 그를 뒤로한 채 류의는 말에 박차를 가했다. 허공을 향해 큰 소리로 울부짖고 말은 쏜살같이 달리기 시작했다. 그 뒤를 세준의 말이 뒤질세라 쫓아갔다.

공 집사의 말대로 마을의 어귀는 금방 당도했다. 류의는 가장 처음 보는 초가집으로 말머리를 돌렸다. 허름하고 낡은 초가집의 굴뚝에서는 연기가 모락모락 나고 있었다. 말에서 내린 그는 아무 말도 없이 사립문을 열고 마당으로 들어섰다.

깔끔하게 정리된 마당에는 인기척이 없었고 부엌에도 아궁이를 떼고 있는 장작의 모습만 있을 뿐 사람은 보이지 않았다. 방문을 열어 볼까 하는 생각을 하고 있는데, 부엌과 연결된 뒷마당에서 드륵거리는 맷돌 가는 소리가 났다.

망설이지 않고 그는 소리가 들린 쪽으로 향했다. 마당에 놓인 평상에 앉아서 난영은 맷돌로 콩을 갈고 있었다. 콩죽을 끓여 어머니의 점심을 차려 드릴 생각이었다. 깊은 생각에 잠긴 그녀의 눈길은 뽀얀 콩물을 흘리는 맷돌에서 움직일 줄 몰랐다. 누군가가 집 안으로 들어왔다는 것조차 모르는 눈치였다.

마당과 연결된 산의 능선에 심어진 벚나무에서 하얀 꽃잎들이 그녀의 머리 위로 떨어지고 있었다. 떨어지는 꽃잎을 털어 낼 생각도 하지 못했는지, 마치 눈을 맞은 것처럼 하얗게 쌓여 있었다. 단정하고 아름다운 그녀의 모습에 류의는 잠시 눈길을 빼앗겼다. 다시 몸이 긴장된다.

"뉘쇼!"

집 안에서 걸걸한 여인의 목소리가 들려오자, 그녀는 화들짝

놀라서 고개를 돌렸다. 그러다가 뒷마당에 장승처럼 서 있는 류의와 정면으로 눈이 마주쳤다.

"아……!"

경악에 잠겨 놀란 표정을 짓고 있는 난영의 반응이 마음에 들지 않았기 때문에 류의는 정색하면서 말했다.

"자네가 어찌하여 짐의 명을 거역했는지, 그 간의 크기를 보러 왔다."

"……화, 황공하옵니다, 황상. 처, 천첩은 다만……."

"다만?"

"난영아! 밖에 누가 왔니?"

다시금 집에서 자신을 부르자 난영은 안절부절못하며 그의 눈치를 살폈다. 그러다가 류의의 앞에 자신이 부복해야 한다는 생각이 뒤늦게 떠올랐는지 땅바닥에 내려와 납작 엎드렸다. 동시에 집안의 창문이 열리면서 신경질이 섞인 목소리가 뒷마당을 울렸다.

"어미 말이 말 같지 않은 게냐! 밖에 누가 왔냐고…… 콜록콜록……!"

소리를 버럭 치다가 뒷마당에 서 있는 류의와 눈이 마주치자 남(南) 부인은 깜짝 놀란 표정으로 기침을 하면서 얼굴을 찡그렸다.

신경질적이고 깡마른 그녀의 얼굴에는 거짓 병색이 완연했다. 오랜 시간 햇빛을 보지 않아 노랗게 뜬 얼굴에는 심술이 덕지덕지 붙어 있었다. 아무리 보아도 큰 눈에 오밀조밀하고 동그마니 귀여운 딸과는 닮은 구석이 없어 보이는 여인이었다.

잠시잠깐 고개를 든 난영이 어머니를 바라보는 시선에 담긴 불안함을 류의는 놓치지 않았다.

"콜록, 콜록! 대인(大人)은 뉘시기에 여인네만 사는 집에 소리 없이 오신 겁니까? 우리 집안이 아무리 몰락하여 가세가 기울었어도 한 때는 예부상서에까지 벼슬을 했었던 곳입니다. 이리 무례하실 수 없습니다."

남 부인이 근엄한, 아니 근엄하려고 노력하는 어조로 그리 묻자, 류의는 난영이 놀랄 만큼 정중한 어조로 그녀에게 예를 갖추어 대답했다.

"부인께 인사를 드립니다. 이리 갑작스러운 방문이 예의가 아님을 아나, 사안이 사안인지라 어쩔 수 없었습니다. 소생(小生)은 우혜원의 원주입니다. 어제 부인의 따님이 우혜원으로 품앗이를 오셨는데 큰 잘못을 저지르고 그냥 집으로 돌아가 소저에게 따지러 왔습니다."

"뭣이라고요? 난영아, 대인께서 지금 뭐라고 말씀하시는 게냐? 네가 잘못을 저지르고 그냥 오다니!"

"어, 어머니 저는 그런게……."

변명의 말을 입에 올리려다 말고 난영은 입을 다물었다. 류의의 시선이 느껴졌다. 새벽에 그가 했던 말들이 아릿아릿하게 아직도 떠올랐고 그중에는 류의가 암행 중이라는 말도 있었다. 암행이란 말은 신분을 감추고 행동한다는 뜻이다. 그가 스스로 자신의 신분을 밝히지 않는 이상, 그녀는 아무 말도 하지 못했다.

할 수 없었다.

결국 그녀는 울상이 된 표정으로 입을 꾹 다물고 류의와 남 부인의 눈치를 살폈다. 억울하지만 지금은 당할 수밖에 없었다.

남 부인은 우물쭈물하고 있는 딸을 못마땅하다는 시선으로 쏘아보고 나서 송구하다는 듯이 류의에게 말했다.

"제 딸이 아둔하고 손버릇이 나빠 어미된 자로서 한없이 부끄러울 따름입니다. 가세가 기울어 모녀 둘이 하루 먹고 하루 살기에 힘에 부치다 보니, 저 어린 것이 앞뒤 분간 못하고 대인께 잘못을 저질렀나 봅니다. 하오니 이 늙고 병든 어미의 얼굴을 보아 한 번만 용서해 주십시오."

"부인께서 굳이 용서를 구하실 필요 없습니다. 자신이 한 일의 책임은 자신이 져야지요. 그러니 따님을 우혜원으로 데리고 갈 생각입니다."

"네?"

"우혜원에서 따님의 일을 처분하도록 하겠습니다. 관에 알리셔서 사대부 집안의 소저가 손버릇과 몸가짐이 나쁘다는 소문이 나도 좋다면, 그리하셔도 좋습니다만……."

몸가짐이 나쁘다는 말을 듣자, 남 부인의 눈초리가 가늘어지면서 난영을 쏘아보는 시선이 한없이 싸늘해졌다. 소녀는 그 시선에 더욱 몸을 웅크리면서 어찌할 바를 몰라 했다. 잘못한 것은 아무것도 없는데, 모든 것이 자신의 탓인 것만 같았다.

"콜록, 콜록! 그런 말로 이 병들고 불쌍한 노인네에게 딸을 빼앗아 갈 생각이십니까?"

"대신에 부인께는 시중을 들 사람을 한 명 보내도록 하지요. 연약하신 부인의 사정을 생각하여, 우혜원에서 부인의 살림을 돌보도록 제가 특별히 집사에게 말하겠습니다. 하지만 따님은 제가 데리고 가서 결단을 내려야 합니다."

"어, 어머니……."

불안에 잠긴 표정으로 난영은 어머니를 바라보았다. 어머니가 여기서 조금만 더 거절해 주었으면 했다. 그녀에게 정중하게 대하는 류의를 보자, 어머니가 계속 고집을 피운다면 그도 한 발 물러나지 않을까 생각했던 것이다.

하지만 어머니는 류의의 제안이 마음에 드는지 야멸치던 눈빛이 어느 정도 부드러워졌다. 그가 하려는 일이 무엇인지 몰라도, 돌봐 줄 사람을 보내 준다는 말은 다른 의미를 내포하고 있었다. 이 일은 자신에게 하등의 손해가 없다는 것을 남 부인은 그 순간 계산해 낸 것이다.

이전부터 생각해 왔던 일이었다. 그렇지 않아도 슬슬 그녀를 어딘가의 첩으로 보내 버릴까 생각하던 차에, 호박이 넝쿨째 들어왔다. 계산을 마치고 그녀는 입가에 떠오르는 미소를 소맷자락으로 감추며 입을 열었다.

"대인께서 그리 말씀하신다면 저도 별수 없지요. 자신의 잘못은 자기 스스로 책임져야 한다는 대인의 말에는 어미된 자로서 공감하는 바입니다. 데리고 가십시오."

"어머니, 저는……."

"우혜원으로 가거라. 네가 무슨 잘못을 저질렀는지는 모르나

원주께서 저리 말씀하시는 것으로 보아 크나큰 잘못인 듯하니, 반드시 사죄하고 죗값을 치르도록 하거라. 이게 무슨 망신이냔 말이다. 우리 가문에 너같이 방정맞은 아이가 나오다니……."

쯧쯧 하고 혀를 차는 소리가 난영의 어깨를 무겁게 내리눌렀다. 소녀의 커다란 눈동자에 눈물이 방울방울 맺히는 것을 류의는 말없이 응시했다. 새벽에는 무슨 짓을 해도 울지 않던 계집이, 어머니의 축객령에는 하늘이 무너지는 것 같은 표정으로 우는 것을 보니 마음이 편치 않았다.

그는 엎드려 눈물을 뚝뚝 흘리는 난영의 앞에 다가가 그녀의 팔을 거칠게 잡아당겼다. 일어나지 않으려고 바둥거리는 그녀의 모습을 보고 싶지 않은지, 창문이 탁 소리를 내며 닫혔다. 난영의 가슴은 그 순간 산산이 깨지고 소리 없이 무너졌다.

비틀비틀거리면서 류의가 이끄는 대로 말 위에 오르면서 그녀는 입술을 깨물며 눈물을 참았다.

"입술 깨물지 마라. 잘못하면 찢어진다."

류의의 부드러운 목소리가 귓가에 들려왔다. 난영은 그 목소리를 들었는지 듣지 못했는지 멍하니 말갈기를 쥐고 있는 자신의 손만 바라보고 있었다.

아무리 입술을 깨물어도 손등 위에 떨어져 소맷자락을 적시는 눈물은 사라지지 않았다.

※ ※ ※

류의와 함께 난영이 우혜원으로 돌아오자 공 부인의 얼굴빛이 무겁게 굳어졌다. 눈이 빨갛게 변한 그녀는 차마 공 부인의 얼굴을 보기 무서운 듯 고개를 푹 숙이고 몸을 웅크렸다. 그런 소녀의 몸을 장난감 들 듯이 말 위에서 들어 올린 류의는 공 부인에게 말했다.

"점심은 방에서 먹을 생각이네."

"그리 준비하겠습니다, 주인님."

"그리고 남 부인께 사람 한 명을 보내게."

"예?"

"그리하기로 했네."

긴 말은 하지 않았지만 공 부인은 류의의 말을 이해했다. 난영의 어머니인 남 부인은 딸보다도 일신상의 안녕을 택한 모양이었다. 창백하게 변해 있는 난영은 끈 떨어진 인형처럼 축 늘어져, 류의의 품에 안겨 있었다. 얼굴을 보니 금방이라도 쓰러지는 것이 아닐까 걱정스러울 정도였다.

"이 계집을 곳간에 가두고 아무것도 주지 마라. 내 명을 거역하고 도망쳤으니 그에 대한 대가를 치러야지."

"주인님!"

공 부인은 류의의 그런 말에 대경실색(大驚失色)하여 큰 소리로 그를 불렀으나, 그는 들은 척도 하지 않고 남자 하인들에게 난영을 넘겼다. 거친 남자들의 손길에 난영은 창백한 얼굴을 들어 류의를 바라보았다. 깨물어 찢어지고 바짝 마른 입술이 달싹거렸다가 다물어지고, 그녀는 아무런 저항도 없이 곳간으로 끌려갔다.

그 모습을 류의는 냉정한 시선으로 바라보았다. 몸을 돌려 자신의 방으로 향하는 그를 공 부인은 다급한 걸음으로 쫓아가며 말했다.

"주인님, 이게 대체 무슨 일인 것입니까?"

"보다시피, 버릇이 나쁜 계집 하나를 데려와 벌을 주는 것뿐이다. 그리 대단할 것이 없지 않은가?"

"난영이가 대체 무슨 짓을 한 것입니까?"

"내 명을 거역하고 나를 능멸했다. 벌을 내리는데 다른 이유가 필요한가?"

그 말에 공 부인은 이해할 수 없다는 표정으로 류의를 바라보았다. 그 말에 억지가 다분하다는 것을 알지만, 그녀로서는 그를 설득할 수는 없었다. 말을 걸지 못할 정도로 싸늘한 그의 태도 때문이었다.

일단 그의 화가 가라앉기만을 기다리도록 하자. 공 부인은 그렇게 생각했다. 대체 무슨 일인지는 모르지만, 평소에 이성적이고 냉정한 그를 생각하면 이번 일은 쉬이 납득이 가지 않았다. 하지만 그의 성정을 생각하자면, 화가 가라앉으면 옳은 말을 사심 없이 받아들일 것이었다. 지금은 그것을 기다리는 수밖에 없었다.

끼익거리는 소리와 함께 문이 닫히고 난영은 어둠 속에 혼자 남게 되었다. 사방은 조용하고, 서늘한 곳간의 공기는 그녀의 어깨 위로 무겁게 내려앉았다. 바닥에 깔린 짚자리 위에 웅크리고 앉아서 그녀는 멍한 시선으로 어둠을 응시했다.

설마 류의가 자신을 쫓아올 줄은 꿈에도 상상하지 못했다. 그가 자신에게 가지 말라고 명을 내렸더라도, 어차피 잠결에 한 말이라 기억하지 못할 것이라고 생각했다. 새벽의 어스름한 빛에서는 자신이 누구인지도 모를 것이라 생각했기에 그가 굳이 자신을 찾을 리 없다고 안이하게 생각한 것이다.

그렇게 멋대로 생각한 것이 잘못이라면 잘못인 것이다. 류의가 이렇게까지 화를 내는 것으로 보아, 정말로 죽을지도 모른다. 어차피 자신이 죽어도 어머니는 눈썹 하나 까딱하지 않으리라. 알고 있으면서도 막상 이렇게 되자 그녀는 서러웠다.

죽으면 차라리 편해지겠지.

빨리 그 순간이 오면 좋겠다고 난영은 벽에 고개를 기댔다. 그 순간 그녀의 눈에는 창고의 높은 곳에 위치한 창살이 달린 창문이 보였다. 새파란 하늘과 한가로이 떠도는 구름은 그녀와 전혀 상관없이 평화로워 보였다.

멍하니 하늘만 바라보다 깜빡 잠이 든 것 같았다. 곳간의 문이 끼익 하니 열리는 소리가 난영은 울어서 빡빡해진 눈을 깜빡이며 고개를 돌렸다. 시간이 얼마나 지났는지 모르지만, 주변은 여전히 어둡고 창문에서 들어오는 빛은 햇빛이 아니라 달빛이었다.

"부인?"

목이 말라 갈라진 목소리로 어둠 속에 서 있는 사람을 불러 보았다. 이곳에 들어올 사람은 공 부인 이외는 없을 것이라고 생각했기 때문에 그리 물었지만, 상대방은 대답이 없었다. 의아한 기분이 들어 난영은 어둠을 빤히 응시했다.

"공 부인을 찾는 것을 보니, 아직은 팔팔한가 보군."

싸늘한 남자의 목소리가 귓가에 울리자 그녀는 저도 모르게 흠칫거리면서 몸을 웅크렸다.

류의는 성큼성큼 걸어 난영의 앞으로 다가왔다. 약한 달빛 아래에서도 난영의 빨갛게 충혈된 눈과 겁먹은 얼굴은 뚜렷이 보였다. 더 이상 눈을 마주치지 못하고 고개를 숙이려는 난영을 향해 그가 손을 뻗자, 소녀의 몸이 두려움으로 움츠러들었다. 반항조차 제대로 하지 못하고 움찔거리는 그녀를 류의는 거칠게 밀어붙였다.

"꺄악!"

낮은 비명과 함께 난영의 몸이 창고의 벽에 밀려갔다. 동시에 차가운 공기가 그녀의 맨살을 쓰다듬었다. 겉옷의 앞섶이 거칠게 벗겨지고 세차게 뛰는 심장을 품은 자그마한 가슴이 그녀의 거친 호흡을 따라 오르락내리락거렸다.

류의가 몸을 기울였다. 혀를 할짝거리는 소리와 함께 난영의 척추를 따라 찌릿찌릿한 느낌이 올라왔다. 가슴의 돌기가 빳빳하게 머리를 들고 자신을 괴롭히는 붉은 혀와 하얀 이빨에 항의했지만 아무런 소용이 없었다.

난영은 그런 갑작스러운 느낌에 어찌할 바를 몰라 양팔을 버둥거리다가 저도 모르게 그 자극의 근원인 남자를 밀어내려고 했다. 하지만 그녀의 손에 닿은 건장한 어깨는 조금도 움직이지 않았고, 그녀는 도리어 그의 어깨자락을 강하게 움켜쥐었다. 집요하게 가슴을 애무하며 희롱하는 그 때문에 허리에 힘이 빠져 몸이 자꾸 기울어졌던 것이다.

정신을 차리고 보니 난영은 어느 틈엔가 바닥에 누워 있었고, 사내는 그녀의 치맛자락을 허리 위로 끌어 올렸다. 자신의 다리 사이에 당연하다는 듯이 자리 잡고 있는 그의 모습을 난영은 멍한 시선으로 바라보았다.

"……싫어요."

그녀가 가냘픈 어조로 그렇게 중얼거렸다. 싫고 무서웠다. 그가 자신에게 거칠게 다가오는 것이 무섭고, 그의 손길이 자신의 몸에 닿을 때마다 느껴지는 야릇한 감각이 이상했다. 하지만 남자는 그런 그녀의 반응에도 아랑곳하지 않고 커다란 손으로 그녀의 허벅지 안쪽을 더듬더니, 은밀한 곳에 숨겨진 쾌락의 정점을 손끝으로 희롱했다.

"아…… 싫어……!"

눈물이 고여 다시금 싫다고 말하며 난영은 그를 밀어내려 안간힘을 썼지만, 그는 아랑곳하지 않고 그녀의 중심부가 그를 받아들이기에 충분한지 확인했다. 이제 조금씩 촉촉해지고 있는 그곳은 너무나도 비좁게만 느껴졌다. 어제 새벽에는 대체 어떻게 자신을 받아들였는지 신기할 따름이다.

"싫어요…… 그만……."

흐느끼는 그 목소리에는 공포가 어려 있었다. 자신의 몸 안에 침범한 낯선 이의 손길을 두려워하는 것이다. 류의가 갑자기 움직임을 멈추자 난영은 그가 이대로 멈추는 것인가 싶은 생각에 눈을 들어 젖은 시선으로 사내를 올려다보았다.

달빛이 그의 어깨에 내려와 긴 그림자를 만들었다. 그녀와 마주친 사내의 눈동자에는 사납게 날뛰는 욕망이 어려 있었다. 난영은 그 눈동자에서 순간적으로 시선을 떼지 못했다. 자신을 욕망하는 사람이 있다는 사실이, 원하는 사람이 있다는 사실이 그제야 실감할 수 있었던 것이다.

"앗! 하악!"

그렇게 그녀가 한순간 긴장을 풀자, 사내는 기다렸다는 듯이 그녀의 안쪽으로 파고들었다. 그 충격으로 그녀는 눈을 크게 치켜뜨면서 숨을 멈췄다.

빽빽한 그녀의 안쪽은 한없이 비좁았지만, 사내는 움직임을 멈추지 않았다. 고통스러운 신음을 삼키는 그녀의 태도에 아랑곳하지 않고 끝까지 밀고 들어온 그는 잠시의 틈도 주지 않고 허리를 움직였다.

싫다는 작은 저항조차 할 수 없는 그런 무자비한 움직임에 난영은 속절없이 끌려갈 따름이었다. 이윽고 그가 거친 숨과 함께 그녀의 안쪽에 자신을 쏟아 냈을 때, 난영은 간신히 숨을 들이마시면서 고개를 들었다.

입술이 겹쳐진 것은 그 순간이었다. 난영은 그가 자신에게 입맞춤을 하자 깜짝 놀라서 버둥거렸지만, 이내 입안의 여린 부분을 구석구석 쓸어 내는 그의 입맞춤을 따라가는 것도 벅찼다.

그러는 사이에 난영은 자신의 안에 있는 그의 몸이 다시 힘을 되찾는 것을 느끼고 움찔거렸다. 하지만 류의는 입맞춤을 계속 하면서 그녀의 안에서 움직였다. 두 번째의 절정은 그녀가 예상치 못한 순간에, 그리고 무척이나 갑작스럽게 다가왔다.

"하아…… 하아……."

눈물이 젖어 있는 눈을 들어 난영은 자신에게서 빠져나가는 남자의 모습을 바라보았다. 벌거벗어 나체가 된 그녀와 달리, 그는 거의 흐트러지지 않았다. 무의식적으로 바닥에 흩어진 옷가지를 줍는 그녀의 머리 위로 긴 장삼이 내려왔다.

머리를 덮어 버린 옷자락 때문에 난영이 잠시 버둥거리는 사이에 곳간 문이 열리는 소리가 들렸다. 그녀가 고개를 들었을 때 그는 이미 그곳을 떠나고 없었다.

의미가 없는 깊은 한숨을 내쉬면서 난영은 옷을 챙겨 입었다. 그녀가 입고 있는 낡은 옷의 앞섶은 찢어져 더 이상 옷의 기능을 할 수 없었다.

할 수 없이 난영은 던져 버리려던 류의의 장삼을 주섬주섬 몸에 걸쳤다. 그녀의 작은 몸이 싸일 정도로 크고 긴 옷자락에서는 침향의 냄새가 났다. 그 사람의 향기다.

잠들기 전에 마지막으로 그렇게 생각하면서 난영은 눈을 감았다.

다음 날 아침에 난영은 곳간 문이 다시 열리는 소리를 듣고

누워 있던 자리에서 일어났다. 혹여 류의가 아닌가 싶었지만, 이번에는 공 부인과 린랑이었다. 린랑은 난영의 흐트러진 차림새를 보자 큰 눈에 그르렁거리는 눈물이 고이기 시작했다.

"난영아!"

"린랑…… 부인."

와락 안겨 오는 친구의 따뜻한 체온과 마음을 느끼자, 난영의 뺨에도 눈물이 고였다. 안도감과 함께 한없는 설움이 눈물로 흘러나오는 것 같았다.

"흑흑……."

그렇게 난영이 린랑을 잡고 우는 동안 공 부인은 참을성 있게 기다렸다. 이윽고 두 사람 모두 진정하는 기미가 보이자, 공 부인은 난영에게 따뜻한 음식을 내밀었다.

"아무것도 먹지 못해 배고프지? 어서 먹거라."

"잘 먹겠습니다."

근 하루를 굶었기 때문에 난영은 상당히 허기져 있었다. 음식을 보자마자 뱃속에서는 먹을 것을 달라고 난리였다. 따뜻한 국과 밥을 허겁지겁 먹는 그녀를 공 부인은 안쓰럽다는 듯이 바라보았다.

"린랑, 잠시 나가 보거라."

둘이서만 할 말이 있다는 듯한 부인의 태도에 린랑은 고개를 갸웃거렸지만, 군소리 없이 자리에서 물러났다. 그녀가 나가면서 문을 닫자, 공 부인은 잠시 동안 바깥의 기척에 귀를 기울였고 아무도 없는 것을 확인하고서 그녀는 목소리를 낮춰 난영에게 물었다.

"어찌 된 일이냐? 어찌하여 주인님이…… 너를……."

"저도…… 잘 모르겠습니다. 너무 갑작스러워서…… 왜 이렇게 된 것인지……. 주, 주인님께서는 처, 천자시지요? 지난 새벽에 용포와 옥새를 보았습니다. 하지만……."

하지만 그것 때문에 그가 자신을 이리 범할 것이라고는 생각지도 못했다. 그저, 겁만 준다 하여도 그녀는 충분히 입을 다물 것이었다. 난영은 그렇게 말하면서 공 부인에게 매달렸다.

"황상께 주청을 드려 주세요. 제발, 평생 이 일에 대해서는 입을 다물겠습니다. 절대로 누구에게도 말하지 않을게요. 제발…… 저를 용서해 주십사 하고……. 부인께서 말씀해 주세요."

"내가 황상의 유모이긴 하나, 이번 일은 아무런 도움이 되지 못할 것 같구나. 그분이 화를 풀어야……."

"저는 죽을지도 몰라요. 부인도 소문은 듣고 계시잖아요. 지난겨울에 황상께서……."

"쉿! 그런 흉한 말은 하지 말거라. 모두 헛소문이다. 관에서도 그리 말하지 않았더냐?"

공 부인은 무서울 정도로 단호하게 난영의 말을 잘랐다. 그녀의 그 태도에 난영은 숨을 삼키고서 터지려는 눈물샘을 손으로 가리며 고개를 숙였다.

겨우내 흉흉한 소문이 경원국을 떠돌았다. 시골의, 나랏일에 무관심하며 하루하루를 사는데 바쁜 난영에게도 알려진 소문이

었다.

지난겨울에 류의의 정비인 원경(猨景) 황후가 갑작스럽게 승하했다. 찬바람을 맞아 걸린 고뿔이 폐렴으로 번져 유능하다고 하는 어의(御醫)들 조차도 제대로 손을 못 썼다고 했다. 그것이 황궁에서 나온 정식 사인이었다. 하지만 저자에는 전혀 다른 이야기가 떠돌고 있었다.

사실 원경 황후를 죽인 사람은 류의이고, 그 사실을 감추기 위해 황후가 고뿔로 사망했다는 말을 퍼트린 것이라고.

하지만 그 소문이 떠돌 때에도 공 부인은 소문이 절대 사실이 아니라고 말하던 사람이었다.

"그런 흉한 생각은 하지 말거라. 황상은 네가 생각하는 것만큼 잔인한 분이 아니시니, 화가 풀리고 나면 괜찮아 질 게야. 우선은 네 몸부터 챙기거라."

엄하게 타이르는 공 부인의 말에 난영은 더 이상 아무 말도 하지 못했다. 그녀의 말대로 정말 자신이 오해하고 있는 것이라고 믿고 싶었다. 아니, 차라리 이 모든 일이 꿈이 되기를 바랐다.

그날 밤에도 류의는 그녀를 찾아왔다. 그리고 잠든 그녀의 몸을 거칠게 탐했다. 잠결에 자신을 더듬는 그의 손길을 받고 난영은 반사적으로 저항하다가 익숙한 침향을 맡고서 움직임을 멈췄다.

거칠 숨결이 땀에 젖은 피부에 흘러내렸다. 이상한 감각이 척추를 타고 전신에 퍼지고, 점점 자신의 몸이 자신의 것이 아닌 기묘한 느낌이 들었다. 입술 사이로 흘러나오는 신음을 참으면서, 난영은 그가 마음껏 자신의 몸을 능욕하도록 내버려 두었다.

반응하지 않겠다. 막대기처럼 반응하지 않는다면, 류의가 자신에게 싫증을 낼지도 모른다고 생각했다. 남녀 관계에 대해서 깊이는 모르지만, 여기저기 일을 다니면서 주워들은 것들은 많았기 때문에, 그녀도 사내들이 적극적으로 반응하는 것을 좋아한다고는 알고 있었다.

그녀의 무반응에도 류의는 조금도 개의치 않고 그녀의 안에 사정했다. 난영은 몸 안에 따뜻한 것이 채워지는 느낌에 고개를 들어 몽롱한 시선으로 쾌감을 떨궈 내는 남자의 깨끗하고 단정한 얼굴을 쳐다보았다. 조금, 이상한 느낌이었다.

그가 감았던 눈을 뜨자, 두 사람의 눈이 마주쳤다. 잠시 동안 두 사람의 시선이 허공에서 얽혔다. 사방은 조용했고 들리는 것은 두 사람이 내쉬는 거친 숨소리뿐이었다.

그러다가 류의는 난영의 벌어진 입술을 보고 충동적으로 고개를 숙여, 다시 입을 맞췄다. 여린 입술을 빨고 핥으며 숨조차 제대로 쉬지 못하게 만드는 그의 입맞춤은 어제처럼 한동안 계속되었다.

입안의 구석구석을 쓰다듬는 그 느낌은 아까 전의 애무와는 또 다른 느낌을 주었다. 그러자 저도 모르게 긴장이 풀리는 것 같았다. 난영이 그렇게 느끼고 깜짝 놀랐을 때, 류의가 생각지도 못한 행동을 했다. 그는 흐트러진 그녀의 머리카락에 손을 감더

니 천천히 그녀의 입술에서 떨어졌다.

거친 그의 숨결이 뺨을 타고 흘러내렸지만, 난영은 눈을 뜨지 않았다. 그의 손길이 그녀의 머리카락을 다시금 쓰다듬었고 다음 순간 그가 그녀를 끌어안고 벽에 몸을 기댔다. 아이를 달래듯 웅크린 그녀를 토닥이는 류의의 태도에 난영은 저도 모르게 저항하듯이 버둥거렸지만, 사내는 아랑곳하지 않고, 긴 팔로 그녀의 몸을 끌어안고 작은 머리 위에 턱을 올리며 숨을 내쉬었다.

그 때문에 난영은 그의 심장이, 자신 못지않게 격렬하게 뛰고 있다는 사실을 알 수 있었다. 쿵쿵 뛰는 심장 소리 때문인지, 자신을 달래는 것처럼 어깨를 두드리고 있는 그의 손길 때문인지는 모르지만, 두렵고 고통스러웠던 기분은 조금씩 가라앉기 시작했다.

그렇게 그녀를 품고 있던 그의 기분이 변덕을 부린 것은 잠시 후였다.

"제기랄!"

류의가 나지막하게 욕설을 그녀를 품에서 떼어 냈다. 영문도 모르고 그가 자신을 바닥에 내려놓자, 난영은 눈을 동그랗게 뜨면서 벌어지려는 옷자락을 움켜쥐었다. 그의 몸은 다시 흥분하고 있었다.

욕정하는 사내를 중심을 처음 보았기 때문에 난영의 표정은 수치심과 두려움으로 물들었다. 그녀는 저도 모르게 그에게서 멀어지려고 노력했지만, 그의 시선이 닿는 순간 옴짝달싹할 수 없었다.

그가 당장이라도 자신을 향해 달려들 것이다. 그런 생각으로 난영은 눈을 감고 앞으로 벌어질 일에 각오를 다졌다. 하지만 한참이 지나도 아무 일도 일어나지 않았다. 오히려 곳간 문이 닫히는 소리가 들려왔다.

어둠 속에 홀로 남아 난영은 몸을 웅크렸다. 바들바들 떨리는 몸을 진정하기를 기다렸지만, 눈물이 흘러나와 좀처럼 진정되지 않았다.

4.
헤아릴 길 없는

다음 날 아침, 곳간 문이 다시 열렸을 때, 난영은 기진맥진한 상태였다. 그동안의 긴장이 한꺼번에 풀리고 한기가 몸에 스며들어 약간의 미열이 났다. 그 때문에 인기척에 눈도 뜨지 않고 가만히 숨만 내쉬었다.

"어머나? 부인! 난영이가 열이 있어요!"

걱정하는 린랑의 목소리가 들려와 난영은 무거운 눈꺼풀을 들었다. 괜찮다고 말하고 싶었지만 목소리가 나오지 않았다. 사람들의 시끌시끌한 목소리가 연이어 들리고 잠깐 조용해지나 싶더니, 그녀의 몸이 붕 떠올랐다. 만사가 귀찮았기 때문에 그녀는 주변에서 무슨 일이 벌어지든 신경 쓰지 않았다.

그렇게 다시 잠이 든 것 같았다. 이번에는 꿈도 꾸지 않은 깊은 잠이었다. 식은땀이 흐르고 몸에서 열이 나는 것 같았지만,

난영은 옴짝달싹하지 않았다.

"일어나서 약 먹어야지."

린랑의 목소리가 들려오는 것 같았다. 하지만 난영은 잠에서 깨고 싶지 않았기 때문에 고개를 설레설레 젓고 몸을 더 웅크렸다. 약이고 뭐고 만사가 귀찮아 눈조차 뜨고 싶지 않았다. 이대로 영원히 잠만 자고 싶다. 마음속으로 생각하는데, 갑자기 숨이 막히면서 쓴 물이 목구멍으로 넘어왔다.

싫다고 갑갑하다고 격렬하게 저항하면서 몸을 움직였지만, 무거운 눈꺼풀은 떠지지 않았다. 누군가가 그렇게 움직이는 그녀의 팔을 강한 힘으로 내리누르면서 입으로는 연신 쓴 물을 들이부었다.

기력이 빠졌기 때문에 난영은 곧 저항을 멈췄다. 그렇게 한 대접의 약을 모두 그녀에게 먹이고 나서 류의는 몸을 일으켰다. 입가에 흘러내린 약물을 손등으로 닦아 내면서 그는 석상처럼 굳은 채 그와 난영을 쳐다보고 있는 린랑에게 시선을 주었다. 눈이 마주치자 그녀는 새빨개진 얼굴로 숨을 멈추듯이 움찔거렸다. 그런 그녀에게 그는 나직한 목소리로 말했다.

"이제 됐으니 나가 봐라."

"아, 예……."

말이 떨어지자마자 린랑은 빈 그릇과 쟁반을 들고서 침실을 나섰다. 류의는 그녀의 눈앞에서 난영의 입술을 억지로 열고 자신의 입으로 탕약을 밀어 넣었다. 단순히 약을 먹이는 모습인데도 묘하게 선정적으로 보여, 얼굴이 저절로 붉어지고 심장이 떨

커덩거렸다.

'아이고, 내가 무슨 생각이야! 난영이가 아픈데.'

린랑은 그렇게 중얼거리면서도 히죽 웃었다. 이상하게 웃음이 났다. 한없이 냉정해 보이던 그가 난영을 위해 그렇게 헌신적인 모습을 보이는 것이 신기하고, 또 희한하게 보였던 것이다. 그가 난영을 곳간에 가두고 먹을 것도 주지 말라고 했을 때는 한없이 원망스러웠지만, 지금은 아니었다.

난영이 아프다는 말을 듣자마자 곳간으로 달려와서 그녀를 품에 안고 자신의 방으로 데리고 간 뒤, 의원을 부르라고 호통을 치던 그의 모습에는 여유라곤 조금도 찾을 수 없었다. 그리고 계속해서 그녀의 곁을 지키고 있었다. 공 부인이 자신이 하겠다고 그렇게 열심히 말했는데도 들은 척도 하지 않았다.

그가 그녀를 아주 많이 좋아하는 모양이었다. 린랑은 그렇게 생각했다.

열이 내리고 난영이 눈을 떴을 때, 그녀는 자신이 부드러운 이불에 폭 파묻혀 있는 것을 깨달았다. 자신이 있는 곳은 곳간일 텐데 어째서 이불이 있는 것일까라는 의문이 먼저 떠올랐다.

다음에 그녀는 이것이 꿈일 것이라고 생각했다. 꿈이 아니라면 자신이 따뜻한 이불 속에 있고 침상의 바로 옆에 류의가 자신을 걱정스러운 얼굴로 쳐다보고 있을 리가 없기 때문이었다.

머리가 무거웠다. 아직도 약간의 열이 있고 몸살이 난 듯이 온몸이 욱신거렸다. 그럼에도 불구하고 이 꿈은 꽤나 온화하고 포근한 느낌을 주었다. 이대로 계속되면 좋겠다고, 막연히 생각하고 있는데 고여 있던 공기가 흔들리는 것이 느껴졌다.

"정신이 들었나?"

류의의 메마른 목소리가 들려오자 난영은 의아한 듯이 눈을 깜빡이고 천천히 손을 들어 자신의 뺨을 만졌다. 손끝에 감각이 있는 것을 확인하고서 그녀는 뺨을 세게 꼬집었다.

"아얏!"

생각했던 것보다 훨씬 더 아팠기 때문에 그녀는 저도 모르게 비명을 질렀다. 그런 그녀의 행동을 류의는 어이가 없다는 듯이 바라보다가, 갑자기 피식 웃었다.

뺨의 아픔보다도 그의 웃음이 더 놀라웠다. 난영은 아픈 뺨을 문지르면서 멍한 눈으로 그를 바라보다가 천천히 몸을 일으켰다. 팔에 힘이 제대로 들어가지 않아 비틀거렸지만, 류의가 바로 그런 그녀를 부축해 주었다.

그의 단단한 팔에 지탱되는 자신의 몸이 신기하게 느껴졌다. 그리고 그가 자신의 앞에, 바로 자신을 바라보고 있다는 것이 실감이 났다.

"어떻게 된 건가요……?"

목구멍이 메말라 잘 나오지 않는 목소리를 억지로 쥐어짜 내어 그에게 묻자, 류의는 대답 대신에 그녀의 앞에 꿀물이 든 대접을 내밀었다. 얼떨결에 받아 들고 나서 그녀는 고맙다는 말과 함께 물을 마셨다. 물이 너무나도 달고 맛있게 느껴졌다.

"몸살감기라고 하더군."

그녀가 대접을 비우자 류의는 손수 대접을 받아 한쪽으로 치우면서 그렇게 말했다.

"며칠 푹 쉬면 괜찮다고 의원이 말했으니, 이만 눕게."

"황상께서 천첩의 곁에 계셔 주신 것인가요?"

"아니, 공 부인이 계속 곁에 있었어. 나는 잠시 교대한 것뿐이고."

류의는 일부러 거짓말을 했고, 난영은 그 말을 믿었다. 하지만 그럼에도 불구하고 지금, 류의가 자신의 곁에 있다는 사실이 이상하게 안도가 되는 그녀였다.

빨리 누우라고 재촉하는 그의 말에 못 이겨 난영은 다시 베개 머리를 기댔다. 눕자마자 졸음이 몰려와 그녀는 그대로 잠에 빠져들었다.

좀 더 개운한 기분으로 난영이 눈을 떴을 때, 그녀는 침상의 옆에 공 부인이 있는 것을 보았다. 그러자 맨 처음 머릿속에 든 생각은 자신이 새벽에 류의를 본 것은 꿈이었을지도 모른다는 것이었다. 그러고 나서 그녀는 쓴웃음을 지었다. 이런 순간에도 류의를 의식하는 자기 자신이 너무나 웃겼기 때문이었다.

"부인……."

"일어났느냐? ……다행이 열은 없구나. 머리는 아프지 않고?"

"예, 다른 아픈 곳도 없습니다. 푹 자고 일어났더니 몸이 개운해요."

"다행이다. 곧 미음을 가지고 오라 이를 터이니 잠시만 기다리거라."

"네."

걱정해 주는 것이 역력한 공 부인의 모습에 왠지 부끄러운 기분이 들었다.

"부인께서 밤새 간호해 주신 것입니까?"

"나도 그러고 싶었지만……."

공 부인은 쓴웃음을 지으면서 그렇게 대꾸했고, 난영은 공 부인의 대꾸에 의아한 듯이 물었다.

"밤을 샌 사람은 린랑이겠죠?"

"아니다. 황상께서 계속 네 곁을 지키셨다가 아침나절에 나와 자리를 바꾸셨단다."

그 말에 난영은 자신의 귀를 의심했다. 류의가 밤새 자신의 곁에 있었다는 소리가 믿기지 않았다. 그는 분명히 새벽에 자신이 공 부인과 잠시 자리를 바꾼 것이라는 투로 말했던 것이다.

"하지만 황상께서는 제게 그렇게 말씀을 하지 않으셨는데요……."

"아마도 소저를 그리 걱정했던 것이 쑥스러워 그러셨나 보지. 황상은 네가 아픈 걸 아시고 누구보다 너를 걱정하셨어. 계속 네 곁을 지키시면서 한시도 떠나시지 않으셔서, 오늘 아침에 제발 옥체를 상하지 않게 쉬시라고 입이 닳도록 말씀드려야 했지."

"……."

"네게 좀 무정하게 구신 면이 없지 않아 있지만, 황상께서는 원래부터 정이 많으신 분이다. 얼토당토않은 소문도 있고 지금

은 한없이 어려워 보일지도 모르지만, 조금씩 알게 될 거야. 그러니 너는 네 몸만 잘 추스르거라."

걱정스럽게 말을 하는 공 부인의 말이 끝나자마자, 린랑이 미음이 든 쟁반을 들고 나타났다. 그래서 난영은 공 부인이 한 말에 굳이 대답할 필요가 없었다.

탕약을 먹고 그녀는 다시 자리에 누웠다. 난영의 머릿속에는 새벽에 류의가 자신을 걱정스럽게 바라보던 그 표정과 낮에 공 부인이 자신에게 했던 말이 번갈아서 떠올랐다.

기분이 이상했다. 이상한데 가슴의 한구석이 간질거리는 느낌이었다.

난영이 잠든 방을 피해 서재에서 오후 시간을 보내고 있던 류의는 공 부인이 차가 든 쟁반을 들고 들어오는 것을 보고 읽고 있던 서책에서 눈을 뗐다. 서책의 내용은 그다지 눈에 들어오지 않았지만, 난영이 있는 침실로 들어가고 싶지 않았기 때문에 억지로 책을 붙들고 있는 것이다.

"소인과 한 잔 나누시겠습니까?"

"술이 더 좋은데, 왜 차인가?"

"지금 황상께는 술보다는 차가 더 나을 듯하여 준비했습니다. 취기를 느끼신다면, 더욱 마음이 복잡하실 테니까요."

공 부인의 대답에 류의는 입가에 쓴웃음을 지으며 말했다.

"자네는 꼭 내 속을 들어갔다가 나온 사람처럼 말하는구먼."

"어린 시절의 황상을 모셨던 경험 때문이겠지요. 하지만 솔직히 지금은 제가 황상을 잘 알고 있다고 자신할 수가 없게 되었습니다. 황후마마께서 승하하신 뒤에 떠돌던 흉흉한 소문하며, 지금 황상께서 예 소저를 대하는 것을 보고 있노라면 더욱 그렇지요."

"그렇군."

"예 소저를 어찌하실 생각입니까? 소인은 솔직히 폐하께서 예 소저를 지금 이리 대하는 것이 이해되지 않습니다."

"자네는 유난히 그 아이를 걱정하는 것처럼 보이는군."

"이곳에 정착했을 때부터 알고 지낸 아이입니다. 어린 것이 가계를 책임진다고 고생하며 이리 뛰고 저리 뛰고 하는 것을 보고 있자니 저절로 마음이 가더군요. 린랑과 함께 딸처럼 생각하고 있습니다."

"그 딸 같은 아이에게 짐은 어울리지 않는 남자인가?"

"그런 말씀이 아니지 않습니까! 소인은 단지 황상의 이런 행동들을 이해할 수 없을 따름입니다. 예전에는 이런 식으로 행동하지 않으셨잖습니까!"

"사람은 누구나 변하기 마련이네. 혹은 전에는 감추고 있던 것을 지금에서야 드러난 것인지도 모르고."

"그렇더라고…… 소인이 알고 지냈던 황상은 좀 더 부드럽고 다정하셨다고 생각합니다."

"그렇게 저 난영이가 걱정된다면, 자네도 그 아일 따라 다시 황궁으로 들어오지 그런가?"

"……네?"

류의의 말에 공 부인의 생각지도 못했다는 표정을 지었다. 그는 부인을 똑바로 바라보면서 당연하다는 어조로 말했다.

"내가 언제 그 아이를 책임지지 않겠다고 한 사람처럼 구는 자네가 조금 어이가 없네."

"그런 것은……."

"내가 그 아이에게 조금 박정하게 굴었다고 이리 나오는 것이라면, 오히려 나는 자네에게 실망할거야. 고작해야 만난 지 일 년 남짓한 계집과 자네가 업어 키웠던 나를 그런 식으로 비교하다니 말이야."

"그, 그건……."

"혹여 내가 모르는 다른 사연이 있는 건가?"

류의가 부드러운 어조로 묻자, 공 부인은 잠시 대답을 저어하다, 한숨과 함께 말했다.

"난영이나 린랑 같은 또래의 소저들을 보고 있노라면 일찌감치 떠난, 제 딸이 생각나서 그렇습니다. 그 아이가 자랐으면 지금 저만큼이나 컸을까 싶거든요."

"자네에게 딸이 있었다는 이야기는 처음 듣네."

류의는 의외라는 듯이 그렇게 묻자, 공 부인은 그립다는 듯이 아련한 표정으로 말했다.

"황상께서 궁으로 가신 뒤에 생겼었습니다. 그렇지만 태어난 지 백일도 되지 않아서 품에서 떠나보내야 했지요. 그래서 그런가, 지금도 여자아이들을 보면 여러 가지 생각이 듭니다. 그 아이가 자랐으면 지금 저만큼이나 컸겠지, 저렇게 웃었을 테지……. 그런 생각들이요.”

“그랬었군…….”

“그러니 예 소저에게 조금만 더 다정히 대해 주시면 감사하겠습니다. 예 소저는 지금 자신의 처지를 많이 두려워하고 있어요. 어찌해야 할지 갈피도 잡지 못하고 있고요. 아직 어리고 순진한 아이입니다. 황상께서 이리 강압적으로 나오시면 놀라고 힘들어하실 거예요.”

공 부인의 말에 류의는 말없이 찻잔을 바라보았다. 반쯤 비워진 찻잔의 녹색 액체를 바라보는 그의 눈길에는 의미를 알 수 없는 빛이 담겨 있었다.

“그 아이가 그런 말을 자네에게 했나?”

“그런 말을 할 예 소저가 아닙니다. 하지만 황상……. 이 말씀만큼은 꼭 드려야겠습니다. 예 소저는 아직은 달거리도 제대로 못하고 있는 숫애기입니다.”

“뭐?”

전혀 생각지도 못한 공 부인의 말에 류의의 표정이 굳어졌다. 공 부인이 난영의 그런 면을 알고 있는 것은 그녀가 얼마 전에 이런 고민은 부인에게 털어놓았기 때문이었다.

또래보다 달거리가 늦는 것 같아 걱정이 되지만, 차마 제 어미에게는 묻지 못하고, 어머니처럼 따르는 공 부인에게 그녀는 그 고민을 털어놓았다. 혹여 자신에게 문제가 있는 것이 아닌지 걱정하는 그녀에게 공 부인은 걱정하지 말라고 다독였다.

난영은 또래보다 체구가 작고 어려 보이는 편이라 늦되는 편

이다. 그러니 달거리가 조금 늦는다고 해서 크게 걱정할 필요는 없었다. 당장 시집갈 것도 아니었으니까. 하지만 지금 일이 이렇게 된 이상, 류의에게도 확실히 말해 두는 편이 좋겠다고 공 부인은 생각했다. 그가 어떤 생각을 하고 있는지 모르기에 더욱 그랬다.

공 부인은 자신의 말에 다소 당황한 그의 얼굴을 똑바로 응시하면서 강한 어조로 말했다.

"그러니 예 소저가 혹여 회임하였을지도 모른다고 생각하시여 마음에도 없이 그 아이를 황궁으로 데리고 가실 생각이라면 재고해 달라 부탁드리는 것입니다. 예 소저는 궁에는 어울리지 않습니다. 너무 어리고 순진하여 그 아이가 과연 황궁에서 잘 지낼 수 있을지 걱정됩니다. 이곳에 남겨 두고 가신다 하여 예 소저가 폐하를 원망하거나 허튼 짓을 할 리 없습니다. 제가 책임지고 감독하겠으니, 부디 통촉하여 주십시오."

"……짐에게도 생각이 있으니, 너무 그리 안달복달하지 말게. 그 아인 지금 어떤가? 뭔가를 먹기는 했는가?"

말을 돌리기 위해 류의는 난영의 안부를 물었다. 복잡해진 머릿속의 생각들을 한쪽으로 밀어 놓을 생각이기도 했지만, 상태가 궁금한 것도 있었다. 공 부인은 류의의 질문에 걱정할 것 없다는 듯한 어조로 대답했다.

"많이 좋아졌습니다. 미음도 좀 들고 약도 마셨지요. 지금은 다시 자고 있습니다."

그 말에 류의의 표정은 부드럽게 풀어졌다. 그는 알았다는 듯이 고개를 끄덕이고 다시 서책으로 시선을 돌렸다.

"오늘은 다른 방에 침소를 마련하겠습니다."

류의의 침실은 지금 난영이 누워 있었다. 그는 공 부인의 그 말에 고개를 끄덕였다.

"옆방이 비었으니 낮처럼 그 방에서 쉬겠네. 그리 알아 두게."

"……알겠습니다."

난영의 곁에서 떨어지지 않겠다는 듯한 류의의 말에 공 부인은 안심하면서 자리에서 일어났다.

밤이 깊어지자, 류의는 읽고 있던 책을 덮고 자리에서 일어났다. 난영이 자고 있는 방은 불이 꺼져 있었고 아무런 인기척도 느껴지지 않았다.

그는 조심스럽게 문을 열고 안으로 들어갔다. 침상 옆을 지키고 있는 사람은 공 부인의 곁시였다. 그녀는 낮고 긴 의자에 기대어 앉아 꾸벅꾸벅 졸고 있다가 류의가 들어오면서 열린 문틈으로 스며들어온 찬 공기의 느낌에 소스라치게 놀라서 눈을 떴다.

"쉿!"

류의는 잠이 덜 깬 눈으로 자신을 올려다보는 린랑을 향해 조용하라는 몸짓을 했다. 그와 눈이 마주치자마자 잠이 깬 린랑은 눈치 빠르게 고개를 끄덕이고 조심스럽게 자리에서 일어나더니, 재빨리 방을 나갔다.

린랑이 퇴장함으로 두 사람만 남은 방 안에서 류의는 난영의 잠든 얼굴을 지긋이 바라보았다.

그렇게 밤은 깊어 가고 있었다.

✻ ✻ ✻

앓아 누운 지 나흘 만에 난영은 자리를 털고 일어날 수 있었다. 류의는 그녀가 이제는 괜찮다는 이야기를 듣고서 저자에 나가겠다면 나가 버렸다. 난영은 그 소리를 듣고 섭섭한 기분이 들었지만, 그것을 겉으로 내색하지 않았다.

따뜻한 초여름의 날씨가 매우 좋았기 때문에 난영은 기분 전환을 위해서 린랑과 함께 정원으로 나왔다. 혼자서도 움직일 수 있다고 말했지만, 린랑은 들은 척도 하지 않았다.

"아무리 네가 지금 팔팔하다고 우겨도, 넌 나흘이나 누워 있던 사람이야. 그러니 곁에 사람이 있어야지."

어미닭이 새끼를 품듯이 곰살맞게 구는 린랑을 보면서 난영은 결국 고집을 꺾을 수밖에 없었다. 두 사람은 천천히 정원을 거닐며, 따뜻한 바람과 햇살을 즐겼다.

"너 말이야……."

린랑이 조심스럽게 자신에게 말을 거는 목소리에 난영은 고개를 돌렸다. 허리까지 내려오는 난영의 머리카락을 손끝으로 꼬면서 린랑은 약간 고민스러운 표정을 짓고 있었다.

"왜? 할 말이 있으면 해."

"으음…… 그게, 좀 갑작스럽긴 하지만 우리 주인님에 대해서 넌 어떻게 생각해? 그러고 보니 네가 주인님에 대해서 이야기한 적, 그 동안 한 번도 없었어. 내가 아무리 이것저것 찔러 봐도 관심 없다는 듯이 굴었고."

"어떻게 생각하고 말 것도 없다고 생각해. 어차피 그분은 도성으로 돌아가실 분이잖아."

난영이 그렇게 대답하자, 린랑은 불만족스럽다는 듯이 입술을 비죽이 내밀었다. 그 모습을 보고 난영은 이해할 수 없다는 듯이 고개를 갸웃거렸다.

"어쩌면 그렇게 아무 생각이 없니? 그래도 몸을 섞은 사이인데……."

"나한텐 너무 갑작스럽고 무서운 일이라…… 솔직히 아무것도 생각 안 나."

생각을 하게 되면 자꾸 무서운 일이 벌어질 것 같다는 느낌이 들었다. 아직 류의는 그녀에게 이러하겠다, 저러하겠다라는 말은 어느 무엇도 하지 않았다. 공 부인만이 그녀의 불안을 달래 주기 위해 필사적으로 노력했을 따름이다.

게다가 난영은 린랑에게 류의의 진짜 신분을 밝힐 수도 없었다. 그가 황제이기 때문에 난영은 더욱더 앞날이 막막한 느낌이었다. 황제의 비빈이 된다는 것은 여염집의 첩실이 된다는 것과 또 달랐기 때문이었다.

"그래도 우리 주인님은 너한테 지극정성이셨어. 매일 밤 네 곁을 지키시고, 너 쓰러진 거 아셨을 때, 그 당황하셨던 얼굴하며……."

"설마……."

"그렇지 않다니까. 우리 모두 깜짝 놀랐다고. 어차피 주인님이 매일 밤 곳간으로 너 만나러 간 건 다들 알고 있었지만…… 설마 이 정도로 너한테 정이 깊으실지 몰랐다니까."

"뭐라고? 모두들 알고 있었어?"

얼굴이 새빨개진 난영이 그렇게 되묻자, 린랑은 거드름을 피우며 말했다.

"모를 리가 없잖아. 주인님께서 곳간 앞에서 새벽 늦게까지 서성이시는 걸 부엌어멈이 보시곤 혀를 끌끌 차셨지."

"그랬구나……."

"생각해 보면, 주인님은 처음부터 너한테 관심이 많으셨던 것 같아. 채연화가 주인님 모시러 왔던 날, 기억하지? 그날 너랑 나랑 둘이서 주인님 식사 챙겨 드렸잖아. 근데 너가 들어가니까 그때까지 채연화랑 시시덕거리던 분이 완전히 너한테서 눈길을 떼지도 않으시더라. 나 그거 보고 혹시 했었다고. 그래서 일부러 널 이리저리 찔러 봤는데……."

"그랬었어?"

"그래. 그러니까 너도 좀 생각을 해 두라고. 주인님은 너한테 정말 관심이 많으셔. 단지, 지금은 체면 때문에 그냥 좀 표현을 안 하시는 것이라고 생각해. 체면이 아니라면, 음……! 그래, 그냥 워낙에 자기 감정을 표현 안 하시는 분이라서 이제와 감정을 표현하기가 쑥스러워 그러시는 거야! 그러니까 너무 속상해하지 말고, 힘내!"

무엇을 힘내라고 하는지 모르겠다는 생각을 하긴 했지만, 난영은 린랑의 기세에 밀려 저도 모르게 고개를 끄덕였다. 린랑의 활기찬 얼굴을 보고 있노라면, 자신도 왠지 마음이 밝아지는 것 같았다. 공 부인은 멀리서 그런 두 사람을 지켜보면서 입가에 미소를 지었다.

오후가 되자 난영은 린랑과 함께 바느질감을 들고서 나란히 앉았다. 아무것도 하지 않고 가만히 있는 것을 견디지 못한 난영이 뭐라도 하고 싶다는 말에 린랑이 자신의 여름옷에 수놓는 것을 도와달라고 한 것이다.

두 사람이 나란히 앉아 자수를 놓는 동안 공 부인도 곁에 있었다. 린랑은 여러 가지 화제를 꺼내어 난영을 웃게 만들었다. 그렇게 오후를 보내는데, 하인 하나가 달려와 공 부인에게 아뢰었다.

"주인님께서 부인께 전언을 보내셨습니다."

"무슨 일이냐?"

"주인님께서 오늘은 유향각에서 머물 생각이니까, 기다리지 말라고 하셨습니다."

난영은 그 말을 듣고서 잠시 멈췄던 바느질을 다시 시작했다. 하지만 그녀의 얼굴에는 방금 전의 밝았던 표정이 완전히 사라졌다. 보다 못한 린랑이 바느질은 그만하고 이제 쉬자면서 난영을 침실로 데리고 들어갔고, 공 부인도 하인과 함께 자리를 옮겼다.

그날 저녁 식사 내내 난영은 어두운 얼굴이었다. 공 부인은 그런 그녀를 안쓰럽게 바라보았다. 목욕을 끝내고 나서 자리옷

을 갈아입은 난영의 머리를 빗겨 주면서 린랑은 입을 다물었다. 난영이 지금 누군가와 이야기를 할 만한 기분이 아니라는 것을 알기 때문이었다.

"다 됐으면 나가 보렴."

공 부인의 말에 린랑은 난영에게 잘 자라는 인사를 남기고 침실을 나섰다. 난영은 부인을 앞에 두고서는 애써 웃어 보려고 했지만, 표정은 좀처럼 펴지지 않았다.

"예 소저가 지금 마음이 편치 않다는 것은 잘 아네."

"전 아무렇지 않아요, 부인. 오히려 황상께서 제게 마음이 떠나신 것은 아닐까 싶어 안심하고 있는 걸요. 이대로라면 궁에 가지 않을 수도 있잖아요."

"그런 소리하지 말거라. 그런 일은 아마도 없을 테니. 소저가 지금 속상해서 그렇게 마음에도 없는 소리를 하는 것 잘 알지만 그분을 조금만 이해해 보려고 노력해 주면 안 될까? 소저는 지금 이 상황이 받아들이기 힘든 일이지 모르겠지만……."

공 부인은 잠시 말을 끊으면서 난영의 손을 조심스럽게 잡았다. 걱정하고, 또 걱정하는 그녀의 마음이 잡은 손에서 느껴져서 난영은 숙연한 기분이 들었다.

"황상을 조금만 더 이해해 보렴. 그분도 지금 자기 마음이 어디로 가는지 모르실지도 모른단다. 그래서 잠시 생각하실 요량으로 거리를 두시는 것일 게야. 그러니 너무 복잡하게 생각하지 말거라."

그 말에 난영은 아무런 대답도 하지 않았다. 아니, 할 수 없었다. 아직 류의에 대한 자신의 감정을 확실히 모른다. 그가 자신에 대해서 어떻게 생각하고 있는지도 모른다. 아무것도 모르기 때문에 그 어떤 것도 할 수 없었다. 그렇지만 공 부인의 마음을 아프게 하고 싶지 않았기 때문에, 난영은 힘겹게 고개를 끄덕였다.

공 부인은 난영의 그런 모습에 안심하면서도 착잡한 기분이었다. 그렇게 류의에게 말했는데, 그가 대체 무슨 생각으로 난영을 이리 대하는 것인지 이해할 수 없었던 것이다. 혹여, 이제 병상에서 털고 일어난 그녀를 배려한 것이라면, 굳이 자신이 어디에 있는지를 이런 식으로 알릴 필요는 없었다. 하지만 류의는 일부러 그렇게 말했고, 그 때문에 간신히 진정되어 가던 난영의 마음이 다시 혼란에 빠져 있음을 알 수 있었다.

공 부인은 난영의 앞날이 계속 걱정이 되었다. 이대로 그녀가 궁에 들어가도 문제고 들어가지 않아도 문제였다. 설령 지금 그녀를 이대로 우혜원에 남겨 두고 류의가 궁으로 돌아간다고 해도, 그것은 그녀의 입궁을 뒤로 미뤄 두는 것뿐이었다. 변하는 것은 아무것도 없었다. 언제든 류의는 우혜원에 올 수 있었고, 그리고 그 자신의 마음이 변하면 난영을 궁으로 데리고 갈 것이다.

지금이야 난영이 회임할 가능성이 별로 없다고 하지만 몇 년이 지난 후에는 또 이야기가 달라진다. 난영이 임신이라도 하게 된다면, 그것은 또 문제리라. 지금 류의에게는 아들이 없다. 황후가 낳은 것은 공주 한 명 뿐으로 후궁들에게도 다른 아이는

없었다. 게다가 지금은 황후의 자리가 비었으니, 조정과 황궁은 서로서로 누가 황후가 될 것인지 치열하게 알력 다툼을 하고 있을 것이 뻔했다.

공 부인은 류의가 얼마만큼 치열한 계승 전쟁을 뚫고 선황제에게 제위를 양위받았는지 알고 있었다. 지금도 그때만큼이나 복잡한 상황이었고, 류의가 우혜원으로 내려온 것은 그 복잡한 상황에서 잠시 떨어져 머리를 식히려 함임을 공 부인도 알고 있었다.

하지만 난영을 만남으로써 류의는 상황을 좀 더 복잡하게 만들고 있었다. 당장 골머리 아픈 일이 한두 가지가 아닐 것이다. 그 모든 것을 감안하고 있는 듯한 류의의 태도에 공 부인은 놀랐다.

그녀의 무엇이 그의 마음에 들어왔던 것일까? 공 부인으로서는 이해가 불가능한 일이었다.

다음 날도 류의는 장원으로 돌아오지 않았다. 난영은 그가 돌아오지 않을까 하는 기대감에 안채에서 바깥채로 나가는 문에 온 신경을 곤두세웠다. 하지만 기다리는 사람은 오지 않았고, 또 다시 하루가 지나 버렸다.

그 다음 날도 그녀는 아무렇지 않게 하루를 보냈다. 식사도 꼬박꼬박 챙겨 먹었지만, 약은 더 이상 먹지 않았다. 쓴 약을 싫어하기도 했거니와 늘 누워서 골골거리며 탕약을 물처럼 마시던 어머니 때문에 약은 많이 먹는 것도 좋지 않다는 생각을 하고 있었다.

약을 먹어도, 먹지 않아도 아픈 사람은 아프고 괜찮은 사람은 괜찮다. 그래서 난영은 의원이 처방해 준 약이 떨어지자, 몸보신하는 탕약을 짓자는 공 부인의 말을 거절했다. 약은 냄새만 맡아도 지긋지긋했던 것이다.

"나라면 냉큼 먹을 텐데."

린랑이 그렇게 말했을 때, 난영은 그저 씁쓸하게 미소를 지으며 바느질에 열중했다. 그녀가 손을 움직일 때마다 흰 여름옷의 옷자락에는 포도가 한 알 한 알 생겨나, 한 송이의 포도가 금방이라도 향기를 뿜을 듯이 나타났다.

"남들은 보약 못 먹어서 난리야."

"알아."

"근데 왜 안 먹어? 해 주면 좋잖아."

"안 먹어도 돼. 감기 몸살은 다 나았고 괜히 약 먹으면 내가 아프다고 생각되서 더 기운이 없어진다고. 난 그런 것 싫어."

"그래그래, 알았다."

린랑은 웃으면서 대꾸하고 잠시 손을 멈춘 채 난영이 손을 움직이는 것을 바라보았다. 자수를 정식으로 배운 적이 없음에도 불구하고 난영의 손은 빠르고 정확하게 한 땀 한 땀 바늘을 움직이고 있었다. 그것을 보고 그녀는 신기하다는 듯이 말했다.

"여전히 자수는 잘 놓는구나."

"우리 어머니에 비하면 아직 멀었지. 어머니가 자수 놓으신 걸 본 적 있는데 정말 예뻤어. 무늬라든가…… 색의 조화라든가……."

"돌아가신 너네 어머님께서 그리 자수를 잘 놓으셨다지?"

"응."

씁쓸한 어조로 대꾸하면서 난영은 바지런히 손을 움직였다. 꼼꼼하게 땀을 살피면서 자수를 놓는데 열중하는 그녀를 보고 있자니, 린랑은 갑자기 속이 상하는 느낌이었다. 난영이 왜 계속 자수 놓는 일에 집중하고 있는 것인지 굳이 속내를 캐묻지 않아도 충분히 알 수 있었다. 류의가 오지 않기 때문에 무엇에라도 집중하려고 일부러 더 그런다는 것을.

어제부터 미소를 지어도 난영은 예전처럼 활짝 웃지 않았다. 감기는 다 나았지만, 어딘지 모르게 불안해 보이는 분위기였다.

그날 밤늦게까지 린랑은 난영과 함께 있어 주었다. 난영의 잠자리까지 꼼꼼하게 살펴 주고 나서 린랑이 자신의 처소로 나올 때, 정원으로 불쑥 들어오는 그림자가 보였다.

깜짝 놀라서 걸음을 멈추자 류의가 그런 그녀를 흘끔 쳐다본 다음, 무시하듯 지나쳤다. 화급히 그런 그를 향해 고개를 숙이고서 린랑은 그래도 입가에 헤실하니 웃음이 나오는 것을 감추지 않았다. 류의가 돌아왔으니, 분명 난영도 괜찮아질 것이라는 생각이 들었기 때문이었다.

자리에 누워 어두운 천장을 바라보면서 난영은 마음속으로 숫자를 하나, 둘씩 세었다. 잠이 오지 않았기 때문에 귓가에 울리는 고동 소리에 맞춰 잠이 들 때까지 머리를 비워 볼 생각이었다.

가만히 있으면 자꾸 온갖 생각이 난다. 자신은 어떻게 될 것인지, 어머니는 잘 계시는지, 류의는 대체 어떤 사람인지, 그가 지금 무엇을 하고 있는지…….

그런 생각들이 꼬리에 꼬리를 물고, 이리저리 뒤섞여 머릿속은 엉망진창이 되었다. 그러면 머리가 아프고 괜히 마음도 무거워져, 왠지 다시 자리에 누워야 할 것 같은 기분이 들었다. 어머니가 매일 아프다고 투덜거리셨던 것이 이런 까닭인가 싶어, 입가에는 쓴웃음이 나왔다.

심장의 고동 소리에 귀를 기울이고 있는데 침실의 문이 열리는 소리가 들려왔다. 린랑이 다시 들어온 것인가 싶어 고개를 돌리는데, 갑자기 침상 위에 그늘이 졌다. 그 소리 없는 움직임에 놀라 눈을 동그랗게 떴을 때, 갑자기 시야가 깜깜해지면서 술 냄새 가득한 입맞춤이 그녀의 입술을 덮었다.

"흡!"

깜짝 놀라서 버둥거리는 그녀의 저항을 상대방은 간단히 무시하면서 침상으로 들어왔다. 술 냄새와 섞여 있는 침향 때문에 난영은 그 사람이 류의라는 것을 알았다.

그녀가 어떻게 반응할 새도 없이 류의의 입맞춤은 점점 더 깊었다. 입 안쪽을 헤집으며 자리옷의 매듭을 능숙하게 풀어내는 그의 손길에는 다급함이 깃들어 있었다. 입맞춤을 하면서 그는 성급하게 난영의 가슴을 손으로 쓸어내리고, 놀란 유두를 손끝으로 간질이든 긁어 내렸다. 움찔거리는 난영의 목구멍에서는 거친 신음성이 튀어나왔지만, 그것은 그의 입에 가로 막혀 더 이상 나올 수 없었다.

"하아…… 허…… 헉……!"

간신히 그가 자신을 놓아주었을 때 그녀는 거친 숨을 내쉬면서 몸을 일으키려 했지만, 이내 가슴을 이빨로 물어 버리는 류의의 거친 태도에 놀라서 그 자리에서 옴짝달싹할 수 없었다.

그는 다급하고 성급하게 난영의 온몸을 훑고 아직 제대로 준비도 되어 있지 않은 그녀의 여린 여성을 손끝으로 헤집었다. 그리고 혀를 차는 듯한 소리와 함께 그가 그녀의 안쪽으로 거칠게 파고들었다. 아픔과 더불어 내장이 밀리는 것 같은 압박감에 난영은 숨을 삼키며 온몸에 힘을 주었다.

"힘 풀어……."

그가 명령하듯이 속삭이며 그녀의 목덜미를 깨물었다. 난영은 아픈 느낌에 저도 모르게 몸에 힘을 풀었고, 그때를 노리고 그의 몸이 끝까지 그녀의 안으로 들어왔다. 그 충격으로 깜짝 놀란 난영의 몸은 심한 추삽질로 인해 장난이 심한 아이의 손에 들린 인형처럼 격렬하게 흔들렸다.

침상의 이불을 붙잡고 어떻게든 버티려고 노력했지만, 아무런 소용이 없었다. 그가 움직일 때마다 몸이 조금씩 뒤로 밀려난다. 숨이 막혀오고, 아픔과 함께 이상한 느낌이 몸의 중심으로부터 온몸으로 퍼져 나갔다.

"크윽!"

신음성과 함께 류의가 자신을 쏟아 내는 것을 느끼며, 난영은 숨을 들이마시면서 이불을 쥐려고 버둥거리다가 사내가 그런 그녀의 손등을 세게 감싸 쥐는 것을 느꼈다. 깜짝 놀란 표정으로 그를 올려다보자, 긴 머리카락이 그녀의 뺨으로 흘러내리면서 둘의 시선이 점점 가까워졌다.

두 번째 입맞춤은 처음보다 좀 더 부드럽고 여유가 있었다. 입안을 부드럽게 쓸며, 입술을 깨무는 입맞춤에 난영은 서투른 몸짓으로 반응했다. 그러자 그는 그녀의 머리를 감싸 쥐면서 점점 더 깊게 입맞춤을 이어 갔다.

그냥 입맞춤일 뿐일 터였다. 하지만 그 입맞춤이 그녀의 안에 있는 어떤 것을 깨우는 것 같았다. 입맞춤이 계속 될수록, 허리가 들썩 거리고 아직 그녀의 안에 있는 류의의 양물을 자극하듯이 조여 댔다. 그러자 그의 물건이 다시금 힘을 받는 듯 점점 더 커지고 그녀의 안을 묵직하게 채웠다.

난영의 머리끝까지 기묘한 느낌이 관통한 것은 그때부터였다. 하늘 끝까지 올라가다가 다시 땅으로 떨어지는 듯한 부유감에 그녀의 팔이 허공을 집었다. 그런 그녀를 붙잡는 것처럼 류의가 그녀의 손목을 잡고 손가락을 깍지를 꼈다.

허리가 계속 흔들리고 박자를 맞추듯이 두 사람의 움직임이 하나가 되었다. 눈앞에서 불꽃이 튀는 느낌과 동시에 난영이 짧게 감탄사를 내뱉었지만, 그것은 곧 류의의 입안으로 사라져 버렸다.

거친 숨결이 뺨 위로 흘러내렸다. 온몸을 더듬는 이상한 느낌은 여전히 남아 있었다. 생소한 그 느낌과 흔들리는 난영의 눈을 류의는 커다란 손으로 가려 버렸다.

시야가 캄캄해지고 숨소리와 맞닿은 맨살에서 느껴지는 따뜻

한 피부의 감촉이 편안하게 느껴졌다. 난영은 오지 않던 잠이 쏟아지는 것을 느꼈다. 그대로 눈을 감고 그가 자신을 세게 끌어안는 느낌에 안도하면서 그녀는 잠의 세계로 빠져들었다.

그가 다른 여인을 찾지 않았다는 사실을 본능으로 깨달았기에, 안심할 수 있었다.

5.
입궁(入宮)

기분 좋게 따뜻한 느낌이었다. 한없이 추락하는 그녀를 단단히 붙들고, 부드럽게 보듬어 안도할 수 있게 해 주었다. 어딘가 기대어 무언가에 대한 걱정 없이 편히 잠들었던 적은 이번이 처음인 듯했다. 철이 든 이래로, 언제나 내일을 걱정하며 살아왔기 때문에, 그리고 언제나 스스로의 힘으로 살아야 했기에 작은 접혀진 종이처럼 웅크러진 마음이 한 겹 한 겹 펴지는 기분이었다.

머리카락을 부드럽게 쓰다듬는 느낌이 났다. 귓불을 만지작거리고 뺨을 스치는 손길에 왠지 모르게 기분이 좋아 배시시 미소를 지었다. 류의는 순진하게 웃는 그녀의 얼굴을 말없이 쳐다보았다. 아무것도 모르고 걱정거리도 하나도 없이 편안히 잠든 그 얼굴을 보는 순간, 코끝을 살짝 꼬집어 괴롭혀 주고 싶은 기분이 들었다.

하지만 그는 그렇게 하지 않고 오히려 그녀를 지켜보기만 했다. 그의 가슴을 베게 삼아 깊이 잠들어 있는 여인은, 아직 여인이라고 하기엔 소녀 같고, 소녀라고 하기엔 농염한 매력을 간직하고 있어, 그 존재만으로도 그의 이성을 마비시키는 존재였다.

그녀를 품에 안는 것만으로도 머리끝부터 발끝까지 마치 마약처럼 만족스러운 쾌락을 느낄 수 있었다. 안고 있어도 계속해서 채워지지 않는 욕구는 그를 겁나게 만들 정도였다. 난영이 아픈 동안에는 그나마 참을 수 있었다. 하지만 그녀가 자리를 털고 일어났다는 소식을 듣자마자 도저히 견딜 수가 없었다.

다른 여자를 만난다면 괜찮아질지도 모른다. 그런 생각이 헛된 것이라는 것은 유향각에 가서 연화를 만나는 순간 깨달았다. 그녀가 아무리 달콤한 미소와 감미로운 애무로 그를 유혹해도 마음이나 몸은 전혀 반응하지 않는 것이다.

이틀간 그녀와 함께 있으면서 그는 채워지지 않는 욕구와 복잡한 심경 때문에 오히려 짜증이 났다. 그리고 난영의 따뜻한 살내음이 그리웠다. 가공한 분내가 아닌 깨끗한 체취가 느끼고 싶었고, 그 모든 핑계를 떠나서 그냥 난영을 안고 싶었다.

그래서 자리에서 털고 일어나 돌아온 것이다. 잠든 그녀를 보자 욕망을 참을 수 없었다. 마치 처음으로 여인을 알았던 소년시절로 돌아간 것 같았다. 여유도 없이 무조건 파고들어 자신의 욕망을 채우고 나서야, 간신히 자신이 지금 무엇을 하고 있는지 깨달았다.

솜털이 보송보송한 뺨을 만지작거렸다. 부드럽고 말랑말랑한

찹쌀떡 같은 뺨을 만지는 것만으로도 기분이 좋아졌다. 입가에 미소가 돌았다.

"으음……."

작게 신음성을 내면서 그녀가 그의 품으로 파고들며 가슴에 뺨을 비볐다. 그러자 조용히 뛰던 그의 심장이 다시 속도를 내며, 몸 안의 혈기가 날뛰기 시작했다.

잠결이어도 난영은 기꺼이 그를 향해 몸을 열어 주었고, 부드럽게 그의 어깨를 안아 주었다. 결국 류의가 난영을 껴안고 잠이 든 것은 아침이 밝아 오는 시간이었다.

두 사람의 고요한 숨소리는 그렇게 그렇게 뒤섞였다.

늦은 아침이 되어 난영이 눈을 떴을 때, 침상의 옆자리는 텅 비어 있었고, 누군가가 있었던 흔적만이 남아 있었다. 그래서 난영은 류의가 자신의 곁으로 돌아왔다는 것이 꿈이 아니라는 것을 알았다. 하지만 왠지 모르게 허한 마음이 들었다. 허한 것이 아니라, 섭섭했다.

자신에게 그럴 이유가 없다. 애써 그렇게 마음을 다잡고 머리를 빗으려는데 장지문을 두드리는 소리가 들려왔다. 들어오라고 시큰둥하게 대꾸하는데 린랑이 활짝 웃는 얼굴을 내밀었다.

"일어났어? 아침은?"

"별로 먹고 싶지 않아서……."

"안 돼. 네가 굶으면 내가 주인님한테 혼난다고. 너 아침 꼭 챙겨 먹이라고 하셨어."

"주인님…… 어디 나가셨니?"

"응. 장정들을 데리고 사냥하러 가신다고 나가셨어. 주인님 어제 집에서 주무신 것 맞지?"

의미심장한 시선을 보내면서 묻는 린랑에게 난영은 별수 없다는 듯이 고개를 끄덕였다. 그러자 린랑은 환호성을 지르며 그녀의 어깨를 두드렸다.

"잘됐다! 주인님이 널 다시 찾으시다니, 정말 잘됐다. 오늘도 저녁 전에는 돌아오시겠다고 말씀하고 나가셨으니까 앞으로 계속 집에 계실 건가 봐."

그 말을 듣고서 난영은 간신히 떨떠름한 얼굴을 펼 수 있었다. 그가 돌아온다는 그 한마디가 어찌나 안심이 되든지…….

"부인은 뭘 하셔?"

"뭘 하시긴. 주인님께 맛있는 저녁을 대접한다고 부엌어멈을 닦달하고 계시지. 나는 네 시중을 들려고 왔으니까……."

웃으면서 말하는 린랑을 향해 난영은 고개를 끄덕였다. 지금 같은 때에 그녀가 예전처럼 다가와 주어서 얼마나 고마운지 몰랐다. 린랑이 차려 준 식사를 하고서 난영은 다시 반짇고리를 열었다. 이번에는 옷에 자수를 놓는 것이 아닌 옷을 수선하려는 것이었다.

"그거 주인님 옷?"

곳간에서 그녀에게 떨어뜨리고 간 옷을 난영이 가지고 오자 린랑은 그걸 왜 가지고 오느냐는 듯이 고개를 갸웃거렸다. 그래서 난영은 변명처럼 말했다.

"그냥, 할 일이 없어서."

"없으면 그냥 놀아!"

"놀면 불편해. 뭐라도 해야지……."

그렇게 말하면서 난영은 그녀가 잠들어 있는 동안 공 부인이 깨끗하게 빨아 놓은 옷의 뜯어진 부분을 수선하기 시작했다. 린랑은 그 모습을 보고 어깨를 으쓱거린 다음 그녀의 곁에 앉아 잠시 말상대가 되어 주었다.

오후 늦게 사람들이 돌아오는 소리가 들려왔다. 정원에 나와 있던 난영은 그 소리에 깜짝 놀라 눈을 동그랗게 떴고, 린랑은 그런 그녀의 모습에 키득키득 웃으며 뭘 그렇게 놀라냐고 놀려 댔다.

"린랑! 주인님께서 목욕을 하신대! 부인께서 준비하라 하셨어!"

"알았어, 갈게!"

하녀 하나가 그렇게 말하자 린랑은 자리에서 일어나며 그리 대답했고, 난영도 반사적으로 그녀를 따라 일어나려고 했다.

"어머, 얘! 넌 얌전히 앉아 있어."

"하지만……."

"정 뭔가 하고 싶으면 주인님 목욕 시중이라도 들던가."

새빨개진 난영의 얼굴을 보면서 린랑은 깔깔거리며 웃더니 재빨리 부엌으로 가 버렸다. 잠시 후에 류의가 집 안으로 들어왔다. 그를 처음 본 날과 같이 흙투성이에 땀이 범벅이 된 그는 난

영을 흘끔 쳐다본 다음 그 옆에 주저앉았다. 훅 하고 느껴지는 열기에 그녀가 움찔하자, 류의는 재미있다는 듯이 말했다.

"무얼 그리 놀라나?"

"아뇨…… 저는……."

말이 잘 나오지 않았다. 이상하게도 그의 앞에서는 꿀 먹은 벙어리가 되는 것 같았다. 얼굴만을 붉히며 시선을 돌렸지만, 목덜미며 뺨에 그의 시선이 닿는 것 같아서 맥박이 요동을 쳤다. 잔뜩 긴장하고 있는 그녀에게 류의는 장난기 어린 목소리로 말했다.

"옷을 벗겨 주게."

"네? 네!"

"내 옷을 벗겨 달라는 말일세, 자네가."

한마디 한마디 일부러 또박또박 말하는 그의 어조는 몹시도 얄밉게 들려왔다. 그가 자신을 놀리고 있다는 것을 알지만, 차마 화도 낼 수 없었다. 하지만 그렇다고 그의 옷을 벗기기도 것은 그녀에게는 너무나 어려운 일이었다.

"빨리 하지 않고 뭘 망설이는 겐가?"

그는 그녀에게 재촉하듯이 말했다. 그 말에 난영은 있는 힘을 다해 대꾸했다.

"화, 황상께서……."

"주인님. 여기는 황궁이 아니니까."

"나리께서 직접 벗고 들어가시면 되잖아요. 왜 천첩이……."

그 말에 류의는 그녀의 귓가에 대고 속삭이듯이 말했다.

"자네가 직접 벗겨 주기를 바라는 거야. 부끄러워할 것 없지 않은가? 어차피 맨살을 맞댄 사이인데."

입김과 함께 싸한 피 냄새와 땀 냄새가 침향과 섞여 그녀의 귓불을 간질였다. 불쾌함보다는 야릇한 느낌에 난영이 이맛살을 찌푸리자, 류의는 재촉하듯이 말했다.

"빨리, 지금 몹시도 갑갑해."

"……."

그녀가 선뜻 대답하지 못하는 사이에 시비가 들어와 옆방에 목욕물이 준비되었다는 말을 전했다. 그 말에 난영은 화들짝 놀라며 자리에서 일어났고, 류의는 치밀어 오르는 웃음을 삭히며 짐짓 진지하게 말했다.

"계속 그렇게 망설인다면 별수 없지. 옷을 입고 목욕하는 수밖에."

"자, 잠깐만요……."

그녀는 거의 울먹이며 그의 앞으로 다가갔다. 옷고름을 잡는 난영의 손길은 덜덜덜 떨리고 있었다. 힘이 제대로 들어가지 않아 몇 번이고 손이 미끄러졌고, 그때마다 그녀의 머리 위에서는 가벼운 웃음소리가 들려왔다. 난영의 귓불은 이미 빨개질 대로 빨개져서 더 이상 붉어질 곳이 없을 지경이었다.

한 장 한 장 옷을 벗길 때마다 스륵스륵 스치는 비단 소리와 더불어 점점 드러나는 그의 맨살이 보였다. 이윽고 건장한 상체의 살빛이 드러나자 난영은 시선을 어디에 두어야 할지 모르겠다는 표정으로 고개를 들었다.

하지만 그것은 실수였다. 그녀의 머리 바로 위에 류의의 얼굴이 있었던 것이다. 그는 야릇한 미소를 담은 시선으로 그녀를 바라보았고, 그런 그와 눈이 마주치자 난영은 반사적으로 다시 고개를 숙였다. 그러나 이번에는 촘촘한 근육이 짜여진 그의 상체가 눈앞에 있을 따름이었다.

"윽!"

저도 모르게 이를 앙다무느라 혀끝을 깨물어 난영은 반사적으로 신음하면서 눈을 감았다. 차라리 진작 눈을 감을 것을 뒤늦게 깨닫고서 후회했지만, 소용이 없었다. 이번에는 류의가 그녀의 손목을 잡고 허리께에 가져가며 느긋한 어조로 속삭였던 것이다.

"혀를 깨문 것 같아 걱정스럽긴 한데, 그래도 아직 바지가 남았어."

"그, 그러니…… 처, 천첩은…… 그러니까……."

머릿속이 빙글빙글 돌면서 현기증이 났다. 그의 손아귀에 단단히 잡힌 손을 빼고 싶었지만, 그녀가 아무리 힘을 주어도 소용이 없었다. 잡힌 손이 닿은 곳에서 맨살의 감촉과 허리끈이 걸린 비단 바지의 느낌이 나자 그녀는 더 이상 견디지 못하고 울먹이면서 바닥에 주저앉았다.

"저, 저는…… 그러니까…… 못하겠습니다!"

빨개져 소리치는 그녀의 모습에 그는 결국 더 이상 웃음을 참지 못했다. 류의가 큰 소리로 웃는 소리에 난영은 감았던 눈을 조심스럽게 떴다. 눈에 고인 눈물 때문에 인상은 흐릿했지만, 그가 자신의 앞에서 웃는 것이 보였다.

"나리……?"

그녀의 부름에 그는 웃음을 멈추었다. 웃음기가 남아 있는 얼굴로 그녀의 머리카락을 쓰다듬더니 사정을 봐준다는 듯이 능글능글한 어조로 말했다.

"그게 어렵다고 한다면, 자네가 내 목욕 시중을 들게."

난영은 대답을 하지 못했다. 아니 할 수 없었다. 빨개진 얼굴로 굳어 버린 그녀를 바라보면서 다시 웃음을 터트렸다.

"이런 이런, 완전히 굳어 버렸군. 괜찮아, 둘 다 안 시킬게."

"저, 정말요?"

"그 반동으로 자네가 오늘 밤에 어찌 될지는 나도 보장을 못하지만."

이번에는 빨갛다 못해 창백하게 굳어 버린 난영을 남겨두고서 류의는 자리에서 일어났다. 그녀를 놀리는 것이 너무나 즐거운 나머지 시간 가는 줄 몰라, 물이 식어 버렸지 않았을까 하는 생각이 뒤늦게 들었다.

※ ※ ※

우혜원에서 지내게 된 지 스무 날이 좀 지났을 때, 류의는 난영에게 시장에 가자는 말을 꺼냈다.

"한동안 집안에서만 지내니 갑갑하지 않던가?"

그의 말대로 난영은 집안을 산책하는 것 이외에 밖으로 나갈 수 없었다. 혹여 그녀가 어머니를 만나러 갈까 봐 류의가 집 밖

을 나갈 수 없도록 단단히 명을 내린 것이다. 그런 그의 행동에 그녀는 내심 섭섭했지만, 이제는 반쯤 체념해 버렸다. 자신이 이제 예전으로 돌아갈 수 없기에, 주어진 환경에 적응해야 한다는 것을 알기 때문이었다.

조금씩 조금씩 류의에게 맞춰 가는 그녀의 모습을 류의도 모르지는 않았다. 속내를 많이 말하지 않아도, 그녀의 사소한 행동 하나하나에서 그런 것이 묻어 나왔다.

"네? 네."

"듣자 하니 오늘 장시가 열린다는군. 함께 가지 않겠나? 바람도 쐴 겸."

"정말요?"

"말을 타고 가세. 혼자서 말을 탈 줄 아나?"

난영은 고개를 저으며 그를 올려다보았다. 기대감에 차 있는 그녀의 얼굴을 보며 그는 묘하게 쑥스러웠다. 누군가가 자신을 경외심에 잠긴 표정으로 바라보는 것은 익숙했지만, 난영이 자신을 그렇게 바라보면 이상하게 설레는 기분이었다. 잊고 있었던 기분이 떠오르면 어색하고, 괜스레 긴장이 되었다. 하지만 그런 감정이 아주 싫지는 않았다.

둘이 함께 말을 타고 도읍의 가장 큰 장터를 걸었다. 처음에는 그가 앞서가고 난영이 그 뒤를 따라갔지만, 장날에 모인 사람들에 치어서 점점 두 사람의 사이가 벌어졌다.

"어? 어……!"

당황한 난영이 반사적으로 사람들의 사이를 비집으며 팔을 뻗었을 때, 커다란 손이 그 손을 잡아끌었다. 정신을 차려 보니 난영은 류의의 품에 안겨 있었다.

"조심해, 떨어지면 안 되니까."

"네."

대답을 하면서 난영은 그의 품에서 빠져나왔다. 다시 걸음을 옮기면서 그는 그녀의 손을 단단히 깍지 끼며 보폭을 좁혔다. 그녀의 뺨에서 홍조가 사라지지 않았지만, 두근거리는 느낌이 싫지 않았다. 그렇게 나란히 두 사람을 걸음을 옮겼다.

각 지역에서 모인 비단이며, 아름다운 장신구를 보고 류의가 사 주겠다고 말해도 난영은 고개를 저었다. 딱히 가지고 싶은 것도 없었거니와 그에게서 무언가를 받는다는 것이 어쩐지 쑥스러웠다.

대신에 노점에서 파는 사탕을 사서 입에 물고 두 사람은 약장수의 묘기나 광대들의 기예를 구경하며 시장을 한 바퀴 돌았다. 묘기가 끝나고 박수를 치던 난영의 눈길이 길가의 한구석에서 잠시 멈췄다가 돌아서는 것을 류의는 놓치지 않았다. 분명히 무언가 가지고 싶어 하는 그런 눈빛이었기에, 그녀가 바라본 것에 시선을 두는데 멀리서 웅성거리는 소리가 들려왔다.

"채연화가 지나간데!"

"길을 비켜! 비키라고! 경수제일미의 행차라고!"

유독 목소리가 큰 남자들의 고함 소리가 거리를 쩌렁쩌렁하게 울렸다. 그와 동시에 사람들이 길의 양옆으로 물러나는 바람에 두 사람도 밀리고 밀려 길가의 한구석에서 오도 가도 못하게 되

었다. 사람의 장벽을 좀처럼 뚫고 갈 수 없었던 것이다.

"것 참, 기녀 한 명 때문에 이게 무슨 민폐람……."

류의가 나직하게 중얼거리는 목소리가 난영의 귓가에 들려왔다. 짜증이 잔뜩 서려 있는 그 목소리에 그녀는 조심스럽게 말했다.

"채연화 낭자는 경수에서 제일 아름다운 여인이라 모두들 한 번쯤은 얼굴을 보고 싶어 해요. 나리야 아름다운 분들을 질리도록 보셔서 아무렇지 않으신지 모르겠지만요……."

"그렇기야 하지. 미모로는 황도의 기녀들에게 뒤지지 않아. ……기교도 뛰어나고."

기교라는 말 앞에 들어갈 말을 눈치챈 난영은 뚱한 표정으로 고개를 수그렸다. 점점 사람들이 떠들며 감탄하는 소리가 가까이 들려왔다. 저렇게 사람들이 감탄하는 미녀들을 류의는 몇 명이나 만나고 품에 안았을 것이다. 그렇게 생각하자 난영은 기분이 우울해졌지만, 그것을 표현할 수 없었다. 어차피 그에게는 산더미처럼 많은 여인들이 있을 것이고 자신은 그중의 한 명이기 때문이었다.

"하지만……."

잠시 후 속삭이는 류의의 목소리 끝이 갈라져서 등골에 소름이 돋았다. 주변이 시끄러운데도 뚜렷하게 다가오는 그 목소리에 놀라 난영이 고개를 들었을 때, 마침 채연화가 그들의 앞으로 지나치고 있었다. 그리고 난영과 눈이 마주쳤다. 그녀는 살짝 인상을 쓰면서 그녀를 노려보았고, 그 옆에 서 있는 류의 쪽으로 시선을 돌렸다.

그 다음 순간 류의가 난영에게 고개를 숙이고 그녀의 귓불을 가볍게 깨물고 핥았다. 그 느낌에 난영은 화들짝 놀랐지만, 사방에서 밀어 대는 사람들 때문에 그 자리에 움직일 수 없었다. 게다가 류의가 그녀의 턱을 움직이지 못하게 잡고 있으면서 계속 귓불을 잘근잘근 깨물었기 때문에 고개를 숙일 수도 없었다.

채연화의 표정이 분노로 일그러졌다. 그녀는 바람 소리가 날 정도로 세차게 고개를 돌리고 고개를 빳빳하게 들었다. 그녀의 뒷모습이 완전히 멀어지고 사람들의 정체(停滯)가 풀리자 류의는 깨물기를 멈추고서 선 채로 굳어 버린 난영에게 속삭였다.

"……저 여인이 지금 질투하는 여인은 바로 자네야."

뭐라 말할 수 없는 간질거리는 기분이 온몸으로 퍼져 갔다. 더욱 이상한 것은 그 기분이 싫지 않다는 것이다. 난영은 그런 스스로가 너무나 낯설었다.

다음 날 류의는 세준과 함께 아침나절에 우혜원을 나섰다. 난영은 의레 그가 주변을 살피고 올 것이라고 생각하고 자수를 놓으며 린랑에게 시장에서 있었던 일을 이것저것 이야기하면서 난영은 시간을 보냈다.

오후가 되자, 해가 높아지면서 날이 더워졌다. 공 부인은 점심을 먹고 나서 잠시 손을 놓고 뜰 안을 쳐다보는 난영에게 화채를 가지고 왔다.

"맛이 아주 잘 들었단다. 시원하게 마시렴."

"감사합니다, 부인."

화채는 공 부인의 말대로 달고 시원했다. 잔을 들고 먼 산을 바라보면서 난영은 공 부인에게 조심스럽게 물었다.

"주인님이 오늘 저녁에는 돌아오실 것이라고요?"

"예, 조만간에 건녕성으로 돌아가셔야 하니, 슬슬 그 준비를 하실 모양입니다."

"……."

그 말에 난영의 표정이 굳어졌다. 공 부인은 걱정하지 말라는 듯 말했다.

"내가 주인님께는 잘 말해 뒀으니 그분도 심사숙고를 하실 거다. 아직 소저에게는 별말씀 없으셨지?"

"아직은요."

"그럼 곧 말씀하실 게야."

공 부인이 그렇게 말했을 때였다. 앞뜰에서 남자들의 목소리가 들려왔다. 난영은 귀를 쫑긋 세우고 그쪽을 바라보았고, 공 부인은 자리에서 일어나 류의가 세준과 이야기를 끝내고 돌아오는 모습을 바라보았다.

"화채인가?"

그는 난영의 앞에 놓여 있는 잔을 들어 올리며 물었다. 공 부인이 그렇다고 말을 하자마자, 류의는 망설이지 않고 잔을 비웠다. 난영은 자신이 마시다 남긴 화채를 망설이 없이 마셔 버리는 류의의 태도를 어버버하는 사이 말리지 못했다.

토끼눈이 되어 버린 그녀의 모습에 류의는 무슨 일이냐는 듯이 물었다.

“왜 그러느냐?”

“아, 아닙니다. 목이 마르시다면 시원한 물이라도 준비할까요?”

“화채를 더 마시고 싶은데…….”

“곧 준비하겠습니다.”

공 부인이 그리 말하면서 자리를 비우자 단둘이 남은 이 상황이 난영은 갑자기 어색하게만 느껴졌다. 일어나 안으로 들어갈까 생각하는 사이 류의는 자리에 앉아서 이러지도 저러지도 못하고 있는 그녀를 올려다보았다.

“어딜 가려는 건가?”

그가 그렇게 말했기 때문에 난영은 의자에 엉덩이를 붙였다. 류의의 눈치를 살피듯이 흘끔흘끔거리자, 그는 할 말이 있으면 해 보라는 듯한 표정으로 그녀를 응시했다.

난영은 용기를 내어 그에게 물었다.

“나리께서 궁으로 돌아가신다는 이야기를 들었습니다. 그러면 저를 어찌하실 생각이십니까?”

직접적이고 간결한 그 질문에 류의는 새삼스럽다는 듯이 겁에 잔뜩 질려 있는 난영의 얼굴을 바라보았다. 그녀에게서 이런 질문을 듣게 될 줄은 생각지도 못했던 것이다. 하지만 돌이켜보면 난영은 소심하고 겁이 많아도 의외의 일을 저지르는 면이 있었다. 제법의 고집도 있다.

그의 시선에 그녀의 뺨이 붉게 물들면서 점점 더 아래로 수그

려졌다. 용기 있게 말을 했지만, 그가 계속 빤히 쳐다보자 부끄러운 모양이었다. 옷깃 사이로 보이는 목덜미까지 홍조가 도는 것을 확인하고 나서 류의는 느릿느릿 되물었다.

"자네는 어쩌고 싶은가?"

말문이 막혀서 난영은 아무 말도 하지 못하고 머뭇거렸다. 지금까지 그녀는 특별히 무언가를 생각해 본 적이 없었다. 모든 것이 너무나 갑작스럽고 막연해서 자신에게 앞으로 무슨 일이 벌어질 것인지 상상조차 할 수 없었던 것이다.

"주인님께서 돌아가신 뒤에는, 집에 돌아가 다시 어머님을 모시겠지요."

자신이 그 이외에 다른 일을 할 리가 없다. 일상으로 돌아가서 아무 일도 없었던 것처럼 지내게 되리라. 난영의 그 대답에 류의의 미간이 슬며시 좁혀졌다.

"자신을 그리 버린 어미에게 말인가? 그 어미가 혼자 집으로 돌아온 자네를 잘도 받아 주겠군."

비아냥거리는 그 말에 난영은 가슴이 미어지는 것 같은 기분이었다. 비록 남들에게 딸을 고생시키는 어미라는 욕을 듣고 있어도, 남 부인은 난영에게 있어서 단 하나뿐인 가족이었다. 말없이 고개를 수그리며 그녀는 소맷자락을 손에 꽉 쥐었다.

"제가 아는 것이라곤 그분이 어린 저를 키워 주신 분이라는 것뿐입니다. 다른 것을 일일이 신경 쓰고 싶지 않습니다."

뒤로 갈수록 난영의 목소리가 떨려 오는 까닭을 류의는 눈으로 보고 있었다. 그녀의 속눈썹에 눈물이 방울방울 맺혀 있었던 것이다. 그는 방금 전에 그녀가 한 말에서 의문점을 알아챘지만, 굳이 묻지 않았다. 눈물을 그르렁거리면서도 난영은 울지 않으려는 굳은 각오로 눈을 꽉 감았다가 뜨면서 고개를 들었던 것이다. 그 모습을 빤히 바라보면서 류의는 손에 들고 있는 것을 만지작거렸다.

"어머님을 나쁘게 말하지 말아 주세요."

"아아, 그래. 자네가 진짜 효녀라고 인정해 주지. 그럼 자네의 어머니에게 별문제가 없을 것이라는 짐의 확약을 받고 나서는 군소리 없이 나와 궁으로 가겠나?"

난영의 얼굴빛이 굳어지는 것이 보였다. 그는 그녀의 속내를 살피려는 듯이 조금도 흔들리지 않는 눈빛으로 그녀를 응시했다. 그런 눈빛 앞에서 감출 수 있는 것은 아무것도 없어 보였다.

"궁으로요?"

"어차피 자네가 나와 몸을 섞은 이상 자네를 데리고 가는 것은 당연한 일이야."

"……."

류의의 말에 난영은 올 것이 왔다는 듯이 굳은 표정으로 고개를 숙였다. 그런 그녀에게 손을 뻗어, 류의는 아무렇지 않은 듯이 목덜미의 옷깃을 가볍게 당겼다. 그러자 볕에 그을린 목덜미 피부와 옷에 가려져 하얀 피부의 경계선에 선명한 이빨 자국이 검붉게 나 있는 것이 보였다. 며칠 전 그가 깨문 자국이 이제는 진한 보라색이 되고 가장자리가 노랗게 변해 가고 있었다.

류의의 갑작스러운 행동에 난영은 깜짝 놀랐지만, 손길을 거

부하지는 못했다. 그는 그 상처에 가볍게 손가락을 댔다. 뜨겁게 맥동치는 체온과 소녀의 몸이 떨리는 느낌이 고스란히 느껴졌다. 그렇게 매끈매끈한 피부의 결을 거꾸로 올라가면서 손가락은 목덜미를 스치고, 이윽고 소녀가 머리카락으로 가려 놓은 귓불까지 올라갔다.

가느다란 비단실 같은 머리카락 사이로 보이는 귓불을 손끝으로 만지작거리자, 그녀는 그대로 딱딱하게 굳어 버렸다. 귓불이 빨개지는 것이 분명히 보일 정도로 긴장하고 있는 그녀에게 그는 나지막하게 속삭였다.

"뭘 그리 긴장하고 그러는가? 설마 내가 대낮부터 자네를 덮치기라도 할 것이라 생각하나?"

대답 없이 그녀는 가픈 숨을 들이마셨다. 얼굴을 수그려 표정을 감추려고 노력하는 그녀의 뺨은 한 손으로 고정하면서 그는 만지작거리며 불안해하는 그녀의 시선을 똑바로 응시했다.

"자네가 불안해하는 이유는 아마 맞을 걸세."

난영은 그렇게 그의 입술이 자신의 이마에 닿는 것에 두근거렸다. 무엇인가 말을 해야 한다고 난영은 느꼈다. 하지만 아무런 말도 떠오르지 않았다. 그녀의 온 신경은 뺨을 만지작거리는 류의의 손끝이 다음 순간 움직이는 곳으로 향했기 때문이었다.

손끝은 간질거림이 심장으로 가는 것을 기다렸다는 듯이 난영의 목덜미에 내려와 그녀의 어깨와 팔뚝을 쓰다듬었다. 옷감의 위임에도 불구하고 손바닥에서 느껴지는 열기와 열망은 고스란히 그녀의 안쪽에 닿아, 혈관 속의 모든 피들이 다시 날뛰게 만들었다. 관자놀이의 맥이 쿵쿵거리는 소리가 귓전에 울렸다. 마른 침을 삼키는 그녀의 뺨은 다시금 빨개졌고, 그렇게 솔직히 반응해 오는 난영을 그는 재미있다는 듯이 바라보았다.

팔뚝 위로 내려온 그의 팔이 손목을 잡고 가볍게 움직였다. 의자에 앉아 있는 그녀의 몸이 기우뚱거리며 류의의 쪽으로 움직였다.

"생각 같아서는 지금 당장 짐이 원하는 대로 자네를 저 안으로 끌고 들어가고 싶지만……."

뺨과 귓가에 닿는 뜨거운 숨결 사이로 침향이 느껴졌다. 몹시 달콤하고 유혹적인.

"흡!"

저도 모르게 숨을 들이마시며 소스라치는 그녀의 손목을 세게 움켜쥐고서 남자는 옴짝달싹도 못하게 만들었다. 그러곤 그녀의 손에 뭔가를 쥐어 주면서 뒤로 물러났다.

"시원한 물을 마시고 나면 생각이 좀 변하겠지."

멀어지는 그의 체취에 정신이 하나도 없던 난영은 이윽고 공부인의 발걸음 소리에 간신히 몸을 추스릴 수 있었다. 예측을 할 수 없는 류의의 제멋대로인 태도에 혼백이 저 멀리 날아가 버린 듯 정신이 하나도 없었다.

다른 사람의 앞에서 아무 일도 없었던 것처럼 보이고 싶었기 때문에 난영은 서둘러 자세를 바로하고 찻잔에 손을 올렸다. 하지만 그녀는 잔을 들 수 없었다. 방금 전 류의의 손에 잡혔던 손에 길쭉한 두루마리가 쥐어져 있었기 때문이었다.

"이것은 무엇입니까?"

난영이 궁금하다는 듯이 묻자 그는 물이 든 잔을 들면서 말했다.

"자네에게 주는 것이니 펼쳐 보게."

잠자코 두루마리를 펼치면서도 난영은 혹시 이 사람이 자신을 놀리지는 않을까 조심스러운 마음뿐이었다. 괴상한 그림이 그려져 있을지도 몰랐다. 류의는 지금까지 그녀를 실컷 쥐락펴락하고 있으니, 이번에도 그렇지 않으리라는 보장은 없는 것이다.

"어머!"

하지만 막상 두루마리의 안쪽은 그녀의 그런 생각을 비웃기라도 한 것처럼 형형색색의 아름다운 꽃들이 수놓아져 있었다. 화조도를 자수로 표현하여 족자로 만든 것으로 어제 시장에서 그녀가 본 것이었다. 난영은 정신없이 그것을 바라보다가 깜짝 놀라 휘둥그레진 눈으로 류의를 응시했다.

"이게 대체 어찌 된 일인지……."

"저자에 나갔다가 보이기에 샀네. 대단할 것 없으니 그리 좋아할 필요 없어."

딱 잘라 말하면서도 그는 내심 난영이 기뻐하는 얼굴에 안심했다. 족자를 구입하면서도 혹시나 하는 생각에 마음을 졸였던 순간이 있었던 것이다. 하지만 그녀는 방금 전까지의 모든 불안한 마음도 잊고 순수하게 족자의 아름다움에 감탄하면서 즐거워하고 있었다. 어떻게 본을 떴는지, 어떤 색실을 썼는지 어떻게 수를 놓은 것인지 호기심 많은 표정으로 들여다보면서 그녀는 연신 그에게 감사하다는 말을 했다.

공 부인은 그런 두 사람을 부드러운 표정으로 바라보았다. 어찌 되었든 류의는 난영에게 정말로 마음이 있는 것이다. 그 자신도 모르게 예전처럼 부드러운 미소를 지을 만큼.

목욕을 끝내고 나서 난영은 자리옷을 갈아입고 침실로 향했다. 침실에는 공 부인과 린랑이 류의와 함께 있었다. 린랑은 난영이 안으로 들어서자 깜짝 놀란 눈으로 그녀를 바라본 다음 화급히 고개를 숙였다.

이상한 분위기였기 때문에 난영은 대화를 방해하지 않으려 기척을 죽이려 했지만, 그녀가 들어온 것을 본 류의는 난영에게 가까이 오라고 손짓했다. 젖은 머리에서 물이 튀지 않도록 조심하면서 다가가자, 류의는 두 사람에게 그만 나가 보라고 말했다.

"황공하옵니다."

린랑이 그리 말하면서 나가는 것을 보자 난영은 무슨 일이 있었는지 짐작할 수 있었다. 할 말이 많아 보이는, 그러나 입을 꾹 다물고 나가 버리는 동무의 뒷모습을 잠시 바라본 다음, 난영은 경대 앞에 앉았다.

"내일 아침에 건녕궁으로 떠날 것이다. 자네와 자네의 동무도 함께 갈 터이니 그리 알아 둬."

류의의 말에 난영은 놀란 어조로 물었다.

"린랑도 함께 가나요?"

"자네를 위해서 린랑이라는 아이를 궁녀로 받아들이기로 했네. 그래서 짐에게 해야 할 말이 있겠지?"

"서, 성은이 망극하옵니다."

마음이 벅차서 목소리가 떨려 왔다. 난영은 아무도 아는 사람이 없는 궁으로 간다는 생각에 가슴이 막막했지만, 린랑이 함께 간다니 갑자기 안도가 되었다. 적어도 완전한 혼자는 아니다. 그리고 류의가 이렇게까지 자신을 배려해 주고 있다는 사실에 조금 놀랐다. 자신을 마구잡이로 대할 때에는 냉정한 사람이라고 생각했었는데, 조금씩 그에 대한 인상이 달라지는 느낌이었다.

어쩌면 공 부인이 말했던 대로 그는 좋은 사람일지도 모른다. 그러니까 너무 무서워만 하지 말자라고 생각하는 순간, 난영은 자신의 뺨을 타고 흐르는 류의의 시선을 느끼고 솜털이 곤두서는 것을 느꼈다.

젖은 머리는 수건으로 꼼꼼하게 닦은 다음, 마를 때까지 빗질을 해야 했다. 류의의 시선을 의식하느라 손이 떨려 빗질은 쉬이 되지 않았다. 진정하려고 노력했지만, 그것이 쉽지 않았다. 머리카락이 다 마르면, 그녀는 침상으로 들어가야 했다.

그는 그 순간을 느긋하게 기다리고 있는 듯했다. 그녀가 긴장하고 있다는 것을 빤히 알면서도 그것을 풀어줄 생각은 전혀 없었다.

마침내 더 이상 시간을 끌 수 없게 되자 난영은 속으로 한숨을 내쉬면서 자리에서 일어났다. 무의식적으로 옷자락을 만지작거리는데 류의가 짓궂은 어조로 말했다.

"어차피 벗을 것인데 스스로 벗는 것이 어떤가?"

"……."

난영의 얼굴이 새빨개졌지만 잠시 망설이다가 군소리 없이 옷자락을 단단히 맨 매듭을 풀었다. 노란 등불 아래에 난영의 하얀 피부가 드러났다. 그리고 순식간에 붉게 물들었다.

"불, 꺼 주시면……."

"내버려 두면 기름이 닳아 저절로 꺼질 테지."

그렇게 말하면서 그는 난영에게 손을 내밀었다. 가까이 오라는 그 몸짓에 그녀는 머뭇거리다가 천천히 발을 뗐다. 앉아 있는 그의 앞에 다가가자, 류의는 그녀의 가느다란 허리에 팔을 감고서 보드라운 가슴에 뺨을 비볐다.

간지러운 감각이 온몸에 느껴졌다. 류의는 천천히 그녀를 침상에 눕혔고, 난영은 부끄러워하는 자신의 얼굴을 감추려 양손으로 얼굴을 가렸다. 하지만 사내는 그런 그녀의 작은 저항도 용납하지 않았다.

"손을 떼서 짐의 어깨에 걸치게."

귓가에 가까이 대고 속삭이는 그의 목소리에는 거역할 수 없는 힘이 있어, 난영은 천천히 손을 들어 그의 어깨를 잡았다. 맨살의 따뜻한 감촉이 손바닥을 통해 느껴졌다. 동시에 그녀는 숨을 삼키면서 어깨를 잡은 손에 힘을 주었다.

심지가 길었던 등잔이 모두 타올라 방 안이 어두워졌을 때쯤에 난영은 지쳐 잠이 들었다. 의식이 완전히 사라지기 전에 류의

는 그녀의 이마와 입술에 입을 맞췄고, 난영도 그 입맞춤에 서툴게 반응했다.

이상하리만큼의 쾌감과 이상하리만큼의 만족감이 느껴졌다. 아픔마저도 짜릿하게 느껴질 정도였다. 그것이 너무나도 어색했지만, 그가 마지막으로 해 준 입맞춤은 너무나 부드럽고 달콤했기 때문에 그녀는 모든 것이 좋게만 느껴졌다.

류의는 잠든 난영의 얼굴을 빤히 바라보면서 그녀가 불편하지 않도록 고쳐 안으면서 저도 모르게 깊은 한숨을 내쉬었다. 난영의 기분이 이상한 만큼 류의 기분도 이상했다. 언제나 그녀를 갈구하는 자신의 욕구에 대해서 그는 진지하게 생각한 적이 없었다. 생각하는 것 자체를 회피하고 있었던 것 같았다. 단지 그녀를 품에 안고 있었고 계속 보고 싶었고, 곁에 두고 싶었다.

이 감정이 이대로 괜찮은 것인지 다시 한 번 재고해 보기 전에 그는 이미 마음을 결정하고 있었다. 지금은 이 문제를 심각하게 생각하고 싶지 않았다. 고민하고 망설이는 일은 지쳤다. 중요한 것은 자신의 이 감정을 놓치고 싶지 않았다.

어깨를 안는 팔에 힘을 주었다. 이번에는 누구도 이 여인을 건드리지 못하게 할 작정이었다.

눈을 떴을 때는 아침의 햇살이 방 안에 남실거리고 있었다. 류의는 그녀의 옆에 누워서 그녀가 눈을 뜰 때까지 기다리고 있었다. 잠이 덜 깬 눈을 깜빡이고 있다가 그의 시선을 의식하자,

난영은 다소 얼굴을 붉혔다. 그녀는 그의 품에 안겨서 류의의 가슴에 뺨을 대고 자고 있었던 것이다. 정사중이 아닌 멀쩡한 의식 아래에서 맨살의 감촉을 느끼는 것이 어색했지만, 난영은 이 느낌이 싫지 않았다. 그는 팔을 뻗어 그녀의 어깨를 단단히 감싸고 그 때문에 두 사람은 좀 더 밀착하게 되었다.

그렇게 그에게 기댄 채로 그녀는 그를 응시했다. 그가 어떤 사람인지 살피려는 것처럼 호기심이 깃들어 있는 시선이었다. 류의도 그런 그녀의 시선을 마주했다. 감출 것도 없다는 듯이 담담하게.

그는 그녀가 아는 사람 중에서 제일 잘생긴 사람이었다. 또렷한 얼굴선과 날카로운 눈매가 절묘하게 조화를 이루고 있었다. 단호한 입매에는 고집과 근엄함을 담고 있었지만, 오늘은 장난기와 함께 약간의 부끄러움도 조금 느껴졌다.

심연을 생각나게 하는 류의의 검은 눈동자에는 자신의 모습일 맺혀 있었다. 조금 이상한 기분이 들었다. 시선을 돌리고 싶었지만, 그것은 마음뿐이었다.

묘한 침묵이 두 사람 사이에 감돌았다. 그리고 아무도 그 침묵을 불편해하지 않았다. 조금 어색하긴 하지만, 그만큼 신기한 느낌이었다. 온화하고 부드러운 두 사람 사이의 분위기는 침실 장지문 너머에서 들려온 목소리에 두 사람은 고개를 돌렸다.

"기, 기침하셨습니까?"

무척이나 긴장한 린랑의 목소리에 류의는 물론이고 난영마저도 미소를 지었다.

"일어났으면 식사를 해야지?"

"네……."

새삼스럽게 그는 그가 자신의 앞에서 알몸을 하고 있다는 것을, 그리고 자신도 알몸이라는 것을 깨닫고 얼굴을 붉혔다. 이불을 끌어당기는 난영과 달리 류의는 그녀가 보고 있다는 것에도 신경 쓰지 않고 침상에서 일어났다.

"꺅!"

실오라기 한 올 걸치지 않은 꽉 짜인 건장한 몸은 햇볕 아래에서 더욱 빛나는 것처럼 보였다. 그가 움직일 때마다 자잘한 근육들이 마치 예술 작품처럼 움직여, 난영의 마음을 두근거리게 만들었다. 그녀의 시선을 안다는 듯이 그는 이불 속에서 빼꼼하게 고개를 내미는 그녀를 향해 매력적인 미소를 지어 보였다. 그 미소에 그녀는 온몸이 새빨개지는 기분이었다.

그런 난영의 속내를 모르는 척하면서 류의는 맨 먼저 풀어헤친 머리를 묶었다. 미끈하게 뻗은 가슴과 유연하게 움직이는 허리, 그리고 입가에 물려 있는 머리끈에서 좀처럼 시선을 뗄 수 없었다.

쿵쿵거리는 심장 소리가 귀에서 난리를 피운다. 난영의 시선을 받으면서도 류의의 행동은 조금도 긴장되어 보이지 않았다. 가볍게 세수를 하고 새 옷을 꺼내 입고 나서 그는 장지문을 열었다. 바깥에서 대기하고 있던 린랑은 화들짝 놀랐다가 이내 진정하며 그의 말에 귀를 기울였다.

"들어가 보게."

"네, 네!"

씩씩하게 대답하고 린랑은 멀어지는 류의의 뒷모습을 흘끔 쳐다보았다. 그리고 후다닥 침실로 들어와 이불 속에 숨어 버린 난영의 등허리를 퍽하고 후려쳤다.

"야! 난영아!"

"꺅!"

두터운 이불 덕분에 충격이 많이 완화되었지만 그래도 아픈 것은 아픈 것이라, 난영은 아프다고 투덜거리면서 이불 속에서 머리를 내밀었다. 린랑은 장난기 가득한 표정으로 난영을 쳐다보면서 하고 싶은 말을 열심히 참았다. 지금 입을 열었다간 너무 많은 말들이 나와서 두서가 없어질 것 같았기 때문이었다. 대신에 린랑은 난영을 이불 속에서 끌어냈다.

난영은 그녀가 재촉하는 대로 씻고, 옷을 갈아입은 다음 가볍게 단장을 했다.

"세상에! 내가 궁에 들어가다니…… 게다가 네가 천자의 비빈이 되다니 그걸 누가 생각이나 했겠어? 너, 처음부터 알고 있었지? 나는 어제 부인에게 그 이야기를 듣고서 기절하는 줄 알았다니까. 우리 주인님이 천자시라니……!"

린랑은 믿을 수 없다는 듯이 호들갑을 떨면서 경대 앞에 앉아 있는 난영의 어깨를 감싸 안았다. 난영은 그런 그녀를 향해 어색한 미소를 지어 보이며 말했다.

"응……. 하지만 황상께서 암행 중이시라서 함부로 말을 할 수 없었어. 미안해."

"괜찮아, 괜찮아! 미안해할 것 없어. 어제 부인께 단단히 입막음당했거든. 우혜원에 대한 것이라든가, 황상에 대한 것은 절대로 말하지 않을 거야. 궁에 가서도 눈 크게 뜨고 너랑 같이 있을게."

"……난 너랑 같이 가게 되어서 기뻐. 솔직히 좀 불안했거든."

"나도 그래. 하지만 우리 둘이니까 어떻게든 잘 될 거야. 걱정하지 마. 게다가 황상이 너를 이렇게 생각해 주시잖아. 궁에 가서도 별일 없을 거야. 황상께서도 너를 아주 많이 생각하시는 듯하니까, 난 정말 정말 안심이야. 앞으로는 내가 너를 마마라고 불러야 한다는 게 좀 어색하지만!"

"나도 어색해."

난영은 냉큼 대꾸하고서 긴장이 풀린 듯이 웃음을 지었고 린랑도 따라 웃었다. 새로운 생활이 앞에 있지만 혼자가 아니라는 생각에 훨씬 더 안도가 되었다.

류의 함께 마주 보고 앉아서 식사하는 동안에 그는 별다른 말은 하지 않았다. 다만 생선을 그다지 좋아하지 않는 난영이 조기에 거의 손을 대지 않는 것을 보고, 눈살을 살짝 찌푸리며 손수 살점을 집어 그녀의 숟가락 위에 올려 주었다.

난영은 싫다는 표정을 감추고서 숟가락을 들어 입에 가져갔고, 린랑은 고소하다는 듯이 키득키득 웃음을 지었다. 난영의 편식 습관에 대해서 잘 알기 때문이었다.

아침 식사를 끝내고 출발 준비가 끝났다는 세준의 보고가 끝나자 류의는 난영에게 말했다.

"이제 일어나지."

"가, 가는 길에 어머님께 인사를 드려도 될까요?"

"안 되네."

그가 굉장히 싫다는 듯한 표정으로 그렇게 말했기 때문에 난영은 더 이상 졸라 볼 수도 없었다.

※ ※ ※

수레가 덜커덕거리며 멈추자 난영은 호기심이 어린 표정으로 바깥의 동태에 귀를 기울였다. 벌써 건녕궁에 도착했는가 싶었더니, 그것은 아닌 듯했다. 수레 바깥에서 린랑이 누군가와 이야기를 하는 소리가 들려왔지만 그녀가 있는 쪽에서는 무슨 말을 하는지 들리지 않았다.

혹시 안 좋은 일이 생긴 것이 아닐까라는 생각이 들었다. 발을 살짝 걷고 바깥을 내다보고 싶은 마음이 굴뚝같았지만, 왠지 그러면 안 될 것 같다는 생각에 잠자코 누군가가 말을 걸 때까지 기다렸다.

잠시 후, 발이 열리면서 류의가 고개를 들이밀었다. 누가 그녀에게 말은 한다면 린랑일 것이라고 생각했기 때문에 그가 나타난 것이 놀라웠다. 하지만 그녀는 놀란 척도 하지 않았고, 바깥의 사정 따위는 하나도 궁금하지 않다는 듯이 시치미를 뚝 뗀 표정으로 그를 바라보았다. 하지만 그의 눈빛은 이미 그녀의 속내 정도는 알고 있는 것처럼 보였다.

"잠깐 내려오게. 좀 쉬었다 가지."

"여기는 황성이 아닌가요?"

"여기서 한 시진 더 가야 하네."

그 말에 난영은 고개를 갸웃거렸다. 한 시진 거리라면 굳이 여기에서 쉬어 갈 이유는 없을 듯 보였기 때문이었다. 하지만 오랜 시간 수레를 타고 오는 바람에 온몸이 지쳤기에 난영은 잠자코 수레에서 내렸다. 잠깐 기지개라도 켜서 굳었던 몸을 펴고 싶었다.

"이쪽으로……."

말을 가려 가며 조심스럽게 말하는 린랑의 모습을 보면서 그녀는 천천히 주변을 둘러보았다. 생각했던 대로 그들은 숲길 어딘가에 있었고, 우혜원에서부터 함께 온 사람들 이외에 다른 사람들도 보였다.

붉은 관복을 차려입은 금위위들이 질서 정연한 모습으로 화려하게 치장된 어가(御駕)를 호위하고 있었다. 그리고 얼핏 보기에 류의와 똑같이 닮은 사람이 용포를 입고 그들 사이에 서 있었다.

"황상이…… 두 분?"

난영은 저도 모르게 그렇게 중얼거리고서 무심결에 자신의 옆자리에 서 있는 사람을 올려다보았다. 류의는 틀림없이 그녀의 곁에 있었다. 두 사람이 있을 리가 없는 것이다. 그는 난영의 놀란 표정을 보고 재미있다는 듯이 생긋 미소를 지었다.

"내, 자네에게 우 내관과 노 상궁을 소개하지. 두 사람 모두 이리 가까이들 오게."

류의의 부름을 받고서 금포를 입은 남자와 여관의 차림을 한 여인이 두 사람의 앞으로 다가왔다. 점점 다가올수록, 난영은 그 남자가 의외로 류의와 그렇게까지 비슷하지 않다는 사실을 깨달았다. 이목구비는 둘째치고라도 무엇보다 눈빛이 달랐다. 류의의 눈빛은 깊고 단단하며, 결코 수그러들지 않은 기상이 서려 있다면, 지금 이 사람의 눈빛은 순하고 여려 보였다.

"아씨를 뵈옵니다. 우장현이라고 합니다. 황상을 모시고 있는 내관이옵지요."

그는 난영에게 손을 모아 공손히 인사를 했다. 난영도 엉겁결에 양손을 들고 맞절을 올렸다.

"예난영이라고 합니다."

"아씨에 대한 이야기는 황상께 들었사옵니다."

그 말에 난영의 얼굴이 금세 새빨개졌다. 그녀는 어찌할 바를 몰라 하면서 류의와 우 내관을 번갈아 바라보았다.

"그리고 저쪽은 지밀(至密) 상궁인 노 상궁."

"아씨를 뵈옵니다. 노영화라 하옵니다."

"아, 안녕하세요."

"우 내관은 암행할 때 종종 내 대역(代役)을 시키는 자야. 이제 이화궁으로 들어갈 예정이니, 원래의 모습으로 바꾸어야지. 암행은 들키지 않은 것이 중요하니."

그의 말에 난영은 새삼스럽다는 듯이 류의를 바라보았다. 점점 더 그가 황제라는 것이, 사실은 구중천(九重天) 너머의 높은 곳에 있는 사람이라는 것이 실감이 났다. 어찌 된 이유인지 모르

지만, 자신이 정말로 그의 마음에 들었다는 것도.

상궁들의 수발을 받으며 류의가 용포를 입었을 때에는 그곳의 공기마저도 달라진 것 같은 느낌이었다. 그녀에게 사악할 정도로 장난기 어린 말을 속삭이던 그 남자는 어디에도 없었다. 감히 눈을 마주칠 수 없는 위엄 있는 천자가 땅 위를 굳건히 서서 그녀를 응시하고 있었다. 그 사람이 그녀를 품었고, 이제는 그녀를 데리고 황궁으로 간다고 한다.

갑자기 모든 것이 현실감이 없어져 난영은 두려움을 느꼈다. 이대로 괜찮은 것인지 알 수 없었다. 당장이라도 어머니와 살던 그 낡은 초가집으로 돌아가야만 할 것 같았다. 아니, 뺨이라도 꼬집어 꿈에서 깨어야만 했다.

"이리 오게."

류의가 오라고 손짓했지만, 난영의 발걸음은 쉬이 움직이지 않았다. 그녀는 대답도 하지 않고서 머뭇거렸다. 사람들이 모두 그녀를 응시하고 있다는 것을 깨닫자, 온몸이 두려움에 떨렸다. 린랑이 열심히 옆구리를 찔렀지만, 그 사실조차도 깨닫지 못할 정도였다.

무섭다. 그런 생각만이 머리를 꽉 채웠다. 어울리지 않은, 자신처럼 별것 아니었던 존재가 누군가로 인해 무언가가 되어 버리는 그런 느낌이 좀 더 분명하게 다가왔다. 어째서 그는 자신을 이런 길로 끌어당기는 것일까.

그 동안 애써 생각하지 않으려던 의문은 이제는 반드시 알아야 할 대답이 되었다. 하지만 난영은 그 질문을 하는 것이 두려웠다. 진실이 무엇이든 그것은 자신의 상처가 될 것이다. 그리고 그 상처를 극복해야 할 이유도, 그런 상처를 견뎌 낼 자신도 난영은 할 수 없었다. 아무것도 할 수 없었다.

자신의 수동적인 운명은 그저 눈앞에 펼쳐진 상황 위를 걸어갈 뿐이라는 것을 그녀는 분명히 깨달았다. 할 수 있는 것은 아무것도 없는 그저 그런 운명. 그것을 하루하루 먹고 사는 문제와 다른, 또 다른 생존의 문제라는 것을 그녀는 아직 모르고 있었다.

옷을 갈아입은 자신을 난영은 복잡한 시선으로 바라보기만 했고, 류의는 그 시선을 잠시 동안 응시했다. 그녀의 얼굴에 떠오른 선명한 두려움을 그는 어렵지 않게 읽어 낼 수 있었다. 그녀는 이제야 확실히 자신이 처한 상황을 깨달았고 대처할 수 없는 자신에 절망하고 있으며, 그렇기에 그 절망이 두려움으로 변하고 있었다.

너무나 자연스럽고 인간적이며 솔직한 감정 표현은 그녀가 궁의 생리를 모르는 평범한 사람이기 때문에 가능한 것이리라.

망설이며 움직이지 못하는 그녀를 이해할 수 있었다. 하지만 언제까지 망설이게 내버려 둘 수도 없는 일이었다. 그녀가 망설인다면, 자신이 그녀를 끌어 주면 된다. 그것이 최선이었다.

류의는 그래서 먼저 걸음을 옮겼다. 그녀의 손을 잡자, 흠칫 놀라는 기색이 저절로 느껴졌다. 격렬하게 뛰는 맥박의 움직임과 손바닥에 고인 축축한 식은땀에도 불구하고 그는 잡은 손을

놓지 않았다.

천천히 그가 움직이자 마지못해서 그녀도 역시 걸음을 옮겼다. 그런 그의 모습에 오랜 시간 동안 천자를 모셔왔던 측근들은 서로의 얼굴을 바라보며 놀라움을 표했다. 그가 누군가에게 먼저 손을 내미는 모습을 처음 보았다. 누군가에게 저리 다정한 모습을 보이는 것도 드문 일이었다.

하지만 난영은 그런 다른 사람들의 반응을 신경 쓸 겨를이 없었다. 창백하게 질린 표정을 어떻게든 풀려고 노력했지만 실패했기 때문에 시선이 점점 아래로 내려갔던 것이다. 묵직한 어떤 것이 가슴 위로 올라간 기분이었다.

"들어가게."

그는 아주 다정하게, 난영의 손을 잡고서 준비된 가마를 가리켰다. 그러자 이상하게도 난영은 가슴을 두르는 맷돌같이 무거운 감정이 그 한마디에 조금 가벼워지는 것을 느꼈다. 살짝 시선을 들어 그를 바라보자, 우혜원에서 그녀를 향해 웃어 주었던 그때처럼 그는 부드러운 어조로 말했다.

"괜찮아……."

그래서 난영은 무거운 다리를 간신히 움직여 가마에 오를 수 있었다. 선택의 여지가 없기 때문에 두렵다고 하더라도 의지할 수 있는 그가 있다는 것을 깨달은 것이다. 지금은 류의가 자신의 손을 잡고 있었다.

이 손에 잡힌 이상, 걸어가야만 했다. 앞으로 그녀 앞에 어떤 길이 펼쳐지고 어떤 일이 생긴다고 해도. 그녀가 할 수 있는 것은 결국 그 길을 걷는 것뿐이니까. 난영은 그렇게 생각했다.

그녀의 뒤를 따라서 린랑이 가마에 들어왔다. 류의가 그렇게 명을 했다는 말과 함께 자신의 손을 잡아 주는 친구에 기대면서 그녀는 숨을 들이마셨다.

말 위에 오른 건양제는 모두에게 출발하라고 명을 내렸다.

6.
죽헌당의 여인

근 한 달여 만에 여름 별궁인 이화궁에서 돌아온 건양제가 황궁 내의 궁전 중 하나인 죽헌당(竹憲堂)에 어떤 여인을 데려다 놨다는 소식은 도성 내에세 빠르게 퍼졌다. 내궁(內宮)에 연이 닿아 있는 자들, 특히 내궁의 권력을 통해 황제의 마음을 사로잡고 싶어 하는 사람들에게는 죽헌당의 여인이라는 이야기는 결코 허투루 들을 수 없었다.

건양제의 모친인 혜원 황후가 생전에 가장 좋아하던 궁이 바로 죽헌당이었다. 선제인 헌치제(憲治帝)와 함께 오붓한 시간을 보냈던 곳이고, 건양제 자신이 가장 아끼는 궁이기도 했다. 그는 정무가 한가하면 정비(正妃)였던 원경 황후와 종종 이곳을 찾곤 했었다.

그 황후가 병으로 급사(急死)한 뒤, 건양제는 죽헌당의 문을 굳게 잠그고 아무도 들어갈 수 없게 했다. 하지만 이제 그곳의 문을 활짝 열고, 출신도 신분도 제대로 알지 못하는 어떤 여인이 들어가 머물고 있는 것이다.

"대체 그녀가 누구란 말이요!"

황후가 없는 내궁에서 가장 높은 지위를 가진 여성인 무 귀비(武貴妃)는 죽헌당에 여인이 들었다는 말에 신경이 바짝 곤두서서 애꿎은 나인들을 닦달했다. 나인들은 무 귀비의 말에 서로의 얼굴을 쳐다보면서 꿀 먹은 벙어리마냥 아무 말도 하지 못했다. 그들도 그녀에게 무슨 말이라도 하고 싶었다. 하지만 아무도 죽헌당의 여인이 누구인지 어떻게 생겼는지 알지 못했다. 건양제가 엄명을 내려 아무도 그곳에 접근할 수 없었던 것이다.

현재 건양제의 후궁은 몇 명 되지 않았다. 젊은 황제는 어린 시절 혼인했던 황후와 사이가 각별히 좋았고, 그 때문에 지금 황궁에 남아 있는 후궁들은 원경 황후와 함께 가례에 들었던 몇몇 여인들에 불과했다.

그나마도 지금은 황제의 즉위 직후에 칙령을 내려, 부부지연을 맺지 않은 여인들은 그녀 자신들이 원하면 궁을 나갈 수 있게 해 주었다. 대부분의 여인들은 건양제의 주선으로 적당한 혼처로 시집을 갔고, 끝까지 남아 있는 여인들은 비빈의 자리에 올랐다.

그러나 건양제는 황후가 억지로 권하지 않는 이상 후궁들을 찾지 않았다. 필요한 만큼의 예의바르고 냉담한 관계만을 유지했다. 그것을 버티지 못한 자들은 결국 황제에게 주청을 하여 다

른 집안으로 시집을 갔다.

현재 후궁에는 무 귀비를 비롯해 두 명의 여인만이 남아 있었다. 그녀들은 궁에 남아 있으면 반드시 자신들에게도 기회가 있을 것이라 믿어 의심치 않았고, 결코 희망을 버리는 일이 없었다.

단 한 번이라도 좋은 것이다. 황제의 아이를 임신해 아들을 낳기만 하면 황후가 아무리 황제의 사랑을 받더라도 상관이 없었다. 아들은 후궁들의 가장 든든한 버팀목이자, 그녀들의 권력의 기반이기 때문이었다.

그런 생각으로 하루하루를 살아온 귀비였기에, 뜬금없이 등장한 새로운 여인은 결코 반가운 존재가 아니었다.

'간신히…… 간신히 기회를 얻었다고 생각했는데…….'

십여 년에 걸쳐 귀비는 인내해 왔다. 기다리면 언젠가 류의가 자신을 봐 줄 것이라고. 고작해야 그에게 딸 아이 하나밖에 낳아 주지 못한 원경 황후와 달리 그녀는 그에게 후계자를 낳아 줄 수 있었다. 든든한 아들, 원자를 낳아 후사를 도모하고 그의 사랑을 받을 자신이 있었던 것이다.

귀비는 그를 처음부터 사랑했다. 혜원 황후가 복권되고 헌치제는 류의를 원자로 세우면서 일주일간 황궁에서 큰 연회를 벌였다. 그때 귀비는 그를 처음 보았다. 황태자의 관복을 입고 당당하게 황궁을 거니는 그의 모습에 반해서 그녀는 반드시 그의 곁에 서겠다고 다짐했다.

노력해 왔다. 그의 곁에 서기 위해 어울리도록 노력했다. 태자비를 간택한다는 말에 반드시 자신이 뽑히도록 아버지를 졸랐고, 자신의 집안 힘이라면 반드시 그리될 것이라고 믿어 의심치 않았다.

하지만 그녀의 바람은 희망 사항이었다. 당시에 황태자였던 류의는 원경 황후에게 첫눈에 반해 그녀를 선택했다. 천하제일 미색이라고 알려진 그녀의 미모는 무 귀비도 내심 인정할 정도로 대단했다. 류의는 그녀에게 푹 빠졌고, 그녀 이외에 다른 여인에게도 관심이 없었다.

"본 태자는 비 이외에는 어떤 여인도 맞아들일 마음이 없다. 이 마음은 변할 리 없으니 자네가 궁에 남지 않았으면 좋겠다."

그것이 류의가 무 귀비에게 한 첫 번째 말이었다. 타이르듯이 다정하게, 하지만 그렇기에 더욱 냉정한 그런 말이었다. 그 말을 듣고서 가슴은 무너졌지만, 귀비는 아무것도 포기하지 않았다. 아니, 포기할 수 없었다.

마음은 어떻게 변할지 모른다. 원경 황후가 아무리 그의 사랑을 받아도 언제까지나 그 마음이 변하지 않을 리 없었다. 류의는 사내였다. 게다가 한 나라의 지존이었다. 한 명의 여인이 그를 독차지할 수 없을 것이다. 그리고 언제까지나 궁 안에 있는 다른 여인들을 무시할 수 없을 것이었다. 그런 생각으로 그녀는 지금까지 인내했다. 그리고 그 기다림은 얼마 전에 끝났다.

귀비는 자신이 결국 승리했다 믿었다. 하늘이 그녀의 마음을 알아 자신에게 기회를 주었던 것이다. 그리고 그녀는 기회를 놓치지 않았다.

한겨울, 죽헌당을 거닐던 황후가 고뿔에 걸렸다는 소식이 퍼지자마자 그 며칠 뒤에 갑자기 사망했다는 소식은 궁에 널리 퍼졌다. 그리고 한없이 사랑하던 황후를 잃고 상심한 건양제는 친딸인 연윤 공주도 멀리하며 여색을 가까이 하기 시작했다. 금욕적이고 일에만 몰두하던 모습을 버리고 나태해진 것이다.

그는 귀비를 비롯해 후궁들을 번갈아 가면서 만나고 그것도 모자라 궁기나 저자의 기생들까지 탐하기 시작했다. 황제가 너무나 망가지는 모습을 보였기에 저자에는 그가 혹시 황후를 죽인 것이 아닌가 하는 소문도 돌았다.

하지만 귀비는 그런 그의 모습에 실망하지 않았다. 류의는 그 여인들 중 어느 누구에게도 마음이 없어 보였기 때문이었다. 여인을 품에 안아도 씨앗을 남기는 행위를 하지 않는 그를 보면서 무 귀비는 다시 또 긴 싸움을 해야 한다는 각오를 다졌다.

그런 자신의 가륵한 각오가 홀로 이화궁을 다녀온 류의에 의해서 다시 상처를 입었다는 사실에 귀비는 화가 났다. 그가 여인을 데리고 올 줄은 생각지도 못했던 것이다.

일부러 궁 밖의 여인, 그것도 보잘것없는 배경을 가진 여인을 데리고 온 것에는 다른 이유가 없을 것이다. 건양제가 그 여인에게 푹 빠졌다는 소문은 이미 궁 안에 파다했다.

그 예상치 못한 상황에 후궁들뿐만 아니라 조정의 중신들조차 당황하고 있었다. 문제는 황제는 그 여인에 대해서 사람들이 묻는 것조차 싫어했고, 그 여인에게 첩지도 내리지 않았다는 것이다. 승은을 입었고, 일부러 황궁에 데리고 온 여인을 그리 대우

하는 류의 때문에 중신들은 고민하고 또 고민했다. 그 여인이 황후가 될 것인지, 아니면 후궁으로 남을 것인지. 어느 쪽이든 중신들은 황제의 의중을 알기 위해 온 신경을 곤두세웠다.

안 그래도 그들은 황제에게 줄기차게 재혼을 권유하고 있었고, 건양제는 그 모든 의견들을 묵살하고 있었다. 그런 소모적인 싸움은 건양제가 이화궁에 가기 전부터 계속되고 있었다.

애초에 그는 말이 많은 편이 아니었기에, 측근들조차도 그의 속내를 짐작하기 어려워했다. 하지만 정무에 관해서는 한없이 엄격한 사람이라, 원경 황후의 애도 기간 동안이든 저자에 흉흉한 헛소문이 도는 기간이든 일을 게을리 한 적은 없었다. 지금도 그는 이화궁에서 돌아오자마자, 자신이 자리를 비웠던 사이에 조정에 있었던 논의들을 하나하나씩 꼼꼼히 살피고 있었다.

건양제의 그런 행보에 중신과 황제의 입장을 조율해야 하는 입장에 서 있는 승상 장현식은 매우 난처한 상황에 빠져 있었다. 그는 매일 같이 죽헌당의 여인이 누구냐는 중신들을 질문을 듣고 있었고, 그때마다 자신은 모른다는 말로 대꾸하다가, 이제는 제법 짜증이 난 상태였다.

건양제의 최측근들조차 죽헌당의 여인에 대해서 알지 못하는데, 일개 승상에 불과한 자신이 어찌 그 사실을 알겠는가? 그렇게 일갈하고서 류의를 알현하러 온 장 승상은 단단히 각오를 하고 건양제에게 질문을 던졌다.

"이제 슬슬 그 여인에 대한 말씀을 해 주셔 되지 않겠습니까? 아니면, 다른 이야기라도 해 주심이 어떠실지요?"

"무슨 이야기를 말인가?"

상소문과 서류들을 검토하면서 류의는 장 승상의 말에 시큰둥한 어조로 되물었다. 그의 무표정한 얼굴에는 도무지 속을 알 수 없는 기색이 어려 있었다. 보통의 내공을 가진 중신들이라면 그 눈빛만으로도 말문을 닫아 버릴 것이었으나 한때 류의의 스승이었던 장 승상은 그런 그의 의뭉스러운 태도에 더 이상 물러나지 않았다.

"벌써 보름이 넘었습니다. 그 의문의 여인을 죽헌당에 들이신 뒤로요. 듣자 하니 이화궁에서도 그 여인을 매우 총애하셨다고요? 내관들조차 그 여인에게 가까이 다가간 적이 없다 할 정도라 들었습니다. 그래, 그 여인에게서 원자라도 생산되기를 바라시는 겁니까?"

수염이 허연 노신(老臣)이 노골적인 어조로 말을 하자, 류의는 읽던 서류를 내려놓고서 책상에 팔꿈치를 댔다. 질문이 귀찮다는 듯 눈을 가늘게 뜨는 모습을 보면서 장 승상은 그가 순순히 대꾸하지 않을 것이라는 것을 짐작했다. 언뜻 보기엔 타인의 말에 귀를 기울이는 것처럼 보이지만, 그것이 어디까지나 보는 이의 헛된 희망만을 남기는 것을 잘 알고 있었다.

건양제는 그런 식으로 신하들의 복장을 터트리는 경우가 많았다. 무엇 하나 명확하게 말하는 법이 없기에 중신들은 건양제의 의도를 제대로 파악하지 못해 우왕좌왕하는 것이다. 하지만 그 시기가 중신들에게는 위기이자 기회였다. 건양제는 일부러 그런 복잡한 상황을 만들어 그 상황에서 최대한의 능력을 발휘하는 신하들을 골라내곤 했던 것이다.

그는 능력 있는 왕이었고, 신하들을 다룰 줄 아는 군주였다. 단 한 가지 흠을 제외하고는, 어느 누구도 그의 치세를 딴죽 걸지는 못했다. 그 스스로 뒷말이 나오지 않도록 완벽하게 움직여 왔기 때문이었다.

그 하나의 흠이란, 황후의 빈자리를 아직 채우지 않고 있다는 것이다. 그리고 그로 인해 저자에는 황제가 황후를 죽였다는 살벌한 소문이 돌게 만들었다. 아무리 흉한 소문이 바깥에 나돌아도 눈 하나 깜짝하는 법 없이 국정을 운영하는 황제의 정신력은 웬만한 신하들도 감히 뭐라 할 수 없었다.

황후의 공석으로 인해 생긴 후사의 공백을 신하들은 몹시도 걱정하고 있었다. 황제에게 아직 원자가 없다. 이대로 그에게 문제가 생긴다면 그 뒤를 이을 사람이 없기 때문에 당장 나라가 혼란스러울 것이다.

하지만 정작 류의의 대답은 한없이 담담했다.

"대체 말이야, 짐이 여인을 들이네 마네 하는 문제로 조정이 왜 이리 시끄러운지 모르겠군."

예상했던 대로의 태도였다. 대꾸를 하는 그의 눈빛에는 강한 불쾌감이 어려 있어, 계속해서 입을 열기 어려울 정도였다. 그러나 장 승상은 오늘은 반드시 이 말을 하고야 말겠다는 생각으로 이곳에 왔기 때문에 물러서지 않았다.

승상에게 있어서 죽헌당의 여인은 별문제가 되지 않았다. 더 큰 문제는 국모(國母)의 자리가 아직까지 비어 있다는 것이었다.

그가 이화궁에 잠시 머리를 식히러 갔다는 소리를 하기에 황후를 간택하는 일을 결정하려나 싶었더니 논란거리만 더 들고 왔기에 장 승상은 황당할 따름이었다.

"황후께서 급서하신 지 벌써 반년이 다 되어 갑니다. 언제까지 국모의 자리를 비워 두실 생각입니까? 어서 황후를 두시어 내명부의 기강을 잡으시고, 원자를 생산하시어 후사를 이으셔야지요."

"대단하구먼, 승상."

"예?"

"어떻게 어제 계림(桂林) 황숙(黃叔)께서 오셔서 하신 말과 토씨 하나 다르지 않고 말할 수 있는 겐가? 연배 비슷한 두 분이서 짜고 하는 말인가 싶을 정도인데……."

"계림왕이나 저나 황상(皇上)의 일에 대해 충심으로 걱정하고 있을 따름입니다."

"황후를 들이라……. 승상도 황숙도 정말 잘도 짐에게 그런 말을 하는군. 두 분 모두 나를 생각하는 것인지 단순히 종묘사직(宗廟社稷)만을 위하는 것인지 알 수 없다니까."

"둘 다이옵니다. 황상께서 그러실 마음이 있으시다면, 죽헌당의 그 여인이라도 황후가 되지 못할 리가 없을 겁니다. 황상께서 마음을 정하신다면, 저와 계림왕께서는 온 힘을 다해서 그렇게 만들도록 하겠습니다."

"허허, 큰일 날 소릴. 죽헌당의 여인이 대체 어떤 계집인 줄 알고 그런 말을 하는 겐가?"

"소신은 황상을 원자 시절부터 가르쳐 온 스승입니다. 스승으로서 황상의 인품에 대해서 충분히 알고 있다고 자부하고 있사옵니다. 황상께서는 훌륭하신 군주시옵니다. 그런 황상께서 간택하신 여인이니 터무니없는 여인은 아닐 것입니다. 그리 믿고 있습니다."

"믿음이란 것은 그리 좋은 것이 아니지. 믿는 도끼에 발등이 찍힌다고 하지 않던가? 내가 그랬고."

씁쓸한 어조로 건양제가 그리 말하자, 장 승상은 정색하면서 말했다.

"그것이 어디 황상의 탓입니까? 그 일은 그분의 인격을 제대로 보지 못한 저희 모두의 잘못입니다. 그리 말씀하지 마시옵소서! 진정 소신이 목을 내놓는 것을 보고 싶으신 것입니까?"

간언하는 신하의 목소리에는 진정이 묻어 나오고 있음을 류의도 역시 잘 알고 있었다. 알지만 그럼에도 불구하고 그의 눈빛에 가라앉은 어두운 기색은 사라지지 않았다. 쓴웃음과 함께 그는 장 승상에게 말했다.

"그렇게 말하면 왠지 삐뚤어지고 싶은 기분일세. 승상이 내 스승만 아니었다면 당장이라도 그리 했을지도 모르지."

"……황상!"

"죽헌당의 그 여인은 당분간 내버려 두게. 짐 역시 무엇 하나 정해 둔 것이 없으니, 조정에 말들이 많아 봐야 아무런 소용없다네."

"예?"

"승상이 짐을 그리 믿어 주어서 참으로 고마우나, 짐은 그 여인에 대해서는 지극히 충동적이고, 무엇을 어찌할지 깊이 생각해 둔 것이 없네. 게다가 그 여인은 아직 달거리도 제대로 치르지 않은 숫색시거든. 회임의 염려가 없으니 마음이 바뀌면 내보낼지도 모르네. 그러니 너무 신경 쓰지 말게."

"황상!"

장 승상은 건양제의 가벼운 어조에 저도 모르게 분통을 터트렸다. 그의 술수에 말려들지 않으려고 조심했지만, '달거리도 치르지 않은 숫색시' 라는 말과 그냥 내보낼지도 모른다는 말은 도저히 그냥 넘길 수가 없었던 것이다. 얼굴이 붉으락푸르락 한 흰 수염의 신하를 바라보면서 류의는 느긋한 어조로 말했다.

"뭘 그렇게 다급해하는가?"

"이러다가 때를 놓칠까 소신은 걱정하고 있는 것입니다. 부디 황상을 생각하는 신의 마음을 헤아려 주소서. 국모를 세우시어 백성들의 불안을 잠재우시고, 후사를 이으시는 것이 황상께서 종묘와 사직을 위해 하실 일입니다."

"그래서 아무 여인이나 국모로 세우라고? 그거야말로 더 우스운 일이 아닌가?"

"그 여인이 아니라면 후궁들 중 어느 누구라도 좋습니다."

"자네는 지금 무 귀비를 황후로 세워도 좋다고 말하는 겐가?"

장 승상과 무 귀비의 아버지인 예부상서는 정치적으로는 날카로운 대립각을 세우는 사이였다. 그런데도 장 승상은 무 귀비를 국모로 세우라고 하는 것이다.

"예부상서 무남헌이 마음에 드는 사람은 아니나 무 귀비가 황후가 되기에 적합한 여인이라는 것은 인정하고 있사옵니다."

"자네가 힘들어질 걸, 그녀는 원경 황후 같이 정사에 관심 없는 사람이 아닐세."

"황상께서 종묘와 사직을 이어 가신다고 하시는데, 내일모레면 저승길에 갈 이 늙은 몸이 조금쯤 힘들어진다고 해서 무에 흠이 되겠습니까? 이 늙은 몸이 걱정되신다면, 귀비가 아닌 죽헌당의 여인을 황후로 세우소서. 신이 그분을 위해서 이 한 몸 다 바치겠습니다."

"하하하하! 승상은 역시 시원시원한 사람이야. 내가 그래서 스승님을 존경하네. 하나, 내 장담하건데 죽헌당의 아이는 황후가 될 만한 그릇이 못 돼. 그렇게 만들고 싶지 않고. 게다가 지금 자네를 비롯한 중신들은 비어 있는 황후의 자리에 누가 올라갈까 눈을 부라리고 있지 않은가? 그런 그들을 보면서 짐은 속으로 통탄하고 있네. 무엇보다도 백성을 생각하고 움직여야 할 중신들이 그리 시꺼먼 속내를 드러내고 있으니 말이야. 다음 왕의 어미에게 잘 보여 한자리 차지할지도 모른다고 생각하면 하면 지금의 고난이, 고난이 아니게 될 것 같은가?"

그 말에 장 승상은 비로서 류의의 생각을 짐작할 수 있었다. 그는 단지 잔잔해 보이는 연못의 표면에 여인이라는 돌멩이를 하나 던져 어떤 파문이 일어날 것인지 지켜보고 있는 것이다. 그리고 그 결과가 나오게 된다면, 건양제는…….

소름이 오싹 끼쳤다. 정치판에 닳고 닳은 늙은 신하는 저도

모르게 바르르 몸을 떨면서 고개를 숙였다. 황제가 이렇게까지 생각하고 있을 줄은 꿈에도 상상하지 못했다. 그는 대체 이 조정을 어찌 이끌어 가려는 것일까?

'많이 변하셨군요. 많이 힘드셨나 봅니다. 죄송합니다, 황상. 그 마음을 헤아리지 못해, 정말 죄송합니다. 황상, 그런 아이를 궁으로 보낸 제가 죽일 놈입니다.'

마음속으로 그렇게 생각하면서 장 승상은 숨을 삼켰다. 노신의 그런 마음을 알아챘는지, 건양제는 한결 부드러운 어조로 그에게 말했다.

"원자가 필요하다면 연윤(蓮玧) 공주에게 태자의 위를 주면 되네. 고금을 통틀어 여인이 제왕의 자리에 올라갔던 예가 없었던 것도 아니니, 공주가 재능을 보이고 신료들이 그녀를 지지한다면 태자로 책봉하여도 좋겠지."

경원국의 이전 나라들에서도 여인이 그 후사를 이었던 적이 없었던 것은 아니었기에 건양제의 유일한 자식인 연윤 공주가 딸이어도 상관없었다. 그 말에 장 승상은 몹시도 감격한 표정을 지었다. 연윤 공주는 그에게는 사적으로는 손녀뻘이 되는 아이였다.

하지만 그의 입에서 나오는 말은 한없이 냉정했다.

"공주마마를 그리 생각해 주시니, 그분의 할애비되는 사람으로서 황상의 하해와 같은 은혜에 몸둘 바를 모르겠사옵니다. 하지만 소신은 그렇습니다, 황상. 원경 황후의 소생이신 공주마마께서 아무리 총명하셔도, 황태자 책봉은 아니 된다고 생각합니다. 황상께서 그리 생각하셔도 소신과 병부상서는 목숨을 걸고 황상의 생각을 반대할 것입니다. 공주마마께서 과연……."

"거기까지 하게."

냉정하게 장 승상의 말을 자르면서 건양제는 책상 위에 펼쳐 놓은 서류에 시선을 돌렸다. 더 이상은 듣고 싶지 않았다.

"조정의 신료들에게는 적당히 말해 두게. 죽헌당에 대해서 너무 떠들지 말라고 말이야. 짐은 지금 신료들에게 낙성성의 치수 상태와 국경의 강족의 도발에 대해서 따져 물을 생각인데 그에 대한 명확한 답이 없다면, 몹시 실망할 게야. 자네들은 짐의 사생활보다 백성의 문제에 더 신경을 써야 할 사람들 아닌가?"

"알겠사옵니다."

잔소리를 끝낸 장 승상이 물러가자, 류의는 무심한 표정으로 서류들을 처리했다. 난영을 데리고 궁에 오기로 결심했을 때부터, 그는 중신들의 이런 반응을 예상하고 있었기 때문에 장 승상의 말이 놀랍지도 않았다.

"승상께서는 한 소리 잘하시고 돌아가셨습니까?"

도승지(都承旨)인 허도형이 두루마리가 가득 담겨 있는 쟁반을 들고 오면서 그렇게 말하자, 건양제는 고개를 들지 않고 말했다.

"노인네들의 잔소리야 늘 그렇지."

"……다들 걱정이 태산 같아서 그렇겠지요. 국모의 자리라는 것이 막중하지 않습니까?"

"짐은 국모가 없어도 별문제 없다고 보고 있네. 황후가 굳건히 버티고 있어야 한다는 것은 후궁이 차고 넘칠 때의 이야기지. 지금이야 귀비가 알아서 잘하고 있지 않은가."

"하지만 귀비마마는 야심이 많으신 분입니다. 안쪽의 일뿐만 아니라 바깥쪽의 일도 일일이 알고 싶어 하시지요. 아는 것은 상관없지만, 거기에 영향력을 발휘하려고 하시는 것이 문제입니다. 그분은 귀비의 직위로는 결코 만족하실 분이 아닙니다. 황후께서 계시거나 아니 계시거나 그 마음은 변함이 없으시지요. 그러니 그분을 황후로 들이시지 않을 생각이라면, 다른 적당한 분을 국모를 들이시는 것이 좋습니다. 처음부터 아예 없었다면 모를까, 이미 있는 자리를 계속 비워 두면 귀비마마가 아니더라도 또 다른 여인이 어떻게든 나타날 겁니다."

"허 승지마저 그렇게 말하면 짐은 몹시도 고민스러운데 말이지. 노인네들 잔소리야 그러려니 하겠네만, 젊은 자네들의 말은 허투루 넘길 수가 없거든."

"제발 허투루 넘기지 마십시오. 예부상서를 중심으로 지금 귀비마마를 황후로 옹립하시라는 상소를 올리겠다는 이야기를 방금 전에 듣고 왔으니까요. 계속 침묵을 하신다고 해도, 죽헌당의 여인은 늘 신료들의 화제의 중심에 있을 것입니다. 황상의 하명이 있든 없든 말입니다."

그 말에 건양제는 피식하니 웃음을 지었다. 그 웃음에 담긴 씁쓰름한 기운을 허 승지는 모르는 척했다. 그가 알면서도 이런 일을 저지르고 있다는 것을 알기에, 허 승지는 건양제를 동정하기보다는 멋모르고 죽헌당에 들어간 여인이 더 가엾다고 생각하고 있었다.

그녀를 생각하자, 그는 문득 궁금하다는 듯이 입을 열었다.

"저는 그런 것보다 조금 더 궁금한 것이 있는데, 여쭤 봐도 됩니까?"

"자네라면 다른 사람과 똑같은 질문은 아닐 터니 해 보게."

"하면, 하겠습니다. 황상께서 이화궁에서 돌아오시어 이리 열심히 정무에 힘써 주시는 것은 몹시도 감사할 일입니다. 한동안 그 이름 모를 여인네 치마폭에 푹 싸여 있었다는 이야길 들어서 솔직히 폐하께서 변하셨을까, 걱정도 했었습니다."

"누가 그러던가? 혹시 강 중장이 그러던가?"

건양제가 자신의 시중을 드는 최측근을 언급하자, 허 승지는 시침미를 뚝 떼면서 말했다.

"꼭 누구를 집어 말할 것도 없습니다. 황상께서 그 이름 모를 여인에게 애가 달아 첫정에 몸 달은 아해 같았다는 소문은 사간원의 뺑쟁이들도, 우리의 승상 어르신도 아신다니까요."

"풋……! 그래서 그 노인네가 그 아이를 황후로 만들겠네 마네라는 말을 했구먼."

"그런데 말입니다. 어찌하여 요즘은 그 여인을 만나지 않으시는 겁니까? 외조의 관원들의 이야기를 들어 보니 황상께서 밤중에도 출몰하시어 오자가 들어간 계서를 올린 담당자를 찾아내라 명하셔서 다들 죽겠다는 푸념들입니다. 어째, 이화궁에 가시기 전보다 더 심해지셨다고요."

"짐이 자리를 비운 동안 신료들의 기강이 너무 해이해진 것이 아닌가 하여 고삐를 당기고 있는 중일세."

"그런 말씀하지 마십시오. 황상의 성정(性情)은 그동안 황상께 이리 치이고 저리 치인 신료들이 더 잘 알고 있습니다. 다들 현안에 대한 의논을 끝내고 있는 상태이옵니다. 한데 전에 없이 닦달을 하시니, 어제도 각 상서성의 낭관들은 아주 눈이 시뻘개져서 계서의 오자(誤字)를 수정하느라 바쁘더이다. 평소라면 그 정도 수준은 아니지 않습니까?"

승지는 결코 허투로 넘어가지 않았다. 그가 계속해서 공세를 취하자, 건양제는 겉으로는 표정 변화 없이 그의 말을 듣고 있었다. 대꾸 역시 평이해서, 그가 속으로 쓴웃음을 짓고 있다는 것을 누군가에게 눈치채일 일은 없었다.

"국가의 기록에 잘못 쓴 글씨가 있으면 고치라고 말을 해야지. 그럼 잘못된 것을, 짐이 보고도 모르는 척해야 하는가?"

"저는 분명 처음에 평소와 다르다고 말씀드렸고, 그 때문에 전에 없이 예민하신 황상의 요즘 태도가 혹여 그 이름 모를 여인이 원인이 아닌가 추측하였습니다. 게다가 믿을 만한 소식통에 의하면 황상께서는 요즘 그 여인을 찾으시지 않으신단 이야기도 있고요. 그렇다고 이전처럼 이 여인, 저 여인 상대하시는 것도 아니하시지만 새벽 늦게까지 정사에 힘쓰시는 것은 여전하십니다."

"그래서 질문의 요체가 뭔가?"

"그런 상황들로 추측건대 황상께 그 여인이 예상치 못한 존재가 된 것 같다는 것입니다. 지금 겉으로 보여지는 이유는 어디까지나 남들이 납득할 수 있는 이유에 불과하고, 사실 황상께서는 지금 자신의 마음이 갈팡질팡하고 계십니다. 그러니 이런 식으로 시간을 끌어 남들의 불만이 터지기를 기다리시는 것이지요. 그러면 좀 더 결정을 내리시기 편하실 터이고 핑계를 대시기도 편하실 터입니다. 이런 소신의 추측이 맞사옵니까?"

능글맞게 웃음을 지으며 허 승지는 그렇게 물었다. 건양제는 자신의 오랜 글벗이자, 중용하고 있는 신하인 그의 얼굴을 빤히 쳐다보면서 속으로는 저 귀신같은 녀석을 어찌할꼬 고민했다. 하지만 기분대로 그를 매친다면 그 후환이 두려운 몇 안 되는 사람이었기에 건양제는 눈을 가늘게 뜨면서 말했다.

"맞다고도 틀리다고도 할 수 없네."

"그럼 맞다는 것이군요."

단정 짓듯이 말하면서 허 승지는 진지한 어조로 말했다.

"어느 쪽이든 무 귀비는 가장 큰 장애물이 될 것입니다."

"알고 있네. 짐은 그렇게 되기를 기다리는 거야. 그녀가 알아서 폭발해 주기를 말이지."

"지독하십니다."

"짐은 그녀에게 아무것도 줄 생각이 없었어. 그걸 알고도 귀비는 여태껏 버텼고 문제를 일으켰고, 여태껏 짐은 그 모습을 모르는 척해 왔었다. 심지어 황후의 문제가 있었을 때조차, 짐은 귀비를 책망하지 않았네. 하나, 지금 이 사태를 그녀가 더 이상 견디지 못한다면, 어쩔 수 없지 않겠는가? 그녀로서는 더 불행

해지기 전에 결단을 내려야 할 거야. 견디든 견디지 못하든, 그것은 그녀의 문제일세. 짐이 상관할 일이 아니야. 그걸로 들고 일어난다면, 예부상서도 이제 더 이상 조정에 나올 필요가 없네."

싸늘한 건양제의 말에 허 승지는 굳은 표정을 지었다. 그의 짐작은 틀렸다. 류의는 이미 결정을 내리고 있었다. 그리고 그 결정이 올바른 것인지 아닌지도 이미 판단을 끝냈다. 어쩔 수 없다는 것을 알기에 그는 무시무시한 칼을 빼 들었고 그 칼을 상대할 것인지, 아니면 피할 것인지는 상대방에게 남겨 둔 것이다.

상대방의 판단으로 인해 일어날 상황은 그들이 감수해야 할 문제들이었다. 어떤 것이든 건양제는 자신이 원하는 대로 할 것이다. 여태까지 그래왔던 것처럼.

그렇듯 온 도성이 황제가 죽헌당에 새로 들인 여인 때문에 들썩거리고 있는 가운데, 유일하게 조용한 곳은 딱 한 군데였다.

바로 소문의 중심인 죽헌당이다.

※ ※ ※

죽헌당에서 가장 풍광이 좋다는 누각의 미닫이문을 손수 열면서 류의는 난영에게 다짐을 받듯이 말했다.

"이곳은 내가 가장 좋아했던 장소야."

그가 현재형이 아닌 과거형으로 말하고 있다는 사실을 난영은 후에 깨달았다. 그는 그때 그녀를 바라보고 있지도 않았다. 깊은 생각에 잠겨 무언가를 결심하는 듯이 보였다. 그래서 그녀는 잠자코 류의가 다시 입을 열기를 기다렸다.

그의 묘한 행동 때문에 갑자기 마음이 불안해졌지만 그녀는 억지로 입을 열어 류의의 생각을 방해하지 않았다. 아니, 그 순간의 그에게 말을 거는 것은 감히 생각할 수 없었다. 하지만 마음속으로 간절히 바랐다. 그가 자신을 돌아봐 주기를…….

그때 바람이 대나무 숲을 통과하면서 소란스러운 소리가 났다. 그 소리에 사념을 접은 듯, 류의는 이윽고 난영을 돌아보았다. 말간 눈동자에 비친 자신의 얼굴이 문득 부끄러워졌지만, 그는 시선을 돌리지 않았다.

난영은 그가 자신을 똑바로 응시하자, 불안했던 마음이 가라앉는 것을 느꼈다. 그는 그녀를 향해 어색한 미소를 지으며 손을 뻗었다. 뺨 위를 스치고 지나가, 머리카락을 손끝으로 만지작거렸다.

"이곳에서 자네가 편히 지내길 바라네. 그리고 이곳에서 나가지 말게."

"네?"

"자네가 죽헌당에서 한 발짝이라도 나가는 것을 금한다는 말이야. 이곳을 지키는 모든 자들에게 내가 단단히 일러 두었으니, 자네도 유념하도록 하게."

진지하지 않게 농담인 듯이 말하는 그의 어조였지만, 난영은

귀에 들리는 목소리를 무시하고 그의 얼굴을 똑바로 바라보았다. 그의 눈을 보았다. 그리고 그 눈에 담긴 단호한 빛을 보았다.

"……."

왜냐고 물어보아야 했다. 머리는 그녀에게 그 말을 하라고 했지만, 그녀의 입술은 좀처럼 떨어지지 않았다. 그 말이 사실상 그녀를 이곳에서 감금한다는 소리인데도 불구하고 난영은 그의 말에 반발할 수 없었다. 감히 거역할 수 없는 단호한 의지가 그에게 있었다. 그녀의 여린 감정에 호소하는 무언가가 있었기 때문에 난영은 얌전히 고개를 끄덕일 수밖에 없었다.

대답을 보고서 류의는 갑자기 난영을 자신 쪽으로 끌어당겼다. 쿵쿵 하고 세게 뛰는 그의 심장 소리가 귓가에 들리자, 난영은 그가 겉보기보다 훨씬 더 긴장하고 있었다는 것을 깨달았다. 그래서 그녀는 더욱 아무 말도 하지 않기로 했다.

바람에 댓잎이 부딪혀 부슬부슬한 소리가 났다. 조금은 스산하고 어딘지 모르게 청량한 느낌이 나는 소리에 난영은 귀를 기울였다. 궁에 들어온 지 일주일, 매일 보는 것은 대나무 숲과 예쁘게 꽃이 가꿔진 정원, 그리고 담벼락으로 가려진 하늘뿐이었다.

"심심하지 않으십니까?"

부드러운 여인의 목소리에 난영은 앉아 있던 누각에서 고개를 돌려 녹색의 관복을 입은 중년의 여인을 바라보았다. 죽헌당의 관리를 맡고 있는 연 상궁은 난영이 고개를 돌리자 온화한 미소를 지어 보였다. 류의의 지밀상궁인 노 상궁은 딱딱하고 차가운 인상인데 반해, 연 상궁은 중년 여인 특유의 넉넉하고 부드러운 태도가 인상적인 사람이었다. 때문에 난영과 린랑은 생각했던 것보다 쉬이 새로운 생활에 적응하고 있었다.

"아니요. 바람 소리를 듣고만 있어도 즐거운 걸요. 대나무를 이렇게 많이 본 것은 처음이거든요. 검은색 줄기의 대나무가 있다는 것도요. 마치 먹으로 그림을 그린 것 같아요."

난영의 말에 연 상궁은 재미있는 생각이시네요, 하면서 미소를 지었고 린랑도 맞장구를 쳤다. 약간 가라앉았던 분위기가 다시 밝아지는 것을 느끼면서 그녀는 마음속으로 안심했다. 자신의 기분을 살피느라 함께 있는 사람들의 마음이 상하지 않았으면 했다. 안 그래도 그 사람들의 신경이 곤두서 있다는 것을 알고 있기 때문에 괜한 걱정거리를 주고 싶지 않았던 것이다.

류의는 그날 이후에 단 한 번도 그녀를 찾지 않고 있었다. 하루, 이틀, 사흘이 지나도 전갈 한 번 없는 류의의 태도에 난영보다도 린랑이 더 많이 당황하고 걱정하고 있었다. 하지만 정작 난영은 류의가 찾아오지 않는 것에 놀라지 않았다. 그가 왜 오지 않는지 묻지도 않았다.

그런 그녀의 모습에 오히려 애가 타는 사람은 린랑이었다. 그녀는 특유의 친화력을 발휘해 죽헌당의 여관들과 친교를 쌓았다. 류의의 명령에 따라 난영은 죽헌당을 나갈 수 없었지만, 린랑은 그렇지 않기 때문이었다.

하지만 궁에 대해서 알면 알수록, 린랑은 자신이 난영의 앞에서 입을 함부로 놀릴 수 없다는 생각이 들었다. 이전의 생활과는 판이하게 다른 궁의 생활 모습과 더불어 현재의 정국에 대해서는 귀동냥으로 들은 것만 해도 너무 엄청난 것이 많았다.

린랑은 난영의 순하고 여린 성격이 걱정이었다. 조금만 발을 잘못 디디면 위험한 난영의 상황을 알아 버린 이상 그녀는 더욱더 입을 경거망동하게 놀릴 수 없었다. 자신이 할 수 있는 것은 최대한 난영이 불안하지 않게 하는 것뿐이다.

결국 린랑은 오래된 친구이자 이제는 황제의 여인이 된 그녀에게 류의가 찾아오지 않는 것은 정무가 바빠서라는 에두르는 말밖에 할 수 없었다. 그리고 그녀가 혹시 그런 류의의 행동 때문에 불안해할까 봐 매일매일 여러 가지 놀이며, 할 일을 만들어 냈다.

그런 린랑의 행동을 보면서 난영도 어느 정도 상황을 짐작했다. 하지만 그것을 겉으로는 결코 내색하지 않았다. 자신이 불안해한다면, 린랑은 더욱 걱정하고 불안해할 것이다. 난영은 그런 면을 이해하고 있었기 때문에 류의가 자신을 찾아오지 않아도 아무렇지 않은 척할 수 있었다.

조금, 쓸쓸하고 무서운 것을 빼고는 난영의 생활은 실제로 나쁘지 않았다. 이곳에 와서 처음 일주일은 그저 궁 안의 생활이라는 생각에 적응하느라 바빠서 앞으로가 어찌 될지, 류의가 왜 찾아오지 않는지 생각할 겨를도 없었다. 나가지 못한다는 것은 그렇다고 쳐도, 우혜원에서는 그토록 자신에게 집착했던 그가 갑자기 발길을 끊어 버린 것은 이상한 일이었다.

이상했지만, 물어볼 수 없었다. 물어보았을 때 들을 수 있는 대답이 무서웠기 때문이었다. 대신에 혼자 있는 캄캄한 방 안에서 잠이 들 때까지 앞으로 무슨 일이 벌어질 것인지, 그가 대체 무슨 생각으로 자신을 이곳에서 나가지 말라고 말하는 것인지, 자신에 대해서 대체 어떻게 생각하는 것인지 생각했다.

하지만 생각만 해서는 아무런 답이 나오지 않는다는 것도 알고 있기에, 난영은 이제 자신이 결정을 내려야 한다는 것도 알고 있었다.

청량한 공기를 품은 바람이 다시금 다가와서 뺨을 쓰다듬었다. 난영은 잔잔히 흔들리는 물결 같은 대나무의 움직임에서 시선을 떼고 연 상궁을 돌아보았다.

"연 상궁님은 폐하의 모후를 모셨던 분이라고 하셨죠?"

죽헌당에 처음 왔을 때, 류의는 연 상궁을 그렇게 소개했었다. 난영이 묻자, 연 상궁은 고개를 끄덕이며 자부심 가득한 어조로 대답했다.

"예, 모후이신 혜원 황후마마께서 처음 궁에 오셨을 때부터, 그분을 모셨었지요. 황상의 태자 시절부터 뵈었으니, 궁에서는 제가 제일 폐하를 오랜 시간 동안 모셨을 것입니다."

"황상의 성정에 대해서도 잘 아시겠네요."

"물론이지요."

"어떤 분이세요?"

난영이 그렇게 묻자, 연 상궁은 다소 당황한 표정을 지었다.

생각지도 못한 질문이었던 까닭이었다. 난영은 그런 그녀를 향해 순박한 어조로 되물었다.

"제가 어찌하다 폐하를 모시게 되었는지는 연 상궁마마님도 아실 거예요. 그래서 전 아직도 폐하에 대해서 잘 모르겠답니다. 그래서 알고 싶어요."

알면 조금 마음이 편해질지도 모른다. 기대하거나 포기하거나 할 것이다. 난영은 그리 생각하면서 연 상궁을 바라보았다.

"제가 아는 건, 제가 사는 시골에서도 그분이 성군이라고 칭찬이 자자할 만큼 좋은 나라님이시라는 것과…… 돌아가신 황후마마와 금슬이 좋으신 분이시라는 것 정도예요. 그분의 유모셨던 공 부인은, 황상께서는 무척이나 다정하고 좋으신 분이라고 칭찬이 자자하셨어요. 그렇지만 저는…… 저는 늘 궁금해요."

"……무엇이 말입니까?"

"폐하께서는 저를 어찌 생각하시는 걸까요?"

연 상궁은 난영의 얼굴을 가만히 바라보았다. 그녀가 이 한마디를 묻기 위해서 얼마나 많은 고민을 해 왔는지, 잔뜩 긴장한 눈빛만 보아도 충분히 알 수 있었다.

연 상궁 역시 난영과 함께한 지금까지, 꼼꼼하게 그녀를 보고 있었다. 여인에게 특별한 관심이 없던 류의가 직접 선택하여, 일부러 궁까지 데리고 온 여인이다. 정치적인 입장이니, 뭐니에 의미를 두는 것보다 그저 순수하게 알고 싶었다. 그녀의 어떤 면에 그가 끌렸는지를.

하지만 연 상궁은, 지금 당장은 이렇게밖에 말을 못했다.

"저도 잘 모르겠습니다."

그 대답에 난영은 쓰게 웃음을 지었다. 좋은 대답을 기대했던 것은 아니나, 막상 연 상궁도 잘 모르겠다고 하니, 답답한 것이 계속 쌓이는 기분이었다.

"승하하신 황후마마와는 사이가 아주 좋으셨다죠?"

"……."

"솔직하게 말씀해 주세요. 촌부인 저조차도, 두 분의 금슬 좋음을 알고 있는 걸요. 게다가 천하제일의 절색이었다는 황후마마에 비하면 저는 땟국 줄줄 흐르는 계집에 불과하다는 것, 잘 알아요. 그래서 묻는 건데요. 혹여, 제가 그분과 성정이 비슷한 점이라도 있나요?"

차라리 황후와 닮은 구석이라도 있어 류의가 자신에게 관심을 둔 것이라면, 상처는 받을지언정 이해는 할 수 있을 것 같았다. 그러나 연 상궁은 다시 고개를 저었다.

"외양은 둘째치고라도…… 성정도 닮으신 부분이 거의 없으십니다."

"황후마마는 어떤 분이셨나요?"

"부드러우신 성품이셨습니다만, 자신의 주장을 굽히거나 남의 시선을 신경 쓰시는 부분이 없으셨습니다. 어떤 면에서는 남자들보다 더 담대하고 시원시원한 분이셨지요. 그리고 매우 무심하신 편이었습니다."

원경 황후에 관한 이야기는 알려고만 하면 누군가의 입을 통

해서든 난영의 귀에 들어갈 이야기였기에 연 상궁은 굳이 말을 빙빙 돌리지 않았다.

그녀의 대답을 들은 난영은 복잡한 표정을 지었다. 하지만 그녀는 질문을 망설이지 않았다. 일단 말을 꺼낸 이상, 알고 싶은 것은 모두 물어볼 생각이었다.

"황후께서도 폐하를 아주 많이 연모하셨겠지요?"

"……예."

다소 망설이면서 연 상궁은 어두운 표정을 지었다. 어떻게 보면 조금 이상하리만큼 늦은 대답이었으나, 난영은 그런 세세한 점을 눈치채지 못했다. 그녀는 고개를 숙이고 자수가 놓인 소맷자락을 말없이 바라보았다. 그 안에 들어 있는 손은 바득바득 떨리고 있었다. 동요하는 마음을 감추려 해도 그것이 잘되지 않아서 다음 질문을 꺼내기까지 시간이 필요했다.

"지금도…… 폐하께서는 황후마마를 생각하실까요? 그래서 새로이 황후마마를 들이시지 않는 것이겠지요?"

연 상궁은 그 말에 아무런 대답을 하지 못했다. 부정도 긍정도 나오지 않고, 무거운 침묵만이 그들의 주변을 가득 채웠다. 이윽고 한참 후에 난영은 고개를 설레설레 저으면서 아릿한 미소로 말했다.

"그냥, 철없는 제가 궁금하여 드린 질문이에요. 말씀해 주시지 않아도 괜찮아요."

"아씨……."

"그냥, 요즘은 그런 생각이 들더라고요. 황상께서는 아직도 황후마마를 그리워하시는가 보다라고요. 그래서…… 그냥, 그렇다고요."

씁쓸한 미소를 지으며 난영은 검은빛을 띤 대나무를 바라보았다. 흰 구름이 가득 낀 하늘을 배경으로 높이 솟은 대나무는 그대로 한 폭의 쓸쓸한 수묵화처럼, 그녀의 눈에 가득 들어왔다.

7.
비와 바람과 대나무

자수를 놓던 손을 멈추고서 난영은 잠시 귀를 기울였다. 바람결에 아이의 목소리가 들렸던 것 같아서 자신이 뭔가 잘못 들은 것은 아닐까 생각했던 것이다. 그래서 그녀는 자신의 곁에서 새를 수놓고 있는 린랑에게 넌지시 물었다.

"린랑, 지금 아이의 목소리가 들리지 않았어?"

"예? 아이요?"

"응. 여자아이 목소리가 들렸던 것 같은데……."

"저는 못 들었는데요."

린랑은 그렇게 대꾸하면서 곁자리에 앉아서 차를 준비하는 연상궁 쪽을 돌아보았다. 그녀도 혹시 무언가를 듣지 않았느냐는 질문이 어린 시선이었다. 그 시선에 연 상궁은 느긋한 어조로 입을 열었다.

"연윤 공주마마의 목소리인가 보지요. 죽헌당과 연윤궁은 담벼락 하나를 사이에 두고 있으니 마마의 목소리가 예까지 들려오는 것은 이상한 일이 아니랍니다."

"연윤 공주마마……?"

"폐하와 승하하신 원경 황후마마 사이에서 태어나신 따님이십니다. 현재로서는 폐하의 유일무이한 핏줄이시지요."

연 상궁의 말에 난영은 입을 다물고서 고개를 돌렸다. 소리가 들린 쪽으로 시선을 주었지만, 시야를 가리는 대숲과 그 너머의 담벼락 때문에 사람의 모습은 보이지 않았다.

"혹여 마음이 상하셨습니까?"

난영이 아무런 말이 없자 린랑이 조심스럽게 그리 물었다. 그 말에 그녀는 전혀 그렇지 않다는 듯이 고개를 설레설레 저으며 대답했다.

"몰랐던 것도 아닌데 마음이 상할 일이 있겠어. 그냥…… 공주마마께서 생각보다 가까이서 지내시는구나 싶어서……. 게다가 여기까지 목소리가 들리는 것 같으니까, 어떤 분이신지도 궁금하고."

"공주마마를 시중드는 상궁이며 내관들이 곤란해 할 정도로 말괄량이시지요. 이제 곧 관례를 치르실 나이인데 목소리가 담장 밖으로 나올 정도라면 알만하지 않습니까?"

"폐하와 닮았나요?"

"하시는 행동을 보면 폐하의 어릴 적과 판박이랍니다. 어찌나 개구지신지, 공주님을 모시는 성 상궁의 얼굴에 주름이 가실 날

이 없지요."

"귀여우신 분이군요."

난영이 그렇게 말하자, 연 상궁은 전혀 그렇지 않다고 고개를 설레설레 저으면서도 살포시 미소를 지었다. 그런 연 상궁을 보면서 난영은 막연히 류의의 딸에 대해서 생각해 보았다. 그를 닮았고, 당돌한 성격의 여자아이.

기회가 된다면 만나 보고 싶었다. 어떤 아이인지 알고 싶었다. 하지만 자신에게 과연 그런 기회가 생길지 막연한 기분이었다.

시간이 지날수록, 괜찮다고 생각하는 것만으로도 지쳐 갔다.

※ ※ ※

금위군의 중장(中將)인 세준은 연무장을 나와 흐르는 땀을 닦기 위해 우물가로 향했다. 한여름의 연무장의 열기는 후끈거렸고, 바람이 없어서 조금만 몸을 움직여도 땀은 금방 차올랐다. 주변에 아무도 없었기에 그는 두레박에 담긴 물을 그대로 머리부터 뒤집어썼다. 차갑고 서늘한 느낌이 기분 좋게 다가와 그는 저도 모르게 입가에 미소를 지었다.

두 번째로 물을 쏟는 시원한 소리에 만족한 듯이 미소를 짓고서 그는 묶었던 머리를 풀어 물기를 털었다. 이제 관사로 돌아가 몸을 닦고 옷을 갈아입을 요량으로 그가 고개를 돌리자, 갑자기 불쑥 내밀어진 수건이 그의 시야에 들어왔다.

"여기 수건, 이걸로 닦으시게."

차분한 목소리는 아직 애티가 남아 있는 여아(女兒)의 것이었다. 귀에 익숙한 그 목소리의 주인이 누구인지 떠올리자, 세준은 수건을 받기보다는 바닥에 무릎을 꿇었다.

"신, 금위군 중장 강세준이 연윤 공주마마를 뵈옵니다."

"그리 딱딱하게 굴 것 없네. 어서 수건이나 받으시게."

어린아이의 목소리에 애늙은이 같은 목소리가 어울리지 않았지만, 건양제의 유일한 딸인 연윤 공주 운혜(耘蕙)는 그런 태도가 무척이나 잘 어울리는 아이었다. 아이답지 않게 위엄 있는 표정과 무뚝뚝한 태도는 귀염성이 없었지만, 그녀를 가르치는 스승들에게는 군왕의 자질은 있다는 평도 받고 있었다.

세준은 아이의 손에서 수건을 정중히 받고서 물방울이 운혜의 비단 옷자락에 튀지 않도록 두어 걸음 물러나 수건으로 얼굴을 닦았다. 금위군에서 가장 나이 어린 중장인 그는 선배들의 명을 받아 운혜의 무예(武藝)에 관한 지도도 했기 때문에 아이와는 그럭저럭 친근한 관계였다.

물론 이 열 살 난 꼬마 숙녀의 속내에 대해서는 아는 바가 하나도 없었다. 복잡한 여심(女心)이란 단순한 성품의 무인인 그에게는 몹시도 어려운 문제라, 애초에 생각하는 걸 포기한 것이다.

물기를 대충 닦고서 그는 할 말이 많은 표정을 담고 있는 운혜의 검은 눈동자를 똑바로 응시하면서 물었다.

"그런데 공주마마께서 어인 일로 금위군 연무장까지 나오신 겁니까? 성 상궁은요? 혹여 나인 하나 데리고 오시지 않으신 겁니까?"

세준의 질문에 운혜는 고개를 설레설레 저었다.

"내 그대에게 물어보고 싶은 것이 있어 그들에는 말을 하지 않고 혼자 나왔네."

"그러면 안 돼지요. 공주님을 모시는 자들이 지금쯤이면 걱정을 하고 있을 겁니다."

"그건 걱정 말게. 나와 체격이 비슷한 항아(姮娥) 한 명에게 거문고를 타라고 일러 두고 나왔으니, 잠시 동안은 괜찮을 게야."

"……그런 잔머리는 누구에게 배우신 겁니까?"

세준은 어이가 없다는 듯이 그렇게 물었고, 운혜는 고지식한 표정으로 대답했다.

"아바마마께서 예전에 알려 주셨…… 에잇! 자꾸 말을 돌리지 말게! 나는 강 중장에게 할 말이 있어서 왔다니까!"

"예예, 하문(下問)하시지요, 공주마마."

어이가 없을 정도로 표정이 없는 아이였지만, 가끔 가다가 이렇듯 제 또래의 아이들 같은 태도가 나오기에 세준은 그녀가 귀엽다고 생각했다. 친 여동생이라면 업고 여기저기 돌아다니고 싶을 만큼. 물론 그는 자기 집안에서도 막내이기에, 밑에 동생이라고는 하나도 없었다. 게다가 자신이 모신 주군의 딸에게 그런 무례를 범할 수도 없으니, 속으로만 생각할 따름이었다.

"자네가 아바마마를 모시고 이화궁에 다녀왔다지?"

화가 난 듯이 운혜가 볼을 부풀리며 단숨에 그렇게 묻자, 세준은 얼굴에서 표정을 지우면서 신중하게 대답했다.

"예, 그러하옵니다만."

"그러면, 그…… 그…… 그 여인을 본 적이 있는가? 아바마마께서 죽헌당에 들이신 그 여인 말이야."

운을 떼기가 힘이 드는 듯, 운혜는 몇 번이고 말을 고르며 물었다. 복잡한 표정이 아이의 얼굴에 떠오르는 것을 보면서 세준은 대답했다.

"예, 가까이서 뫼셨지요."

"어떤 사람인가?"

"……어찌 말씀을 드려야 할지 모르겠습니다."

세준은 운혜가 몇 달 전에 어머니를 잃은 것을 알고 있었다. 그 때문에 그렇게 사이가 좋았던 부녀 사이가 조금 멀어졌다는 것도, 원경 황후의 죽음으로 인해 건양제는 자신의 딸조차 조금씩 멀리하고 있다는 것도 알고 있었다.

어쩌면 그녀를 보는 것이 괴로운 것인지도 몰랐다. 운혜와 원경 황후는 무척이나 많이 닮아 있어서, 그녀를 보면 누구나 죽은 황후를 떠올렸다. 그리 짐작을 하면서 세준은 아이의 반응을 살폈다. 그의 대답에서 어려운 그의 심정을 느꼈는지, 운혜는 또랑또랑한 어조로 말했다.

"내 입장을 생각한다고 말을 고르지 말고 확실하게 설명해 보게. 그녀는 어떤 사람인가? 아름다운가? 아바마마의 마음을 잡을 만큼? 어마마마만큼 아름다운가? 아니면 학식이나 재주가 뛰어난가? 인품은 어떠한가? 어질고 좋은 사람인가? 어마마마처럼 서예에 능하고 거문고를 잘 타는가?"

궁금한 것이 많은지 봇물이 터지듯이 쉴 새 없이 나오는 아이의 말에 세준은 난감하다는 표정을 지었다. 실상은 그도 난영에 대해 잘 알지 못하기 때문이었다. 남녀사이로서 건양제가 그녀를 한없이 탐닉한다는 것은 알았지만 어떤 재주를 지니고 있는지, 얼마만큼 인품이 있는 사람인지에 대해서 알 틈이 없었던 것이다.

우혜원에서는 정원의 바깥도 거의 나오지 못한 여인이었다. 건양제가 그녀를 결코 밖으로 내돌리지 않았었다. 그렇다고 이런 이야기를 이제 열 살에 불과한 운혜에게 할 수는 없는 일이었다. 결국은 적당히 둘러대는 것밖에 방도가 없다 생각하여, 세준은 운혜가 말을 끝내기를 기다렸다.

"……나는 정말로 그 여인에 대해 알고 싶은 것이 많은데, 아무도 이야기해 주질 않아. 성 상궁은 그 여인이 원자라도 낳으면 나는 아버님에게 잊혀질 것이라 걱정만 하고 있고, 홍 미인(弘美人)마마는 그런 것은 내가 알 바 아니라고 하시고, 무 귀비께는 차마 무서워 여쭐 수가 없네. 그러니 그대가 솔직하게 말해 주게. 어떤 여인인가? 아바마마께서 택한 여인은?"

"공주마마, 그런 일은 역시 저 같은 일개 무장이 말씀드리기 어려운 듯합니다……."

"나는, 알고 싶네……."

아이는 울먹거리면서 말했다. 세준은 아이의 갑작스러운 이런 모습에 난감하다는 듯이 주변을 둘러보았다. 여자아이의 울음은 곤란하기 짝이 없었다. 특히 무엇 때문에 우는 것인지 그가 도저히 이해하지 못했을 때에는 더욱 그랬다. 그의 속내도 모르고 운혜는 눈물이 그렁거리는 얼굴을 들어 그를 바라보았다.

"아바마마는 정녕 어마마마를 잊으신 겔까? 주, 중신들이 빨리 황후를 들이라고 주청드리려 한다는 말은 익히 들어 알고 있네. 그, 그것이 옳다는 것도. 하, 하지만 그래도…… 그래도…… 나는 아바마마가 어마마마의 자리에 새로우신 분을 들이시는 것이 너무 싫어…… 싫다고!"

결국 왈칵 울음보를 터트리면서 운혜는 세준의 다리에 매달렸다. 세준은 몹시도 난감하다는 듯이 아이를 바라보았다. 여름 햇살에 물기가 좀 마르긴 했어도, 그 군주를 모시기에 적합한 차림은 아니었다. 이대로라면 아이의 옷이 엉망이 될 것이지만, 그것보다도 더 걱정이 되는 것은 상처 입은 운혜의 마음이었다.

그녀가 얼마나 불안해하고 있는지, 겉으로 보기에 의젓해 보여도 갑작스러운 어머니의 죽음과 아버지의 냉대에 얼마나 가슴 아파하고 있었는지, 그 눈물을 통해서 둔감한 세준이라도 알 수 있었다.

불안한데 아무도 말해 주지 않는다. 결국 이렇게 홀로 나와 일개 무장에 불과한 그에게라도 물어보지 않고서는 견딜 수 없을 만큼 이 아이도 겁에 질려 있는 것이다. 그만큼 원경 황후의 사후에 건양제의 차가운 태도가 아이에게 많은 영향을 끼친 모양이었다.

세준은 아이를 밀어내지도 못하고 그대로 서서 울음을 멈출 때까지 버텼다. 그림자가 조금씩 길어지고 해는 처음보다 좀 더

서쪽으로 기울어졌을 때, 그의 귓가에 웅얼거리는 듯한 아이의 목소리가 들려왔다.

"……주게."

"네?"

아이의 목소리가 잘 들리지 않았기 때문에 세준은 허리를 숙여 좀 더 그녀 쪽으로 귀를 기울였다.

"업어 주게."

"예? 그러시면 지금 신이 옷을 갈아입고……."

"지금 당장 업어 주게. 지금이 아니면 싫네!"

떼를 쓰는 그녀의 목소리에 그는 난감하다는 듯이 말했다.

"공주마마 그리 말씀하옵시면……. 지금은 차림새도 좋지 않고……."

"나는 지금 그대의 얼굴을 제대로 볼 수 없네. 다른 사람들에게 우는 얼굴도 들키기 싫어. 그러니 당장 업어 주게!"

치기 어린 운혜의 말에 세준은 한숨을 내쉬었다. 실컷 울 때는 언제고, 또 그 얼굴을 보이기 싫다고 업어 달라고 하다니, 정말 어린애란 어쩔 수 없는 존재인 듯했다.

하지만 그는 결국 명이 내려지면 따라야 하는 신하이기에 어쩔 수 없이 쭈그리고 앉았다. 아이는 기다렸다는 듯이 그의 넓은 등에 찰싹 달라붙었다. 자리에서 일어나면서 세준은 한숨 섞인 어조로 말했다.

"연윤궁으로 가시는 겁니다."

"응."

산발(散髮)에, 관복이 아닌 연무복의 차림으로 내궁에 들어가면 분명히 한동안은 웃음거리가 될 것이라고 생각하면서, 세준은 달관하듯이 한숨을 내쉬었다. 그런 그의 속도 모르고 아이는 그에게 바싹 몸을 밀착했고, 그 때문에 아이의 높은 체온이 그의 등에 달라붙었다.

한참 뒤에 소녀는 조심스레 입을 열었다.

"강 중장……."

"예, 공주마마."

"내가 떼썼는데도, 화를 내지 않아 줘서 고마워."

"별말씀을요."

"어마마마가 아니 계신다고 아바마마가 운혜를 미워하지는 않으시겠지?"

"황상께서는 공주마마를 많이 생각하고 계실 겁니다."

"응."

그랬으면 좋겠다고 중얼거리는 아이의 목소리가 점점 가라앉았다. 잠든 아이를 업고서 세준은 조금 먼 길을 돌아 연윤궁으로 향했다.

하늘을 올려다보니, 구름이 잔뜩 끼었다.

✻ ✻ ✻

지난 저녁부터 물기 어린 바람이 대나무들을 괴롭히는 소리가 요란하게 들려오더니 이른 아침부터 비가 주룩주룩 내리기 시작

했다. 난영은 비가 내리는 소리가 들리자마자 자리에서 일어나 바깥을 바라보았다. 촉촉하게 젖은 공기가 피부를 스치고 은근한 한기가 느껴졌다.

여름을 재촉하는 듯한 비다.

아침을 물리고 나서 그녀는 마루에 오도카니 앉아서 내리는 가느다란 빗줄기를 바라보았다. 거무죽죽한 구름 사이로 은색 실처럼 보이는 빗줄기는 서슬 퍼런 댓이파리에 부딪쳐 옥빛 구슬을 만들며 또르륵 굴러 바닥에 떨어졌다.

봐도 봐도 질리지 않았기 때문에 난영은 그렇게 앉아서 비가 내리는 모습을 한참 동안 지켜보았다. 날이 흐리다는 핑계로 자수도 그림도 하지 않았다. 린랑은 비가 오니 밀떡을 굽겠다며 친한 궁녀와 함께 부엌으로 갔다. 다른 나인들도 자신들의 일을 잠시 쉬면서 각자의 자리에서 내리는 비를 바라보고 있었다.

하지만 죽헌당의 총책임자인 연 상궁은 다른 이들처럼 한가롭지 못했다. 그녀는 빗길을 마다하지 않고 찾아온 손님을 맞이하면서 쓰게 웃었다.

"오셨습니까?"

후궁을 관리하는 내관 중 한 명인 장 내관은 연 상궁의 표정을 보며 혀를 끌끌 찼다.

"그리 싫은 얼굴을 하지 마시오. 나도 좋아서 오는 것은 아니니까……."

"귀비께서 다시 또 장 내관과 오 상궁을 닦달하신 모양이군요."

"그런 셈이요. 그분으로서도 어쩔 수 없으실 거외다. 황후마마가 계시지 아니하시니, 내명부의 가장 높으신 어른은 귀비마마시고, 그러하니 당연히 이곳 죽헌당에 할 요구를 하시는 게지요. 궁에 들어왔으면 법도에 맞게 여기 아씨가 귀비마마를 찾아뵙고 문안을 드리는 것이 맞습니다. 하지만 ……."

"죽헌당 아씨께서 아직 첩지를 받지 아니하셨단 이야기를 드려도 귀비께서는 여전히 납득하지 못하시는 거겠지요. 저도 웬만하면 아씨께 이런 사실을 말씀을 드리고 귀비마마를 모시라 말씀드릴 것입니다. 하지만, 황상의 명이 워낙에 지엄하셨던지라 함부로 이렇다 저렇다 나설 수가 없습니다. 곤란할 따름이지요."

"귀비마마도 그 사실을 모르시지는 않으실 겁니다. 아시면서 지금 이곳의 대응과 폐하의 행동을 지켜보고 계시는 것일 겁니다. 이곳 아씨가 다루기 쉬운지 아닌지, 폐하께는 어떤 의미를 가지고 있는 것인지……. 그나저나 생각했던 것보다 정말 평범하신 분이구려."

장 내관은 그렇게 말하면서 마루에 앉아 있는 난영의 모습을 흘끔거렸다. 황궁 내에서 예의상 죽헌당 아씨라고 불리고 있는 그녀였지만, 실질적으로 뾰족한 칭호는 존재하지 않았다. 승은을 입었다고는 하나 정식으로 후궁의 첩지를 받은 것도 아니라 비빈의 칭호를 줄 수도 없고, 부인(夫人)이라고 칭하자니 혼례를 치른 여인도 아니었다. 결국 백 번 양보해서 일단은 아씨라고 불렀건만, 난영도 자신을 부르는 호칭에 대해서는 왈가왈부하지 않았기에 어느샌가 그렇게 굳어져 있었다.

그녀를 데리고 왔을 때, 건양제는 죽헌당의 여관과 내관들에게 단단히 일러두었다. 절대로 그녀를 바깥으로 내보내서는 안 되고 외지인이 들어오게 해서도 안 된다는 그 말에는 서슬 퍼런 기운이 담겨 있었다. 마치 유폐를 한 것 같은 인상이었기에, 연 상궁과 장 내관은 최대한 말을 아꼈다.

그들은 건양제의 어머니였던 혜원 황후를 모셨던 사람들이었고, 원경 황후가 숨을 거둘 때 이곳 죽헌당에 있었던 사람들이었다. 건양제에게 죽헌당이 어떤 의미를 가지고 있는 곳인지에 대해서는 어느 누구보다도 잘 알고 있었다. 난영을 일부러 이곳에 밀어 넣은 건양제의 속내에 대해서는 잘 몰라도, 자신이 모시는 아씨가 몹시도 가엾다는 생각은 하고 있었다.

원경 황후의 사후에 건양제는 사람이 변했다. 겉으로 보기에 그는 이전과 다를 바가 없어 보였다. 정무에 힘쓰고 신료들을 이끌어 국정을 논하는 모범적인 군주라는 점에서 아무것도 모르는 중신들은 그를 칭송하곤 했다.

하지만 황제의 인품과 성정을 가장 가까이에서 보아 온 몇몇 내관들과 원경 황후의 사망에 대한 진실을 아는 신료들은 그의 내면이 차갑게 얼어붙었다는 것을 알고 있었다.

때로는 변복을 하고 성안의 유명 기루에 들어가 밤새 진탕 술을 마시고 돌아와 다음 날 아침에는 멀끔한 차림새로 조례를 한다. 며칠째 잠을 자지 못해서 외조의 이곳저곳을 암행하듯 돌아다니고, 그토록 귀여워했던 연윤 공주를 더 이상 만나지 않았다.

후궁들을 품에 안지만, 그 여인들이 황제를 모시는 것은 그가 내키는 아주 짧은 순간이었다. 그 시간이 지나면 그는 결코 여인의 곁에 있지 않았다. 후궁전을 들고 나서는 그의 표정이 한없이 굳어 있었다는 것을 그를 가까이서 모시는 우 내관을 통해 들었던 장 내관은 깊은 한숨을 내쉬었다.

이런 그의 어디가 이전과 같냐고 속도 모르고 건양제를 칭찬하는 사람들에게 쏘아붙이고 싶었다. 특히 무 귀비를 황후로 옹립하려고 하는 예부상서 일파에게는 허튼 꿈을 꾸지 말라고 하고 싶은 마음들이 다들 굴뚝같았다.

건양제는 지금 중신들 모두를 손에 쥐고 흔들고 있었다. 원경황후의 사후에 생기는 이런 혼란을 냉정하게 지켜보면서 어떤 사람을 내쳐야 할지 재고 있는 것이다. 얼마 전 만난 장 승상이 그렇게 운을 떼더라는 말을 하면서 장 내관은 걱정스러운 표정으로 난영을 돌아보았다.

"저분이 어찌 되실지 모르겠으나, 부디 궁 안의 세파에는 휩쓸리지 않으셔야 하실 터인데……."

"그러게 말입니다."

"쯧쯧, 정말로 내세울 것 없이 평범하디 평범한 아가씨가 어이하다가 황상의 눈에 들었을꼬. 여염집이라면 좋은 집안으로 시집가 사랑받으며 살, 좋은 나이인데……."

"그래서 제가 모시는 동안이라도 편히 지내실 수 있도록 신경을 쓰고 있습니다. 앞으로 정말 어찌 될지 모르니……."

연 상궁과 장 내관은 그렇게 한탄하면서 혀를 찼고, 그 때문에 닫힌 장지문 너머에서 누군가가 소리 없이 움직이는 것을 눈

치채지 못했다.

난영은 발소리를 죽여 가며 걸음을 옮겼다. 내리는 비를 바라보다 보니 차가 식어, 따뜻한 차를 부탁할 사람을 찾는다는 것이 그만 그들의 대화를 엿듣게 되어 버린 것이다.

죽헌당은 그리 큰 건물은 아니기 때문에 마루에서 방 안으로 들어와 내관들이 있는 곳까지는 굳이 사람을 부를 필요 없이 금방 왔다갈 수 있었다. 때문에 바깥쪽으로 난 문을 열어 두고 있던 연 상궁과 장 내관은 그녀가 잠시 방 안에 들어갔다가 다시 마루에 나간 줄로만 생각하고 있었다.

파랗게 질린 표정으로 마루 끝에 앉아서 난영은 댓잎에 떨어지는 물방울을 멍하니 바라보았다. 이제 더 이상 운치 있는 풍광은 눈에 들어오지 않았다. 자신을 중심으로 이렇게 무서운 일이 벌어지고 있을 것이라고는 꿈에도 생각지 못했기에, 그녀의 가슴은 북을 울리듯 세차게 고동을 쳤다.

류의가, 그 사람이 자신을 두고 그런 생각을 하고 있는 줄은 꿈에도 알지 못했다.

'세상에…… 세상에…….'

목소리조차 낼 수 없이 숨을 들이마시며, 난영은 눈가에 치밀어 오르는 눈물을 참으려고 했다. 주책맞은 눈물은 무에 신이 났는지 계속 밀려 올라왔다. 어쩐지 류의가 더 이상 자신을 찾아오지 않는 이유를 알 것 같았다.

머릿속으로 생각을 반복하면서 난영은 마룻바닥에 몸을 기댔다. 몸 안의 피가 심장이 뛰는 소리만큼 빨리 돈 까닭에 머리가 얼울하고 온몸에 힘이 빠졌다. 올라간 체온 때문인지, 서늘한 마룻바닥이 시원하게 느껴졌다.

눈을 감고 빗소리에 귀를 기울이며 그녀는 머릿속을 비웠다. 잘된 일이다라고 억지로 말을 삼키며.

이대로 세상사와 관계없이, 사람들의 눈과 귀에서 멀어지고 류의에게서도 멀어지고 모두에게서 잊혀져서. 혼자 마음 편히 살다가 떠나고 싶어졌다.

비는 이틀 동안 내렸다 그쳤다를 반복했다.

난영은 적어도 겉으로는 아무렇지 않은 척 그 시간을 보냈다. 평소와 다름없이 웃고 떠들면서 아무에게도 걱정을 끼치지 않으려고 노력했다. 하지만 혼자서 일어나는 아침 시간은 아무리 해도 곤혹이었다.

기분이 마음의 바닥으로 가라앉고 머리는 늘 어지러웠으며 몸도 그런 마음을 따라가는지 구역질이 자주 났다. 혼자서 처리하려고 했지만, 한 번은 린랑이 그런 자신의 모습을 보아서 눈이 동그래지는 것을 달래야만 했다.

"혹시 임신하신 것 아니에요?"

"아니야, 그럴 일은 절대 없어. 린랑도 잘 알잖아. 나, 달거리도 없는 거……."

그 말에 린랑은 더 이상 아무 말도 하지 않고 난영을 꼬옥 껴안았다. 웃으려고 노력했지만, 웃음 대신에 눈에서는 눈물이 나왔다.

갑갑하다. 하다못해 문 밖을 나가서 바람이라도 쐬면 좋을 텐데 그럴 수가 없어서 더욱 마음이 우울해지는 것 같았다. 자신이, 마치 감옥에 갇힌 것 같다는 생각이 들었다.

그런 마음을 달래 보려고 난영은 자수에 쓸 그림을 그리다가 손을 멈추고 종이를 구겨 버렸다. 딱히 잘못 그린 것은 아니지만, 마음에 들지 않았다. 마음이, 잘못 그린 그림이 있는 종이라면 구겨서 버릴 수 있을 텐데라는 헛된 생각이 들었다. 그럴 수 없기 때문에 마음 역시 그녀의 것이고, 그녀 안에 존재하는 그것을 부정할 수는 없었다.

그래서 그녀는 무언가를 해야만 했다. 아무것도 하지 않는 그 무의미한 시간이 자신의 곁에서 침전되는 것이 두려웠기 때문이었다. 아무것도 하지 않으면 자신이 이미 버림받았다는 사실이 자꾸 떠올라 견딜 수 없었다.

"……음?"

대나무를 그리는 손을 멈추고 난영은 검푸른 그늘에 쌓여 있는 대숲을 빤히 쳐다보았다. 얼핏 연분홍 그림자를 본 것 같아서 자신이 무엇을 보았는지 확인하고 싶었던 것이다. 하지만 주변은 조용하고 간간이 바람에 스치는 댓잎의 몸부림만이 눈에 들어올 뿐이었다.

"먹을 다시 갈까요?"

린랑이 그렇게 말하자, 난영은 자신이 잘못 보았다고 생각하며 고개를 돌렸다. 그때 손에 쥐고 있는 붓에서 먹물이 뚝뚝 하고 떨어졌다. 흰 종이에 검은 얼룩이 생긴 것이 더 이상 그림을 그럴 수 없었다.

난영은 그 종이를 빤히 바라보다가 붓을 내려놓으면서 가볍게 한숨을 쉬었다. 갑자기 그리고 싶은 마음이 완전히 사라졌다. 집중도 되지 않고 그저 심란한 마음만 들 뿐이었다.

"아니, 오늘은 여기까지만 할래."

그녀가 그렇게 말하자, 린랑은 주섬주섬 벼루와 붓을 치우며 말했다.

"차가 식었으니 새로 끓여 오겠습니다. 그 종이도 치울까요?"

먹이 마르기 시작한 종이를 가리키며 그리 묻자, 난영은 고개를 저으며 대답했다.

"그냥 이대로 놔 둬, 이건…… 내가 치울게."

"네? 하지만 필요 없는 그림이잖아요."

"잠시 보고 생각할 것이 있어서 그래."

난영이 그렇게 말하자, 린랑은 영문을 모르겠다는 표정으로 그녀를 바라보며 고개를 끄덕였다. 그대로 물러나는 그녀를 뒤로 한 채 난영은 검은 얼룩이 진, 완성되지 않은 화초도를 말없이 응시했다.

그 얼룩은 어쩐지 자신의 마음에 있는 류의 같았다. 그가 대체 무슨 생각을 하고 있는지 정확히 알 수만 있다면, 이리 답답하지 않을 것이다. 찾아와, 거짓말이라도 정무가 바빠서 그런 것이다라고 말해 준다면 그것을 족할 것이다. 그 말을 믿으며 다시 안심할 수 있을 것이다.

'거짓말…….'

스스로에게 하는 거짓말을 되뇌면서 난영은 몸을 웅크렸다. 꼴도 보기 싫은데, 싫어야 하는 것이 분명한데, 어느새 그를 그리워하는 자신이 있었다.

그때였다.

“어찌하여 그리다 마는 거냐?”

거만한 목소리가 들려오자 난영은 고개를 돌렸다. 하지만 주변에는 아무것도 보이지 않았다. 잘못 들었나 싶어서 의아한 표정을 짓자, 다시 그 목소리가 들려왔다.

“어찌하여 그리다 마는 것이냐고 물었다.”

어쩐지 말투가 누군가와 닮았다고 생각하면서 난영은 소리가 들리는 난간으로 다가갔다. 정원에는 사람이 보이지 않았지만 그보다 시선을 아래로 내리고 보자, 자그마한 여자아이가 그녀를 올려다보고 있었다.

난영이 보기에도 놀랄 만큼 어여쁜 아이였다. 초승달 같은 아미와 짙푸른 속눈썹, 깊은 빛을 띠고 있는 검은색 눈동자는 맑고 투명한 유리구슬 같았다. 설화석고같이 새하얀 피부며 도톰한 앵두처럼 붉은 입술, 오뚝한 콧날은 어느 한구석 빠지는 것이 없었다. 연분홍 적삼을 입고 있는 그녀를 바라보면서 난영은 호기심 어린 표정을 지었다.

“너는 누구니?”

황궁에서 아이를 보게 될 줄은 생각도 못했기에, 무심결에 보통의 어린아이를 대하듯이 말을 걸어 보았다. 그러자 아이는 우아한 아미를 찌푸리며 대답했다.

"무엄하다! 지금 감히 어느 안전이라고 내게 함부로 대하는 거냐?"

난영은 그녀의 호통에 놀라기보다는 조금 어이가 없었다. 열 살 남짓한 계집아이가 애늙은이 같은 말투를 쓰는 것이 너무나 어울리지 않아, 본인에게는 미안한 말이지만 조금 우스웠던 것이다. 하지만 그녀의 그런 태도에서 난영은 아이가 누구인지 짐작할 수 있었다.

8.

배려(配慮)

아이는 이맛살을 찌푸리는 표정이 류의를 닮았다. 그리고 이 궁에서 이렇게 작은 아이에 대한 이야기는 엊그제 이미 들어서 알고 있었다.

"혹시 연윤 공주마마이시옵니까?"

그녀의 정중한 질문에 운혜는 턱을 꼿꼿이 세우고 가슴을 내밀며 대답했다.

"그렇다. 본 공주가 누구인지 알았으면 빨리 아까의 무례를……."

"귀하신 분이 오셨군요. 쉬이 알아보지 못하여 죄송합니다. 마침 맛있는 과자가 있는데 올라오셔서 좀 드시겠습니까?"

말을 중간에 자르면서 난영이 그렇게 말하자, 운혜는 불쾌한 듯이 입을 비죽였지만 군소리는 하지 않았다. 대신에 주변의 눈치를 살피면서 마루 위로 올라왔다.

난영은 그런 그녀의 앞에 다과상을 내놓았다. 그녀가 거의 손 대지 않은 과자와 떡을 운혜는 눈을 반짝이면서 바라보았다. 대뜸 거기에 손을 대려다가 아이는 갑자기 어울리지 않은 헛기침을 하며 말했다.

"내 자네를 보러 이리 왔네."

"그러실 것이라 생각했습니다."

정중하게 대답하면서도 난영은 문득문득 튀어나오는 웃음을 참으려 애썼다. 의젓하고 어른스러운 태도와 말투의 운혜였지만, 난영의 눈에는 그것이 너무나 아이답지 않아서 오히려 재미나게 느껴졌던 것이다. 그런 난영의 속내를 눈치채지 못하고 운혜는 입을 열었다.

"아바마마께서 어마마마와의 추억이 가득한 죽헌당에 일부러 데려다 놓은 사람이 누구인지 보러왔단 말일세. 지금 자네 때문에 궁 안이 얼마나 들썩거리고 있는지 아는가?"

"궁에 분란을 일으켜 죄송할 따름입니다."

난영의 고분고분한 대꾸에 운혜는 입술을 비죽였다. 흠을 잡아 보려고 해도 상대가 만만치 않은 것 같았기 때문이었다. 게다가 자신을 바라보는 그녀의 따뜻한 시선이 아이는 싫지 않았다. 비록 너무나 어린아이 취급을 하고 있는 것이 느껴졌지만, 그 때문에 오히려 마음의 벽이 생기지 않은 느낌이었다.

여러모로 생각과는 동떨어진 사람이었다. 그래서 운혜는 그녀에게 도저히 나쁜 마음을 먹을 수가 없었다.

"공주마마께서는 혼자서 여기까지 몰래 들어오셨지요?"

운혜를 위해 유과의 기름종이를 벗겨 내면서 난영은 물었다. 운혜가 죽헌당의 정문을 통과했다면 상궁들이 이렇게 조용할 리도 없거니와 그녀 혼자서 자신의 앞에 나타날 리 없다고 생각했기 때문이었다.

아니나 다를까 운혜는 난영의 그 질문에 고개를 끄덕였다. 연윤궁을 몰래 빠져나오는 것은 식은 죽 먹기였다. 그리고 죽헌당에 들어오는 것도 어렵지 않았다. 연윤궁과 죽헌당은 가까운 데다가, 다른 사람들은 잘 모르는 문이 하나 있어 그쪽을 이용하면 아무도 그녀가 이곳에 왔다는 사실을 모르기 때문이었다.

"다른 분들이 걱정하지 않을까요? 공주마마께서 이렇게 혼자 행동하시면……."

"괜찮아, 아무도 신경 쓰지 않으니까."

운혜는 그렇게 말하면서 가볍게 한숨을 내쉬었다. 애써 어른스럽게 행동하던 아까와 달리 지금의 대답에서는 외롭고 쓸쓸한 분위기가 느껴졌다. 시무룩한 그 얼굴은 이내 지워지고, 아이는 금세 근엄한 태도를 지어냈다. 마치 그래야 한다는 것이 당연한 것처럼.

난영은 운혜의 그런 태도에 가슴이 아팠다. 마치 이 궁에 와서 계속해서 평온함을 가장하고 있는 자신의 모습을 보는 것 같았다. 친하게 지냈던 린랑에게조차 쉬이 의지할 수 없고 누구도 관심 두지 않는, 그녀처럼 아이도 외로움을 타고 있었다.

"드세요, 공주마마."

기름종이를 벗긴 유과를 아이의 손에 쥐어 주고서 난영은 운혜가 과자를 우물거리는 것을 지켜보았다. 아이도 역시 그녀를 똑바로 바라보았다. 무언가 할 말이 더 있는 듯한 눈치였다.

“저는 예난영이라고 합니다.”

“연윤 공주다. 아명(兒名)은 운혜야.”

“귀하신 이름을 저같이 천한 것에게 가르쳐 주시는 겁니까?”

“……특별히 가르쳐 주는 거다.”

과자를 우물거리면서 운혜는 잠시 망설이다가 덧붙이듯이 말했다.

“어차피 알아도 아무도 그리 불러 주지 않는 걸. 이제 더 이상…… 아바마마도…….”

말끝을 흐리는 운혜의 눈에는 눈물이 고여 있었다. 난영은 조심스레 손수건을 들고 그녀의 눈물을 닦아 주었다. 운혜는 쑥스러운 표정으로 그런 난영을 빤히 올려다보더니 불쑥 말을 뱉었다.

“자네는 예쁘지는 않군.”

“네?”

“후궁전의 어머님들이나 기방의 궁기들만큼 예쁘지는 않아. 근데 왜 아바마마는 자네를 이곳에 들인 걸까?”

“글쎄요. 그건 저도 잘 모르겠습니다.”

난영의 모호한 대답이 마음에 들지 않은지, 운혜는 얼굴을 찡그렸다. 그러곤 정말로 이해가 되지 않는다는 듯이 중얼거렸다.

“어마마마보다 훨씬 더 못생겼는데…….”

"그러한가요?"

"이런 말 기분 나쁘지 않은가? 내가 실언을 했네."

타인의 외모를 가지고 이러쿵저러쿵 말하는 것은 무례한 말이라는 것을 뒤늦게 깨닫고서 운혜는 솔직하게 난영에게 말했다. 그녀가 자신에게 감정을 터트리지 않는 것이 이상타 여기면서. 후궁의 어머니들뿐만 아니라, 지위가 가장 낮은 나인들마저도 외모에 대한 말을 듣는 것은 무척이나 민감히 여기는 부분이었다. 하지만 난영은 운혜의 사과를 대수롭지 않게 받아들였다.

"공주마마께서 틀린 말씀을 하신 것도 아닌 걸요. 천하제일미색이라고 이름이 자자했던 황후마마에 비하면 저는 정말 아무것도 아니지요."

그 태도가 오히려 운혜의 호기심을 자극했다. 아이는 눈을 동그랗게 뜨고 담담하게 말하는 그녀를 빤히 바라보았다.

"화나지 않았는가?"

"제가 어찌 공주마마께 화를 내겠습니까?"

"하지만 내가 실수를 했는 걸, 여인들은 그런 말에 민감하다고. 나도 얼마 전에 나인 하나에게 그런 이야기를 했었다가 스승님께 크게 꾸지람을 들었어. 후궁의 어머니들도 하나같이 기분나빠 하셨고."

"물론 궁주님의 말씀에 당황스럽긴 했지만, 저도 제가 궁 안의 아름다우신 분들에 비하면 모자라다는 사실은 잘 알고 있습니다. 맞는 말씀을 하시는데 화를 낼 수는 없잖아요."

"……자네는 이상한 사람이군."

"그렇습니까?"

대답하면서 입가에 미소를 짓는 난영을 운혜는 빤히 바라보았다. 도성 내에서도 가장 아름다운 여인이라고 했던 그녀의 어머니만큼 예쁜 사람은 절대 아니다. 하지만 이상하게도 운혜는 난영이 싫지 않았다. 특히, 웃는 얼굴은 그럭저럭 마음에 들었다.

궁은 내부의 비밀이 철통같이 지켜지기도 하지만, 알려고만 하면 난영 같이 갑자기 튀어나온 외부인에 대한 소문은 의외로 빨리 퍼지는 곳이기도 했다. 하지만 건양제의 명이 너무 지엄한 나머지 죽헌당에서 일하는 가장 하급의 나인이나 내관들도 난영에 대한 이야기는 단 한 마디도 흘리지 않았다. 그 때문에 후궁전이 바짝 곤두서 있다는 소문은 아직 어린 운혜의 귀까지 들어왔다.

호기심이 생겼기에 세준에게도 일부러 난영이 어떤 사람인지 물어보러 갔었지만, 오히려 꼴사나운 모습만 보였던 운혜다. 그래서 다른 사람에게 더 이상 묻는 것을 포기하고 그녀는 일부러 난영을 보러 찾아왔다. 몰래 왔다가 몰래 돌아갈 자신이 있었기에, 그냥 얼굴만 보고 갈 생각이었다.

하지만 직접 본 난영은, 그녀보다 조금 더 나이가 많은 언니처럼 친근한 느낌으로 자신만큼이나 쓸쓸한 듯한 분위기가 있었다. 아이의 예민한 감각은 그것을 놓치지 않았다. 그녀의 어머니가 돌아가신 이래로 아버지인 건양제의 관심을 한 몸에 받고 있다는 여인이 생각했던 것보다 아름답지도, 행복해 보이지도 않는다는 사실에 운혜는 호기심이 생겨서 저도 모르게 말을 걸었다. 위로해 주고 싶었던 것 같았다.

하지만 이런 어려운 말을 어떻게 해야 할지 운혜는 잘 몰랐다. 어떻게 건양제를 만났는지, 황궁에 와서 기분은 어떤지, 왜 그렇게 쓸쓸하고 외로운 얼굴을 하고 있는 것인지……. 물어보고 싶은 것은 많았지만, 아무것도 물어볼 수 없었기 때문에 아이는 그렇게 입을 다물고서 과자만 우물거렸다. 난영이 그런 자신을 지켜보는 것이 싫지는 않았다.

"내일 또 오겠네."

글공부를 할 시간이라 돌아가야 한다면서 일어나다가, 운혜는 저도 모르게 불쑥 그렇게 말했다. 그 말에 난영이 활짝 미소를 짓는 것이 보였다.

"네, 그럼 내일도 과자를 준비하고 기다리겠습니다."

그 말에 운혜는 부끄러운 듯 살짝 뺨을 붉혔고 저도 모르게 웃음을 지었다.

다음 날도, 그 다음 날도 운혜는 혼자서 몰래몰래 난영을 찾아왔다. 난영도 다과를 따로 준비해 두고 그녀를 맞이해 두 사람은 소소한 이야기를 하거나, 실뜨기 같은 놀이를 하면서 함께 시간을 보냈다.

죽헌당의 여관과 내관들은 그 사실을 알고 있었지만, 모르는 척 입을 다물었다. 린랑조차도 난영에게는 운혜에 대해서는 일부러 꼬치꼬치 묻지 않았고, 운혜가 올 때에는 잠시 자리를 물렸다.

궁녀들은 난영이 운혜를 맞이할 때 내놓는 다과에 좀 더 신경을 쓰고 두 사람이 함께 있을 때는 일부러 멀찍이 물러가 있었다. 운혜가 난영을 찾는 이유도, 난영이 운혜를 반기는 이유도 린랑과 연 상궁은 이해하고 있었다. 게다가 연 상궁은 연윤궁의 사람들에게도 손을 써서, 운혜가 죽헌당을 드나드는 것을 눈감아 주도록 만들었다.

운혜는 궁에서 벌어지는 이야기나 건양제에 대한 이야기를 하지도 않았다. 그녀를 자극할 만한 말을 하지 않으면서도 재미있는 소문이나 소동에 대한 것은 잽싸게 가지고 와 난영을 웃게 만들었다. 그런 아이가 고맙고도 대견해서 난영은 일부러 그녀가 오는 것을 기다렸다.

"공주마마, 약과예요."

린랑이 다과상을 가지고 난영의 방에 들어갔을 때, 운혜는 난영의 곁에 앉아서 실패의 실을 감으며 그녀의 손놀림을 유심히 바라보고 있었다. 실을 바늘에 꿰고 한 땀 한 땀 수를 놓아 꽃을 만드는 것을 신기한 듯이 바라보면서 운혜는 저도 모르게 중얼거렸다.

"우리 어마마마는 자수에 서툰 분이셨어."

"그런가요?"

"응. 대신에 글씨를 아주 잘 쓰시고 거문고를 잘 타셔서, 아버지께서 어머니의 거문고 소리를 좋아하셨지……. 이런 이야기 싫은가?"

운혜는 후궁들의 입장과 위치를 잘 알고 있었고, 그 때문에 난영에게 어머니에 대한 이야기를 하는 것이 조심스러웠다. 하

지만 그녀는 언제나 아이가 무슨 이야기를 하던 귀를 기울였기 때문에 무심코 생각 없이 원경 황후에 대해서 말해 버린 것이다. 난영은 시무룩한 운혜의 목소리에 고개를 저으면서 아이를 바라보았다.

"공주마마께는 어머님이시잖아요. 당연히 말씀하실 수 있는데요, 뭘."

"자네는 질투 같은 것을 하지 않아? 후궁의 어머님들은……."

"할 수 있을 만큼 대단한 사람이 못 되니까요. 황상의 승은만으로도 저는 이미 감당할 수 없을 만큼 큰 것을 받았답니다."

난영이 힘없이 웃으면서 대답하는 것을 보며 운혜는 우물쭈물거렸다. 그녀는 자신이 참으로 별것 아니라는 것처럼 말하고 있었지만, 운혜는 알고 있었다. 지금 후궁들이 난영 때문에 얼마나 많이 긴장하고 있는지.

첩지도 받지 않았고 다른 상전들에게 먼저 인사하러 오지 않는 그녀의 콧대를 꺾어 놓아야 한다고 노골적으로 주장하는 무귀비의 생각은 온 궁 안에 널리 퍼졌다. 게다가 대전 쪽에서는 매일 건양제의 앞으로 난영의 무례함을 아뢰는 상소가 올라가고 있는 것이다.

아직 어린 자신도 알고 있는 사실을, 난영만 모른다는 것이 운혜는 이해가 되지 않았다. 어리지만 운혜는 군주로서의 교육을 받았고, 궁 안에서 자랐기 때문에 왕실의 생리를 무척이나 잘 알고 있었다. 그녀가 보기에 난영은 그녀보다 조금 더 연상인 어른이어도, 자신보다도 물정을 모르는 순진한 구석이 많았다.

그런 점이 좋기는 했지만, 그만큼 그녀가 위태로워 보였다. 이런 사람이 꼬리가 아홉 달린 여우같은 무 귀비나 음험한 속내를 감추고 있는 홍 미인 같은 후궁들을 상대할 수 없을 것이다. 그녀들을 맞서서 견딜 수 있을 만큼의 강단도 보이지 않았다. 건양제가 일부러 그녀를 꼭꼭 숨겨 놓은 것인지 이해가 되기도 했다.

소박하고 착하고 너무나 좋은 사람, 그래서 차마 미워할 수 없는 사람, 함께 곁에 있으면 따뜻하고 부드러운 느낌이 자신에게까지 전해지는 것 같았다. 그런 느낌이 좋아서 운혜는 그녀의 허리에 팔을 감고 갑자기 파고들었다. 그러자 난영은 하던 일을 멈추고 그렇게 어리광을 피우는 운혜를 다정하게 껴안아 주었다.

운혜는 그런 그녀의 태도가 좋았다. 친어머니인 원경 황후조차도 이런 애정 표현은 잘해 주지 않았고, 그나마 자신의 고집과 떼를 받아 주던 유모도 이제는 출궁하여 더 이상 만날 수 없는 것이다. 장성하였으니 더 이상 어린아이 같은 행동을 해서는 안 된다는 상궁들의 엄한 꾸지람과 후사 때문에 자신을 경계하는 후궁들에게는 할 수 없는 행동들을 난영은 무엇이든 받아 주었기 때문이었다. 아이 같다고 나무라지도 않았고 일을 방해한다고 싫어하지도 않았다.

"글공부를 하러 가실 시간이 아닌가요?"

조금 걱정스럽다는 듯이 난영이 등을 두드리며 묻자, 운혜는 고개를 저었다.

"아침 강론은 이미 끝났는 걸. 게다가 같이 공부하는 아이들도 이미 돌아갔으니 연윤궁에 간다고 해서 딱히 할 일이 있는

게 아니야. 상궁들의 잔소리를 들으면서 자수나 놓고 있겠지. 그럴 바엔 자네와 있는 게 좋아. 자네는 내가 찾아오는 게 싫은가?"

"아니요. 저도 적적하던 차에 공주마마께서 오셔서 기쁘답니다."

"적적해? 왜……."

어째서 쓸쓸하냐고, 건양제의 관심을 한 몸에 받고 있으면서 왜 그러냐고 물어보려다가 운혜는 입을 다물었다. 그러고 보니 지금까지 그녀가 바깥출입을 하는 것을 본 적이 없었다. 지엄한 황명 때문에 다른 사람들이 죽헌당을 접근하는 것은 불가능하다고 하더라도, 그녀가 원한다면 자신처럼 몰래 어디든 나갔다가 올 수 있지 않을까? 아니면…….

"아바마마께서 자네를 계속 찾지 않으신다는 이야기를 들었는데……."

눈치를 살피며 운혜는 그렇게 운을 떼 보았다. 운혜의 그 말에 난영의 얼굴빛이 한순간 흐려졌지만, 이내 그녀는 밝은 미소를 지었다. 처음으로 그녀가 마음을 감추는 모습을 본 운혜는 가슴이 울컥하는 느낌을 받았다.

게다가 난영은…….

"정무가 바쁘신 모양이지요. 게다가 황궁에서는 저 말고 다른 후궁들이 많이 있잖아요."

아무것도 바라지 않는 것처럼 그렇게 대답할 뿐이었다. 운혜로서는 조금도 이해가 되지 않는 태도였다. 다른 후궁들은, 하다

못해 운혜의 친어머니조차도 황제가 다른 여인을 만나는 것을 달갑지 않게 생각했었다. 투기는 정숙한 여인답지 않다고 하여 참았던 것뿐이다.

누구나 지아비의 관심을 받고 싶어 하고 그 사람을 보고 싶어 하는 것이 당연한데, 난영은 그런 마음조차 표하는 것을 꺼리는 것 같았다. 아이는 저도 모르게 이상하다는 듯이 물었다.

"자네는 아바마마께 좀 더 사랑받고 싶다는 생각은 하지 않아?"

"글쎄요……. 황상은 저 같은 것에 대한 관심이 이제 더 이상 없으신 것 같은 걸요. 저는 그저, 다른 후궁분들이 없던 궁 밖에서 적당히 관심을 두셨던 것뿐인 듯합니다. 게다가 황상은 아직도 황후마마를 연모하고 계세요."

난영의 그 말에 운혜의 얼굴이 살짝 일그러졌다. 운혜는 그 말에 기뻐해야 할지 화를 내야 할지 갈피를 잡을 수가 없었다. 난영을 미워할 수 없는 것처럼, 이 말에도 마냥 기뻐할 수 없었다.

"공주마마처럼 어여쁘신 분을 낳으신 황후마마를 생각하면, 아직도 황상께서 원경 황후마마를 기억하시는 이유를 알 거 같아요."

사랑스럽고 어여쁜 연윤 공주를 보자, 사이가 좋았다던 그녀의 어머니를 자연스럽게 떠올릴 수 있었다.

"그래도 지금은 아바마마께서는 자네를 더 많이 생각하고 계시는 걸."

“마음에 담긴 사람이 한순간에 사라지는 법은 없답니다. 게다가 지금 제 처지로는 언제까지 이곳에 있을지도 모를 일이랍니다. 황상께서 마음이 변하시면 언제든 떠나야지요.”

그것은 마치 무언가를 포기한 것 같은 느낌이라 운혜는 오히려 갑갑한 느낌이었다. 아니야, 그건 절대로 아니었다. 고개를 설레설레 저으면서 뭐라고 말을 하려다가, 운혜는 입을 다물어 버렸다.

그녀가 너무나 순진하고 착한 사람이라, 혹여 후궁전의 싸움 때문에 다치기라도 할까 봐 류의가 일부러 그녀를 감싸고 있다고 말해야 하는 사람은 자기가 아니었다. 운혜는 입술을 깨물면서 난영의 손을 잡았다. 그녀의 손보다 조금 크지만 무척이나 따뜻하고 예쁜 손이었다. 한없이 곱다고는 할 수 없었다. 깔끔하게 정리된 짧은 손톱 밑의 손끝은 하급의 나인들처럼 거칠거칠했다. 예전에 그녀가 했던 고생의 시간들을 말해 주는 것처럼…….

“우리 잠깐 나갔다가 올까?”

“네?”

“잠시 나갔다가 오자. 궁은 넓어, 항상 이 좁은 죽헌당에만 있으니까 자네도 답답할 거야. 그래서 안 좋은 생각만 하는 걸 거야. 연윤궁을 가로질러서 어화원의 호수에 가자. 잠시 거닐다가 오면 기분도 나아질 거고, 또…….”

“황상께서 명하신 일을 제가 거역할 수는 없습니다. 여길 나가면 안 된다고 하셨어요.”

난영은 완곡하게 거절했다. 할 수만 있다면 그녀도 죽헌당 바깥을 나가고 싶었다. 자기 혼자라면 그래도 괜찮을 것이다. 아마도 눈에 보이지 않는 말썽이라면 류의도 눈감아 줄지도 모른다. 하지만 연윤 공주가 자신 때문에 혼이라도 난다면 그건 큰일이다. 난영이 그렇게 말하자, 운혜는 짐짓 진지한 어조로 말했다.

"그건 자네가 걱정할 문제가 아닐세! 본 공주의 일은 공주가 알아서 할 터이니, 그러니……."

붉으락푸르락하는 운혜의 얼굴을 보고 난영은 이렵사리 고개를 끄덕였다. 그녀도 역시 바깥을 보고 싶었다. 그냥 멍하니 하루 종일 집안에 틀어박혀 있는 것보다는 잠시나마 다른 생각을 하며 몸을 움직이는 편이 훨씬 나은 것이다. 게다가 운혜가 이렇게까지 말을 하니 도저히 거절할 수 없었다.

"그럼 잠시만입니다."

난영이 허락하자 운혜의 얼굴이 한순간 밝아졌다. 난영은 그녀를 바라보며 조심스럽게 생각했다. 그래, 아주 잠시잠깐이고, 궁은 넓으니 그녀가 나갔다가 들어온 사실을 아무도 모를 것이다.

그때였다. 마루의 건너편에서 헛기침 소리가 들려오더니 연 상궁과 린랑이 나타났다. 운혜는 그녀의 갑작스러운 등장에 눈을 크게 뜨고 난영의 뒤쪽으로 숨으려다가 이내 무슨 생각을 했는지, 연 상궁을 똑바로 바라보았다. 난영도 조금 당황스러운 표정으로 연 상궁을 바라보았다. 그녀의 얼굴을 보아하니, 두 사람의 이야기를 모두 들은 것 같은데 뭐라고 변명해야 좋을지 답이 보이지 않았던 것이다.

"흠흠, 본의 아니게 소인이 두 분의 모의를 듣고 말았습니다."

하지만 당황하는 두 사람과 달리, 연 상궁은 헛기침을 하면서 의미심장한 어조로 운을 뗐다. 난영은 서둘러 그녀에게 변명하며 말했다.

"연 상궁님, 공주마마께서는……."

"자네는 입을 다무시게. 연 상궁 나는 말일세……."

"두 분 모두 그리 당황하실 필요는 없사옵니다. 저는 두 분을 나무라려 하는 것이 아니니까요."

"그럼……?"

"다만, 아씨께서 그런 차림으로 밖에 나가시면 다른 사람들의 눈에 띄실 것입니다. 그럼 황상께 말이 들어가는 것은 시간문제이오니……."

말끝을 흐리면서 연 상궁은 따라온 린랑을 돌아보았다. 린랑은 그녀의 시선을 받고서 난영의 앞에 들고 있던 옷을 내밀었다.

궁녀들이 입는 옷을 알아보고 운혜의 눈이 커지더니 환하게 웃으면서 말했다.

"역시 연 상궁은 뭘 아는구먼."

"칭찬해 주셔서 감사하옵니다, 공주마마. 아씨, 이 옷을 입고 잠시 나갔다가 오시어요. 그러면 공주마마를 모시고 산책을 나온 나인 정도로만 아씨를 생각할 것입니다."

"감사합니다, 상궁님. 그런데 왜 이렇게……."

"아씨는 지금까지 너무 갑갑하게 지내셨습니다. 잠시 잠깐만이라면 괜찮으시겠지요. 대신에 들키지 않도록 잘 돌아오셔야

합니다."

"감사합니다, 연 상궁님."

생각지도 못한 연 상궁의 행동에 난영은 감격해서 연신 고맙다고 말했다. 그런 그녀에게 운혜는 빨리 옷을 갈아입고 나오라고 성화를 부렸다.

린랑의 도움을 받아 난영이 옷을 갈아입는 동안 운혜는 먼저 신을 신고 뜰 안에서 기다리며 반석 위를 왔다갔다 거렸다. 그런 그녀를 보면서 연 상궁은 신기하다는 듯이 물었다.

"공주마마께서는 죽헌당 아씨가 마음에 드시는 모양입니다."

"조…… 싫지 않아. 좋은 사람이라고 생각해. 어마마마만큼 좋지는 않지만."

"예."

"처음에는 그냥 좀 싫었어, 어마마마의 자리를 누가 차지한다고 생각하니까. 근데 막상 만나 보니, 생각했던 사람하고 많이 달라서, 미워지지가 않아."

"그렇습니까?"

"응."

운혜는 그렇게 대답하고 난영이 나오자마자 그녀의 앞으로 쪼르르 달려갔다. 두 사람이 나란히 걸음을 옮겨 뜰을 빠져나가는 것을 바라보면서 연 상궁은 가볍게 미소를 지었다.

운혜는 난영을 끌고서 연윤궁의 뒷문으로 빠져나가, 월소(月沼)라고 불리는 연못이 있는 곳으로 향했다. 그곳에서 멀지 않은 곳에 건양제의 집무실이 있다는 것을 난영은 모르고 있었다. 아주 살짝 아바마마의 얼굴만을 난영에게 보여 주고 싶었다. 만나지 못해서 생기는 그리움이 그녀에게 있으니, 얼굴이라도 보면 좋지 않을까 생각한 것이다.

아이의 영악한 생각도 잘 모르고 난영은 그녀가 이끄는 대로 걸음을 옮기면서 눈에 들어오는 풍광을 음미했다. 사방이 막힌 죽헌당에서 넓게 트인 공간으로 나오니, 왠지 모르게 숨이 쉬어지는 것 같았다. 계절도 그사이에 완연한 여름이 되어 조금만 걸어도 땀이 맺힌다. 처음에는 무겁던 발걸음도 운혜의 밝음에 전염이 되었는지 어느 틈엔가 점점 더 가벼워졌다.

"월소보다는 북호(北湖)가 더 볼만하지만, 거긴 다녀오기에 너무 머니까……. 하지만 월소의 수로들도 멋있어. 거기는 각 전각마다 수로를 따라 물이 흘러서 배를 타고 전각과 전각 사이로 이동할 수 있거든. 좀 더 더운 여름이 되면 황상께서는 물놀이를 하자고 하실 거야. 월소에서 북호까지 배를 타고 지나가면……."

재잘재잘 떠드는 운혜의 목소리에 귀를 기울이면서 가볍게 발걸음을 옮겼다. 멀찍이 보이는 전각들의 웅장한 모습에 새삼 감탄하고 있는데, 누군가가 가까이 다가오는 기척이 느껴졌다. 저도 모르게 긴장하면서 난영은 운혜의 곁에 바짝 붙었고, 운혜는 말을 멈추고 뒤를 돌아보았다.

"강 중장."

"이번에는 몰래 빠져나오신 것은 아니지요, 공주마마?"

세준은 그렇게 말을 하면서 난영과 운혜의 앞으로 다가왔다.

난영은 화급히 고개를 숙이고 두 사람의 방해가 되지 않도록 물러났다. 세준은 그녀의 차림새만을 보고 운혜를 모시는 나인이라 생각했기 때문에, 난영에게는 관심을 두지 않고 아이만을 똑바로 바라보면서 정중하게 말했다.

"이전에는 제가 성 상궁과 황상께 연이어 혼났단 말입니다."

투덜거리는 그의 말에 운혜는 눈을 똥그랗게 뜨면서 말했다.

"그랬나? 그럼 미안하게 되었군. 하지만 본 공주도 혼이 났으니 어차피 피장파장 아닌가?"

"……그런 점은 어쩜 그렇게 황상과 닮으셨습니까?"

세준과 운혜의 대화를 들으면서 난영은 살포시 미소를 지었다. 그녀에게는 항상 딱딱한 인상이었던 세준에게 이런 면이 있구나 싶었던 것이다. 그녀가 미소를 짓자, 그는 무심결에 그녀 쪽에 시선을 주었고 그 사실을 눈치챈 운혜는 짐짓 근엄한 어조로 물었다.

"그러는 중장은 지금 예서 뭘 하는 건가?"

"황상께서 부르셔서 잠시 왔을 따름입니다. 이제 퇴청할 생각입니다. 그러니 공주마마도 빨리 연윤궁으로 돌아가십시오. 너무 오랫동안 궁을 비우면 성 상궁이 걱정할 것입니다."

"걱정 말게. 나는 이만 가 보겠네."

불만스러운지 부풀리며 대꾸하면서 운혜는 몸을 돌렸고 난영도 조심조심 아이의 뒤를 따랐다. 세준은 잠시 그 자리에 서서 멀어지는 두 사람을 바라보다가 머릿속을 번개처럼 스치고 지나가는 생각에 저도 모르게 고개를 갸웃거렸다.

"설마……."

아닐 것이라고 생각했다. 운혜가 일부러 난영을 데리고 다닐 리는 없는 것이다. 얼마 전에 그렇게 울고불고 난리를 쳤는데 그 사이에 두 사람의 사이가 좋아졌다고는 상상할 만큼 세준은 상상력과 감성이 넘치는 편이 아니었다. 게다가 난영에게는 금족령이 내려져 있었다. 건양제의 명령이 없이 그녀가 죽헌당 바깥을 나갈 일은 없는 것이다.

"잘못 봤겠지."

그렇게 생각하면서 그는 걸음을 옮겼다. 하지만 잠시 후에 세준은 이 찜찜한 기분을 그대로 안고 갈 수 없다고 생각했다. 그대로 몸을 돌려 앞서가는 두 사람을 쫓았다.

"공주마마, 잠시 할 말이……."

"아이씨이……! 저, 돌대가리!"

세준이 쫓아오자 운혜는 몹시도 신경질적인 표정이 되었다. 잘 속여 넘겼나 했더니 난영은 그가 자신을 눈치챘다는 생각에 안색을 굳혔다. 그런 그녀에게 운혜는 단호한 어조로 말했다.

"예서 기다리게. 내 강 중장에게 단단히 이르겠네."

"공주마마, 굳이 그러실 필요가……."

난영이 뭐라고 하기 전에 운혜는 세준의 앞으로 쪼르르 달려가 그를 끌고 길가의 구석으로 사라졌다. 둘이서만 뭔가를 이야기를 하려는 모양이었다.

제자리에 서서 두 사람이 멀어지는 모습을 지켜보았다. 여러모로, 자신이 한심하게 느껴졌다. 필사적으로 그녀를 지키려고 노력하는 운혜를 보면서 아이에게 괜한 짓을 시키고 있는 것 같아서 마음이 무거웠다. 하지만 그것이 운혜가 자신에게 보이는 호의라는 것을 알기에, 난영은 하지 마라는 말은 차마 할 수 없었다.

타인의 호의를 솔직히 기뻐하며 받아들여도 된다. 그녀가 노력하고 있는 것을 자신이 거절함으로서 상처를 주고 싶지 않았다. 운혜가 자신에게 마음을 여는 일이 사실은 쉬운 것이 아니라는 것을 알기에 더욱 그랬다.

수로가 정비되어 있는 곳이기 때문에 바닥에도 돌이 깔려 있었다. 걸을 때마다 자박자박하는 발소리가 절로 들리는 길 위로 무수히 많은 인기척이 느껴졌다. 그 사실을 알아채자마자 난영은 서둘러 길가로 물러나 고개를 숙였다. 여기까지 오는 길에 운혜를 본 보통의 나인들이 그랬던 것처럼.

인기척은 점점 더 가까이 다가왔고, 난영은 흘끔 눈동자만을 굴려 지나가는 사람들을 훔쳐보았다. 인기척과 함께 달콤한 향기가 다가오고 양산을 들고 있는 나인과 진한 푸른색의 옷을 차려입은 상궁들, 그리고 줄줄이 그 뒤를 따르는 나인들이 한 사람의 여인을 호위하고 있었다. 난영은 그 여인이 류의의 후궁일 것이라고 짐작했다. 궁 안에서 이렇듯 당당한 위세를 가지고 걸음을 옮길 수 있는 여인은 그런 사람들 밖에 없는 것이다.

참으로 아름다운 여인이다.

무 귀비를 처음 본 순간 난영이 한 생각이었다. 경수제일미라고 하며 난영이 여태까지 본 사람 중에서 가장 아름다웠던 채연

화보다도 훨씬 더 아름답고 요염한 느낌의 여인이 점점 그녀의 앞으로 다가오고 있었다. 그녀는 당당히 고개를 들고 정면을 똑바로 보고 있었기 때문에 길가에 서서 머리를 조아리는 나인이나 내관에게는 눈길조차 주지 않았다. 난영의 곁도 무심히 스쳐 지나갈 뿐이었다.

하지만 난영은 무 귀비를 바라보기만 해도, 류의가 자신을 찾지 않은 이유를 이해할 수 있었다. 저리 아름다운 여인이 있는데, 자신 같은 사람을 류의가 굳이 계속 만날 이유는 없었다. 질투하는 감정조차 생길 수 없을 만큼 그와 잘 어울리는 여인이었다.

멀어지는 무 귀비의 일행을 빤히 바라보면서 그녀는 그녀 자신은 의미도 알 수 없는 깊은 한숨을 내쉬었다. 이것으로 되었다고, 더 이상은 생각하지 말자고 스스로에게 말하고 있는데, 후다닥 뛰는 듯한 발걸음 소리가 들려왔다. 이번에는 운혜가 돌아오는 것인가 싶어서 난영이 고개를 돌리자, 보자기를 싼 무언가를 담고 있는 쟁반을 든 내관 한 명이 바쁜 걸음으로 다가오고 있었다.

"어이, 거기 보게!"

그가 난영을 보자마자 그렇게 불렀지만, 그녀는 설마 자신을 부르는가 싶어서 아무런 대꾸도 하지 않았다. 하지만 달려오는 내관은 대답을 재촉하듯이 연신 그녀를 불렀다.

"거기 보게! 자네!"

"네?"

의아하다는 듯이 난영이 대꾸하자, 내관은 그녀의 앞에서 걸음을 멈추면서 말했다.

"잘됐구먼. 자네 지금 별일 없지?"

"예? 아…… 네."

갑작스러운 상황에 난영은 저도 모르게 그렇게 대답했다. 대답을 듣자마자 내관은 그녀에게 들고 있는 쟁반을 불쑥 내밀었다. 난영이 엉겁결에 그것을 받아들자, 그는 서둘러 지시하듯이 말했다.

"빨리 이것을 들고 귀비마마께 가 보게. 지금 지나가셨지?"

"예? 예."

"빨리 가 보게."

"하, 하지만 이것이 무엇이고 대체 무슨 일인지……."

상대방은 그녀를 한가한 나인으로밖에 보지 않은 듯싶었기에 난영은 일단 고분고분 질문을 해 보았다. 적어도 운혜가 올 때까지는 시간을 끌어 보아야 했다. 그럴 생각이었는데, 그녀의 질문을 받자마자 내관은 버럭 화를 내면서 말했다.

"당장 가 보라니까! 이건 귀비께서 황상께 올리시는 귀한 다과인데, 완성이 늦어 지금 이렇게 온 거라네. 늦으면 나중에 귀비께 경을 칠 게야. 나도 급한 일이 있어 빨리 내관부로 돌아가 봐야 하니 잘 부탁하이. 빨리 가 보라니까!"

"네? 저기, 공공!"

그녀에게 쟁반을 밀어붙이고서 내관은 서둘러 도망치듯이 온 길로 사라졌고, 난영은 어찌할 바를 몰라 그 자리에 서 있다가

별수 없이 걸음을 옮겼다. 이제는 희미하게 보이는 무 귀비의 일행을 쫓아가는 수밖에 없었다. 그들 중 아무 나인에게 이 물건을 건네고 나서 다시 이쪽으로 돌아와야겠다는 생각을 하면서 난영은 걸음을 빨리했다.

"대체 이게 어찌 된 일입니까?"

다가오는 운혜를 향해 세준이 굳은 어조로 묻자, 아이는 별다른 대꾸 없이 그의 옷자락을 잡아끌고 가까운 나무 뒤로 숨듯이 움직였다. 운혜에게 질질 끌려가면서도 세준은 연신 뒤를 돌아보았다. 난영은 길가에 서서 그런 두 사람을 바라보고 있었다. 걱정스러운 빛이 가득한 그녀의 얼굴은 이제는 확신할 수 있었다. 틀림없이 건양제가 애지중지했던 그 여인이다.

"공주마마!"

사람들의 눈에 보이지 않는 곳에 도착하자, 세준은 다시금 다그치듯이 운혜를 불렀다. 아이는 그의 재촉에 이맛살을 찌푸렸지만, 세준은 아랑곳하지 않고 그녀를 똑바로 바라보았다. 제대로 된 설명이 없으면 이대로 물러나지 않겠다는 강경한 의지가 보이는 시선이었다.

그런 시선에도 위축되지 않고 운혜는 딱 부러지는 어조로 입을 열었다.

"내가 데리고 나왔네."

"죽헌당 아씨를 말입니까? 그것이 지금 황명을 어기는 일이라는 것을 아시고서 하시는 행동이십니까? 황상께서 아시게 되면 무슨 불호령이 떨어질지…….”

“모르실 게야. 강 중장만 입을 다물면.”

“공주마마!”

“나, 귀 안 먹었네. 소리치지 말게. 누군가의 귀에 자네와 내 대화가 들어가게 된다면 그것이야말로 문제가 된다는 걸 모르는가?”

“……그, 그건.”

“하도 가엾어서 데리고 나온 거야. 잠시 바람만 쐬고 곧 돌아갈 걸세. 그러니 강 중장은 이만 입을 다무시게!”

운혜의 단호한 말에 승차는 눈을 동그랗게 뜨고 입을 다물었다. 아이의 말이 믿기지 않았기 때문이었다. 그 시선을 받고 운혜는 마음에 들지 않는다는 듯이 그를 똑바로 올려다보았다.

“왜 그런 눈으로 쳐다보는 겐가?”

“아뇨, 공주마마께서 그런 말씀을 하실 줄을 꿈에도 생각지 못했습니다. 죽헌당 아씨를 싫어하시는 것 아니었습니까?”

“싫어하지 않네.”

“싫다고 울고불고하셨던 때가 있었다는 것 알고 계십니까.”

“싫어하지 않네! 그때뿐이었어. 막상 만나서 보니 아바마마의 사랑도 기대하지 않고, 그저 새장에 갇힌 새처럼 지내는 사람이었네. 그런 사람을 어떻게 싫어하는가! 나를 그리 경우 없는 사람으로 몰아가지 말게!”

운혜가 그렇게 말하자, 세준은 고개를 갸웃거리다가 깊은 한숨을 내쉬었다. 경우 없는 사람으로 몰아간 적도 없고 자신은 들

은 대로 말했을 뿐이라는 말은 굳이 할 필요가 없을 듯싶었다. 씩씩거리면서 화를 내고 있는 운혜의 눈에 걱정이 담겨 있는 것을 보았기 때문에 더더욱, 잔소리를 필요 없을 듯싶었다. 그녀도 알고 있는 것이다. 자신이 할 일이 틀어지게 되면 무슨 일이 벌어질 것인지 쯤은.

"황명을 어기시는 일은 궁을 몰래 빠져나가시는 것과는 다른 문제입니다."

"알고 있네. 하지만 중장, 나는 그녀가 가엾어. 그래서 뭐라도 해 주고 싶었어……."

"가여워요?"

"중장이 죽헌당에 있는 그 사람을 봤었어야 했어. 그 좁은 뜰 안에서 한 발자국도 못 나가고 혼자서 그림이나 자수만 그리면서, 오지도 않는 아바마마를 기다린다는 말조차 제대로 못하는 사람이야. 나는 그게 참을 수 없어서……. 잠시만, 궁 안을 보여 주고 싶었던 것뿐이네."

"……후유, 공주마마께서 그리 말씀하시니 일단은 모르는 척 하겠습니다."

"고맙네."

세준의 대꾸에 안심이 되는지 운혜는 깊은 한숨을 내쉬면서 미소를 지었다. 그런 아이의 표정을 보면서 그는 덧붙이듯이 물었다.

"죽헌당 아씨가 마음에 드셨나 봅니다."

"응. 좋은 사람이야, 함께 있으면 마음이 편해."

"그런가요."

그런 비슷한 말을 이전에 다른 사람에게서 들었던 적이 있는 세준은, 이런 부분 때문에 난영이 황궁까지 오게 된 것이 아닌가 생각했다. 그가 보기에 별로 대단할 것이 없는 여인이어도 가까이 하면 사람을 끄는 구석이 있는 모양이었다.

"들키지 않도록 조심하시고, 빨리 돌아가시는 것이 좋을 겁니다. 요즘은 궁 안이 뒤숭숭하니까요. 게다가 이쪽 근처는 황상께서 자주 오시는 곳 아닙니까? 들키지 않겠다고 하시면서 대체 왜 이쪽으로 그분을 모시고 오신 겁니까?"

말을 하다가 뒤늦게 생각났기 때문에 세준은 운혜에게 그리 따져 물었다. 그의 말에 운혜는 딴청을 피우듯이 고개를 돌리다가, 우물거리며 입을 열었다.

"그거야……."

"그거야?"

"그 사람에게 먼발치에서라도 아바마마를 보여 주고 싶어서. 아바마마를 먼발치에서라도 보면, 그 사람이 가지고 있는 그리움이 가실까 싶어……. 많이 외로워 보였거든. 그 사람은 궁에서 혼자인데 아바마마께서는 너무 무심하시잖아."

"그러시면서 들키지 않게 하시겠다고요?"

"멀리서 숨어 볼 만한 곳이 어디인지는 내가 제일 잘 아는걸, 나도 가끔 하는 일이니까……."

"가끔 하셨습니까?"

"응, 어마마마가 돌아가신 뒤에 아바마마의 용안을 뵙기 힘들

어서…… 가끔…….”

우물쭈물거리면서 대답하는 운혜의 얼굴은 부끄러움에 새빨갛게 물들어 있었다. 자식이 부모를 보고 싶어 하는 것은 당연한 일이다. 세준은 그녀의 그런 면을 나무라고 싶지 않았다. 원경황후의 승하 이후, 부녀 사이가 소원해진 것은 그조차도 잘 알고 있었기 때문이었다.

나날이 황후와 닮아가는 연윤 공주를 건양제가 보기 힘들어 하기 때문에 그렇다고 사람들은 생각하고 있었다. 운혜 역시 그런 이야기를 들었기에, 그녀도 무리해서 건양제를 보고 싶다고 떼를 쓰지는 않았다. 하지만 그리움은 어쩔 수 없는 것이다. 운혜는 자신이 그런 만큼 난영도 그럴 것이라 여겼다.

“……공주마마, 황상께서는 지금 정사가 여러모로 바쁘셔서, 궁주님께도 죽헌당 아씨께도 조금은 소홀하신 것뿐입니다. 그런 것을 섭섭히 생각하시는 것은 아니지요?”

세준은 어떻게 해서든 건양제의 변명을 해 주고 싶었고, 운혜의 마음을 아프게 하고 싶지 않았다. 그의 말에 운혜는 고개를 끄덕이며 말했다.

“나도 알아, 그러니까 들키지 않게 얼굴만 살짝 보고 금방 돌아갈 걸세. 비밀, 지켜 줄 거지?”

“알겠습니다. 하지만 제가 두 분을 모셔도 괜찮겠습니까?”

“안 되네!”

“왜 그러십니까?”

“강 중장이 있으면 너무 눈에 띄어. 여태까지 우리 둘만 다녔어도 별문제가 없었네. 죽헌당은 얼굴이 알려지지 않았으니까. 나와 함께 다니면 연윤궁의 나인이라고만 생각할 거야. 그러니 걱정해 주는 것은 고맙네만, 괜한 참견이야."

운혜의 딱 부러지는 말에 세준은 굳이 더 이상 고집을 피우지는 않았다. 그녀의 말이 옳았다. 그가 있으면 더 눈길을 끌게 될지 모른다. 알았다고 대답하고, 그는 운혜와 함께 난영이 기다리고 있을 그곳으로 돌아갔다.

"어?"

하지만 난영의 모습은 어디에도 보이지 않았기에 운혜는 눈을 동그랗게 뜨고 두리번거렸다. 불안이 파도처럼 아이의 작은 가슴에 밀려들기 시작했다.

9. 본심(本心)

들고 있는 쟁반이 흔들리지 않도록 조심하면서 걸음을 빨리하는 일은 힘들었다. 특히 긴 치마가 다리에 걸리지 않도록 노력하며 걸음을 빨리 옮기는 일은 난영에게도 요령이 필요한 일이었다. 그녀는 류의와 함께하기 전까지는 이렇게까지 긴 옷은 입어본 적이 없었고, 게다가 지금은 남들의 눈에 띄지 않아야 한다는 생각에 움직임이 더욱 조심스러웠다.

"저기……."

간신히 귀비의 일행이 대기하고 있는 전각의 앞에 도착한 난영은 아무나 자신을 돌아보기를 바라면서 목소리를 낮춰 사람을 불렀다. 그녀에게 쟁반을 준 내관이 이것은 황상께 바치는 물건이라고 했으니, 류의가 이쪽에 있을 것은 자명한 일이었다. 그에게 들키지 않고 빨리 이 물건만을 전달한 뒤, 그녀는 돌아갈 생각이었다.

"왔는가?"

하지만 대답은 나인이 아닌 상궁이 했다. 난영은 마치 기다렸다는 듯이 자신을 향해 다가오는 그녀에게 쟁반을 들어 보이며 고개를 숙였다.

"황상께 올리실 것이라기에……."

"안 그래도 기다리고 있었네. 어여 따라오게."

"예?"

"빨리!"

재촉을 받아 얼떨결에 안으로 들어가면서 난영은 심장이 거세게 뛰는 것을 느꼈다. 이곳에 류의가 있다는 사실에, 그리고 그에게 들키니 말아야 한다는 사실에 긴장한 나머지 난영은 하마터면 치맛자락을 밟을 뻔했다. 하지만 아슬아슬하게 균형을 잡고, 그녀는 마음을 가다듬었다. 실수를 하는 것이 문제가 아니라 그 실수 때문에 그녀가 누군가의 눈에 띄는 것이 문제인 거다.

'괜찮아, 아무도 내 얼굴을 몰라. 빨리 이것만 놓고 나오면 될 거야.'

마음속으로 그렇게 생각하면서 그녀는 쿵쾅거리는 심장을 진정시키려고 했다. 주변의 눈치를 살피자, 다행스럽게도 노 상궁이나 우 내관은 없는 듯이 보였다. 가까이서 인사를 나누었던 그들만 아니라면 자신이 죽헌당에 들어온 사람이라는 것을 알아볼 사람은 아무도 없었다.

그래도 긴장감은 사라지지 않는다. 심장은 이미 멋대로 뛰었고, 등허리에는 식은땀이 고였다. 덜덜 떨리는 손을 들어 그녀를 안내한 상궁의 지시대로 탁상 위에 쟁반을 올려놓았다. 다과의 준비가 되어 있는 탁상은 두 사람 분의 다구가 놓여 있었다.

난영은 잠시 그 찻잔들을 바라보았다. 아름답고 우아한 찻잔과 다관(茶罐)의 모습을 바라보면서 그녀는 입술을 깨물었다. 류의와 귀비를 위해 준비된 다구들을 보자, 긴장한 마음속에 무언가 화악 당겨지는 기분이었다.

"거기서 뭘 그렇게 꾸물거리는 게냐? 일이 끝났으면 빨리 물러나거라."

재촉하는 상궁의 말에 난영은 고개를 숙이고 재빨리 뒤로 물러났다. 그때 갑자기 발 너머에서 류의의 목소리가 들려왔고, 난영은 저도 모르게 귀를 쫑긋 세웠다.

"……확실히 요즘은 많이 더워지긴 했지. 더 더워지면, 올해에는 서리궁(暑離宮)으로 갈 생각이야. 여름 한철 보내기 좋은 곳이니까."

걸음이 저절로 멈춰졌다. 발로 가려진 통로의 너머로 들려오는 그 목소리에 난영은 저도 모르게 귀를 기울였다. 이대로 나가야 한다고, 안쪽에서 무슨 일이 벌어지고 있든 자신은 아무것도 듣지 못한 척을 해야 한다고, 머리로는 생각을 하고 있었다. 하지만 다리는 그렇지 못했다. 마치 바닥에 아교를 붙인 것처럼 옴짝달싹하지 못하고 있는 난영에게 귀비를 모시는 상궁이 손짓했다.

"일이 끝났으면 어서 비키거라! 왜 이렇게 눈치가 없느냐?"

그 엄한 목소리에 정신이 들어 난영은 서둘러 구석으로 향했다. 바깥으로 나가는 통로 쪽으로 걸음을 옮기는 그녀의 귀에 류의가 귀비에게 하는 말이 들려왔다.

"……그러한가? 과연 귀비로군. 내 속을 그리 잘 안다니. 요즘 날이 더워 산사고가 먹고 싶기는 했지."

"시원하게 드시라고 얼음에 담가 두었지요. 마침 먹기 좋을 것입니다."

"감사의 의미로 귀비에게 뭔가를 해 주어야 할 것 같군. 자네 짐에게 뭔가 바라는 것이 있는 것이 아닌가?"

"어머나? 소첩은 그런 것이 아니오라 순수하게 폐하를 위하는 마음으로 이러는 것입니다. 그러니 맛있게 드셔 주세요."

그녀가 별로 들어 본 적이 없는 나긋나긋한 류의의 목소리와 간드러지는 애교가 가득한 여인의 목소리가 번갈아 들려왔다.

그 목소리에 가슴이 울컥거렸다. 왜 그러는지 이유도 모르는 채, 난영은 입술을 깨물었다. 한 가닥 남아 있는 이성이 그녀에게 더 이상 있어서는 안 된다고 속삭이면서 빨리 움직이라고 외쳤다. 아직까지는 괜찮았지만 계속 여기에 있다간 들킬지도 모른다. 그러기 전에 빨리 고개를 숙이고 얼굴이 보이지 않도록 조심스럽게 구석으로 숨었다.

들키지 않을 거야. 들키지 않을 거야. 마음속으로 중얼거리면

서 그녀는 발이 올라가는 모습을 흘끔거렸다. 용포의 소맷자락이 보였다가 사라졌다. 그가 나오려다가 다시 안쪽으로 사라졌다. 그리고 다음 순간 만족스러운 표정으로 나오는 귀비가 보였다.

"귀비, 잠시 기다리시게."

류의의 목소리가 들려왔기 때문에 난영은 저도 모르게 걸음을 멈췄다. 무의식적으로 고개를 들어 그녀를 바라보자, 아까와는 다른 화사하게 빛나는 표정의 여인과 눈이 마주쳤다. 그녀는 입가에 살포시 미소를 지으며 자신의 행복을 주변에 과시했다.

머리가 무겁다. 다리도 무겁다.

난영은 그렇게 생각했다. 무거운 가슴은 더 이상 내려갈 곳 없이 가라앉는 기분이었다. 난영은 더 이상 비참해지지 않기로 했다. 발이 다시 올라가기 전에 그녀는 그 자리에서 조심스럽게 나왔다. 들키지 않도록 기척을 죽이며 대전에서 물러나는데 눈가가 갑자기 뜨거워졌다.

"안 돼."

혼잣말을 중얼거리며 그녀는 눈에 힘을 주었다. 눈물 따위는 흘려서는 안 된다. 눈물이 필요한 순간이 아니었다. 눈가에 뭔가가 들어갔더라도, 지금은 눈물을 흘리고 싶지 않았다.

고인 눈물을 닦아 내고 비틀거리면서 걸음을 옮겼다. 대전을 드나드는 다른 사람의 눈길 따윈 신경 쓰지 않은 채, 그녀는 조금이라도 빨리 이곳에서 벗어나려고 노력했다. 간신히 문을 나서자, 누군가가 걱정스럽다는 듯이 앞으로 다가왔다.

"괜찮은가?"

그 여린 목소리의 아이에게 난영은 미소를 지어 보였다.

"아무렇지 않아요. 걱정하시 마세요, 공주마마."

눈이 빨간데도 그녀는 그렇게 대답했다. 그 모습에 운혜는 어른스럽게 더 이상 아무 말도 하지 않았다. 난영은 그의 뒤에 세준이 있는 것을 보면서 그에게 꾸벅 인사를 건넸다.

그들은 아마도 난영이 대전에 들어갔다 온 것을 안 모양이었다. 무사히 나왔다는 이야기는 들키지 않았다는 것과 동의어였기 때문에 운혜나 세준은 별다른 말은 하지 않았다.

붉어진 눈가를 손으로 문지르며 난영은 운혜에게 말했다.

"이제 돌아가야 할 것 같아요. 너무 오래 나왔어요."

"가시는 곳까지 모시겠습니다."

"우리가 싫다고 해도 강 중장은 따라올 거야. 쓸데없이 완고한 사람이니까."

재빨리 운혜가 콧잔등에 주름을 잡았다. 그 귀여운 표정을 보자 난영은 굳었던 마음이 조금은 풀리는 기분이었다. 지금은 그녀를 위해서라도 정신을 수습해야 난영은 그런 운혜에게 무의식적으로 손을 내밀다가, 지금 자신의 처지를 생각하고 그녀의 뒤에 한 걸음 물러나려고 했다. 하지만 운혜는 아무렇지 않게 난영의 손을 잡고 그녀와 나란히 걸음을 옮겼다.

수로가 길게 나 있는 길을 따라 걸으면서 난영은 끝이 보이지 않는 물길 너머를 말없이 응시했다. 끝이 보이지 않는다는 소리

는 넓다는 이야기이기도 했지만, 그곳 역시 궁 안이라는 말이기도 했다. 담벼락이 보이지 않아도 아무리 길을 따라 걸어도 바깥은 보이지 않았다.

걸음을 멈추고 저도 모르게 그 모습을 빤히 바라보고 있자, 운혜는 잠자코 그녀의 손을 끌고 가까이에 있는 정자에 앉았다. 수면에 스친 바람이 시원한 공기를 품고 두 사람의 머리카락을 쓰다듬고 지나갔다.

"여기서 잠깐 쉬었다 가세. 자네의 얼굴이 너무 나빠서 바람을 좀 더 쐬어야 할 것 같아."

자리에 앉아서 운혜가 그렇게 말하자, 난영은 군소리를 하지 않고 그녀의 손을 잡았다. 지금은 자신이 혼자가 아니라는 사실이 너무나 고마웠다.

"감사합니다, 공주마마."

난영의 복잡한 표정에 얽혀 있는 외로움을 보았기 때문에 세준은 굳이 그녀에게 돌아갈 것을 재촉하지 않았다. 대전에 들어갔다가 무사히 나왔으면 된 것이다. 난영의 얼굴을 아는 사람들은 황제의 측근 중의 측근들뿐으로 일반 대전 나인들은 옷차림만 보고 그녀에 대해서 잘 모를 것이다. 그랬기 때문에 별 소동이 없이 그녀가 대전에서 나올 수 있었던 것이고.

그가 오히려 더 신경이 쓰이는 것은 운혜가 난영의 손을 꼭 붙잡고 있는 것이다. 아이는 그녀를 무척이나 많이 걱정하고 있었다. 운혜가 난영에게 정을 많이 주고 있는 모습이 보여, 세준은 마냥 좋아할 수가 없었다. 저러다가 일이 잘못되기라도 한다면 결국 상처를 받는 사람은 운혜가 될 것이다.

엊그제의 일도 있었고 원경 황후가 승하했을 때, 혼자서 엉엉 울었던 운혜를 기억하고 있던 세준으로서는 다시 그런 일이 생기는 것은 사양하고 싶었다. 아이의 눈물을 달래 주는 것도 어렵고, 어떻게 위로해야 할지 모르기 때문이었다.

해가 길어지고 시원한 저녁 바람이 내려왔다. 바람은 수로의 물을 간질이듯 흔들고, 그에 따라 수련 잎은 가볍게 춤을 추었다.

난영은 그렇게 흔들리는 수련에 시선을 고정하고 인형처럼 앉아 있었다. 운혜 역시 아무 말도 없이 잠자코 그녀의 손을 잡고 있었다.

그때 난영이 발을 잘못 디뎌 긴 옷자락을 밟아 비틀거렸다.

"어……?"

놀란 그녀는 운혜의 팔을 놓으며 허우적거렸고 세준은 재빨리 그녀를 부축했다. 난영의 작은 몸은 그대로 그의 품으로 쓰러졌다. 그녀는 처음에는 놀라서, 다음에는 갑자기 설움이 몰려와 왈칵 눈물이 쏟아졌던 것이다. 그 모습을 보자 세준은 몹시도 당황한 표정으로 운혜와 난영을 번갈아 바라보았다.

그녀의 어깨가 가늘게 떨리고 있었다. 그의 팔을 잡고 있는 손에서 굳센 힘이 느껴졌다. 눈물 때문이 아니었다. 치밀어 오르는 눈물을 참으려고 가여울 정도로 노력하고 있는 것이다. 그녀의 자제력에 내심 감탄하면서 그는 표정을 굳혔다. 귓가에 숨을 삼키는 소리가 들려왔다.

"흑…… 흑……."

"괜찮은가?"

"예, 아무렇지…… 않습니다. 걱정 마세요."

운혜에게 걱정을 끼치고 싶지 않았기 때문에 난영은 눈물을 참으려 입술을 깨물면서 몸을 추스르려 했다. 계속 세준의 팔에 기대어 있을 수 없었다. 하지만 그녀가 너무나 서둘러 몸을 움직였기 때문에 다시금 옷자락이 다리를 휘감아 몸이 다시 비틀거렸다.

"헉! 죄, 죄송합니……."

"괜찮으십니까? 제가 부축하겠……."

세준은 걱정스러운 어조로 그리 말하며 난영의 붙들었다가, 갑자기 말을 끊으며 뒤를 돌아보았다. 운혜도 역시 깜짝 놀란 표정으로 세준의 등 뒤를 응시했다. 난영은 처음에는 무슨 일이 벌어진지 이해하지 못했지만, 눈 깜짝할 사이에 누군가가 자신의 팔을 낚아채는 것을 느끼며 비틀거렸다.

"이게 대체 무슨 꼴인가?"

류의의 서늘한 목소리가 귓가에 들려왔다. 난영의 심장은 그 순간 차갑게 얼어붙어 버렸다. 너무나 냉정한 시선이 그녀에게 다가왔던 것이다.

그에게 잡힌 팔에서 점점 감각이 없어졌지만, 그런 것을 생각할 틈이 없었다.

한겨울의 찬바람도 이토록 차지는 않을 것이리라. 운혜는 무심코 그리 생각했다. 창백한 얼굴의 난영을 손수 붙들고 서 있는 류의를 보면서 그녀는 저도 모르게 몸을 떨었다. 그녀가 알고 있는 아버지가 저리 차가운 표정을 짓고 있는 것은 처음 보았기 때문에 그녀는 처음으로 겁을 잔뜩 집어먹었다.

"황상! 신은……!"

건양제의 등장에 세준은 서둘러 무릎을 꿇으며 예를 갖췄지만, 내심 당황했다. 류의가 이토록 화를 내는 이유를 이해하지 못했기 때문이었다.

"죽헌당 아씨께서 발을 잘못 디디셔서 부축을 해 드리느라……."

"부축은 둘째치고, 어째서 이 사람이 밖에 나와 있는지 짐은 그것 역시 궁금하군. 이 일에 대해 할 말이 있는가, 강 중장?"

말을 자르는 류의의 어조는 심상치 않았다. 세준은 긴장으로 인해 굳은 얼굴로 고개를 숙였다. 어설프게 변명했다가는 죽도 밥도 되지 못할 것이라는 생각이 들었던 것이다.

"망극하옵니다, 황상. 모두 소신의 잘못……."

"아닙니다. 천첩의 잘못이옵니다. 강 중장님은 아무런 잘못이 없으십니다."

난영이 목소리를 쥐어짜내어 그리 말하자, 류의는 싸늘한 시선을 그녀에게 주었다.

"노 상궁."

"예, 황상."

"죽헌당을 모시게."

류의의 말이 떨어지자 나인 두 사람이 난영의 곁으로 다가와 그녀의 양팔을 잡았다. 난영은 그 자리에서 움직이려 하지 않으며 다시금 류의에게 말했다.

"황상, 모두 천첩의……."

"자네는 그 입을 다물게. 자네의 이야기는 나중에 들을 터이니."

냉정하게 대꾸하고서 류의는 세준과 그 옆에 선 운혜를 바라보았다. 그와 눈이 마주치자 운혜는 재빨리 앞으로 나왔다.

"아바마마를 뵈옵니다."

"운혜로구나. 그 동안 잘 지냈느냐? 내 그동안 정무에 바빠 너를 잘 보지 못했다. 못 본 사이에 키가 좀 더 컸구나."

난영과 세준을 대할 때 엄격하던 그의 목소리도 운혜에게는 부드러웠다. 마음이 복잡한 와중에도 난영은 류의가 운혜에게는 잘 대해 주는 것을 보며 안도했다. 그 동안 운혜가 어떤 마음으로 그를 그리워했는지 알고 있었기 때문이었다.

"아바마마께서도 기체후 일양 만강하시어 다행입니다. 오늘 일은 모두 소녀의 잘못이옵니다. 강 중장과 죽헌당을 나무라지 마십시오. 제가 죽헌당을 꾀어내었습니다."

애써 말하는 아이의 얼굴을 류의는 잠자코 바라보았다. 차가웠던 그의 눈길이 운혜를 바라볼 때는 조금 부드러워졌다. 그래서 아이는 더욱 용기를 냈다. 어머니가 돌아가셨을 때부터 류의는 운혜를 멀리했다. 그 때문에 그녀는 제법 의기소침해 있었지만, 지금 그를 보니 사람들이 말하는 대로 아버지가 자신을 일부러 멀리한 것은 아닐 거란 생각이 들었다. 그러니 잘 말하면, 이번 일은 그냥 넘어갈 것이다. 아이는 그리 희망을 품었다.

"공주가 죽헌당을 꾀어냈다고요?"

가느다란 여인의 목소리가 들려오자, 운혜는 냉큼 그쪽으로 고개를 돌렸다. 류의의 분노 때문에 정신이 없어서 몰랐지만, 그곳에는 무 귀비도 있었다. 그녀와 눈이 마주치자 운혜는 그다지 내키지는 않지만, 일단은 예의를 갖추었다.

"귀비마마를 뵈옵니다. 그동안 평강하시었는지요?"

"오랜만입니다, 공주. 그대의 활기찬 활동에 대한 이야기는 종종 듣고 있었지요."

"너무 활발해서 죄송합니다. 하지만 가만히 있지 못하는 것은 아바마마를 닮아서라는 이야기를 자주 듣습니다."

영악한 아이는 일부러 그렇게 말을 해 보았다. 혹여 꾸지람을 듣지 않을까 내심 걱정이 되었지만, 그만큼 억울한 기분도 있었다. 자신에게 이런저런 장난을 가르쳐 주었던 사람은 다름 아닌 류의였고, 어머니가 돌아가시기 전까지 그는 언제나 좋은 아버지였다. 하지만 지금은 잘 모르겠다는 생각에 아이는 입을 앙다물었다.

그때 아이의 머리 위로 류의의 손이 올라왔다. 가볍게 머리를 쓰다듬으면서 그는 부드러운 어조로 말했다.

"확실히 네 엉뚱한 점은 짐을 닮았지. 하지만 지나친 장난은

좋지 않다. 내가 알기론 지금은 오후의 경연이 있을 시간이 아니냐? 네 사부가 걱정할 것이다. 이제부터는 대학을 공부할 참인데 이리 수업을 빼먹어서야 어떻게 만백성의 본보기가 되겠느냐?"

"아바마마께서는 제가 어디까지 공부를 했는지 모두 아시고 계시는 것이옵니까?"

"아무렴, 하나뿐인 딸의 일인데 그걸 모르겠느냐. 네 아랫사람들을 어지간히 마음 졸이게 하거라. 장난도 지나쳐서는 안 된다."

그렇게 말하고서 류의는 미소를 지었다. 운혜가 항상 기억하는 자애로운 아버지의 얼굴이었다. 아이의 굳었던 마음은 빠르게 풀어졌다.

"요즘 네 학문의 정진 속도가 빠르다는 이야기를 승지에게 들었다. 궁 안팎이 뒤숭숭하여, 네가 공부에 소홀할까 걱정이었는데 다행이구나."

머리를 쓰다듬어 주는 아버지는 예전의 아버지와 다르지 않았다. 부드러운 손길도 걱정해 주는 어조도 예전과 같았기에 운혜는 안심할 수 있었다. 아버지가 변하신 것이 아니다. 그러니까 확실히 말씀을 드린다면 난영에게도 다정하게 대해 주실 것이다. 운혜는 그렇게 믿었다.

"열심히 공부하고 있습니다. 하지만 가끔은 갑갑하여 산책을 나가곤 하는 겁니다. 제가 그러다 보니, 언제나 집안에만 있는 죽헌당도 그런 것 같아서 오늘은 제가 꼬드겼습니다. 그러니 너무 나무라지 말아 주세요.”

“그건 걱정하지 마라. 아비가 알아서 할 터이니. 너는 네 할 일을 열심히 해야 한다.”

“네! 열심히 학업에 정진하도록 하겠습니다!”

운혜가 그렇게 말하자, 건양제는 자애로운 미소를 지었다. 그리고 다시금 아이의 머리를 흐트러질 정도로 쓰다듬고 나서 무릎을 꿇더니 운혜와 눈을 마주했다. 운혜는 그런 그의 모습을 보며 뭐라 말할 수 없이 기뻐했다. 그녀를 항상 사랑해 주던 아버지가 그곳에 있기 때문이었다.

그런 운혜의 얼굴에서 시선을 떼고 굳어 있는 난영을 흘끔 쳐다보며 류의는 아이에게 물었다.

“죽헌당이 네 마음에 들었나 보다. 잔정이 없는 네가 이리 따르는 것을 보니 짐의 마음도 안심이 된다. 좋은 사람이지?”

“예, 어마마마와는 다르지만, 좋은 분입니다.”

“나도 그렇게 생각한단다. 그렇지만 너무 죽헌당을 귀찮게 굴지 말거라. 요즘 듣자 하니, 네가 자주 찾아가고 있다는 이야기가 있더구나.”

그 말에 아이의 얼굴이 빨개지고 난영의 얼굴빛도 굳었다. 류의가 그런 것도 알고 있다는 사실에 놀라서 그녀의 심장이 쿵쿵하고 울렸다.

귀비가 비아냥거렸다.

“어머, 연윤 공주가 죽헌당을 자주 드나들 줄은 생각도 못했군요. 그럴 시간이 있다면 자선당에도 자주 왔으면 좋았을 것을

요. 이제나 저제나 공주를 기다리고 있었는데."

"귀비마마보다는 편히 지낼 수 있는 사람이니까 자주 만나러 간 것뿐입니다."

당돌한 운혜의 말에 귀비의 눈빛이 싸늘히 굳어졌다. 머리가 커 가면서 자신에게 점점 건방진 태도를 보이고 있는 운혜가 마음에 들지 않았던 것이다.

하지만 건양제의 앞이기 때문에 입을 다물고 일단은 지켜보고 있지만 조만간에 저 건방진 꼬마 계집을 가만두지 않겠다고 다짐했다. 그럴 자신도 있었다. 자신이 황후가 되고 원자를 생산하기만 한다면 모든 것이 끝나는 것이다. 저 꼬마도 그 옆의 초라하게 생긴 계집도, 사사건건 그녀에게 반대하는 조정의 신하들도 모두.

'저 계집이 죽헌당이라니……. 생각지도 못했군.'

다과가 끝난 후에 류의의 측근인 노 상궁의 움직임이 분주했던 것이 수상타 싶었더니 이런 일이 벌어졌다. 금위위가 달려가 연윤 공주를 다급히 찾는다는 말에 공주가 또 어디선가 말썽을 피웠나 싶었다. 하지만 막상 이곳에 와서 보니, 연윤 공주의 옆에 그녀를 비롯한 조정의 신료들을 골머리 아프게 만드는 바로 그 여인이 있었다.

그녀를 보자 무 귀비는 일이 어떻게 돌아가는 것인지 금방 눈치챌 수 있었다. 연윤 공주를 찾는다는 것은 핑계이고 류의는 일부러 저 여인을 보러 온 것이다. 게다가 왠지 처음 보는 것임에도 불구하고 그녀가 낯이 익는다고 생각이 들었다.

그래서 차근차근 죽헌당의 여인을 살펴보았다. 어디서 보았나 생각하다가 대전에서 잠시 보았던 그 나인이었다. 그 사실을 떠올리고 그녀는 기가 막혀 숨을 들이마셨다.

류의가 그녀를 황궁으로 데려온 뒤에 단 한 번도 찾지 않았다는 것은 이제는 새삼스러운 일도 아니었다. 한 달에 가까운 시간 동안 찾지 않는 여자가 특별할 리 없었던 것이다. 그는 우혜원에 다녀올 동안 내버려 두었던 일들을 처리하느라 바빠 보였고, 국경 근처에서 벌어지는 야인(野人)들의 난동에 대한 대책을 세우느라 골머리를 썩히고 있었기에 다른 여인을 또 가까이 하지 않았다.

그 때문에 귀비는 처음의 생각을 어느 틈엔가 바꾸었다. 생각했던 것보다 별것 아닌 여자일 것이라고. 궁에 데리고 오기는 왔으니 그의 변덕으로 인해 더 이상 흥미가 생기지 않는 모양이더라고 그렇게 여긴 것이다.

별것도 아닌 여인을 두고 조정이 들썩거리는 것 같아 마음이 불편했다. 하지만 그 생각은 지금부터 바꿔야 했다. 저 교활한 계집은 황제가 찾지 않자 이런 식으로 교묘하게 술책을 부려 그의 관심을 끌려고 하는 것이다.

'저 계집이 어떻게 폐하의 마음을 끌어서 입궁까지 하게 되었는지 궁금했었는데…… 꼴을 보아하니 알겠군. 이런 식으로 꼬리를 친다면 누구든 관심을 가질 수밖에 없을 게야.'

게다가 무 귀비의 기분을 더욱 상하게 하는 것은 난영이 자신이 생각했던 것보다 훨씬 더 평범해 보인다는 사실이었다.

원경 황후와 마찬가지로 자신과 비슷할 정도로 미모를 뽐내는 여자도 아니고, 몸매가 뛰어난 것도 아니었다. 피부도 검었고 사내아이같이 비쩍 말라 볼품없었다. 볼만한 구석은 하나도 없었다.

속으로 혀를 끌끌 차면서 귀비는 싸늘한 시선으로 난영을 노려보았다. 그러자 난영은 무언가를 느낀 듯이 고개를 들었다가 그녀와 눈이 마주치고 얼굴을 붉히면서 다시 고개를 숙였다. 황망하고 겁을 집어먹은 그 표정을 보자, 귀비의 눈빛이 굳어졌다. 저렇게 순진한 척 가장해도 자신의 눈은 속이지 못한다. 저런 가증스러운 면에 황제가 넘어간 것이다.

'요물 중의 요물이로다. 남자 후리는 술수만큼은 탄복하겠어.'

그런 생각을 하는 그녀의 귓가에 류의의 목소리가 들려왔다.

"귀비가 연윤 공주를 처소까지 데려다 주게."

"……네?"

잘못 들은 것이 아닌가 싶어 귀비는 당황스럽다는 표정으로 그를 바라보았다. 하지만 잘못 들은 것이 아니다. 그녀를 돌아보는 그는 부드러운 어조로 귀비에게 말했다.

"귀비가 돌아가시는 길에 연윤을 궁으로 데려다 주시게. 이대로 내버려 두면 연윤의 성격상 다른 길로 빠져나가 시중을 드는 다른 이들을 불안하게 만들 수 있으니까."

"아닙니다, 아바마마. 귀비마마를 귀찮게 할 수 없습니다. 그리고 연윤은 이제 다 커서 혼자서도 돌아갈 수 있습니다. 강 중장도 있고…….”

“운혜야 귀비와 함께 돌아가거라.”

건양제는 단호한 어조로 말했고, 운혜는 더 이상 항변할 수 없었다. 귀비의 일행에 끼어서 걸음을 옮기면서 그녀는 여전히 고개를 숙이고 있는 난영을 걱정스러운 듯이 바라보았다. 건양제가 그녀에게 다가가는 모습이 금위위 위사에 의해 가려질 때까지, 계속.

다른 사람들이 멀어지자, 난영은 류의가 자신을 돌아보는 것을 느꼈다. 하지만 그녀는 아무것도 느끼지 못하는 것처럼 옷자락만을 내려다보았다. 운혜의 앞에서는 한껏 좋은 아버지의 모습을 보였던 그였지만, 자신에게는 가차 없을 것이라는 사실을 그녀는 일찌감치 느끼고 있었다.

“강 중장.”

류의의 목소리가 다시 가라앉았다. 운혜의 앞이었기에 부드러웠던 분위기는 그 순간부터 다시 차가워졌다.

“예, 황상.”

“운혜의 말이 모두 사실인가?”

“모두 사실이옵니다. 추호도 황상께 불경한 마음은 없습니다.”

“그럼 당분간 자네는 집에서 근신하도록 하게.”

류의의 그 말에 난영은 당황하여 고개를 들었다. 세준은 아무런 잘못이 없었다. 그런데도 벌을 받는다니 말이 안 된다.

"황상, 강 중장님은 아무런 죄가 없습니다. 벌을 주시려면 천첩에게……."

"자네는 조용히 하게. 아직 짐의 말이 끝나지 않았으니."

"그럴 수 없습니다. 저 때문에 엉뚱한 분이 벌을 받으시는데……."

"그래, 자네 때문이야."

그녀를 돌아보면서 류의는 싸늘한 어조로 말했다. 그의 검은 눈동자는 그렇게 차가웠고 그녀는 거기에 압도되어 제대로 입을 열 수 없었다.

"자네를 그곳에 둔 것은 내 명이 있기 때문이야. 강 중장은 신하로서 내 명을 어겼네. 자네가 죽헌당을 나온 것을 모르는 척하고 묵인한 죄를 물어 근신을 명하는 것이니, 그리 알게."

"신, 금위위 중장 강세준! 폐하의 명을 받겠습니다."

"그만 물러가게."

류의의 명대로 세준이 떠나고 나자, 난영은 원망이 깃든 표정으로 그를 노려보았다.

"그럼 폐하의 명을 어겼으니, 천첩도 함께 벌해 주십시오."

그 말에 그는 그녀의 앞으로 가까이 다가왔다. 난영이 이렇게 고집을 세우는 것은 처음이었다. 그를 이렇게나 똑바로 바라보는 일도. 류의는 새삼스럽게 그 사실을 깨닫고서 그것이 세준을 감싸주기 위한 행동이라는 생각에 더욱 분노했다.

"자네보다 먼저 죽헌당의 나인들이 벌을 받을 것이니 너무 걱정하지 말게."

"황상, 그건……."

"자네를 제대로 감시하지 못한 것은 그들 역시 마찬가지니 말이야. 노 상궁, 이 이를 내 침전으로 데리고 가게."

"폐하의 침전으로 말입니까?"

노 상궁이 확인하듯이 묻자, 류의는 당연하다는 듯이 고개를 끄덕이곤, 돌아서서 대전으로 돌아가 버렸다. 뒤도 돌아보지 않는 그를 난영은 힘없는 시선으로 바라보았다. 금방이라도 울 것 같이 겁에 질려 있었음에도 그녀는 울지 않았다. 그래서 노 상궁은 저도 모르게 그녀에게 손을 내밀어 그녀를 부축해 일으켰다.

"그리고 죽헌당의 나인들도 엄중히 그 죄를 묻도록 하게."

"알겠사옵니다."

노 상궁의 무미건조한 대답을 듣고 나서 류의는 뒤도 돌아보지 않고 대전을 향해 걸음을 옮겼다. 난영은 그 자리에 서서 금방이라도 울 것 같은 얼굴로 그 모습을 바라보았다. 모든 것이 자신의 탓인 것만 같아서 견딜 수 없는 기분이었다.

황제의 침전은 넓었다. 그 넓은 방의 한가운데 앉아서 난영은 해가 지고 달이 뜨는 것을 숨죽여 가만히 지켜보았다. 지쳐서 피곤했지만, 그가 언제 돌아올 것인지 알 수 없기에 자리에 누울 수도 없었다.

주홍으로 물들었던 하늘이 검게 변하고 별들이 하나씩 반짝이기 시작했다. 어둠처럼 무거운 정적이 내려올 때쯤, 노 상궁이 등불을 키려고 방으로 들어왔다.

난영은 침상 위에 인형처럼 앉아 있었다. 사람이 들어오는 기척에 고개를 들었다가 들어온 사람을 확인하고 무심하게 시선을 돌렸다.

"등불을 켜겠습니다."

대답은 들리지 않았다.

노란 불빛이 실내를 밝혔지만, 난영의 마음까지 밝혀 주지는 못했다. 혼자서 조용히 타오르며 살짝살짝 흔들리는 불빛을 바라보았다. 기다리다 지쳐 무거운 몸을 눕히고 싶었지만, 그럴 수 없었다. 이곳은 그녀가 있을 곳이 아니고, 자신이 편히 쉴 수 있는 곳도 아니었다. 난영은 다시 한숨을 내쉬다가 누군가가 들어오는 기척에 고개를 들었다.

장지문이 소리 없이 열리고 류의가 들어왔다. 자시(子時)를 알리는 종소리를 들었던 것이 한참 전이었으니 지금은 축시(丑時)에 더 가까울 것이었다. 낮부터 지금까지 옴짝달싹하지 않고 의자에 앉아 있었기에 난영의 온몸은 뻣뻣하게 굳어 있었다. 그래서 그가 다가올 때까지 의자에서 제대로 일어나지 못하고 꼼지락거렸다.

류의는 그런 그녀의 어깨를 가볍게 내리누르며 곁에 앉더니 탁자에 팔꿈치를 기댔다. 그녀를 빤히 응시하는 그의 눈길을 외면하면서 그녀는 고개를 돌렸다.

불편한 기척을 가진 침묵이 두 사람 사이에 흘렀다. 하지만 어느 누구도 선불리 입을 열지 않았다. 난영은 더 이상 그에게 할 말이 없었다. 어차피 자신이 무슨 말을 하더라도 그가 들어주지 않을 것이 분명했기 때문이었다. 류의는 그런 그녀의 입술이 말라서 갈라져 있는 것을 보고 소리쳤다.

"밖에 아무도 없느냐."

"예, 폐하."

"꿀물을 가지고 오거라."

잠시 후에 나인이 탁자 위에 놓은 대접을 난영은 멀뚱히 쳐다보기만 했다. 자신이 마실 것이라는 생각은 들지 않았다. 그녀는 너무 지쳤고, 긴장으로 인해 심장은 터질 것처럼 뛰고 있었다. 그녀가 움직일 생각을 하지 않자, 류의는 그녀에게 손수 대접을 내밀었다.

"마셔라."

그 말에 기계적으로 드는 그녀의 손이 덜덜 떨리고 있었다. 온몸의 근육들이 마음과 달리 멋대로 움직이는 것 같았다. 난영의 그런 모습을 보고 류의는 가볍게 한숨을 내쉬더니 자리에서 일어나 그녀의 앞으로 다가왔다.

"앗!"

그의 커다란 손이 그녀의 턱을 거칠게 움켜쥐었다. 그대로 그녀가 어떤 저항도 하기 전에 그는 강제로 난영의 입술을 열고서 자신의 입으로 그녀가 꿀물을 삼키게 만들었다.

"흡……!"

숨이 막혀 발버둥치는 그녀의 저항에도 아랑곳하지 않고 남자의 뱀 같은 혀는 그녀의 입안을 쓸고 지나갔다. 입술이 떨어지자, 난영은 숨을 고르면서 입가에 흘러내린 물기를 닦아 내는 류의의 손길에 몸서리를 쳤다.

한 번, 두 번, 계속되는 지독한 입맞춤이 끝나자, 그녀는 기침을 터트리며 몸을 움츠렸다. 왈칵 눈물이 고인 얼굴을 손으로 가리면서 숨을 고르는 그녀의 모습을 그는 잠자코 바라보았다. 냉정한 그 시선에 난영은 문득 소름이 끼쳤다.

그가 이토록 상처받았다는 듯이 행동하는 이유를 그녀는 이해하지 못했다. 오히려 따져 물어봐야 할 사람은 자신이었다. 어째서 죽헌당을 나갈 수 없었는지, 어째서 오늘 이렇게 화를 내는지.

"연 상궁님과 린랑은 어찌 되었습니까?"

"모두 하옥되었다. 당연한 일 아닌가?"

"황상의 명을 어겨 벌을 주시려면 저에게만 죄를 물으시지요. 왜 아무런 죄도 없는 다른 분들까지 벌하시는 건가요?"

"그들은 천자의 명을 어겼으니 당연히 벌을 받아야지. 같은 말을 두 번하게 하지 말라."

"그럼 천첩도 옥에 가둬 주세요. 폐하의 명을 어긴 사람은 다름 아닌 천첩이옵니다."

난영이 목소리를 높여 말하자, 류의의 눈에서 불꽃이 튀었다. 그의 손이 그녀의 멱살을 잡았다. 닿을 듯이 가까이 다가온 그 시선을 그녀는 피하지 않았다. 최악을 각오하고 있기에 무서울 것이 아무것도 없었다. 물러서지 않는 난영의 태도가 의외였는지 그는 그저 그녀를 잡아먹을 듯이 노려보았다.

"벌을 받기 원한다면 원하는 대로 해 주지."

그 목소리가 위험하게 다가와 그녀의 온몸을 꽁꽁 묶어 버리는 듯했다. 본능적으로 난영은 그를 밀어내려고 했다. 하지만 그녀의 저항에도 아랑곳하지 않고 류의는 난영의 작을 몸을 가차 없이 다루었다.

작은 비명을 지르면서 버둥거리는 양팔을 그는 가볍게 제압해 뒤로 꺾어 버렸다. 그 거친 동작에 그녀는 작게 비명을 질렀지만, 그는 손목을 잡고 있는 손에서 힘을 빼지 않고서 그녀 쪽으로 고개를 숙였다.

입술이 맞닿을 정도로 가까워졌다. 뜨거운 숨결이 그녀의 뺨을 타고 흘러내려 벌어진 옷깃에 닿았다. 입맞춤을 거부하려고 그녀는 고개를 숙였다. 그러자 그 입술은 뺨에 닿아 목덜미로 미끄러졌다. 그 느낌에 난영은 있는 힘껏 저항했지만, 그 저항은 아무런 소용이 없었다. 그는 저항하는 그녀를 번쩍 들어 올려 벽으로 밀쳤다. 등허리가 눌리는 느낌에 난영의 숨이 한순간 막혀 오고 그 반동으로 입이 열렸다. 그러자 그는 그대로 그녀의 턱을 들어 올려 그녀 입술을 빨고, 혀끝으로 여린 입안을 휘저었다.

"하악…… 하!"

숨을 제대로 쉬지 못해 거칠게 들이쉬는 그녀를 배려하지 않고서 그는 자신의 욕심껏 그녀의 입술을 탐닉했다. 난영은 있는 힘껏 그의 어깨를 밀었지만, 건장한 남자의 몸은 전혀 움직이지 않았다. 오히려 야릇한 비웃음만이 그의 입가에 떠올랐을 뿐이었다.

마치 저항을 해 볼 수 있다면 해 보라는 듯 도발하는 그의 태도에 난영은 머리끝까지 화가 났다. 저항할 거다. 계속 싫다고 하겠다고 그녀는 마음먹었다.

"그만…… 싫다니까……요! 품에 안을 여인이 필요하시다면 귀비마마께 가세요!"

그 말에 류의의 손길이 한순간 멈추었다. 그는 딱딱하게 굳은 표정으로 그녀의 얼굴을 빤히 쳐다보았다. 마치 그 말의 진의를 살피는 듯한 그 시선에 난영은 이를 앙다물었다.

"천첩은 폐하의 명을 거역한 죄인이니, 황상을 모실 수 없습니다. 귀비마마께 가세요. 저는 더 이상 싫습니다!"

소리치고 나자 개운한 기분이었다. 무엇보다도 신경 쓰였던 것은 죽헌당에 갇힌 듯이 지내는 것이 아니었다. 귀비와 다정한 모습으로 있던 류의의 모습이었다. 그것이 그녀를 더욱 서럽게 만들었다. 어차피 그에게 여인이란 발로 치일 정도로 많았고, 내키는 대로 품에 안을 수 있었다. 그러니 이제 자신을 그만 내버려 두기를 바랐다. 이런 식의 희망고문은 원하지 않았다.

"귀비에게 가라고?"

류의가 그렇게 묻자 난영은 눈물이 그르렁거리는 얼굴로 고개를 끄덕였다. 그런 그녀의 대답에 류의는 오히려 이를 갈았다. 싸늘하게 굳어지는 그의 표정을 본 순간, 난영은 무언가 잘못되었다는 사실을 깨달았다.

"그런 말을 했단 말이지……."

류의의 입가에 잔혹한 미소가 걸리더니 그녀의 손목을 부러뜨릴 듯이 세차게 잡아 올렸다. 그의 커다란 손아귀에 잡힌 양 손목을 빼내려고 그녀가 버둥거렸지만 끄떡도 하지 않았다. 오히려 그렇게 그녀를 옴짝달싹하지 못하게 하고서 그녀의 목선을 입술로 훑어 내려가면서 혀끝으로 얇고 예민한 그녀의 피부를 건들었다. 목덜미와 쇄골 분위는 난영이 애무를 민감하게 받아들이는 곳이었다.

"싫어…… 앗!"

그의 쇄골에 이른 그의 입술이 피부를 깨물며 세차게 빨자, 그녀는 숨을 삼키면서 한 손으로 입을 막았다. 이곳이 문가에 가까운 벽이고, 멀지 않은 곳에 여관들이 부복해 있다는 것을 난영은 뒤늦게 깨달은 것이다. 류의는 그런 그녀의 행동을 무시하면서 그녀의 치맛자락을 귀찮다는 듯이 들어 올렸다. 그의 거친 손길에 치맛자락이 찢어지는 소리가 들려왔다.

살집이 풍부한 엉덩이를 움켜쥐면서 류의는 그녀의 가슴을 베어 물었다. 유두를 혀끝으로 어르듯이 희롱하면서 깨물자, 그녀는 마치 작살이라도 맞은 것처럼 바르르 떨며 신음했고, 그 신음성을 참기 위해 안간힘을 썼다.

아무리 그녀가 버티려고 해도, 류의의 손길은 집요하게 그녀의 연약하고 예민한 곳들을 자극했다. 그는 그녀의 온몸을 구석구석, 어떻게 하면 그녀가 쾌감을 느낄 수 있는지 잘 알고 있었다.

오랜만의 정사였고 오랜만의 애무였다. 그런 탓에 몸은 더욱더 예민하게 그의 손길을 받아들인다. 참으려고 해도 입술 사이에서 신음성이 흘렀고, 너무나 억울한 나머지 그녀는 눈가에 눈물이 고였다.

다리가 바닥에서 들어 올려지자 난영은 당황한 나머지 버둥거리다가 류의의 어깨에 손을 올리며 몸을 기댔다. 그러자 그는 기다렸다는 듯이 아직 제대로 젖어 있지 않은 그녀의 몸 안으로 파고들었다.

흥분한 그의 양물이 예민하고 여린 피부에 느껴지자, 그녀의 몸은 긴장으로 움츠러들었다. 오랜만에 남자를 받아들이는 그녀의 여린 샘은 아직도 충분히 풀어지지 않았고, 오히려 고통스러웠다.

난영은 그를 밀어내려 안간힘을 쓰며 바르작거렸지만 아무런 소용이 없었다. 그는 오히려 그런 그녀의 저항을 즐기는 듯이 보였다. 류의는 이전보다 더욱 거친 애무로 그녀의 정신을 혼미하게 만들었고, 쾌락에 젖은 신음성을 자아냈다.

그가 그녀의 다리를 잡고 자신의 허리에 감았다. 그러자 그의 몸이 더욱더 깊이 들어와 그녀의 안쪽 여린 곳에 도달했다. 난영은 그가 욕망이 어린 신음성을 내뱉는 것을 느끼면서 얼굴을 찡그렸다. 이대로 아무것도 느끼지 못하면 좋겠건만, 쾌감에 익숙해져 달아오르는 자신이 너무나 원망스러웠다.

아픔과 쾌감, 수치와 분노가 뒤범벅되어 난영은 저도 모르게 손톱을 세우고 그의 등허리를 긁어내렸다. 그가 자신을 밀어내고 이대로 바닥에 떨어진다고 해도 괜찮다는 생각에 한 짓이었지만, 오히려 그를 자극한 것인지 그의 움직임이 점점 더 거칠어졌다.

"하아……!"

머리끝부터 발끝까지 자극하는 그의 애무에 난영의 몸이 맥없이 기울어졌다. 그녀는 절정에 달해 온몸의 기력이 소진되었지만, 그는 그렇지 않은 듯했다. 그대로 늘어지는 그녀의 몸을 안아 들더니 침상 위에 조심스럽게 눕히고 다시금 탐닉하기 시작했다.

그렇게 머리부터 발끝까지 그의 손길과 입술이 닿지 않은 곳이 없었다. 몇 번이고 그녀는 절정에 도달했고, 열에 들뜬 것처럼 싫다고 중얼거리며 저항했다.

류의는 집요하게 움직였다. 손가락 하나 까딱할 수 없었던 난영의 몸은 그의 거친 행위에 의해 요동을 치기 시작했다. 그녀는 마지막까지 그를 밀어내려고 버둥거렸지만 아무런 소용이 없었다. 이윽고 그가 그녀의 안에 자신을 쏟아 내는 것을 느꼈을 때에, 그녀는 눈에서 눈물을 흘리며 고개를 돌렸다.

그가 꼴도 보기 싫었다. 그럼에도 불구하고 그를 완전히 싫어할 수 없는 자기 자신이 너무나 비참하게 느껴졌다.

"이게 내가 자네에게 내리는 벌이야."

낮고 탁한 목소리로 그는 그렇게 속삭였다.

"자네는 절대로 짐 이외의 다른 이를 만나서 안 돼. 생각해서도 안 돼. 나만을 생각해야 해."

멀어지는 의식 속에서 들리는 그 목소리에 난영은 설움을 느꼈다. 그가 자신에게 집착하는 이유도, 그 마음도 알고 싶지 않았다. 한없이 서럽고 서러울 뿐이어서 다른 무엇도 생각하고 싶지 않았다.

10.
물 위의 그림자

잠결에 누군가가 가슴을 더듬는 것을 느끼고, 난영은 눈을 떴다. 한순간 온몸에 소름이 돋아 신경질적인 신음을 흘리며 몸을 움츠리자, 등 뒤에 있는 남자가 그녀의 몸을 자신 쪽으로 끌어당기며 달래듯이 말했다.

"좀 더 자."

그 말에 그녀는 다시 눈을 감았다. 등허리를 감싸는 타인의 체온이 싫었지만 밤새 시달린 탓에 그를 밀어낼 기운도 없었기에 가만히 있을 수밖에 없었다. 그는 더 이상 그녀의 몸을 탐하지 않았다.

겹쳐진 몸을 통해서 상대방의 체온과 심장 소리가 들렸다. 첫 향은 쌉싸래하지만 맡으면 맡을수록 부드러워지는 침향의 향기가 마음을 차분하게 만들어 주는 것 같았다.

색색 고른 숨을 내쉬면서 난영이 잠들자 류의는 잠든 그녀의 얼굴을 빤히 들여다보았다. 눈가가 붉고 울어서 부어 있었다. 입술도 하도 깨물어 갈라져 있고 목덜미며 귓불에는 그가 깨물고 빤 흔적들이 가득했다.

그 흔적들을 손끝으로 조심스럽게 쓰다듬었다. 보드라운 솜털이 손끝에 걸리고 매끈매끈한 피부의 감촉이 느껴졌다. 간지러운지 난영의 눈가에 자그마한 주름이 잡혔다. 찡그린 미간을 꾸욱 누르자, 잠시 잠깐 펴지긴 했다. 그것도 잠시뿐, 난영은 이내 다시 찡그린 얼굴이 되어 베개에 뺨을 파묻었다. 조금이라도 그에게서 떨어지려는 듯이 베게의 끝으로 고개를 기울이는 그녀를 보면서 류의는 입가에 씁쓸한 미소를 지었다.

어제 자신의 앞에 거짓말처럼 나타난 난영의 모습이 얼마나 반가웠던지, 차마 말로 표현할 수 없었다. 보지 않았을 때에는, 의도적으로 그녀에 대해서 생각하지 않으려 했을 때에는 억눌렀던 감정들이었다. 하지만 그녀를 본 순간, 자신이 그녀를 계속해서 그리워했다는 것을 깨달았다. 일을 핑계를 대고 멀리했던 것이 어리석은 짓이라는 것도.

약간의 거리를 두고 그사이에 시끄러운 주변을 정리하고, 우혜원에 내려가기 전에 생각했던 모든 것을 정리할 시간은 충분하다고 생각했다. 그렇지 않으면 난영이 황궁에서 편히 지낼 수 없을 것이라는, 그런 마음도 있었다. 그렇게 모든 것을 능숙하게 조절했다고 생각했지만, 단 한 가지 조절하지 못한 것이 있었다. 마음은 마음대로 되지 않는다.

발 너머 그녀가 있다는 사실을 깨닫고 그는 그 자리에서 움직일 수 없었다. 옆에서 무 귀비가 무어라 하는지 제대로 들리지 않을 정도로 그녀 이외에는 아무도 보이지 않고 아무 말도 들리지 않았다.

그래서 난영을 찾으러 나와 세준과 함께 있는 그녀를 보자, 눈이 뒤집혔다. 분노로 잠식되던 이성을 간신히 붙들 수 있었던 것은 운혜 때문이었다. 아주 오랜만에 보는 그 아이가 눈을 동그랗게 뜨고 있는 것을 보자, 그 자리에서 화를 낼 수는 없었다.

게다가 더 놀라운 것은 운혜가 난영을 감쌌다는 것이었다. 그렇지 않아도 그 아이가 죽헌당을 몰래 드나들고 있다는 이야기는 들어 알고 있었다. 하지만 이렇게까지 사이가 좋을 줄은 생각도 하지 못했다. 운혜는 공주라는 신분과 더불어 고집이 세고 좋고 싫음이 분명한 성격이기에, 웬만한 사람들은 쉽사리 다가가기 어려운 아이었다. 그런 아이가 난영을 끼고 있는 모습을 보자, 갑자기 가슴이 울컥하는 기분이 들었다.

죽헌당에서 일하는 나인들 모두가 합심하여 그런 사실들을 숨겼다는 보고를 듣고서 어떤 표정을 지어야 할지 난감한 기분이었다. 그렇게 긴 시간도 아니었고, 자신이 그녀를 방치해 두었는데도 사람들이 그녀에게 마음을 열고 여러 가지로 신경 쓰는 것이 신기하게 보였다. 다른 한편으로는 조금 불만스러웠다. 자신이 없어도 잘 지내는 듯이 보였기 때문이었다.

아침의 햇빛이 방 안으로 들어오자, 음영이 더욱 뚜렷해진 난

영의 얼굴을 류의는 말없이 바라보았다. 이전에 보았을 때보다 뺨에는 살이 올랐고, 피부는 뽀얗게 변해 있었다. 가무잡잡했던 예전도 좋아했기 때문에 지금은 좀 아쉽기도 했다. 그때는 좀 더 생기가 있어 보였던 것이다.

가느다란 목덜미에서 좀 더 시선을 내려서 움푹 파인 쇄골을 지나 이제는 제법 모양을 잡기 시작한 가슴을 바라보았다. 이전에는 있으나 마나한 것처럼 납작하던 가슴이었다. 전체적인 몸의 선이 완연한 여인의 티를 내고 있었다. 맨 처음 보았을 때는 아직도 소년처럼 느껴질 정도로 굴곡이 없었는데.

그러나 농염하고 풍만한 다른 여인들에 비하면 난영의 몸은 아직도 덜 무르익었다. 자신이 그동안 품에 안았던 여인들과 비교해 봐도 그녀는 특별히 빈약한 편이었다. 그럼에도 불구하고 그녀에게는 한없이 그의 욕구를 자극하는 무언가가 있었다. 육체적인 매력이나, 능숙한 잠자리 기술과는 다른 무언가가.

잠든 그녀의 무방비한 얼굴을 빤히 들여다보았다. 살짝 벌린 분홍빛 도톰한 입술 사이로 하얀 이가 보였다. 그는 충동적으로 그 입술에 입을 맞췄다.

그 때문에 숨이 막히는지 난영이 놀란 표정으로 눈을 뜨고 자신을 덮치는 그를 밀어내려 했다. 하지만 류의는 그 저항을 간단히 무시하면서 준비도 되지 않은 그녀의 안으로 파고들었다. 곁에 있게만 해도, 바라만 보아도 그녀는 그를 달아오르게 만들었고 끝없이 탐닉하게 만들었다. 아주 작은 움직임에도 그는 몸이 달아 견딜 수 없는 기분이었다.

바르작거리며 그를 밀어내려던 난영은 결국 체념하듯이 움직임을 멈췄다. 점점 거칠어지는 그의 행위에 숨을 참으며 신음을 삼키고 눈을 꼬옥 감으며 아무것도 보지 않으려 했다. 할 수만 있다면 귀도 닫고 싶을 것이다.

마침내 그녀의 안에서 절정을 맞이한 그는 그녀의 얼굴을 양손으로 감싸 쥐었다. 그의 손안에 가득 들어온 거친 숨을 몰아쉬면서 그를 똑바로 올려다보았다.

"이제 됐나요?"

지친 듯 그에게 묻는 그녀에게 그는 나지막한 목소리로 대답했다.

"지금은."

'지금은' 이라는 말에 난영의 이맛살이 찌푸려졌다. 하지만 더 이상 아무 말도 하지 않고 그녀는 지친 듯이 눈을 감았다. 따지고 드는 일이 무의미하다는 것을 새삼 깨달았다는 듯이.

류의가 그녀의 몸 안에서 나가는 것이 느껴지자, 그녀는 저도 모르게 몸을 움찔거렸다. 그가 웃는 소리가 들리자, 난영은 눈을 꼬옥 감고 다시 잠을 청했다. 자고 싶었다. 깊이 자고 일어나면 아무 일도 일어나지 않을 것이라고 생각했다.

물론 그런 일은 벌어지지 않겠지만, 기대조차하지 않으면서도 그녀는 그렇게 바랐다.

난영이 침상에서 일어난 것은 침전인 양심전에 온 뒤 나흘째 되는 날이었다. 류의가 새벽 일찍 나간 것을 확인하고서 난영은 오전 중에 일어났다. 무겁고 둔통이 아릿아릿하게 이는 몸을 욕탕에 담그고 나오자 옷을 갈아입는 것을 시중드는 사람은 류의의 지밀상궁인 노 상궁이었다. 단장을 끝내고 나서 난영은 모습이 보이지 않는 류의보다 먼저 죽헌당 사람들의 안부를 물었다.

"모두 근신 중이십니다. 폐하의 명을 어긴 죄로요."

"근신 중이시라면……."

"사가로 내려가셨지요. 보름 정도 후에 다시 돌아오실 것입니다."

"다른 벌은 받지 않으셨나요?"

"아니요."

담담한 노 상궁의 말에 안심하면서도 난영은 노 상궁에게 다시 물었다.

"혹시 제 동무의 안부를 알 수 있을까요? 저와 함께 입궁했는데……."

"여 나인이라면 연 상궁님이 데리고 가셨습니다. 아씨가 너무 걱정하지 않으셨으면 한다는 말을 전해 달라고 했지요."

"정말로요?"

"예, 제가 엊그제 저녁에 직접 만나 이야기했습니다."

노 상궁의 담담한 말에 난영은 안도하면서 그녀에게 고맙다고 말했다. 그래도 자신 때문에 그 사람들이 괜히 혼났다는 생각에 마음이 무거웠다.

"당분간은 죽헌당에 돌아갈 수 없겠죠."

"제가 황상께 이곳에서 아씨를 모시라 명을 받았습니다. 불편이 없도록 최선을 다할 터이니 걱정하지 마십시오."

"그런 말이 아니에요……. 단지……."

말을 어물어물하면서 쉽사리 하지 못하는 난영을 연 상궁은 말없이 바라보았다. 그리고 담담하게 말했다.

"자신을 탓하실 필요 없습니다. 아씨를 죽헌당에서 내보내겠다고 생각하신 순간부터 연 상궁께서도 그 정도는 각오하셨으니까요. 생각했던 것보다 벌은 크지 않으셔서 저희들은 다행이라고 생각하고 있습니다. 정히 마음에 걸리시다면, 앞으로는 행동 하나하나에도 주의를 부탁드립니다. 웃전께서 잘못을 하시면 벌을 받는 사람들은 아랫사람들뿐입니다. 특히 아씨같이 폐하의 총애를 받는 분은 함부로 할 수 없습니다."

총애를 받는다는 말이 어쩐지 거짓말 같았다. 자신이 그의 마음에 들었나? 들긴 들었을지도 모른다. 그가 했던 말을 곱씹어보면 그런 것 같았다. 하지만 대체 자신의 어떤 면을 그가 마음에 들어 했는지 스스로도 몰랐다. 그랬기에 난영은 스스로에게 자신이 없었다.

"폐하께서는 이제부터 저를 어찌하시려는 걸까요?"

저도 모르게 한탄의 말을 내뱉고 나서 난영은 씁쓸하게 미소를 지었다. 딱히 노 상궁의 대답을 기대하고 한 말은 아니었다. 차가운 인상에 말수도 많지 않은 노 상궁이 자신의 질문에 이만큼이나 대답해 준 것도 난영에게는 생각외의 일이었기 때문이었다. 하지만 그런 그녀의 생각과 달리 노 상궁은 그 질문에 대한 대답을 해 주었다.

"그거야 지금처럼 아씨를 보호하시려 하겠죠."

"네?"

그 말이 이해가 되지 않았다. 자신이 보호를 받고 있었다니? 오히려 죄인처럼 갇혀 지내지 않았던가?

당황한 난영과는 달리 노 상궁의 어조는 한없이 진지했다. 그랬기에 더욱더 현실감이 들지 않았다.

"지금 아씨께 첩지를 내려 비빈의 칭호를 내린다면 아씨는 반드시 귀비마마께 인사를 올리셔야 합니다. 황후가 아니 계시는 지금 황궁에서 폐하를 제외하고 가장 높으신 어른은 귀비마마시니까요. 궁의 예법에 서투르신 아씨께서 귀비마마께 불려가 작은 실수라도 하시게 된다면 그 죄를 물어 어떤 일이 벌어질지 모를 일이지요. 그분들이라면 그리하시고도 남으십니다. 예전에도 그런 일이 빈번하게 일어나 폐하의 눈에 들었다고 하는 후궁들이 궁 안에서 쥐도 새도 모르게 죽어 나가곤 했습니다. 폐하께서 아씨를 죽헌당에서 나가지 말라, 그 어떤 이도 죽헌당에 함부로 들어가서는 안 된다는 명을 내리신 까닭은 그런 것입니다. 그리해 놓으면 여인들의 음흉한 계략이 아씨께 닿기 어려울 테니까요. 일부러 아씨를 찾지 않으셨던 것도 후궁전에 계신 분들의 시선이 아씨께 가지 않았으면 하는 것이었습니다. 결국은 이리되어 버렸지만, 황상께서 하신 행동 중에 아씨를 생각하지 않은 행동은 없습니다. 아씨께서 이해를 못하시더라도 말입니다."

"……모두 저를 위해서였다고요? 제가 귀찮거나 혹은 내보내실 생각으로 하신 것이 아니라요?"

"그랬다면 애초에 데리고 오시지도 않으셨겠죠. 아씨를 내보내실 생각이셨다면, 차라리 우혜원에 모시고 내키실 때 찾아뵙는 것이 덜 귀찮은 방법입니다. 그런 모든 것을 감수하시고 황상께서는 아씨를 궁으로 데리고 오셨습니다. 그러니 자신의 처지에 너무 불안해하지 마십시오."

노 상궁의 말을 이해 못하는 것은 아니었지만, 난영은 마냥 그 말에 안심할 수 없었다. 설령 그렇다고 해도 그 말을 류의에게 직접 듣고 확인하고 싶었다. 그를 믿고 싶었다. 그가 한마디만 해 주면 좋겠다고 생각했다. 안심하라고. 그 한마디만 들었더라면, 이렇게까지 불안하지 않으리라.

어떻게 하면 좋을지는 이미 알고 있었다. 하지만 마음을 세우는 일은 의외로 어려웠다. 그것이 가장 큰 문제인 것처럼 느껴졌다.

※ ※ ※

쨍그랑 소리와 함께 귀비의 하얀 손에서 날아간 찻잔은 바닥과 부딪쳐 산산이 부서졌다. 뜰 안에 엎드려 있던 나인들이 벌벌 떨었고, 그녀의 반대편에 앉아 있던 예부상서는 그녀의 태도에 가볍게 한숨을 내쉬었지만, 더 이상 가타부타하지 않았다.

약이 바짝 올라 거친 숨을 내쉬는 귀비가 진정할 때를 기다리는 수밖에 없었다. 그녀가 화를 내는 이유를 충분히 이해하고 있었다. 그녀는 격렬하게 화를 내고 난 다음엔 놀랄 만큼 침착하게 가라앉아 다음을 모색하는 그런 사람이었다. 그러니 지금은 그녀의 분노가 지나가기를 기다리는 수밖에 없었다.

"아아악! 대체 어쩌라고!"

솔직히 예부상서도 작금의 사태가 귀비만큼이나 마음에 들지 않기는 마찬가지였다. 류의는 며칠째 대전에 들지 않고 있었다. 침전에서 콕 들어박힌 채 어느 누구도 만나지 않고 있는 그의 모습에 조정의 신료들은 당황하고 있었다. 이전까지 없던 일이었다. 아무리 황실 내에 큰일이 있었어도 그는 단 한 번도 정무를 게을리하지 않았던 사람이었던 것이다.

게다가 그의 침전(寢殿)에는 그 혼자만 있는 것이 아니었다. 그동안 소문만 무성하던 죽헌당의 여인이 그를 모시고 있었다. 뛰어난 미인도 아니고, 대단한 가문을 뒤에 두고 있어 정치적으로 쓸 만한 여인도 아니었다. 하지만 황제가 지금 애지중지하고 끼고 있는 여인은 그녀뿐이었다. 그녀가 덜컥 아이라도 낳게 된다면, 그리고 그 아이가 사내아이라도 된다면 그녀가 황후가 되는 것은 자명한 일이었다. 황제의 후계자를 낳은 여인을 누가 무시할 수 있을까?

류의가 그것을 노리는 것이라면, 그래서 그녀에게 지금 아무런 지위를 주지 않고 있는 것이라면 현재 비어 있는 황후의 자리를 사이에 두고 암투를 벌이고 있는 신료들은 완전히 물을 먹는 것이었다. 워낙에 아무것도 가지고 있지 않은 여인이기에 그녀의—더 정확히는 그녀가 가지게 될 원자의—후견이 될 기회는 누구에게나 열려 있다. 그리고 그 아이는 반드시 귀비에게는 방해가 될 것이 뻔했다.

이를 아득바득 갈면서 씩씩거리는 무 귀비를 향해 예부상서는 걱정이 가득한 어조로 말했다.

"귀비마마, 진정하십시오."

"아버님! 제가 지금 진정하게 되었습니까? 황상께서 제 앞에서 그 계집을 데리고 침전으로 가셨습니다. 그 뒤로 벌써 며칠째입니까! 이러다가 그 계집이 황상의 계비가 되면 저는 어찌합니까? 이대로 아이도 없이, 끈 떨어진 연이 될 것입니다. 아버님도 원경 황후가 살아 있을 때를 기억하시지요! 그때도 이러지는 않았습니다. 폐하께서 이리도 여인 하나를 끼고 도시지는 않았단 말입니다!"

"그래도 그 계집은 아직 아무것도 아닙니다. 신료들이 하나같이 힘을 모아 황상의 잘못을 지적하고 상소를 올린다면, 황상께서는 총명하신 분이시니 마음을 돌리실 겁니다."

"아버님은 아직도 황상을 모르십니까? 그분은 일단 자신의 사람이라고 생각하면, 결코 저버리는 일은 하지 않으시는 분입니다. 그러다가 덜컥 그 여자가 아들이라도 낳으면요? 후계자가 될 아이를 낳은 여인을 박정히 대하실까요? 그 난리를 피웠던 원경 황후에게도 그리 안 하신 분입니다!"

그랬다. 류의는 정적에 대해서는 가차 없었지만, 자신의 사람이라고 생각한 사람에게는 한없이 무른 구석이 있었다. 특히 원경 황후에게는 더욱 그런 면이 있어서 심지어 황후와의 사이를 멀어지게 만들었던 자신에게조차 단단히 일렀던 것이다.

"자네와 자네의 일족이 모두 살아남기를 원한다면, 그 입을 함부로 놀리지 않는 것이 좋을 걸세. 나는 자네의 아비가 계림 황숙의 아들인 명윤 왕자와 만나고 다니는 것을 곱게 보고 있지 않으니까."

그 말에 귀비는 결국 입을 다물 수밖에 없었다. 원경 황후의 죽음에 대해서 불미스러운 소문을 냈던 유포자가 어찌 되었는지 분명히 보았기 때문에 그녀로서는 더욱더 경거망동하지 못했다. 황실에 대한 모욕죄와 역모죄까지 뒤집어쓰고 일족이 멸족한 유포자의 집안을 보면서 류의는 분명히 경고 했던 것이다. 괜스레 그를 압박한다고 원경 황후의 일을 꺼내는 것은 헛된 일이라는 것을.

그래서 그녀는 그가 천천히 자신에게 마음을 돌리기를 기다리고 다시 기다릴 수밖에 없었다. 죽헌당에 계집이 새로 들어가기 전까지, 귀비는 류의에게 억한 마음을 품지 않았다. 원경 황후의 문제로 불편했던 감정을 덮고 나자, 그는 예전처럼 다정하게 그녀를 대했던 것이다.

그랬기에 귀비는 자신이 황후가 될 것이라고 생각했다. 후궁에 여인이 많은 것을 지독히도 싫어하는 그이기에 새로이 여인을 공개적으로 들이지는 않을 것이라는 믿음도 있었다. 그러니 자신이 회임만 한다면, 그리고 류의가 중신들의 의견을 받아들여 자신을 황후로 만들어 주기만을 한다면 모든 것은 끝났을 것이다. 그녀는 지극히 행복하게 하루하루를 보냈을 것이다.

난영만 아니었다면 자신의 인생은 그렇게 생각한 대로 갔을 것이라고 귀비는 믿어 의심치 않았다. 그래서 그녀는 억울하고, 두려웠다. 이대로 자신이 밀릴 것이라는 예감이 계속해서 들고 있었다. 별것 아닌 계집을 후궁이 아닌 자신의 침전에 일주일이나 두는 류의의 태도가 신경에 거슬렸고, 그 계집과 함께 있느라 일주일씩이나 정무를 내팽개치고 있다는 것이 짜증이 났다. 어떤 여자에게도 보인 적이 없는 행동이었기 때문이었다.

"생각해 보면 죽헌당이 들어왔을 때부터 심상치 않았지요. 제가 몇 번이고 인사를 오지 않는다고 나인들을 타박했더니, 황명이라 어쩔 수 없다며 거절할 때부터 뭔가 수상쩍었던 겁니다. 황상께서 저나 조정을 능멸하시려 일부러 그리 행동하신 것입니다. 제가 얼마나 황후 자리에 몸이 달아 있는지, 보면서 비웃으셨겠지요. 그런 제게 조정이 얼마나 자신의 손바닥 안에 있는지 일부러 보여 주려고 그리 행동하신 것입니다. 무서운 분이십니다, 황상은……."

귀비는 이를 바득바득 갈면서 주먹으로 탁자를 두드렸다. 예부상서는 그런 그녀는 걱정스러운 표정으로 바라보았다. 그녀의 말이 틀리지 않았다는 것, 조정이 결국 류의의 뜻대로 굴러가고 있다는 것은 확실히 문제가 있었다.

"무엇보다도 이대로 있다가는 설령 귀비께서 황후가 되시더라도 그 계집이 걸림돌이 될 것입니다. 그런 일은 없도록 해야겠지요."

예부상서가 그리 맞장구를 치자, 귀비는 고개를 끄덕였다. 어느 정도 생각을 정리한 듯 차분한 태도와는 달리 눈빛에는 싸늘한 울분이 쌓여 있었다.

"그 여자가 이 세상에서 완전히 없어지지 않는 한…… 저는 영원히 아무것도 아닌 여인으로 남게 될 것입니다."

아무것도 아니게 되고 싶지 않았다. 무엇보다도 자신이 첫눈에 반했던 그 남자의 곁에서, 다른 여인들처럼 사랑을 받고 살고 싶었다. 원경 황후가 있을 때는 그녀만 치워 버리면 그의 사랑이 자신에게 돌아올 것이라고 생각했다.

이제 그 자리는 원경 황후보다 훨씬 더 못한 시골 계집애가 들어왔다. 아무것도 없기에 귀비가 나서서 손을 봐 주기에도 볼썽사나워 참고 있었지만, 이젠 더 이상 참을 수 없었다.

분노가 정점을 찌르자, 오히려 마음이 차분해졌다. 냉정해진 이성으로 귀비는 생각을 정리했다. 그녀가 나서서 죽현당의 계집을 손댄다면 그녀로서는 체면도 살지 않고 오히려 류의에게 눈총을 받을 것이 뻔했다. 그렇다면 자신이 아닌 다른 사람이 하면 된다. 이미 그녀는 원경 황후의 일로 그에게 미움을 샀다. 또 다시 같은 실수를 할 수는 없는 일이다.

마침 황궁에는 그렇게 쓸 만한 여인이 하나 있었다. 그녀와 같은 욕심으로 후궁에 남아 헛된 기대감을 품고 있는 여인이. 게다가 황궁은 넓고 조용하고, 그리고 은밀한 곳이다. 사람 하나쯤 없어진다고 해도 어느 누구도 찾아낼 수 없다. 누구 하나 특별한 일이 없이 죽어도 흉한 일이 아니었다. 매년 우울증과 갑갑증에 자살하는 궁녀 한둘쯤은 사람들의 입에 오르내리지 않을 정도니까. 폐쇄된 황궁의 생활을 견디지 못하는 자들은 늘 있었다.

그렇게 생각하자, 무 귀비의 입가에 야릇한 미소가 돌았다. 그녀는 한결 나아진 기분으로 새 차를 마셨다. 분위기가 가라앉은 딸의 모습에 예부상서는 안도의 한숨을 내쉬었다. 그는 목소리를 낮추어 점잖은 어조로 말했다.

"기회는 기다리면 곧 올 것입니다. 너무 초조해하지 마십시오. 영원히 살 것처럼 보이던 원경 황후도 황상의 곁에 고작 십여 년을 버텼을 뿐입니다."

"그래요. 원경 황후도 고작 십 년이죠. 이번 아이는 얼마나 버틸 수 있을지 두고 봅시다."

훨씬 밝아진 미소를 지으며 귀비는 정원을 바라보았다. 우중충해 보이던 바깥 날씨가, 구름 한 점 없이 밝아 보였다.

※ ※ ※

무 귀비가 걱정한 대로 류의는 작정한 듯이 일주일간 양심전에서 나오지 않았다. 그리고 여드레가 되는 날, 조회에 참석하겠다며 불쑥 대전으로 나갔다.

그가 없는 동안 노 상궁이 죽헌당에서 가지고 왔다며 난영의 소지품을 몇 개 가지고 왔다. 난영은 그것을 하나하나 꺼내 놓고서 멍하니 들여다보았다. 마음이 싱숭생숭했다. 며칠간, 그야말

로 류의에게 온몸으로 시달린 탓에 가만히 있어도 지치는 기분이었다. 그런 난영의 기분을 달래 주려고 노 상궁이 그녀의 소지품을 챙겨왔지만, 지금까지는 별 효과가 없었다.

그냥 포기하면 편한데, 왜 이렇게 포기가 안 되는 것인지……. 자조적인 미소를 지으면서 그녀는 옷과 화장품 등을 뒤적였다. 미완성인 수품(繡品)과 자수의 도안으로 쓸 그림들을 이리저리 보다가 난영은 또르르 굴러오는 족자를 보고 멈칫했다.

그것은 이곳에 오기 전 류의가 그녀에게 선물한 것이었다. 함께 시장에 다녀왔다가 그녀가 마음에 들었지만 차마 사 달라고 하지 못했던 물건을 그는 거짓말처럼 알아 주었다. 그렇게 생각하자, 난영은 그가 자신의 마음을 아예 모르는 것은 아닐 것이라 믿고 싶었다. 그때처럼 다정하게 자신을 대하지 못하는 것도 이유가 있을 것이라고 억지로 자신을 납득시켰다.

족자를 보고 있자니, 우혜원에서 있었던 일들이 자꾸 생각났다. 갑자기 그 기억들이 너무나 멀게 느껴졌다. 아니, 우혜원에서 있었던 모든 일들이 꿈결처럼 아련해졌다. 고작해야 두어 달 전의 일인데…….

'그러고 보니 그랬었지…….'

혼잣말처럼 중얼거리면서 난영은 족자를 펼쳤다. 화사한 화원을 표현한 자수들이 그곳에 있었다. 멍하니 그것을 바라보다가 그녀는 갑자기 시야가 흐릿해지는 것을 느꼈다.

눈물이 났다. 그녀로서는 왜인지 모를 눈물이었다. 뚝뚝 떨어지는 눈물을 닦으며 고개를 드는데, 류의가 방으로 들어오고 있었다. 그는 문간에 서서 들어오다 말고 우는 난영의 모습을 놀란 듯이 바라보고 있었다.

눈이 마주치자 그녀는 서둘러 눈물을 닫고 물건들을 주섬주섬 정리하기 시작했다. 혼자 있고 싶어서 다른 사람들을 모두 물러나게 했기 때문에 방 안에는 그녀와 이제 막 들어오려 했던 그 밖에 없었다.

누구도 먼저 입을 열 기색이 없었다. 그의 눈치를 살피면서 난영은 더 이상 시간을 끌 수 없을 때까지 느릿느릿하게 움직였다. 그래도 정리는 이내 끝났고, 빨갛게 변한 얼굴을 씻고 싶은 마음에 그녀는 그가 버티고 서 있는 문을 지나쳐 밖으로 나가려고 했다.

"……?"

하지만 그녀가 복도로 나가기 전에 류의가 난영의 손목을 잡았다. 그대로 그의 손에 이끌려 그녀는 밖으로 끌려 나갔다. 내관이며 나인들은 그의 갑작스러운 행동에 깜짝 놀라 우르르 그 뒤를 따랐다.

보폭이 큰 류의의 걷는 속도를 따라가느라 종종걸음을 치면서 난영은 당황스럽다는 듯이 그에게 물었다.

"황상? 어딜 가시는 겁니……."

"우 내관, 거추장스러우니 따라오지 말라."

"예? 예, 알겠사옵니다."

명을 받은 궁인들은 그 자리에 멈춰 서는 것이 어깨 너머로

보였다. 양심전을 나와 류의는 그대로 한참을 어디론가 걸었다. 인적이 드문 길인지 그곳을 지나치는 사람은 한 명도 보이지 않았다.

"어……?"

저도 모르게 주변을 살피던 난영은 결국 류의의 보폭을 따라잡지 못해 비틀거렸다. 그러자 류의는 걸음을 멈추고 그녀가 넘어지기 전에 재빨리 부축했다. 그의 든든한 팔에 몸을 기대고 잠시 숨을 고르던 난영의 귓가에 웃음을 참는 듯한 소리가 들려왔다. 무슨 일인가 싶어 고개를 들자, 류의가 정색을 하며 말했다.

"이렇게 보니, 대전의 바깥에서 강 중장이 자네를 부축하던 때가 생각났네."

"……그 일이 왜요?"

"자네에겐 말하고 싶지 않아. 자네가 알 일도 없고."

그는 뾰로통한 어조로 말하면서 다시 걸음을 옮겼다. 이번에는 난영의 보폭에 맞추어 천천히 움직였기 때문에 그녀는 종종걸음을 할 필요가 없었다. 여전히 잡은 손목을 놓지 않았기 때문에 난영의 맥박이 뛰는 느낌은 그대로 그의 손바닥을 통해서 류의에게 전달되었다.

"가자."

"어디로요?"

"가 보면 알게 될 거야."

그 말에는 어딘지 모르게 의기양양한 기색이 어려 있었다. 운혜가 빼기듯이 말할 때 짓는 표정과 비슷했기 때문에 난영은 슬며시 미소를 지었다. 하지만 다른 무엇보다도 담벼락으로 둘러싸여 있던 궁을 나와 조금이라도 탁 트인 곳에 있다는 사실 때문에 눌려 있던 가슴이 조금이라도 펴지는 것 같았다.

그렇게 걸어 두 사람은 이내 어딘가의 문 앞에 섰다. 문은 하나가 아니었다. 세 개의 나란한 문을 지키는 딱딱한 표정의 수문장은 류의를 알아보고 정중히 고개를 숙이더니 가운데 문을 열어 주었다. 수문장이 지키고 있는 문을 지나치자마자 난영은 저도 모르게 걸음을 멈추고 눈앞에 펼쳐진 관경을 말없이 바라보았다.

나루터처럼 작은 배 몇 척이 떠 있는 커다란 이층의 정자 너머로 은색의 수면이 끊임없이 펼쳐졌다. 바다처럼 넓은 물 위에는 푸른색의 자그마한 섬들과 전각들이 마치 연잎처럼 이곳저곳에 떠 있었다. 게다가 물의 끝자락에는 거친 돌산들이 물먹은 수묵화처럼 우뚝 솟아 마치 온 지구가 그곳에 모여 있는 것처럼 보였다.

한동안 홀린 듯이 그 모습을 바라보던 난영은 뒤늦게 옆자리에 서 있는 류의의 존재를 떠올리곤 고개를 들어 그를 바라보았다. 그는 그녀의 놀란 얼굴을 그것 보라는 듯이 바라보았다.

"여, 여긴……."

"이곳은 북호(北浩)라고 하네. 이쪽 누각은 월영루이고. 북호는 대전의 월지와 연결된 호수야."

"이곳이 북호라고요? 듣던 대로 장관이네요."

"누가 이곳에 대해서 말해 주었나 보지?"

"연윤 공주마마께서 알려 주셨지요. 월지보다 훨씬 더 넓은 곳이 북호라고요."

그 말에 류의는 묘한 미소를 지었다. 씁쓸한 듯하면서도 기분이 나쁘지 않아 보이는 그 미소는 이내 사라지고 그는 난영의 손을 잡고 누각으로 이끌었다.

"황궁에 불이라도 나면 안 되니까 소방용으로 파낸 호수야. 저 호수를 파낸 흙을 쌓아서 저기 일월산을 만들었지."

계단을 오르며 류의가 그렇게 말하자, 난영은 눈을 동그랗게 뜨고 그가 가리키는 방향을 바라보았다. 호수의 동쪽 끝에 정말로 높은 언덕처럼 보이는 산이 있었다. 산의 정상에 세워진 정자가 누각에서 한눈에 보였다.

저런 높은 산과 넓은 호수를 사람이 만들었다는 사실이 믿어지지 않아 난영은 놀란 어조로 그에게 되물었다.

"저 산을 사람이 만들었다고요?"

"호수도 만들었는데 산을 못 만들려고. 매년 중추절에 저기에 올라서 달맞이를 해. 달이 떠오르는 모습을 제일 먼저 볼 수 있으니까. 저 위에서 보는 풍경도 나쁘지 않아. 황궁 안이라는 사실을 제외하면 말이야."

"너무 아름다운 곳이에요."

"그렇지? 궁 안에서 짐이 가장 좋아하는 곳 중의 하나야."

그렇게 말하는 류의의 얼굴에는 자랑스러움이 묻어 나왔다. 난영은 무표정한 얼굴로 그를 잠시 바라보았다. 어떡할까 고민하듯이 입술을 깨물었다가, 그녀는 결국 피식하니 웃음을 지어 버렸다. 그가 왜 그녀를 이곳에 데리고 왔는지 알 것 같았기 때문이었다.

그녀가 웃자, 그는 안심하는 듯이 보였다. 난영이 보지 않을 때 가벼운 한숨을 내쉬고 나서 그는 잠자코 그녀의 모습을 지켜보았다. 난영의 눈가는 여전히 빨갰다. 그녀의 눈물을 한두 번 본 것도 아니었건만, 아까 전에는 가슴이 철렁 내려앉은 것 같았다.

그것은 그가 생각지도 못했던 자책이었고, 예상치 못한 아픔이었다. 난영의 감정은 그다지 중요하지 않다고 생각했었지만, 사실은 그가 상상했던 것보다 더 많이 그의 마음을 흔들었다.

류의는 그런 생각을 감추려는 듯이 입을 열었다.

"짐이 없는 동안, 자네는 운혜와 친해졌나 봐."

"공주마마께서 천첩에게 많이 배려해 주신 까닭이지요. 게다가……."

"게다가?"

"어미를 일찍 잃었다는 것이 어떤 것인지, 천첩도 잘 알거든요."

난영의 그 말에 류의는 입을 다물고 말없이 그녀를 바라보았다. 그의 시선에서 고개를 돌리고 그녀는 누각의 앞에 있는 산을 바라보았다. 그 표정에 어린 쓸쓸한 기운을 그는 놓치지 않았다. 이미 알고 있는 사실이었다.

난영의 어머니가 친어머니가 아니라는 것은. 황궁에 돌아오자마자 알아본 것이 그녀의 과거였기 때문이었다. 때문에 류의는 남 부인이 그리 쉽게 자신에게 딸을 준 까닭을 이해할 수 있었다. 처음부터 뭔가 있을 것이라 짐작을 했었기에 새삼 놀라지는 않았다. 다만 마음의 한구석이 씁쓸하던 차였다.

그런 어머니라도 자신의 유일한 의지처였기에 필사적으로 잡았던 난영의 모습이 낯설지 않았던 것이다. 자신도 황궁에 돌아와서 살아남기 위해 노력하며 그러했다. 힘들 때는 지푸라기라도 붙잡고 의지하고 싶은 것이다. 자신을 다잡아야 한다. 그 사람을 보면서.

난영은 어렵게 입을 열었다.

"천첩의 어머니는 제가 젖을 떼기도 전에 돌아가셨고, 그 뒤에 아버님께서 재혼하셨답니다. 그래서 조금은 공주마마의 외로움을 이해할 수 있었습니다."

지금의 어머니가 싫은 것은 아니었다. 그녀가 없다면 자신이 이렇게 자랄 수 없었으리라. 하지만 그래도 가끔은 마음의 한구석이 허전했다. 뜬금없이 누군가가 그리울 때가 있었다. 그럴 때는 얼굴도 모르는 어머니를 생각했었다. 그녀가 그리워 그런가 보다라고.

"공주마마는 많이 외로워하셨습니다. 황후께서 승하하신 뒤에 황상께서도 자주 찾아 주지 않으셨으니까요."

"자주 찾지 않은 것이 아니라, 아예 얼굴도 보지 않았지."

류의는 가벼운 어조로, 하지만 몹시도 자조적인 표정을 한 채

누각의 바닥에 주저앉았다. 난간에 몸을 기댄 그는 자신의 옆자리에 앉는 난영의 머리카락이 바람에 날리자, 그것을 손가락에 감으며 무심하게 말했다.

"운혜는 제 어미를 너무 많이 닮았거든. 그 아이를 보면, 죽은 황후가 생각나."

예상했던 말이었다. 하지만 그럼에도 불구하고 난영의 표정은 어둡게 굳었다. 류의는 계속 손가락으로 머리카락을 만지작거리며 말을 이어 갔다.

"운혜에게는 잘못이 없어. 자식이 부모를 닮는 게 무슨 죄라고……. 단지 짐이 그 아이를 보면 괴로워."

"황후마마를 많이 은애(恩愛)하셨나 봅니다. 그렇지 않아도 두 분의 사이가 각별하셨다는 이야기는 들어 알고 있습니다."

"각별하다……. 일방적인 감정도 각별하다면 각별하지. 지금 자네와 내 사이가 그러한 것처럼 말이야."

그는 비릿한 미소를 지으며 그렇게 말했다. 씁쓸하고 쓸쓸한 미소였다. 그것은 마치 그가 그녀를 마음에 두고 있다고 말하는 것 같아 난영은 그 말에 저도 모르게 입을 열었다.

"천첩은……."

"자네는 어차피 짐의 명령이 아니면 어디에도 갈 수 없어. 그리고 더 이상 갈 곳도 없지. 신료들이 무슨 말을 하더라도 짐이 결정을 내리지 않으면 어느 누구도 자네를 짐의 곁에서 떼어 낼 수 없네. 천자란 그런 존재니까 말이야."

그녀의 말을 자르며 그는 그렇게 말했다. 사근사근한 류의의

미소 너머에는 지독한 소유욕이 깃들어 있었다. 손에 쥐고 있는 장난감을 남에게 주지 않겠다고 고집을 피우는 아이와 같이 떼를 쓰면서 그는 중얼거렸다.

"자네를 만난 것이 어이가 없어. 같은 실수를 반복하고 싶지 않은데 짐은 또 같은 수렁에 빠져서……. 하지만 자네는 다르겠지? 다른 사람이니까…… 다르니까……. 그러니 절대로 짐의 품을 벗어나지 말게. 무슨 일이 있어도 짐의 곁에 있어. 떠나고 싶어 한다 해도 절대 보내지 않을 테니까……."

목소리가 끊기고 세상에 조용해졌다. 류의는 여전히 난영의 머리카락을 쥐고 있었다. 손톱의 끝으로 매끄러운 결을 만지작거리는 그의 표정은 한없이 진지했기에, 방금 전 그 말이 거짓말이 아니라는 것을 그녀에게 분명히 각인시켜 주었다.

그의 숨 막힐 것 같은 집착을 어떻게 받아들여야 할지 그녀는 마음의 갈피를 잡을 수 없었다. 하지만 그가 자신을 절실하게 원하고 있다는 것은 분명히 알 수 있었다. 그것이 명확히 뭐라고 할 수 없어도.

"……?"

난영은 잠시 망설이다가 조심스럽게 팔을 뻗었다. 그의 어깨를 감싸 안고 자신의 품으로 끌어당겼다. 류의는 다소 당황한 듯했지만, 그녀가 하는 대로 잠자코 받아들였다.

"천첩은 어디에도 가지 않습니다."

갈 수도 없고 가고 싶지 않았다. 혼자 있는 한 달여의 시간 동안 그가 그리웠고, 그가 다른 여인과 있는 모습에 마음이 아팠다. 언젠가 그가 자신의 마음속에 품고 있는 말을 해 주기를 바랐고, 자신이 품고 있는 말도 그에게 해 주고 싶었다.

지금이 아니어도, 함께 있는 시간이 계속되면 언젠가 그런 말을 할 수 있을 거라 믿기에.

"……그래."

그는 안도의 한숨을 내쉬었다.

11.
먹장구름

새벽 일찍 류의가 일어나는 기척에 난영도 반사적으로 고개를 들었다. 아직 눈을 제대로 뜨지 못하던 그녀는 창문이 열리는 소리와 함께 서늘한 새벽 공기가 맨살에 닿자 천천히 눈을 떴다. 그러다가 바지를 입고 있는 류의의 넓은 등허리를 보게 되었다. 실내를 밝히는 햇살에 비춰진 그의 몸에는 긁힌 것 같은 붉은 실선이 있었다. 저도 모르게 몸을 들어 그것을 자세히 바라보자 난영의 시선을 느낀 류의가 고개를 돌렸다.

그 바람에 그의 머리카락이 흘러내려 실선의 일부가 가려졌다. 그와 눈이 마주치자 난영은 서둘러 시선을 돌리고 가까이에 떨어져 있는 자리옷을 들어 몸을 가리면서 일어나려 했다. 그런 그녀의 수선스러운 동작을 보며, 류의는 빙그레 미소를 지었다.

"자네의 몸에 대해서는 자네보다 더 잘 알고 있으니, 굳이 그렇게 가릴 필요가 없을 텐데?"

그가 놀리듯이 말했지만 난영은 고개를 저었다. 왠인지 얼굴을 붉히고 있는 그녀가 단순히 알몸을 자신에게 보인 것 때문에 그런 것이라고 생각하던 그는 문득 그녀의 몸 여기저기에 난 얼룩진 흔적들을 보고 침상 가에 앉아 굳은 표정을 지었다. 그것들 모두 그가 만들어 낸 흔적들이었다. 처음에 생긴 멍자국이 사라지기도 전에 다시 생겨서 좀처럼 멍이 가실 기미가 없는 것이다. 그것을 보자 그는 괜히 머쓱한 기분이 들었다.

"의원을 불러야겠군. 진맥을 하고 어혈을 푸는 탕약을 올리라고 하겠어."

"천첩의 몸은 괜찮습니다. 멍은 조금 내버려 두면 나아요. 그보다……."

"그보다 뭐?"

"폐하의 옥체에 상처가 있습니다."

그 말에 류의는 의아한 표정으로 자신의 몸을 내려다보았다. 그리고 장난꾸러기 같은 미소를 지었다.

"그러고 보니 자네가 이걸 만들었지?"

"그, 그러니까……."

그 말에 난영의 얼굴이 홍시처럼 새빨개졌다. 민망해 어쩔 줄 몰라 하는 그녀의 모습을 보면서 그는 웃음기 띤 어조로 말했다.

"이 정도는 아무것도 아니야. 금방 나을 테니 걱정 말게. 오히려 나는 자네의 몸이 걱정이야. 그렇지 않아도 노 상궁이 자네가 요즘 입맛이 없어 뵌다고 걱정하던데."

"계절이 바뀌니까 그런가 보죠. 특별히 몸이 안 좋은 것은 아니에요."

그렇게 대답하는 난영의 눈에는 아직도 졸음기가 남아 있었다. 류의는 그녀의 눈을 손으로 가리고 천천히 눕혔다.

"좀 더 자도록 하게, 일어나면 반가운 사람이 와 있을 게야."

머리가 베개에 닿자, 거짓말처럼 다시 졸음이 몰려왔다. 난영은 류의의 말에 고개를 끄덕였지만, 이내 다시 깊이 잠들었다. 고른 숨을 내쉬며 잠든 그녀의 얼굴을 잠시 바라보다가 그는 자리에서 일어났다.

눈을 떴을 때 바깥에 햇살이 쨍쨍했다. 얼마나 잤는지는 모르지만 늦잠을 자 버린 것은 확실했다. 그렇게 생각하자 난영은 누가 뭐라고 하는 것도 아닌데 벌떡 몸을 일으키다가 갑자기 몰려온 어지럼증에 이불을 움켜쥐었다.

"어라……?"

급하게 일어나려고 한 탓인 듯했다. 어지럽고 빈속에 구역질이 치밀어 올라 난영은 자리에 앉은 채로 울렁거리는 속이 가라앉기를 기다렸다. 숨을 고르는 그녀의 귀에 안부를 묻는 여관의 목소리가 들려왔다.

"기침하셨습니까?"

어제까지 들렸던 목소리와 다른 데다가, 또 아는 사람의 목소리였기 때문에 난영은 깜짝 놀란 표정으로 고개를 들었다.

"연 상궁님?"

놀라서 대꾸하자 문이 열리면서 연 상궁과 린랑이 들어왔다. 두 사람을 보자마자 반가운 마음에 난영은 자리에서 일어나다가 자신이 아직 자리옷 차림인 것을 깨닫고서 얼굴을 붉혔다.

"죄송해요. 제가 이제 막 일어나서……."

"괜찮습니다. 아씨께서 단장하실 수 있도록 준비하고 있었습니다."

"준비요?"

"예, 오늘부터 아씨를 다시 모시게 되었습니다. 황상께서 그리 명을 내리셨지요."

"황상께서요?"

어리둥절한 어조로 되물으면서 난영은 혼란스러운 표정을 지었다. 그러가 새벽에 류의가 했던 말을 떠올렸다. 깨어나면 반가운 사람이 와 있을 것이라 말했던 것이 바로 이것이었나 보다. 그리 생각하자, 그녀는 괜히 가슴이 설레어 저도 모르게 미소를 지었다.

"돌아오셔서 정말 기뻐요."

"저도 그렇답니다."

"저는 안 보이신가 봅니다, 아씨."

린랑이 섭섭하다는 듯이 말하자, 난영은 재빨리 고개를 저었다.

"아니야! 린랑도 무사한 것을 보아서 정말 기뻐. 나 때문에 많이 혼나지 않았어?"

"생각보다 많이 혼나지는 않았답니다. 오히려 근신이라고 연

상궁님 댁에서 편히 지냈지요. 빨리 일어나세요. 씻고 식사하셔야죠."

"응."

린랑의 기운찬 목소리에 저절로 마음이 가벼워져 난영은 웃으며 자리에서 일어났다. 반가운 동무도 만났고 해도 중천에 떴으니 더 이상 침상 위에 누워 있을 수 없었다. 하지만 그녀가 이불을 걷자, 연 상궁과 린랑의 얼굴빛이 한순간 굳어 버렸다. 그 반응에 의아해 하던 난영은 자신의 몸을 내려다보고 다시 이불을 끌어당겼다.

"그리 쳐다보시면 제가 몹시 민망합니다, 연 상궁님."

"죄송합니다. 제가 실례를……."

"걱정하지 마세요. 폐하께서 저를 때리신 것은 아닌 걸요. 제가 피부가 좀 여려서 이러는 모양입니다. 시간이 지나면 나아질 거예요."

"예전에도 우혜원에서도 이랬는 걸요. 아무래도 폐하께서 깨물기를 좋아하시나 봐요."

린랑이 재빨리 그렇게 말하자 연 상궁은 그녀를 가볍게 노려보며 경박함을 나무랐고, 난영의 얼굴을 빨개졌다.

"그렇지 않아도 황상께서 어의를 부르라 하셨습니다. 우선 식사부터 하시지요."

"굳이 그럴 필요까지야……."

"아씨는 황상을 모시는 귀하신 몸이십니다. 그러하니 싫다 하지 마시고, 진맥을 받으세요. 기력이 쇠하시면 황상께서도 걱정하실 것입니다."

연 상궁의 말에 난영은 고개를 끄덕였다. 그렇지 않아도 어지럼증 때문에 고생이니, 이번에는 정말 약이라도 지어 먹어야 할 듯싶었다.

"폐하께서는 대전에 나가셨나요?"

식사를 끝내고 의원이 오기를 기다리면서 난영은 연 상궁에게 그리 물었다.

"예, 오늘은 조회에 참석하시어 신료들과 현안에 대해 이야기를 나누셨다 들었습니다."

"어떤 이야기가 나왔나요?"

"아씨께서 걱정하실 이야기는 없습니다."

"연 상궁님……."

"정말입니다. 중신들이 황후마마를 새로이 모시자는 논의야 늘 있었지만 황상께서 또다시 반려하셨지요. 지금은 때가 아니라고 하시면서요. 대신에 국경에서 벌어지고 있는 문제에 대해서 조정에서 제대로 된 대책이 세워지지 않았다며 중신들을 매섭게 나무라셨습니다. 회조국과의 맞닿은 지역에서 계속해서 분쟁이 일어난 데다, 안영 지역에는 댐이 무너져 큰 수해가 났는데 아직 아무것도 하지 않았다고 하셨지요. 덕택에 조정은 조정대로 그 일에 매달리고 있답니다."

"그래요."

"혹여 폐하께 폐가 될까 걱정하시는 것입니까?"

연 상궁의 말에 난영은 고개를 끄덕였다.

"제가 황궁에서 이리 격의 없게 폐하를 모시는 일이, 아마도 법도에 맞지 않아 말들이 많지 않을까……라고 생각하고 있었습니다."

"그런 문제는 아씨께서 하실 걱정이 아닙니다. 지금은 몸을 잘 추스르시고, 어떻게 하면 아기님을 뫼실 수 있을까만 생각하세요. 아씨께서 원자만 낳으신다면 다른 누구도 아씨에 대해 뭐라 할 수 없을 것입니다."

연 상궁은 그렇게 말했다. 난영은 그 말에 당치도 않다는 듯이 말했다.

"아이라니요. 연 상궁님께서 너무 앞서가신 것 같습니다."

"그런 말씀 마십시오. 황상께서 아씨를 이리 지극히 생각하시는데, 좋은 소식이 있지 않겠습니까."

"하지만……."

"후사가 생긴 다음이라면 아씨에 대해서 조정의 중신들도 아무 말 못할 것입니다. 황상께서는 아마도 그런 것까지 생각하고 계시는 것이겠죠. 그러니 아씨께서는 몸가짐을 더욱 바르게 하셔야 할 것입니다."

"연윤 공주마마께서 계시는데 제가 어찌……."

"꼭 원자를 낳으라는 말씀은 아닙니다. 우리 황실은 지금 손이 너무 귀합니다. 공주마마도 형제 없이 홀로 자라고 계시지 않습니까. 형제가 있다면 공주님도 덜 외로우시겠지요. 그리고 황상께서도 후사에 대한 걱정을 하지 않으실 겁니다."

연 상궁의 말도 나름은 일리가 있었다. 하지만 과연 류의가 아이를 원할지 알 수 없었다. 그녀의 마음속에는 월영루에서 류의가 보여 주었던 모습이 아직 남아 있었던 것이다.

"연 상궁님, 한 가지 여쭤 볼 것이……."

"아씨, 의원님을 모셔 왔습니다."

바깥에서 린랑의 목소리가 들려오자, 난영은 말을 하려다 입을 다물었다. 굳이 지금이 아니더라도 물어볼 기회는 있으리라.

원경 황후와 류의 사이에 무슨 일이 있었기에 그가 그런 말을 했는지, 난영은 알고 싶었다.

※ ※ ※

손님이 찾아왔다고 고하는 나인의 말에 무 귀비는 읽던 책에서 시선을 떼고 고개를 들었다. 그녀는 무심한 표정으로 들어오는 이를 바라보았다. 굳이 부르지 않아도 매일같이 그녀를 찾아오는 이 여인은 귀비와 함께 후궁을 지키고 있는 홍 미인이었다.

"어서 오시게. 시원한 앵두수라도 먹겠는가? 마침 잘 우러나 얼음에 담가 둔 것이 있네."

"그 말씀을 들으니 꼭 한 잔 청해야겠습니다. 그렇지 않아도 이맘때쯤이면 자선당(紫善堂)의 앵두수가 나올 시기지요."

"그리고 자네는 매년 앵두수를 마시러 오고 말일세."

"여부가 있겠습니까? 귀비마마 댁의 가전(家傳)인데요. 매년 이맘때쯤이면 언제나 고대하고 있습니다."

천연덕스럽게 아부의 말을 하면서 홍 미인은 무 귀비의 안색

을 살폈다. 그 눈길을 귀비는 짐짓 모르는 척했다. 거의 매일 같이 소일거리를 하러 자신을 찾아오는 홍 미인이 가지고 오는 궁 안의 소소한 이야기들은 귀비 역시 대부분은 알고 있는 것들이기 때문에 그녀는 홍 미인의 말을 언제나 한 귀로 듣고 한 귀로 흘리곤 했다. 어차피 그녀는 경망스럽고 수다스러운 성격이라 상대방이 듣든 듣지 않든 자기가 하고 싶은 말은 모두 쏟아 내는 사람이었다.

차분한 성격의 무 귀비와 다르게 홍 미인은 좀 더 섬세하고 귀가 얇았다. 그녀는 궁에 남으면 원자를 낳아 황후가 될 수 있다는 숙부의 말에 홀라당 넘어가 아직까지도 궁에 남아 있는 사람이다. 타의로 남아 있었기 때문에 궁 생활을 따분히 여기고 있었지만 집안의 눈치가 보여 차마 류의에게 출궁을 하게 해 달라 청하지도 못하고 어영부영 궁에서 지내고 있었다.

시큰둥한 귀비의 반응에도 홍 미인은 아랑곳하지 않았다. 그녀는 귀비가 자신의 말을 듣게 된다면 깜짝 놀랄 것이라고 확신하고 있었다. 방금 전에 그녀가 막 귀비의 거처인 소선궁에 들어섰을 때, 다급히 달려오던 나인에게서 들었기 때문이었다. 그래서 그녀는 은근한 미소를 띠며 입을 열었다.

"소식을 들으셨습니까, 마마?"

"무슨 소식 말인가?"

"죽헌당의 계집 말입니다."

"그 계집이 또 뭘 어쨌다고, 이리 호들갑을 떠는 건가?"

나무라는 듯한 시선으로 자신을 바라보며 무 귀비가 그렇게 말하자, 홍 미인은 고개를 설레설레 저으면서 대꾸했다.

"호들갑이 아닙니다. 정말 큰일이 났어요. 지금 죽헌당에 어의가 들어갔다고 합니다."

"뭐라고?"

눈빛이 가라앉으면서 무 귀비의 태도에서 긴장감이 느껴졌다. 홍 미인은 그것 보라는 듯이 입가에 미소를 띠우고 말했다.

"황상께서 어의를 불러들이셔서 죽헌당의 계집을 진맥하라 이르셨답니다. 혹여 그 계집이 회임이라도 했다면……."

"그런 말 말게. 아직 밝혀진 것은 아무것도 없지 않은가?"

무 귀비는 엄한 목소리로 홍 미인의 입을 막았다. 그러면서 가까이에 대기하고 있는 상궁에게 눈짓을 보냈다. 그녀의 수족 같은 그 여인은 소리 없이 자리에서 일어나 그곳에서 물러났다.

홍 미인은 입술을 비죽거리면서 말했다.

"하지만 그렇지 않으면 황상께서 굳이 어의를 부르실 리가 없지 않겠습니까. 그것도 이 시기에요."

"아직 입덧을 했다는 이야기도 없는데 무슨……."

"입덧이 있어야 임신입니까? 다른 징조가 있겠지요."

"절대로 그럴 리 없네. 자네는 그 입을 함부로 놀리지 않게! 요즘 그 계집이 기력이 없어 노 상궁이 황상께 주청을 들였다는 이야기를 들었어."

절대 임신이 아니어야 한다. 아니, 설령 임신을 했다 하더라도, 자신은 그 꼴을 절대 보지 못할 것이다.

무 귀비는 차가운 시선을 서책에 두면서 홍 미인의 안색을 살

폈다. 그렇지 않아도 지금, 홍 미인의 조력이 필요하던 차에, 그녀가 이런 불길한 소식까지 들고 왔으니 더 이상 자신의 계획은 미룰 이유가 없었다. 진짜 임신이라면 그 소식이 널리 퍼지기 전에 손을 써야 했다.

그녀의 속내도 모르고 홍 미인은 그럴 수도 있다는 듯이 고개를 끄덕이며 종알거렸다.

"기력에 없대요? 하긴, 그렇기도 하겠네요. 황상을 몇날 며칠 동안 가까이 모시고 있으니……. 원경 황후 때에도 없던 일이 벌어졌으니 그리 지내다 보면 기력이 빠질 만도 하겠죠. 듣자 하니, 미색도 그저 그런 뼈다귀밖에 없는 계집이라던데……."

그렇게 말하면서 홍 미인은 무 귀비를 빤히 바라보았다. 그녀는 난영을 직접 보았으니, 뭔가 할 말이 있으면 해 보라는 듯한 표정이었다.

"얼핏 보기엔 아직도 어린 티가 나더구먼. 그런 계집에게 왜 그리 푹 빠지셨는지 나도 이해가 가질 않네. 차라리 원경 황후와 닮은 구석이라도 있다면 그러려니 하겠는데……."

"겉보기와 달리 밤일을 잘하는가 보지요. 그렇지 않고서야 그리 별것 없는데 황상께서 고년의 치마폭에 휩싸여 있을 리가 없지 않습니까. 황상 같으신 분이 그런 계집의 농간에 넘어갔다는 것이 저는 아직도 믿어지지 않습니다."

"나도 믿어지지 않네. 겉보기와 달리 아주 요망한 것임에 틀림없어. 죽헌당에 있을 때도 그리 인사를 오라 내 친히 불렀는데도 황상의 명만을 믿고 한 번도 이쪽으로 오지 않던 계집이 아닌가? 게다가 황상께서 자신을 찾지 않으시니, 일부러 대전에 슬그머니 얼굴을 내밀어 황상의 마음을 다시 홀리기도 하도……. 이번에도 괜히 어의를 부른다 뭐다 하여 황상의 마음을 미혹하는 것이 틀림없을 걸세."

무 귀비의 말에 홍 미인은 고개를 끄덕끄덕거렸다. 그렇지 않아도 홍 미인 역시 난영의 태도를 고깝게 보지 않던 차였다. 자신보다 한참 어리고 낮은 위치의 계집이, 단지 황제의 사랑을 받고 있다는 핑계로 웃전인 자신에게 인사를 하러 오지 않는 것에 홍 미인도 무 귀비 못지않게 분개했던 것이다. 이런 식으로 처음부터 내명부의 기강이 서지 않는다면, 나중에 그녀가 혹여 원자라도 낳은 뒤에는 얼마나 기고만장할 것인지는 굳이 보지 않아도 뻔한 일이었다.

건양제가 난영을 계속 곁에 있으니 빠르든 늦든 회임 소식이 곧 올 것이었다. 그리 생각하자, 홍 미인은 질투에 속이 끓었다.

"보통 계집이 아니야."

불길한 상상에 바르르 몸을 떠는 홍 미인의 귓가에 무 귀비의 탄식 섞인 목소리가 들려왔다. 홍 미인은 뭐가 더 있느냐는 표정으로 그녀를 바라보았다.

"그 죽헌당의 계집이 연윤 공주를 꽉 잡고 있다는 것을 자네도 이야기 들었지?"

"들었지요. 공주가 자청해서 그 계집을 대전으로까지 안내했다는 말에 처음에는 제가 뭘 잘못 들었나 싶었답니다. 제 어미가 죽고 나서 성질머리가 더 까다로워진 공주가 그리 행동하다니,

정말 별일 아닙니까? 그래서 더 걱정입니다. 그렇지 않아도 황상께서는 공주를 태자로 삼네 마네 하시면서 귀애하시는데……."

"말도 말게. 연윤 공주 고것도 황상의 총애를 등에 업고 어찌나 우리들을 무시하는지 아는가. 둘 다 하늘 높은 줄 모르는 것 같아 걱정일세."

"그럼 본때를 보여야지요. 이대로 가만히 앉아서 그 계집이 황상의 총애를 독차지하는 모습을 보고 있어야 하나요?"

홍 미인이 그렇게 목소리를 높여 말하자, 무 귀비는 입가에 회심의 미소를 지었다. 걸려들었다. 여기서 살짝 더 입김을 불어넣으면 홍 미인은 알아서 행동할 것이다. 그 정도로 단순하고, 생각이 짧은 사람이었다.

"어찌 말인가? 침전 깊이 숨어 황상을 쥐락펴락하는 계집인데? 난 도저히 그 계집을 이길 수 있을 것 같지 않네."

"하려고만 하면 못할 것이 어디 있겠습니다. 귀비께서 이리 쉽게 꼬리를 내리시니까, 내명부의 기강이 서질 않는 것입니다. 좀 더 강경히 나가셨어야죠. 지금 황궁에서 가장 높은 지위의 여인은 다름 아닌 귀비마마십니다."

연약한 소리를 무 귀비를 나무라면서 홍 미인은 한숨을 내쉬었다. 어쩔 수 없다는 듯이 결연한 의지와 함께 무력해 보이는 귀비에 대한 상대적인 우월감이 담긴 한숨이었다. 귀비는 그런 홍 미인이 보란 듯이 더욱 처량한 어조로 말했다.

"그렇기야 하지만, 나로서는 황상의 총애를 그리 한 몸에 받고 있는 그 여인을 건드리기가 쉽지 않아. 내가 내명부의 기강을 잡는다고 하면, 황후도 아닌데 움직인다 하여 조정에서도 말들이 많을 것이고……."

"황상께서 모르시게 하면 될 것 아니옵니까? 게다가 듣자 하니 조정에서도 죽헌당의 여인에 대해서 불만이 많다고 들었습니다. 그것을 잘 이용한다면……."

거기까지 말하고 나서 홍 미인은 갑자기 무 귀비를 빤히 바라보았다. 골똘히 생각에 잠겨 있는 그녀의 시선을 보자 귀비는 눈치 없는 홍 미인이 뭔가를 눈치채지는 않았을까 걱정하면서 처량한 연기를 계속했다.

"그 계집이 황상의 곁에 그리 찰싹 붙어 있는데도 말인가?"

"기회를 잘 노려야겠지요. 제가 어떻게든 방도를 찾아보겠습니다."

"자네, 진심인가? 죽헌당의 계집을 정말로 혼쭐낼 자신이 있는 겐가?"

"혼날 일을 가지고 혼을 내겠다는데 누가 뭐라 하겠습니까? 그 일은 제가 알아서 할 터이니 귀비마마는 뒤로 물러나 계십시오. 그리고 황상께서 언짢아하시면 잘 부탁드립니다. 저보다는 그래도 귀비마마의 청이 더 잘 먹히지 않겠습니까?"

"아무렴 여부가 있겠는가?"

붉은 앵두수가 든 찻잔을 들며 귀비는 미소를 지었다. 잠시 지켜보다가 적절한 순간에 손을 쓰는 것도 나쁘지 않을 것이다. 무엇보다도 자신이 표면에 나오지 않으면서 눈에 거슬리는 사람들을 한꺼번에 치워 버릴 수 있는 좋은 기회였다.

마음에 걸리는 것은 죽헌당 계집이 회임했을지도 모른다는 소식이었다. 회임을 했다면, 더욱더 그녀를 가만둘 수 없었다. 어떻게 해서든 그녀를 궁에서 쫓아내야만 했다.

자신이 가지지 못한 것은 다른 누구도 가질 수 없어야 했다. 어느 누구도 가질 수 없다.

✲ ✲ ✲

바늘 하나 떨어지는 소리가 날 정도로 조용한 침묵이 방 안을 가득 채웠다. 방 안에 있는 사람 어느 누구도 입을 열 생각이 없는 듯했다. 옥빛의 관복을 차려입은 어의는 자신이 할 일이 다했기에 이제 무슨 말이든 나오길 기다리고 있었고, 연 상궁과 린랑은 굳은 표정을 짓고 있는 난영의 눈치만을 살피고 있었다. 방 안 사람들의 시선을 한 몸에 받고 있는 난영은 한참 뒤에 떨리는 어조로 말했다.

"정말인가요?"

"예, 분명히 태기입니다."

"하지만 저는 그런 징조를 전혀…… 달거리도 없었는데……."

"정말 감축드리옵니다, 아씨."

연 상궁이 그리 말했음에도 불구하고 난영은 여전히 얼떨떨한 표정이었다. 자신에게 아이가 생기다니 전혀 생각지도 못한 말이었다. 지금까지 단 한 번도 그녀는 그런 일이 가능할 것이라고는 생각지도 못했다. 아무리 생각해도 거짓말인 것 같아 고개를 갸웃거리는데 수염이 허연 의원은 부드러운 어조로 말했다.

"분명히 태맥이 느껴졌습니다. 최근 몸이 쉬이 피곤해지거나 혹은 헛구역질을 하신 적이 있지 않습니까?"

"빈속에 가끔 어지럽고 구역질이 나긴 했지만, 이전에도 가끔 그런 적이 있어 특별히 주의를 기울이지 않았습니다. 하지만 이리 뜬금없이……."

"벌써 입덧이 시작된 것입니다. 뱃속의 아기님이 아씨께 신호를 보내는 것이지요. 자신이 있으니 조금 더 건강에 관심을 가져 달라고 말입니다. 음양이 조화를 이루는데 결실이 맺어지는 것은 당연한 일이니 너무 놀라지 마십시오."

노의원이 온화한 어조로 말하자, 난영은 민망함에 얼굴이 화끈거렸다. 틀린 말은 아니지만 다른 사람에게 그런 점을 지적당하자 부끄러워진 것이다.

"그렇습니다. 늦으나 빠르나 일어날 일이지요. 그러니 이제부터는 몸가짐을 바로하시고 아기님을 위해 좋은 것만 보시고 좋은 생각만 하시면 됩니다. 무엇보다도 아기님이 중요합니다."

"……그, 그런가요?"

당황스러운 듯이 대꾸하고서 난영은 조심스럽게 손을 들어 배를 만져 보았다. 어제와 똑같이 낮고 평평한 뱃속에 그녀도 모르고 있던 자그마한 생명이 들어 있다는 사실이 너무나 신기했다. 그녀도 모르게 소리 없이 와서 이제 자신이 왔음을 알아 달라고

말하는 아기를 생각하자, 입가에 저절로 미소가 돌았다.

잠시 동안 그렇게 배를 바라보던 난영은 갑자기 무슨 생각을 했는지 굳은 표정으로 고개를 들며 의원에게 말했다.

"의원님, 제가 의원님을 믿고 한 가지 부탁을 드려도 되겠습니까?"

"무슨 말씀이든 하십시오."

"당분간 이 일이 바깥에 퍼지지 않도록 비밀로 해 주십시오. 누구도 제가 임신을 했다는 것을 알아서는 안 됩니다. 황상께는 제가 적당히 때를 보아 말씀드리겠습니다. 연 상궁님과 린랑도 이 일을 비밀로 해 주세요."

"아씨, 어찌하여 그리 말씀하시는 것입니까? 이리 좋은 소식을 꽁꽁 감추시다니요. 한시라도 빨리 황상께 알리는 것이……."

난영의 말에 린랑은 이해할 수 없다는 듯이 물었지만, 연 상궁은 그 말에 고개를 끄덕이며 물었다.

"조정의 분위기가 신경 쓰이시는 것입니까? 그런 일이라면 황상과 의논하여 공표하는 것이 낫겠지요."

"예, 게다가 연윤 공주마마께는 제가 직접 말씀드리고 싶습니다."

"공주마마께요?"

"공주마마께는 동생이 생기는 중요한 일이잖아요. 따로 차분하게 말씀드려야 할 것 같아요. 그러니 당분간은 비밀로 해 주세요."

"말씀하신 대로 각별히 주의하겠습니다."

의원은 그리 말하고 물러나자 난영은 깊은 한숨을 내쉬었다. 기쁘면서도 걱정이 가득한 표정이었다. 여전히 그녀는 자신의 몸 안에 새로운 생명이 자라고 있다는 사실이 믿기지 않았고 기뻤다. 하지만 과연 자신이 어머니가 될 준비가 되었는지, 류의가 아이를 원할 것인지에 대해서는 확신이 없었고, 운혜의 반응도 신경 쓰였다. 무엇 하나 좋다고 생각되는 부분이 없는 것 같았다.

그런 그녀에게 린랑이 말했다.

"아씨, 왜 그러세요. 좋은 일이잖아요. 웃으셔야죠."

"그래야 맞겠지? 아이가 태어난다는 건 좋은 일이겠지? 황상께서도 기뻐하시겠지?"

"그럼요. 자기 자식 태어난다는데 싫어할 남자는 없어요."

"그럴까……?"

"당연하죠. 게다가 아씨가 원자 아기씨라도 낳아 보세요. 조정에서도 절대 아씨에 대해서 뭐라고 하지 못할 걸요. 어쩌면 황후가 되실지도 몰라요."

린랑은 정말로 그런 일이 일어날 것이라는 듯이 호들갑을 떨었다. 난영의 얼굴빛이 좋지 않아서 일부러 더 과장한 것이었지만, 그녀의 생각과 달리 난영은 그 말을 듣고 깊이 한숨을 쉬었다.

"마냥 좋아할 만한 일은 아니야, 황후가 된다는 건……."

"그래도 벌써부터 겁먹을 일도 아니죠. 아씨의 문제는요, 너무 앞서가서 걱정하신다는 거예요. 황상께서 어련히 알아서 잘

해 주시려고요? 말씀은 안 하셔도 아씨께서 걱정하지 않고 편히 지낼 수 있도록 신경 써 주실 거예요. 여태까지 그랬잖아요."

"그래요. 린랑의 말이 맞습니다. 아씨께서 걱정하지 않으셔도 폐하께서 잘 알아서 하실 것입니다. 너무 마음 졸이거나 걱정하지 마시고, 앞으로는 아기님만 생각하세요. 지금부터는 아기님의 건강과 안정이 제일 중요합니다."

린랑에 이어 연 상궁도 그렇게 말하자 난영은 간신히 고개를 끄덕였다. 두 사람의 말대로 자신이 해결할 수 없는 너무 많은 것들을 걱정하고 있는지도 몰랐다. 혼자가 아닌데, 너무 혼자서 끙끙 앓는 것도 좋지 않으리라. 연 상궁의 말대로 지금은 아기만을 생각하고 무엇이 아기를 위해서 최선인지를 생각해야 할 때였다. 그렇지만 뚜렷이 표현할 길 없는 두려움이 그녀의 마음 한 구석을 무겁게 내리눌렀다.

"연 상궁님, 한 가지 물어볼 것이 있어요."

"예, 말씀하십시오."

"연 상궁님은 돌아가신 황후마마를 모셨었죠?"

"황상의 어머니이신 혜원 황후마마와 원경 황후마마를 모셨었지요."

"궁 밖에 있을 때, 평범한 촌부였던 저도 두 분이 매우 사이가 좋으셨다는 것을 압니다. 황후께서 갑자기 돌아가셔서 사람들이 많이 입방아를 찧었다는 이야기도 들어 알고 있어요. 그래서 궁금합니다. 황후께서 돌아가시고 난 뒤에 황상께서 쉬이 그 빈자리를 채우시지 못하고 계시잖아요. 그런데 제가 아이를 낳아도 될까요?"

난영의 말이 계속될수록 연 상궁의 표정은 점점 더 굳어졌다. 그녀가 무엇을 걱정하고 두려워하고 있는지 금방 짐작할 수 있었기에 더욱, 쉽사리 입을 열어 말을 할 수 없었던 것이다. 류의의 마음에 드리워진 원경 황후의 그림자가 너무 깊어 그가 자신을 이리 대하는 것이라고 난영은 느끼고 있었다. 다른 것은 몰라도 그 생각만큼은 고쳐 주어야 했다. 류의는 아마도 절대 자신의 입으로 이 일을 이야기하지 않을 것이었다.

그에겐 자존심에 깊이 상처 입은 일이었고, 때문에 소수의 몇몇 사람들 이외에는 진실을 아는 사람이 아무도 없었다. 아는 이들은 모두 침묵해야 했다. 그 이야기를 하는 것을 류의가 원치 않기 때문이었다. 가장 큰 상처를 입은 그가 입을 다물고 있기에, 다른 이들도 침묵하고 아무 일도 없었던 것처럼 행동하고 있었다. 그것은 연 상궁 역시 마찬가지였다.

"황상께서 아씨께 아무런 말씀을 하지 않는 이상, 저도 역시 입을 다무는 것이 마땅합니다. 하지만 이왕지사 일이 이렇게 되었으니 이 말씀은 드리겠습니다. 황상께서 무슨 생각으로 황후의 자리를 아직 비워 두시는지 저는 아둔하여 잘 모릅니다. 하지만 황상께서 황후마마에 대한 정이 너무 깊어 아씨에게 무심하셨다고 생각하신다면 그 생각은 잘못하신 것입니다. 소인이 생각하기에 황상이 아씨께 품은 마음은 황후마마께 드렸던 마음보다 더 깊다고 생각합니다. 그렇기 때문에 다른 후궁분들도 그리 신경을 곤두세우셨던 것이지요."

"연 상궁님이 보시기엔 그런가요?"

"저뿐만 아니라 황상을 오랜 시간 모신 분들은 모두 그렇게 생각하고 있습니다. 제가 알기로도 황후든 후궁이든 아씨처럼 양심전에 머물면서 황제를 모신 경우는 없답니다. 조정이 시끌시끌한 것도 무 귀비마마께서 약이 올라 발을 동동 굴리는 것도 전부 그 때문이지요. 황상께서 전에 없는 행동을 하시니까요. 게다가…… 황후께서 그리 가신 뒤에 황상께서 다른 여인에게 이리 빨리 마음을 여실 줄은 생각지도 못했습니다. 사정을 아는 이들은 연윤 공주마마의 태자 책봉 이야기를 듣고서 황후를 세울 리가 없다고 포기하고 있었으니까요."

"그게 무슨 말씀이에요? 황상께서 황후를 세우실 생각이 없다니요?"

눈을 동그랗게 뜨면서 린랑이 묻자, 연 상궁은 그녀를 나무라는 듯이 바라본 다음 나지막한 목소리로 말했다.

"이 이야기는 황궁 바깥으로 나가서는 안 될 터이니 너도 단단히 주의하거라. 아씨도 알고만 계십시오. 이런 이야기를 아씨께서 아신다고 하면 황상께서도 마음이 불편하실 것입니다."

"……대체 무슨 일인데요?"

"……저자에 흉흉한 소문이 났던 것을 기억하십니까?"

연 상궁의 말에 난영은 기억을 더듬으면서 고개를 끄덕였다. 지난겨울 급서한 원경 황후의 사인(死人)을 두고 떠돌았던 소문을 모르는 사람이 없었다. 앞날이 창창한 젊은 황후의 요절은 그만큼 사람들의 입에 오르내렸던 것이다.

황제가 황후를 죽였다는 그 소문 때문에 난영도 처음에는 류의를 두려워하던 것도 있었다. 그러나 소문과는 전혀 다른 류의의 태도 때문에 그녀는 더 이상 그런 것들을 생각하지 않았다. 하지만 막상 연 상궁이 이런 이야기를 꺼내자, 다시 두려워졌다. 긴장으로 인해 심장이 빠르게 뛰었다.

"그런 헛소문이 퍼진 것은 원경 황후마마께서 워낙에 손쓸 도리도 없이 돌아가신 탓도 있지만, 그쯤 해서 폐하와 황후마마의 사이가 극도로 나빠졌던 탓도 있습니다. 그리고 그런 헛소문을 퍼트린 자는 이미 잡혀서 황실을 능멸하고 황상을 모욕한 죄로 사형을 당했지요. 그자는…… 원경 황후마마의 옛 정인(情人)이었습니다."

"……뭐라고요?"

"망측스럽게도 원경 황후마마는 입궐하시기 전에 정인이 있으셨지요. 그리고 그 정인과 그때까지도 서찰을 주고받으며 마음을 나누고 계셨습니다. 황상의 지극한 애정을 받으시면서도 단 한 번도 그분께 진실되게 대하지 않으셨던 것입니다. 황상의 앞에서야 그분은 늘 웃으시고 정숙하게 행동하시고, 지아비를 공경하는 지어미셨습니다. 그러나 그것이 모두 거짓이었던 것이지요. 황후께서는 혼례를 올렸으니 어쩔 수 없다, 간택을 받았으니 당연히 궁에 들어와야 한다, 웃고 싶지 않지만 웃느라 마음이 괴롭다……. 그런 식의 서한을 몇 번이나 그 정인에게 보내셨습니다. 그 사실을 황상은 지난 가을에 아셨고 당연히 대노하셨습니다. 하지만 황실의 위신과 황후마마의 위신을 위해 그 일을 묻어

두시려 하셨습니다. 분개한 마음을 달래려 홀로 노력하셨지요."

류의는 황후의 비행을 알고 있는 자들 모두에게 입을 굳게 다물라 시켰다. 발설하면 어느 누구를 막론하고 역모의 죄로 다스리겠다는 서슬 퍼런 그의 기세에 관련자들은 입을 굳게 다물었다. 심지어 그들 사이를 처음으로 발고한 무 귀비조차도 침묵할 수밖에 없었다. 그렇게 그 일은 묻혀 지는 듯했다. 황제와 황후 사이의 불편한 감정만을 남겨 두고.

류의는 그때부터 일에만 열중했고, 황후도 역시 칩거했다. 황후가 외간남자와 연서를 주고받았다는 소식은 예부상서를 통해 황후의 친정인 장 승상의 집에 전달되었다. 그리고 장 승상의 집은 그 소식이 전해지자마자, 자진해서 자신들을 파면해 줄 것을 요청했으나, 류의는 거절하고 오히려 그들을 다독였다. 자신은 이 일을 공론화할 생각도 없거니와 황후에게 따로 벌을 내릴 마음도 없다고.

그는 그때까지도 그녀를 사랑하고 있었다. 미워한 만큼 사랑하고 있었기에, 설령 거짓으로 웃는다고 해도 그녀가 황후로서의 역할만을 지금까지 했던 것처럼 한다면, 더 이상 문제 삼고 싶지 않았던 것이다.

원경 황후 사건은 그에게 있어서 첫 실패였다. 야인(野人)이었던 유년기부터 황궁에 입궐하여 태자 책봉과 선제로부터 양위를 받아 등극한 지금까지, 그는 단 한 번도 실패나 실수한 적이 없었다. 살아남기 위해 자신을 암살하고 끌어내리려는 이복형제들은 물리치고, 헌치제의 후궁들을 하나하나씩 몰아내었으며, 선제가 만들어 놓은 기반을 단단히 다져 황권을 강화했다. 그렇게 단 한 번도 실패하지 않았던 그였기에, 자신이 사랑하고 원하는 여인에게서 수년 동안 기만당했다는 사실을 쉽게 인정할 수 없었던 것이다.

인정할 수 없기에, 그는 그저 아무 일도 없었던 것처럼 묻어두었다. 지금부터는 한쪽만의 거짓이 아닌 양쪽 모두의 거짓이 될 터였다. 그렇게 없었던 일로 치부하고 자신은 실패하지 않았다고 스스로에게 거짓말을 하는 것이 해결책이 될 수 없다는 것을 알면서도, 류의는 그 길을 선택했다.

황제로서의 자존심, 남자로서의 자존심, 그리고 자기 자신으로서의 자존심이 그것을 선택하도록 만든 것이다. 자존심을 선택함으로 그는 피를 흘리는 상처를 그대로 끌어안았고, 그것은 계속 그를 괴롭게 만들었다.

평소에 금슬이 좋았던 만큼, 갑자기 사이가 멀어진 듯한 황제와 황후의 모습을 사람들은 민감하게 받아들였다. 무슨 일이 있었는지 그 사정을 제대로 아는 이가 거의 없었기 때문에 더욱 그랬다.

게다가 하필이면 원경 황후는 그 겨울에 지독한 감기에 걸렸다. 어의가 필사적으로 노력했으나, 감기는 순식간에 폐렴으로 번졌고 황후는 폐렴을 이겨 내지 못하고 승하했다. 너무나 갑작스럽게 벌어진 일이었기에, 류의는 그녀의 투병 중에 단 한 번도 황후를 보러 가지 않았다.

"……황상께서는 황후마마의 병증이 가벼운 감기라고 생각하

셨습니다. 누구라도 그랬을 것입니다. 어의조차도 황후마마의 증세가 그리 심해질 것이라곤 생각지도 못했으니까요. 그렇게 황후께서 승하하시고 황상께서 아무 일도 없는 것처럼 스스로를 추스르셨습니다."

그렇게 떠난 이의 빈자리를 류의가 쉬이 채울 수 있을 것이라고 생각하는 이는 드물었다. 사정을 아는 자들은 모두 입을 다물었고, 사정을 모르는 자들은 그저 당연하다는 듯이 국모의 자리를 계속 비워 둘 수 없다는 말을 했다. 류의의 슬픔이 좀 가시고 나면 당연히 누군가를 맞이할 것이라고 생각한 것이다. 그렇지 않으면 무 귀비가 자연스럽게 황후가 될 것이었다. 류의의 성격상 새로운 여인을 궁에 들일 리가 없었다. 그는 후궁에 여인이 많은 것을 싫어하는 사람이었으니까.

헌치제의 수많은 여인들 때문에 고생한 자신의 어머니와 그 후궁의 자식들을 끌어내리고 멀리하고 귀양을 보냈던 그의 성격상, 누군가를 황후로 들인다면 굳이 다른 여인을 선택할 리 없다고 생각한 것이다.

거기에 난영이 나타났다. 갑작스럽게 그녀를 데리고 온 류의의 행동도 의외였지만, 그녀를 이렇게 가까이 두고 보듬는 것을 보는 것도 그를 아는 이들에게는 특이한 일이었다. 그래서 처음에는 류의가 난영을 정치적으로 이용하려는 것이 아닐까 생각했다는 것이다.

"하지만 아씨를 대하시는 황상의 태도를 보니, 그분이 얼마나 아씨를 소중히 여기시는지 알겠어요. 황상은 황궁의 모진 풍파에서 아씨를 최대한 보호하고 싶으신 겁니다. 지금 후궁의 귀비마마를 뵈어서 아씨에게 좋을 것은 없어요. 오히려 그분의 성정을 자극하는 일이 될지도 모릅니다. 황상께서는 그것을 걱정하시는 거예요."

"황상께서는 제가 귀비마마의 성정을 건드릴 것이라고 생각하시나요?"

"그것보다는 귀비께서 아씨를 좋지 않게 보시겠죠. 아씨가 황후가 되든 후궁이 되시든, 그분은 절대로 아씨를 편히 대하지 못하실 것입니다. 그렇게 되면 힘드신 분은 아씨예요."

"황후마마도 계셨고, 다른 후궁도 계시다 들었습니다. 그분이 저만 못마땅하게 여기실 것도 아니고……."

"아씨는 집안의 배경이 없으니까요. 더욱 버티시기 힘들 것입니다. 후궁이란 그런 곳입니다. 그것을 황상께서는 너무나도 잘 알고 계세요. 귀비께서 원경 황후마마께 대립각을 크게 세우지 못한 것도 황후마마의 가문이 대단한 힘이 되었습니다. 하지만 아씨는……."

"저는 아무것도 없으니, 황상께서 이렇게라도 하지 않으면 안 되는 것이군요."

"솔직하게 말씀드리자면 그렇습니다. 그러니 황상을 믿고 기다려 보세요. 뱃속의 아기씨를 소중히 하시고요. 그것이 아씨께서 하실 일입니다. 이제 아씨는 홀몸도 아니거니와, 지아비를 모시는 분이지 않습니까."

연 상궁의 간곡한 말에 난영은 아무 말도 하지 않았다. 웃을

수도 울 수도 없는 묘한 기분이었다. 하지만 스스로도 놀라울 정도로 담담한 기분이었다. 처음의 긴장감은 어느샌가 사라지고, 연 상궁이 마지막으로 한 말이 귓가에 떠돌았다. 그녀는 이제 곧 엄마가 될 것이고 류의는 그녀의 지아비가 되었다.

남 부인에게서 버림받았다고 생각했을 때부터 지금까지, 그녀가 고집스럽게 잡고 있던 그녀에 대한 마음을 간신히 접을 수 있었다. 새로운 가족이 생겼고 의지할 수 있는 든든한 사람이 곁에 있었다. 조금 이해하기 힘들고 아직도 다가가기 어려운 사람이지만, 그는 그녀의 사람이었다. 그녀를 위하고 다독여 주는.

그러니 그녀도 그와 진짜 가족이 되는 준비를 해야 했다. 지금부터라도 늦지 않으리라.

12.
방문(訪問)

높고 긴 담벼락의 주변을 맴돌 듯이 배회하면서 연윤 공주 운혜는 고민하는 표정을 지었다. 하늘은 높고 하얀 구름이 두둥실 떠다니고, 여름의 꽃들이 활짝 피어 온갖 향기가 바람을 타고 돌아다니는 기분 좋은 날이었다. 하지만 연윤 공주의 표정에는 어두운 기색이 걸려 있었다. 그녀는 지금 어떻게 하면 소리 소문 없이 양심전으로 숨어들 수 있는지 고민하고 있었다.

황제의 침전인 양심전은 황궁에서도 가장 철저하게 방비가 되어 있는 곳이라, 아무리 운혜라고 해도 쉽사리 들어갈 수 없었다. 그래서 한동안은 건양제를 보러 대전에 몰래몰래 숨어들곤 했던 그녀였다.

게다가 지금의 양심전은 이전보다 더욱 철저하게 방비되고 있었다. 양심전에 있는 사람이 류의 혼자가 아니었기 때문이었다.

난영이 양심전에서 류의와 함께 지내는 것이 벌써 보름이 다 되어간다.

그 때문에 황궁에서는 말들이 많았다. 그렇지 않아도 황후의 책봉 문제로 신경이 곤두서 있는 신료들이 이 상황을 달갑지 않게 여기는 것이다. 게다가 난영을 죽헌당에서 모시던 연 상궁마저도 양심전으로 불러 들어갔기 때문에 조정에서는 이 전대미문의 일을 대체 어찌 생각해야 할지 갈팡질팡하고 있었다.

건너건너 그런 이야기를 주워듣고서 운혜는 혀를 끌끌 찼다. 건양제의 기분을 살피느라 정신이 없는 모든 사람들이 어리석게만 보였다. 그래 봐야 그의 속내를 정확히 아는 사람은 아무도 없을 것이다. 고민하고 눈치를 살피는 것이 지금은 무의미하다는 것은 어린 그녀조차도 알고 있는데, 다 큰 어른들이 모른다는 것이 이해가 되지 않았다.

이전에 난영을 데리고 몰래 빠져나왔던 것을 건양제에게 들킨 이후에, 운혜는 자신의 유모이자 본방상궁인 성 상궁에게 있는 대로 잔소리를 듣고 한동안은 연윤궁에서 옴짝달싹도 하지 못했다. 그녀의 어머니인 원경 황후가 친정에서 데리고 온 성 상궁은 운혜가 난영을 만나고 다니는 것을 탐탁지 않게 생각하고 있었다. 그녀가 죽헌당을 드나드는 동안에는 혹여 소문이 나서 운혜에게 화가 미칠까 두려워 입을 다물고 있었으나, 일이 이렇게 되자 작정한 듯이 운혜에게 잔소리를 퍼부으며 그녀의 일거수일투족을 감시했다.

'하여간 성 상궁은 속이 좁아.'

속으로 투덜거리면서 운혜는 초조한 듯이 엄지손가락 끝을 깨물었다. 시간이 별로 없었다. 조금 있으면 성 상궁이 자신이 글방에서 공부를 하고 있지 않다는 사실을 알아챌 것이 분명했기 때문이었다. 원망스러운 듯이 하늘을 쳐다보면서 운혜는 고개를 설레설레 저었다.

하늘에는 낮게 나는 수리가 보였다. 산 쪽에서 날아온 놈일 것이다. 잠시 그렇게 나는 새를 바라보다가 아이는 그 새가 날아간 방향으로 보이는 양심전의 지붕을 바라보았다.

그렇게 성 상궁에게 시달렸음에도 불구하고 운혜가 연윤궁을 몰래 빠져나온 것은 다름 아닌 난영 때문이었다. 사흘도 전에 양심전으로 어의가 불려 갔다는 소문은 순식간에 황성을 돌았고, 반나절도 채 되지 않아 연윤궁의 궁녀들에게도 전달되었다. 무슨 일 때문에 의원이 들어갔는지는 아무도 몰랐다.

황제가 총애하는 의원인 황대유는 입이 무겁고 신중한 사람이라, 그에게 은밀히 연통을 넣은 조정의 주요 중신들—예부상서나 병부상서, 혹은 소문을 좋아하는 홍 미인도—에게 양심전에서 있었던 일에 대해서는 단 한 마디도 흘리지 않았던 것이다. 양심전의 궁녀들이나 내관들 역시 그곳에서 벌어지는 일에 대해서는 철저히 함구하고 있었기 때문에 사람들의 호기심은 점점 커지고 있었다.

"분명히 그 죽헌당의 여인이 회임한 거예요. 아이고, 우리 공주님은 이제 어쩌시나……! 그 여우같은 계집이 원자라도 낳으면 공주님은 분명히 홀대받으실 거예요!"

성 상궁은 그렇게 말하면서 일어나지도 않은 일을 걱정하기 시작했다. 운혜는 자신을 여러모로 돌보느라 전전긍긍하는 성 상궁을 나쁘게 생각하지 않지만, 이렇게 호들갑을 떠는 모습은 도저히 좋게 봐줄 수가 없었다. 게다가 어찌나 난영에 대해서 심한 험담을 하는지 나중에는 듣기 싫어 짜증이 치밀어 오를 지경이었다.

어차피 운혜로서는 난영이 원자를 낳든, 무 귀비가 원자를 낳든 상관없었다. 원경 황후가 살아 있을 때부터, 그녀는 자신이 아무리 뛰어나더라도 남동생이 생기면 보위를 이을 수 없다는 것을 어머니로부터 단단히 주의받아 왔기 때문이었다.

그런 어머니도 없는 지금에 이르러서도 운혜의 상황이 달라지는 일은 없었다. 언제까지나 황후의 자리를 비워 둘 수 없기 때문에 건양제는 빠르든 늦든 반드시 재혼할 것이고, 새로운 황후도 언젠가는 아이를 낳을 것이었다. 황후가 낳지 않는다면, 난영이라도. 류의가 저렇듯 총애하는 모습을 보자면 난영이 그녀의 동생을 낳을 가능성이 높으리라. 그 때문에 후궁전의 사람들은 신경을 바짝 세우고 있는 것이고.

운혜로서는 기왕이면 난영이 아이를 낳는 편이 좋았다. 무 귀비나 홍 미인이라면 성 상궁이 걱정하는 대로 운혜가 황궁에서 설 자리를 아예 없애 버릴 것이 분명했기 때문이었다. 여인도 황제가 될 수 있는 경원에서 운혜의 외가는 명문세가였고, 그렇기에 아무리 후궁들이 아들을 낳아도 원자 책봉을 어렵게 만들 수 있었다.

그렇지 않아도 건양제는 황후를 맞이하라는 신하들의 상소를 운혜를 후계자로 삼아도 되지 않느냐는 말로 물리친 전적이 있었다. 그 말은 다양한 빌미가 될 수 있었고, 그런 상황은 무 귀비나 홍 미인의 일파들이 결코 달갑게 생각하지 않을 것이다.

"진정하게, 언젠가 누군가는 원자를 낳을 것이라는 걸 자네도 알지 않은가!"

성 상궁이 난리를 피우는 것을 한 귀로 듣고 흘리면서 운혜는 의원이 불려 들어갔다는 것이 꼭 회임을 의미하는 것만은 아니라는 말을 삼켜 버렸다. 사람이 아파도 의원은 필요하다. 그리고 그녀는 지난겨울에 너무나도 갑작스럽게 어머니를 잃었기에 그런 쪽으로는 예민한 편이었다. 그렇지 않아도 난영의 건강에 이상이 생긴 것은 아닐지 생각하고 있던 차에 홍 미인이 그녀를 방문했다.

"공주께서 요즘 학업에 열중하고 계시다 하여 격려차 왔습니다."

운혜는 홍 미인을 무 귀비만큼 싫어하고 있지는 않았다. 하지만 그녀와 한가로이 담소를 나눌 정도로 친근한 것은 아니었다. 홍 미인은 본인이 적적하면 불쑥 나타나 사사로운 이야기를 하고 돌아가곤 했기 때문이었다. 그것도 항상 일방적이어서 운혜가 몰래 빠져나갔을 때 찾아오면 여간 곤란한 일이 아니었다. 홍 미인 덕분에 들키지 않고 끝날 일을 들켜서 혼난 적도 많았던 것이다.

"와 주셔서 감사합니다. 많은 분들께서 제 학업을 걱정하고

있어 저도 요즘은 열심히 공부하는 중입니다."

"당연히 그래야지요. 요즘 황상께서 공주를 태자로 세우겠다고 하신다지요? 그럴수록 더욱 정진하셔야 할 것입니다. 이전처럼 몰래 궁을 빠져나가 아랫사람들을 걱정하게 하지 마시고요."

"그렇지 않아도 요즘은 얌전히 지내고 있습니다."

수백 번을 들어 이제는 귀에 못이 박힌 말이었다. 때문에 대답하는 운혜의 태도는 썩 좋지 않았다. 귀찮다는 기색을 감추지 않는 그녀에게 홍 미인은 모르는 척하면서 말했다.

"건강도 잘 챙기세요. 아프시면 큰일 납니다. 요즘같이 계절이 바뀌는 시기가 되면 바람만 잘못 맞아도 고뿔에 걸리기 쉽죠. 혹시 누가 압니까? 황후마마 같은 일이 또 일어날지요. 그러니 더욱 몸조심을 하십시오. 그렇지 않아도 양심전에 의원이 들어갔다는 소식 들었죠? 의원이 자주 불린다는 소식을 듣는 것은 썩 좋은 일은 아닙니다."

"양심전에 사람이 왜 갔다고 합니까? 홍 미인께서는 무슨 이야기를 들으신 것이 있습니까?"

"글쎄요? 뭐 사람들이 떠드는 대로 회임했거나 혹은 아프거나 둘 중 하나겠지요. 회임을 했다면 황상께서 벌써 발표를 하셨을 터이니, 아파서 그런 것 아니겠습니까? 얼마나 아픈지는 모르겠지만 말이지요. 돌아가신 황후마마의 일이 있으니 누가 아프다고 하면 영 신경이 쓰여요. 문병을 핑계로 얼굴이나 볼까 해도 양심전이 단단히 잠겼으니 쉽지 않네요. 대체 얼마나 대단한 여인이기에 황상께서 그리 끼고 도시는지……."

말끝을 흐리면서 홍 미인은 운혜를 바라봤다. 아이는 불안해하는 표정으로 생각에 잠긴 눈치였다. 그것을 보면서 홍 미인은 회심의 미소를 지었다.

"별 소식이 없으니 별일도 없겠지요. 뭐, 아프다고 해도 지금 황상께서 저리 행동하시는 것을 보면 정말 아파도 바깥으로 내보이시지는 않을 것 같네요. 이러다 또 초상 치르는 것 아닌지 모르겠어요. 황후마마 돌아가실 때에도 정말 소리 소문 없이 일이 벌어졌으니, 정말 어떤 사정인지 궁금하지 않나요?"

그 말에 운혜는 오늘 양심전으로 나온 것이다. 그전까지는 막연하게 괜찮을 것이라고 생각했지만 이제는 불안했다. 지난겨울에 있었던 일이 자꾸만 생각나서 도저히 가만히 있을 수 없었다. 이제 더 이상 자신이 모르는 사이에 누군가가 떠나는 것은 싫었고 난영이 잘 지내는지도 궁금했다.

그래서 혹시나 하는 마음에 양심전까지 왔지만 운혜는 전각 안으로 들어갈 수 없었다. 황제가 머무는 곳에 허락도 없이 공주가 들어갈 수는 없었던 것이다. 그래서 괜히 양심전의 담벼락을 따라 산책하는 것처럼 뱅뱅 맴을 돌았다. 담을 타고 넘어 볼까도 고민했지만 양심전의 담 주변에는 타고 오를 만한 나무가 없었다.

"흠흠! 연윤 공주마마, 예서 뭐하시는 것입니까?"

"에엑?"

익숙한 목소리가 들려오자, 그녀는 고개를 발딱 들었다. 세준의 얼굴이 바로 앞에 있었다. 관복을 차려 입고 있는 모습을 보

자 운혜는 눈을 동그랗게 뜨며 물었다.

"강 중장은 지금 근신 중 아니었는가?"

"어제 풀려서 오늘부터 입궁하여 근무하고 있습니다. 공주마마는 대체 이곳에 어쩐 일이십니까? 어째서 또 혼자 나와 계시는 겁니까?"

금방이라도 잔소리를 할 것 같은 세준의 태도를 보면서 운혜는 재빨리 머리를 굴렸다. 변명거리도 별로 없거니와 지금은 그에게 물어보고 싶은 것이 있었다.

"그러는 자네는 왜 여기에 있는 건가? 설마 양심전에서 근무하고 있나?"

"예, 앞으로 보름은 양심전에 머뭅니다."

그 말에 운혜의 눈빛이 번뜩거렸다. 그것을 보고 세준은 정색하는 표정으로 팔짱을 꼈다. 온몸에 저도 모르게 힘이 들어갔다. 류의에게나 운혜에게서 이런 표정을 발견할 때마다 긴장할 만한 일이 언제나 생겼기 때문이었다. 아니나 다를까, 운혜는 그의 옷자락을 잡으면서 절박한 어조로 물었다.

"그러면 죽헌당은 잘 있는지 혹여 아는가?"

운혜가 한 질문을 예상한 것은 아니었지만, 세준은 어쩐지라는 말을 머릿속에 떠올렸다. 대전에서의 일도 있거니와 난영이 양심전에 들어간 지 보름이 넘었으니 소식이 궁금하기도 할 것이었다.

하지만 그는 약간의 장난기를 담아 되물었다.

"공주마마께서는 그동안 궁에 계셨고 신은 이제 입궁하였는데, 죽헌당 아씨의 소식을 어찌하여 신에게 물으시는 겁니까?"

"그게 나는 그 동안 연윤궁을 나갈 수가 없었네. 저번의 일 때문에 성 상궁이 하도 잔소리가 심해서……. 게다가 아바마마께서는 죽헌당을 양심전에 꼭꼭 숨겨 두셨는 걸. 조정에서 말들이 많으니 바늘 하나 들어갈 틈도 안 만들어 놓으셨다고."

입술을 비죽거리면서 대꾸하는 운혜의 말에 세준은 고개를 끄덕였다. 죽헌당의 문제를 가지고 조정 중신들이 말이 많아지자, 오히려 그들이 그 문제 때문에 제대로 된 일을 하지 않는다며 감사를 벌인 류의였기 때문이었다. 게다가 양심전에 있는 자들은 하나같이 입이 무거워 어지간한 이야기는 밖으로 새어 나오는 법이 없었다.

"자네도 아바마마를 잘 알지 않은가!"

나중엔 버럭 성질을 내는 운혜를 바라보면서 세준은 가볍게 한숨을 내쉬었다.

"공주마마도 황상에 대해서 잘 아시지 않습니까. 그럼 신의 대답이 무엇인지도 아실 텐데요."

"……치사해."

"저도 입을 함부로 놀릴 수 없습니다. 그러니 어서 연윤궁으로 돌아가세요. 자리를 비운 것을 알면 사람들이 또 걱정합니다."

"한 가지만 가르쳐 주면 돌아갈게."

"공주마마."

"그냥 알고 싶은 거야. 죽헌당이 건강히 잘 있는지. 나도 다른

일로는 이렇게 여기까지 오지 않아. 아바마마께서 아끼시는 사람이니 지금은 어련히 잘 있을까 생각한다고. 근데 엊그제 의원이 다녀갔다고 하니까 걱정이 되잖아!"

"예?"

버럭 소리를 치며 얼굴이 빨개진 운혜의 얼굴에는 불안감이 역력했기에 세준은 당황했다. 하지만 비교적 둔감한 그도 이번에는 금방 이유를 알아낼 수 있었다. 엊그제 난영을 진료하러 의원이 다녀갔다는 말에 사람들은 이것저것 오만가지 추측을 다하면서 양심전에서 일하는 사람들에게 이리저리 찔러 보고 있었다.

그들이 제일 알고 싶은 것은 난영이 회임했느냐일 것이다. 그도 숙직실에서 몇 번이나 그런 질문을 받았으나 아무것도 대답할 수 없었다. 아는 것도 없거니와 입을 함부로 놀리지 말라는 류의의 명을 받았기 때문이었다.

하지만 세준은 물어보는 상대가 다른 사람도 아니고 운혜이기 때문에 좀 더 마음이 풀어졌다. 운혜가 난영을 얼마나 좋아하고 있는지 잘 알기 때문이었다. 마음 같아서는 알고 있는 대로 말해주고 싶지만 그조차도 의원이 무슨 일로 다녀갔는지는 알지 못했다. 아침저녁으로 의원이 처방한 탕약이 올라가고 있다는 것 정도다.

"죽헌당 아씨가 회임했는지 안 했는지는 저도 잘 모릅니다. 황상께서도 별말이 없으신 데다가, 연 상궁이나 여 나인도 아무 말이 없거든요."

"내가 궁금한 건 그게 아니야. 어디 다른데 아픈 것은 아니고? 정말 아무 일도 없는 거지?"

"죽헌당 아씨의 회임 여부를 물으시려던 것 아니었습니까?"

세준의 대답에 운혜는 고개를 설레설레 저었다. 너무나 필사적으로 고개를 흔들어서 그녀의 머리 장신구 하나가 흘러내렸다.

"난 그냥 어디 아픈 것이 아닐까 걱정했을 뿐이야. 왜 내가 회임 여부가 궁금하다고 생각한 건가?"

"그거야 다른 사람들은 다들 그런 것만 물어보고 있거든요. 그러니 공주마마께서도 그 일이 궁금한 모양인가 싶었지요."

"전! 혀! 아닐세!"

목에 힘을 주어 말하는 아이를 세준은 어리둥절한 표정으로 바라보았다. 어느 누구보다도 운혜가 난영의 임신 여부를 궁금해할 것이라고 생각했는데 아니라니, 이해가 되지 않는 것이다. 그의 그런 표정에 운혜는 미간을 좁히면서 말했다.

"어차피 남동생이란 아바마마가 살아 계시고 시간이 지나면 태어날 거야. 죽헌당에게서든, 다른 사람에게서든. 하지만 건강은 그렇지 않잖아. 정말로 어디가 아픈 것 아니지? 정말로 건강한 거지?"

집요하게 안부를 묻는 운혜의 말에 담긴 간절함은 둔감한 세준조차도 분명히 느낄 수 있었다.

"혹여 황후마마와 같은 일이 일어났을까 걱정하셨습니까?"

말을 하고 나서 세준은 자신의 경박스러운 주둥이를 한 대 때리고 싶어졌다. 자신의 말이 떨어지자마자 운혜의 얼굴이 순식간에 붉어지면서 눈가에 눈물이 고였던 것이다. 갑작스럽게 어미를 잃은 아이에게 누군가가 아프다는 말은 두려움 그 자체라는 것을 그는 그제야 알았다.

때문에 이 아이는 일부러 여기까지 온 것이다. 갸륵한 마음이 이해가 되자, 운혜를 안심시켜 주어야겠다는 생각이 들어 그는 한결 부드러운 어조로 말했다.

"예. 근무 중에 몇 번 먼발치에서 뵌 것이 전부였습니다만, 어디가 아프신 구석이 있는 것처럼은 아니 보였습니다."

"정말?"

"예. 의원이 다녀간 이유는 잘 모르겠지만, 정말로 아프신 것은 아닙니다. 아프시다면 황상께서 대전에 나가실 리가 없죠."

"그건…… 그러네."

운혜가 그렇게 말하자, 세준은 다시금 아차 하는 마음이었다. 하지 말아야 할 이야기를 왜 또 해서는 운혜의 마음을 아프게 만든 것인지, 할 수만 있다면 멋대로 움직이는 입을 한 대 치고 싶었다.

하지만 운혜는 세준이 생각했던 것보다 훨씬 더 침착한 태도로 고개를 끄덕였다.

"맞아, 정말로 상태가 좋지 않았더라면 아바마마께서 대전에 나오지는 않으셨겠지. 다행이야."

"공주마마."

"왜?"

"저기…… 섭섭하지 않으십니까?"

"뭐가?"

"아니요, 그러니까……."

차마 말을 떼지 못하는 세준의 얼굴을 바라보면서 운혜는 갑자기 미소를 지어 보였다. 아이답지 않은 놀라울 정도의 어른스러운 미소였다.

"강 중장은 쓸데없는 걱정이 너무 많아. 난 괜찮아, 그냥 좀 늘 있던 사람들이 없어서 조금 쓸쓸할 뿐, 섭섭하지는 않아."

"……신이 연윤궁까지 모시겠습니다."

"안 그래도 되는데? 근무 중 아니야?"

"교대 시간이니 괜찮습니다."

딱딱하게 대답하는 세준의 얼굴을 운혜는 웃으면서 바라보았다. 그리고 잠시 후에 천천히 걸음을 옮겼다. 앞서가는 아이의 자그마한 뒷모습을 보면서 그는 잠시 생각에 잠겼다.

※ ※ ※

점심을 먹고 나서부터 꾸벅꾸벅 졸기 시작하던 난영은 결국 침상에 누워 버렸다. 아이를 가졌다는 사실을 안 이후부터 그녀의 몸은 점점 그 태를 내고 있었다. 입맛도 떨어지고 낮잠이 늘었다. 그럼에도 불구하고 그녀는 아직 류의에게는 아무 말도 하지 않고 있었다. 이유가 무엇인지는 모르지만 배냇저고리를 만드는 난영의 표정은 심상치 않았다. 그녀는 류의에게 자신의 임신 사실을 말하는 것을 두려워하는 것 같았다.

연 상궁과 린랑은 신중해지고 싶어 하는 난영의 기분을 알기

때문에 일단은 침묵을 지키고 있었다. 하지만 비밀을 완전히 감출 수는 없었다. 어제 저녁에 류의가 린랑만을 따로 불러 넌지시 떠보았다.

"의원이 난영에게 올린 탕재를 보았는데 마음에 좀 걸리는 부분이 있더군. 어찌 된 일인지 물어봐도 될까?"

무슨 일이 있는지 이미 알고 있는 듯한 그의 눈치에 린랑은 전부 말하고 싶은 기분이 들었다. 하지만 아무리 류의가 사실을 알고 있다고 해도 난영이 입을 다물라고 한 이상 린랑은 아무 말도 하지 않을 생각이었다.

"제가 알기로는 아씨의 기력이 쇠하여 지어 주신 탕약이라고 알고 있습니다."

"그렇게 알고 있다고?"

"예, 저는 그렇게 알고 있습니다. ……황상, 아씨가 별말씀이 없는 것은 신중하시기 때문입니다. 게다가 겁도 많으시고 걱정도 많으시죠. 황상께서 조금만 더 다독여 주시고 기다려 주세요. 때가 되고 결심이 서면 아씨께서도 황상께 말씀을 드릴 것입니다."

"그녀가 고민하고 있던가?"

"돌아가신 황후마마와 연윤 공주마마에 대해서 마음을 쓰시고 계시죠. 아무래도 후궁의 정세나 아씨의 처지가 불안하시지 않겠습니까? 황상께서 아무 말씀도 안 하고 계시니까요."

비난의 의미를 담고 있는 린랑의 어투에도 류의의 표정은 거의 변함이 없었다. 정말로 생각을 알 수 없는 사람이라며 그녀는 속으로 한숨을 내쉬었다. 이러니까 난영도 쉬이 마음을 털어놓을 수 없는 것이다. 자신에 대한 그의 마음을 확신할 수 없으니까.

"알겠네. 자네의 말을 마음 깊이 새겨 두도록 하지. 앞으로도 지금처럼 난영을 잘 부탁하네. 자네는 무슨 일이 있어도 그 아이의 편이 되어 주어야 할 사람이니까."

웃으면서 대꾸하는 그의 눈빛이 깊게 가라앉아 있는 것을 보고 린랑은 저도 모르게 두렵다는 생각을 했다. 건양제가 무엇을 결심하고 있는지는 모르지만 조만간에 무슨 일이 벌어질 것 같다는 불길한 예감이 들었던 것이다.

그의 말대로 무슨 일이 있어도 자신은 난영을 돌볼 것이다. 자신을 친딸처럼 보살펴 주었던 공 부인의 단단한 부탁도 있었고 황궁으로 들어올 때 결심한 것도 있었다. 지금은 난영이 잘되는 것이 자신에게도 중요하다는 것을 통감하고 있었다.

잠든 그녀에게 꼼꼼하게 이불을 덮어 주고 나서 린랑은 잠시 쉴 요량으로 바깥으로 나왔다. 완연한 봄의 오후는 따뜻한 바람을 동반하고 있었다. 파릇파릇한 나뭇가지와 색색의 꽃을 피우고 있는 화단을 쳐다보면서 천천히 걷고 있는데 편석을 밟는 소리가 들려왔다. 외부와 차단된 양심전의 정원에 대체 누가 돌아다니는가 싶어 고개를 돌리자 금위위의 관복을 입은 무사가 그녀를 향해 꾸벅 고개를 숙였다.

"안녕하십니까, 여 나인."

"안녕하십니까, 강 중장님."

우혜원에서부터 보아왔기 때문에 세준과는 그럭저럭 안면이 있는 린랑이었다. 인사를 나누는 것도 이상한 일은 아니었다. 아는 사이에 데면데면하고 싶지 않고 궁에 온 이상 누구라도 알아두면 손해 볼 일이 없다고 생각한 린랑은 궁에 온 이후에는 일부러 더 눈에 보이도록 인사를 꼬박꼬박 하곤 했었다.

하지만 오늘처럼 세준 쪽에서 먼저 아는 척을 하는 일은 없어서 그녀는 내심 이상타 생각하고 있었다. 거기에 인사가 끝나도 세준은 그 자리에서 움직이지 않았다. 오히려 할 말이 있다는 표정으로 서서 인상과 분위기를 잡고 있었다. 할 말이 있다면 빨리 말하지 대체 무슨 말을 하려고 이렇게 분위기를 잡고 있는지 어이가 없어서, 린랑은 시선도 피하지 않고 그를 빤히 응시했다.

시선이 따가웠는지, 아니면 드디어 말을 할 결심이 섰는지 세준은 숨을 들이마시면서 입을 열었다.

"부탁이 있습니다, 여 나인."

너무나 진지한 어조였기 때문에 린랑도 덩달아 긴장하고 말았다. 게다가 말을 그렇게 꺼내 놓고 나서도 다시 입을 다물고 한참을 뜸을 들이는 것이 좋게 보이지는 않았다. 대체 무슨 어려운 부탁을 하려고 이러는 건지, 나름의 인내심을 가지고 린랑은 그가 입을 열기를 기다렸다. 그리고 인내심이 끝을 달해 이만 가보겠다고 말하려는 순간에 세준은 입을 열었다.

"죽헌당 아씨께 연윤 공주마마의 안부를 전해 줄 수 있겠습니까? 의원이 다녀갔다기에 공주마마께서 걱정하시어 여기까지 오셨다 그냥 돌아가셨습니다."

생각지도 못한 그의 말에 그녀는 놀란 듯이 되물었다.

"공주마마께서 아씨의 안부를 물으러 오셨다고요? 정말로요?"

"예, 아씨께서 어디가 아프신 것은 아닌지 하는 생각에 깜짝 놀라신 모양입니다."

"어머나…… 그건……. 생각도 못했네요. 공주마마께서 걱정하실 줄은……."

"황후마마의 일을 겪으셔서 그런지, 누군가가 아프다고 하면 많이 예민해지십니다. 게다가 죽헌당 아씨에 대한 소식은 좀처럼 들을 수 없으니 괜히 마음을 졸이시는 것일 겁니다."

"그럼 제가 꼭 아씨께 공주마마께서 걱정하신다는 이야기를 전달해 드리도록 하겠습니다. 공주마마께도 아씨는 건강하시니 너무 심려치 말아 달라고 전해 주세요."

린랑의 대답에 세준은 고개를 끄덕거린 다음, 미련 없이 물러났다. 더 이상 할 말이 없다는 듯이 산뜻한 그 태도가 인상 깊었다. 그가 자신에게 말을 걸었을 때, 난영에 대해서 조금이라도 더 알려고 하지 않을까 하고 생각했었기 때문이었다.

하지만 저런 성격이기 때문에 류의의 양심전을 지키고 있는 것일지도 모른다고 느꼈다. 입이 무겁지 않으면 이곳에서 버틸 수 없었다. 그렇게 생각하면서 린랑은 양심전의 전각 안으로 들어갔다. 이제 조금 있으면 저녁 준비를 해야 할 시간이었다.

그날 저녁 난영이 목욕을 끝내고 나오자 린랑은 난영의 머리

를 말려 주면서 세준이 했던 이야기를 전했다. 운혜가 자신을 걱정했다는 말을 듣고서 난영은 놀란 표정으로 고개를 들어 린랑을 바라보았다.

"정말로? 공주마마께서 그리 걱정하셨던 거야?"

"예, 강 중장님의 말씀으론 어디가 아프신 것은 아닌지 매우 걱정하셨다고 합니다. 강 중장님이 일부러 물어보러 오셨을 정도라면 공주마마의 마음이 정말 깊으셨던 것이겠죠."

"생각지도 못한 일이네……. 그때 그리 헤어지고 나서 제대로 인사도 못 드렸는데…… 공주마마께 그동안 너무 무심했었나 봐. 그래도 날 생각해 주신 분인데……."

말끝을 흐리면서 난영은 입술을 깨물었다. 그 동안은 정신이 없어서 운혜를 챙기는 것을 거의 잊고 있었다. 하지만 이제는 다른 누구보다도 운혜가 어떻게 생각할지 신경이 쓰였다. 자신을 이렇게나 따라 주는 운혜를 상처 입히고 싶지 않았다.

점점 생각해야 할 거리들이 많아졌다. 배려해야 할 것들도 소중하게 여겨야 할 것들도 늘어나고 있었다. 아직 류의에게 임신했다는 사실을 말하지 못한 것도 운혜에 대한 고민이 있었기 때문이었다. 무엇이 최선인지 그녀는 아직 감을 잡지 못했다.

그런 생각을 하고 있는 그녀의 목덜미에 긴 손가락이 닿았다. 머리카락을 말려 주는 린랑일 것이라고 생각하던 난영은 침향이 느껴지자 화들짝 놀라서 고개를 들었다. 하지만 그보다 먼저 류의가 그녀의 어깨를 감싸 안았다. 목덜미에 코를 비비면서 목욕 후의 향긋한 체향을 즐기는 그의 모습에 난영은 몸을 바르르 떨었다. 귓가에 피곤한 듯 얇은 한숨 소리가 들려왔다. 그래서 그녀는 조심스럽게 입을 열었다.

"무슨 일 있었나요?"

"조금 성가신 일이 있어서 골치가 아파. 잠시만 이대로 있게."

"무슨 일인데요?"

"자네가 신경 쓸 만큼 대단한 일은 아니야. 사람들이 쨍알거리는 것이 귀찮을 뿐이지."

대답하는 그의 목소리는 조금씩 가벼워졌다. 하지만 난영을 안고 있는 팔은 그 자리에서 움직이지 않았다. 마치 그녀를 품고 있어야만 기분이 풀린다는 듯이 그는 한참을 그렇게 서 있었다. 따뜻한 체온과 약간의 땀 냄새, 그리고 목덜미를 타고 옷자락 사이로 흘러들어 오는 숨결이 그녀를 떨리게 만들었다.

자극적인 그 느낌을 물리치려고 노력하면서 난영은 다시 입을 열었다.

"많이 힘드신가요?"

"힘들지 않는 일은 없어. 자네가 오기 전부터 계속해 왔던 일이니까. 지금은 그냥 자네에게 어리광 피우는 거야."

그가 그렇게 말하자 난영은 피식 웃어 버렸다. 어리광이라니, 지엄하신 황제가 어리광이라니, 누구에게 말해도 믿지 못하리라. 하지만 그녀에게 먼저 손을 내민 사람도, 그녀를 붙들고 놓지 않은 사람도 그였다. 난영은 새삼스럽다는 듯이 그를 돌아보았다. 류의가 말하지 않은, 하지만 이렇게 자신에게만 보여 주는 소소한 행동들이 얼마나 큰 의미인지 이제야 깨달은 것이다. 문득 이 사람이 너무나도 사랑스럽게 느꼈다.

조심스럽게 손을 들어서 그녀는 그의 어깨를 두드렸다. 크게 위안이 되지 못하겠지만, 지금 그녀가 할 수 있는 일은 이 정도뿐이었다. 그녀의 작은 품이 그의 넓은 어깨 전체를 모두 감쌀 수 없어서 어설픈 모양새였지만 류의는 그것이 마음에 드는 모양이었다.

"앞으로 자주 이래야겠다."

"네?"

"자네가 이렇게 해 주니까 좋아. 마음이 편해져."

그는 그렇게 말하면서 그녀의 어깨 위로 머리를 기울였다. 아이처럼 매달리는 그를 보면서 난영은 웃으며 말했다.

"지금 황상은 꼭 연윤 공주마마 같으세요."

"여기서 운혜 이야기가 왜 나와?"

"닮으셨으니까요. 정말로요. 하시는 행동이 정말 똑같아요. 제가 죽헌당에서 자수를 놓고 있으면 공주마마도 종종 무릎 위로 파고드셨거든요."

"그 애가 그렇게 행동하던가?"

그의 눈동자에 흥미롭다는 표정이 떠오르자, 난영은 고개를 끄덕거렸다.

"그때는 자수를 놓고 있는 중이라 바늘에 찔린다고 말씀드려도 아랑곳하지 않으시더라고요. 아주 귀엽고 사랑스러운 분이세요."

"운혜가 좋아? 대하기는 어렵지 않은가?"

"폐하보다 더 좋아요. 정도 많이 들었고요. 많이 외로우신지 어리광도 많이 부리시더라고요."

"그 아이가 자네 앞에서는 그런 어리광도 피워? 황후에게도 그렇게는 안 하던 아이인데……. 하긴 황후는 그런 것을 받아 줄 사람이 아니지……."

"……엄격하셨나 보군요."

"감정 표현을 잘하는 편은 아니었어. 잘 웃는 편도 아니고. 자네처럼 생각을 읽기 쉽지도 않았고, 엄격하게 아이를 키웠지."

"저는 아주 아름다우시고 재주도 많으셨다고 들었는데요. 공주마마와 많이 닮으셔서, 공주마마도 자라시면 아주 미인이 되실 거라고 하더군요."

그리고 황후는 류의가 세상에 다시 없이 사랑한 여인이었다. 좋지 않은 이별이 있었어도 그 사실은 변함이 없었다. 황후가 그리 가 버리지 않았다면 두 사람은 어떤 식으로든 화해했을 것이다. 류의는 결국 그녀를 용서했을 것이라고 생각했다. 그는 냉정한 듯해도 다정한 사람이었고, 좋아하는 것에 대해서는 무른 성격이었으니까. 그와 오래 함께하지 않았지만, 난영은 알 수 있었다. 그리고 어떤 의미에서든 그녀에 대한 기억은 류의의 마음속에 아직 남아 있었다.

그 생각을 하자, 그녀의 명치끝이 쿡쿡 쑤셨다. 아프다. 참을 수 없을 만큼 아픈 것은 아니지만, 끊임없는 고통이 신경을 건드리는 것 같았다. 그녀의 존재가 크지 않았더라면, 그도 그렇게까지 상처 입지 않았을 것이다. 난영은 그를 마음에 품었기에, 그가 원경 황후에게 품었던 마음을 이해할 수 있었다. 그래서 가슴이 아팠다.

죽은 이를 질투해 보았자, 소용없었다. 죽은 이가 만들어 낸 흔적은 절대로 지워지지 않는다는 것을 그녀는 돌아가신 아버지를 보며 배웠던 것이다. 남 부인은 아버지를 사랑했지만, 아버지가 끝내 마음속에 품었던 사람은 그녀의 친어머니였다. 아버지가 돌아가신 이후에 남 부인이 자신을 붙잡고 말술을 마시며 했던 그 이야기 때문에 그녀는 도저히 남 부인을 저버릴 수 없었다.

아버지를 사랑했으면서도 끝내 그의 마음을 얻지 못한 남 부인이 가엾고 고마웠다. 그리고 지금에 와서는 그녀가 조금은 이해가 되었다. 지금 자신의 처지와 그녀의 처지는 그다지 다르지 않으니까.

머릿속에 떠오르는 생각을 털어버려야 했다. 계속 담고 있으면 머리가 아프다. 그래서 그녀는 웅얼거리듯이 말했다.

"제가 쓸데없는 이야길 한 것 같네요."

저도 모르게 입술을 깨물자 그 위로 류의의 손가락이 서서히 스치고 지나갔다. 그녀를 바라보는 그의 눈길은 진지했다. 마치 그녀의 마음속에 있는 생각을 읽어 내려고 하는 것 같았다. 난영이 시선을 피하지 않고 맞받아치듯이 응시하자, 그는 잠시 후에 피식하니 웃음을 지으며 말했다.

"운혜가 여기에 왔다 갔었지?"

"다 알고 계셨군요."

"보고가 왔었어. 강 중장은 고지식한데다가 내게 꼭 뭐라고 해야 한다고 생각한 모양이더라고. 운혜를 너무 내버려 두지 말라는 말을 덧붙였어. 그녀석이 봐도 내가 그 아이를 방임하는 게 보이는가 보지."

"공주마마께서는 황후마마께서 돌아가신 이후에 많이 외로워하셨으니까요. 저 같은 것에게 마음을 쓰시고 걱정하실 정도로요."

"자네 같은 것?"

"공주마마의 입장에서는 제가 탐탁지 않은 것이 분명하잖아요. 그런데도 제가 아프지는 않은지 걱정하셨다는 말을 듣고서 솔직히…… 뭐라 말할 수 없을 만큼 기뻤답니다."

"그 아이가 자네를 좋아해서 다행이라고 생각해. 자네도 그 아이를 편히 대해 주어서 고마워. 그건 아마도 앞으로 내가 할 수 없는 일일 테니까."

생각지도 못한 말이었기 때문에 난영은 잠시 동안 그를 응시하다가 조심스럽게 말했다.

"황후마마 때문에 공주마마께 미안해서 그런 것이라면, 너무 그리 생각하지 마세요. 그 일은 그저 운이 좋지 않았던 것뿐입니다. 오히려 그럴수록 공주마마의 마음을 다독여 주셔야 하는 것 아닌가요? 어찌 되었든 공주마마는 황상의 따님이시 않습니까?"

"그 어미를 죽이게 한 아비가 무슨 면목으로 그 아이의 앞에서 웃을 수 있겠는가? 난 그 아이를 보는 것이 괴로워. 그다지 내키지도 않고."

"그 일은 황상의 잘못은 아니잖아요. 황후께서 병이 나신 것도 갑자기 병세가 악화되어 돌아가신 것도 황상의 잘못이 아닌데 어째서 그런 말씀을 하세요?"

난영이 그렇게 말하자, 류의는 고개를 설레설레 저었다. 약간의 자조적인 미소가 그의 얼굴에 떠올랐다. 그 순간 그녀는 자신이 건드리지 말아야 할 것을 건드렸다는 생각이 들었다. 하지만 알고 싶었다. 그가 운혜를 멀리하는 이유, 그리고 황후가 어떻게 죽었는지.

겁먹은 그녀의 얼굴을 들여다보면서 그는 다시 미소를 지었다. 그녀가 처음으로 본 그의 자신감 없는 얼굴이었다. 후회가 남아 있는 그 얼굴을 빤히 올려다보면서 그녀는 잠자코 그가 입을 열기를 기다렸다. 기억을 더듬는 듯이 생각에 잠긴 표정으로 잠시 고개를 돌렸던 그는 난영에게서 약간의 거리를 두었다.

솔직해져야 했다. 그래야 한다고 생각했다. 어차피 난영은 자신을 떠날 수도 없고 자신과 멀어질 수도 없었다. 그러니까 조금은 더 그녀를 믿어야 한다고 이성은 생각하고 있었다.

"자네는 날 미워하지 않은가?"

강제로 품에 안고, 강제로 어머니의 곁에서 데려와서 마음대로 그녀의 운명을 농락한 자신을 그녀가 미워하는 것도 당연했다. 원경 황후는 그랬으니까. 그녀는 자신의 운명을 한없이 가엾다고 여겼고, 그렇게 만든 류의에게 결코 마음을 주지 않았다. 난영도 그러는 것이 당연하다고 생각했었다.

하지만 난영은 그에게 오히려 마음을 열려고 했다. 체념하기도 하고 화를 내기도 하고 무서워하기도 했지만, 그녀는 노력을 포기하지 않았다. 운혜의 마음을 열었고 그를 이해하려고 노력하기도 했으며, 때로는 질투도 했다. 그는 언제나 자신에게 그렇게 감정을 표현하는 난영이 고마웠다. 괜히 넘겨짚지도 않고 오해하지도 않고, 그렇게 보이는 대로 알 수 있는 그녀이기에 그도 다시 마음을 열 수 있었던 것이다.

처음에는 장난, 그 다음엔 이끌림, 그리고 지금은 조금이라도 더 가까이, 더 오랫동안 함께 있고 싶었다. 자신만의 감정을 상대에게 강요하게 되면 어떻게 되는지 원경 황후를 통해 배웠다. 하지만 배운 것을 현실에 적용하기는 늘 어려웠다. 여유를 가장해도 결국은 겁을 내고 만다.

그의 질문에 난영은 잠자코 그의 손을 잡았다. 크고 굳은살이 박힌, 손톱을 짧게 깎아 정갈한 긴 손가락이 그녀의 작은 손에 감겨 왔다. 매달리는 것 같은 그 느낌을 밀어내지 않으면서 난영도 그의 손을 맞잡았다. 깍지를 낀 손가락을 통해 맞닿은 피부가 머금은 체온은 그대로 심장으로 다가왔다. 그녀는 그렇게 손을 맞잡고서 차분한 어조로 말했다.

"황상을 미워했다면, 아마도 저는 늘 울었을 거예요. 겁이 많아서 늘 가슴속에 걱정을 쌓아 놓고 사니까요. 하지만 그렇지 않았죠. 처음에는 당황스럽고 무서웠어요. 저처럼 평범한 사람이 황상 같으신 분을 모시게 되었으니까요. 하지만 황상은…… 제가 이해하기 어렵긴 하지만 저를 늘 지켜 주시고 돌봐 주셨죠? 이제는 알아요. 황상께서 무엇을 하시든 그것이 저를 위한 것이었다는 걸요."

말해야지. 그래야 한다. 이제야 간신히 두 사람이 서로의 얼굴을 바라보고 있었다. 서로가 피하던 이야기를 할 수 있었다. 한 발짝 서로에게 다가가는 계기가 이제 온 것이다. 난영은 그것을 본능적으로 느꼈기에 이 순간을 놓치지 않으려고 필사적으로 노력했다.

말을 해야 한다. 마음속에 담은 말을.

"처음부터 폐하를 미워하기가 힘들었어요. 이상하게도 단 한 번도 당신을 미워하지 못했죠. 원망하긴 했어요. 왜 하필이면 나인가 싶은 마음이 안 생기는 것은 아니더라고요. 그래도 제가 정말 필요할 때, 황상은 늘…… 아니, 류의 님은 늘 손을 내밀어 주셨어요. 그러니까 미워하지 않아요. 당신을……."

"짐은 자네가 생각하는 만큼 좋은 사람은 아니야."

난영이 자신을 류의라고 부르자 그는 무안한 듯이 고개를 돌렸다. 기억하고 있을 것이라곤 크게 기대하지 않았다. 그리고 그 때문에 더욱 지금이라도 말을 해야 한다고 생각했다.

그런 그를 향해 난영은 깊은 결심이 서린 어조로 말했다.

"그래도 믿어 보려고요. 믿지 않는 것보다 믿는 것이 나아요. 류의 님도 나름으로 생각이 있으셔서 하는 행동이시지요? 그럼 저는 앞으로도 당신이 무엇을 하시든 믿을래요. 믿을 수 있도록 할게요. 그게, 제가 할 수 있는 일이니까요."

"짐에 대해서 좋지 않은 소문을 들었어도 말인가? 황후를 죽였다는 그런 소문을 듣고서도?"

"헛소문이잖아요. 처음에는 무서웠던 것도 사실이지만, 지금은 아니에요. 류의 님이 그럴 사람은 아니라고 생각해요."

"그 소문……은 거짓이 아니야."

그는 담담하게, 하지만 감정을 억누르려는 듯이 말했다. 난영의 눈동자가 떨리는 것이 바람에 흔들리는 등불에 비쳐졌다. 짧은 순간의 침묵은 두 사람에게는 영원처럼 느껴졌다.

침묵이 끝나자, 류의는 고개를 숙였다. 그녀의 시선을 피하면서 그는 차분한 어조로 말했다.

"아파서 누워 있는 황후에게 그대로 죽어 버리라고 말했지. 그러면 운혜의 목숨과 그녀의 친족의 목숨만큼은 살려 주겠다고 말이야. 그 말에 그녀는 주저 없이 자결을 택했네. 그리고 나는 이 모든 일을 덮어 버렸어. 황후가 그리 갑자기 가 버린 것은 그런 까닭이야. 의원이 아무리 치료하려고 해도 소용이 없었지. 환자가 살 의지가 없었으니."

너무나 참혹한 말이었기 때문에 난영의 심장은 숨조차 제대로 쉴 수 없을 만큼 세게 뛰었다. 온몸이 부들부들 떨리는 것 같았다. 손가락 하나 까딱할 수 없을 만큼 신경이 팽팽하게 당겨졌다. 그런 말을 무감정하게 말하는 류의는 그녀가 전혀 모르는 사람이었다. 한없이 잔혹하고 냉정한, 그런 낯선 사람.

하지만 바로 그 순간 류의는 숙였던 고개를 들었다. 흐트러진 머리카락 사이로 보이는 눈동자는 후회와 두려움과, 고통으로 범벅이 되어 있었다. 지극히 인간적으로 보이는 그 눈길은 이내 두려움으로 변했다. 그녀를 똑바로 응시하는 두려움이었다. 그 시선에서 눈길을 떼고 난영은 아직 겹쳐져 있는 두 사람의 손을 바라보았다.

그의 손등에는 힘줄이 솟아 있었다. 바들바들 떨리는 미세한 근육의 움직임이 뚜렷하게 느껴졌다. 손을 빼야 하지만 뺄 수 없는, 그녀를 잡고 싶어 하는 그의 마음이 갈등이 거기서 보였다. 그가 입술을 깨물더니 이윽고 손가락을 풀고 팔을 뒤로 움직였다. 하지만 다음 순간 난영이 오히려 그 손을 단단히 붙잡았다.

류의의 눈동자가 커졌다. 그는 이번에는 놀란 표정으로 그녀의 손과 얼굴을 번갈아 바라보았다. 난영은 그 손이 빠져나가지 않도록 다른 손도 들어 단단히 붙잡았다. 떨리는 목소리가 그녀의 하얗게 깨물린 그녀의 입술 사이로 흘러나왔다.

"어째서요? 단순히 배신감 때문인가요? 그래서 그렇게 사랑하셨던 분을 저버리셨어요?"

"그녀를…… 아내로 택한 것이…… 정치적인 이유가 없었다고는 하지 않겠어. 하지만 그렇기에 더욱더 그녀에게 충실하고 그녀가 나와 행복하길 바랐지. 아바마마처럼 내 어머니를 힘들게 하는 그런 지아비가 되고 싶지 않았으니까. 내 곁에서 나와 함께 웃고 소소하게 하루를 보내며 그리 함께 지낼 수 있으리라 믿었어. 모든 것을 알고 나서는 그저 허탈했지만, 황궁 내의 일을 굳이 바깥에 내놓을 생각도 없었네. 어차피 황후와 연관된 사람들은 짐에게는 아직 필요했고, 황후를 내몬다는 것은 그들도 함께 내몰아 낼 수밖에 없다는 이야기니까……. 그래서 모르는 척하려고 했네. 덮어 두고 조용히 그 상대방만을 처리할 생각이었어. 하지만 그럴 수가 없었지. 그러기엔 나는 질투가 많은 사람이었고 자존심이 센 사람이었으니까."

그는 나직이 고해하듯이 말을 토해 냈다. 그녀는 그의 어깨에 놓인 무거운 마음의 짐을 보았다. 그 짐을 덜어 주기 위해 난영은 류의에게 손을 내밀었다. 그는 처음에는 내키지 않은 듯이 고개를 저었지만, 한 번 내밀어진 손은 거둬질 생각을 하지 않았다. 완고하게 고집을 피우는 그녀에게 그는 다소 허탈한 듯한 냉소를 지었다.

"이대로 계속 짐과 함께 있는다면 자네도 황후와 똑같은 꼴을 당할지도 몰라."

그래서 난영에게는 별다른 지위를 부여하지 않았다. 언제든 쉽게 궁을 나갈 수 있도록, 권력에 눈이 먼 사람들에게 시달리지 않도록. 하지만 그런 식으로 생각을 하면서도 그는 후궁의 여인들을 모두 내보낼 궁리에 골몰하고 있었다.

류의의 그런 말에도 난영은 조금도 상관하지 않는다는 듯이 말했다.

"그러게요. 그래도 괜찮아요. 어차피 여기 올 때부터 그런 일은 다 각오했는 걸요. 무서워도 도망치고 싶어도 다 참아 내자고요. 그러니까 이제와 당신이 먼저 도망치지 마세요."

난영이 그렇게 말하자, 그는 질렸다는 표정을 지었다. 새삼스럽게 눈앞의 여인이 다르게 보였다. 이제와는 다른, 더 깊은 심지가 그녀에게 생긴 모양이었다. 아니, 처음부터 가지고 있던 것이다. 굳이 보일 필요도 없고 그가 보지 못했었던, 자신보다 훨씬 더 강한 그녀의 내면이 보였다. 아마도 어지간한 일에는 눈 하나 깜짝하지 않으리라.

그 순간 그는 결심했다. 지금 이 결정을 그는 나중에 후회할지도 모른다고 생각했다. 하지만 그래도 난영에게는 비밀을 만들고 싶지 않았다. 누군가에게 이 말을 하게 된다면 그 사람은 다름이 아닌 난영일 것이었다.

어느 틈엔가 그가 사랑하고 있는 이 여인에게만큼은 아무것도 감추고 싶지 않았다. 머뭇거리다가 그는 다시 난영의 손을 세게 잡았다. 그녀의 눈동자는 흔들림 없이 그를 바라보고 있었다. 그 눈빛에 이끌려 그는 천천히 입을 열었다.

"운혜가 내 딸이 아니라는 사실을 안 순간, 그 사실을 아는 모든 이들은 죽어야 했으니까. 그래서 난 황후를 살려 둘 수 없었어."

그 순간 그를 잡고 있는 그녀의 손이 움찔거렸다. 하지만 난영은 손을 풀지 않았다. 더욱 단단히 잡았다. 동요를 억누르려고 노력하면서 그녀는 그를 응시했다.

"바깥 세상에 그런 사실을 알릴 필요는 없고, 특히 황실의 권위가 떨어지는 일은 더욱 있어서는 안 돼. 하지만 아무런 이유 없이 황후를 폐할 수도 없는 일이야. 그런데 운혜가 내 친딸이 아니라는 사실이 바깥에 알려지면 황후뿐만 아니라 운혜까지도 죄인이 될 거야. 그 일만큼은 피하고 싶었어. 누구의 핏줄이든, 그 아이는 내 딸이네."

하지만 그렇게까지 원경 황후를 몰아붙이고 나서, 그녀가 실제로 자신의 앞에서 피를 토하며 죽자 그는 분노했고 후회했으며 죄책감을 겼다. 풀리지 않는 응어리가 가슴에 남아서 그를 좀먹는 기분이었다. 그래서 그는 운혜를 멀리했고 황궁의 바깥을 쏘다녔으며, 일에만 몰두했다. 하지만 아무리 해도 그 마음을 풀리지 않았다.

그 와중에 잠시 머리를 식히고자 사냥을 나왔고 난영을 만났다. 원경 황후의 일 때문에 그는 딱히 여인을 곁에 두어야겠다는 생각은 하지 않았고 이렇게 빨리 누군가에게 다시 끌리는 일이 벌어질 것이라곤 생각지도 못했다.

"나는 황후의 일은 후회하지 않아."

그는 담담한 어조로 말했다.

"지난 일을 계속 마음에 두고 후회한다면 나는 황제가 될 수도 없었고, 살아남을 수도 없었으니까."

후회하는 것이 있다면 그녀의 마음을 제대로 알지 못했던 자신, 원경 황후에게 속아 버린 자신의 어리석음을 후회하며 질타했다. 두 번 다시 같은 잘못을 저지르지 않겠노라고 다짐했다. 여인을 가까이 하지 않을 것이라고 생각했다.

하지만 그 결심은 난영을 만난 순간 어디론가 사라져 버리고 말았다. 그녀를 만나고서 자신도 이해할 수 없는 집착을 그녀에게 부리면서 그는 다시 똑같은, 그가 한 번 가졌다고 생각한 행복을 다시 바라게 되어 버렸다. 그 행복은 너무나 달콤했고 즐거웠기에 그대로 영영 잊고 싶지 않았다.

"그럼 됐어요."

류의의 이야기를 듣고 난영은 그렇게 말했다. 그 부드러운 한 마디에 담긴 힘에 그는 격정적으로 난영을 껴안았다. 바들바들 떨리는 그의 몸을 다독이면서 그녀는 다시 입을 열었다.

"이제 그만 자책하세요. 괜찮으니까…… 괜찮아요."

그 순간, 류의는 마음속의 응어리가 조금씩 풀리는 것을 느꼈다.

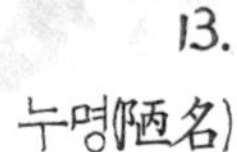

바람에 꽃잎이 날리고 있었다. 벚나무처럼 시야가 하얗게 변할 정도로 꽃잎이 날리는 것은 아니지만, 바람을 타고 팔랑팔랑 떨어지는 흰 이파리를 쳐다보고 있자니, 그다지 멀지 않은 봄날이 생각났다.

쏟아지듯이 떨어지던 꽃잎 때문에 마치 봄날에 눈이 내리는 것처럼 보였었다. 지금은 그때처럼은 아니지만, 푸른색 이파리와 파란 하늘을 배경으로 한 장 한 장 떨어지는 꽃잎도 초겨울의 첫눈을 떠올리게 만들었다. 덧없고 계절이 바뀌고 있다는 것을 말해 주는 그런 느낌.

난영의 고향은 봄이 늦게 오는 북쪽이어서 꽃은 늘 늦게 피었다. 하지만 황도는 그녀의 고향보다 따뜻한 곳이어서 꽃들도 빨리 피었다. 여름이 다가오는 계절이라 날이 더워지고 나뭇가지에 탐스럽게 주렁주렁 매달려 있는 꽃에서는 진한 향기가 머리를 어지럽힐 정도였다.

바람은 그런 향기를 멀리 보내기도 하고 가까이 끌어오기도 했다. 그때마다 흰 이파리가 살랑거리며 춤을 춘다. 그런 이파리 중 하나가 그녀의 콧잔등을 지나, 바람을 따라 멀리멀리 날아가 버렸다. 멀어진 하얀 이파리는 잠시 후에 시야에서 사라졌다. 마치 땅에 닿아 녹아 버린 초겨울의 첫눈처럼.

"무슨 생각을 그리하는가?"

허리께에서 목소리가 들려오자, 난영은 고개를 숙였다. 그녀의 무릎을 베고 누워 있는 운혜는 궁금하다는 표정으로 그녀를 바라보고 있었다. 말해 주지 않을까 하는 기대감이 깃든 그녀의 눈빛에 난영은 반사적으로 미소를 지으면서 대답했다.

"떨어지는 꽃잎이 눈송이처럼 보여서요."

"으음…… 그런가? 난 잘 모르겠는데. 그냥 꽃이 떨어지는 거잖아. 조만간에 비가 오면 전부 떨어지겠다. 날이 점점 더워지니까……."

"더우세요? 부채라도 부쳐 드릴까요?"

"아니, 괜찮아. 팔 아프잖아."

반말로 대꾸하다가 운혜는 아차 하는 생각이 들었다. 첩지를 받았든 받지 않았든, 난영이 아버지의 후궁임에는 틀림없으니, 좀 더 존대를 해야 할 것 같았기 때문이었다. 생각을 그렇게 하는데 좀처럼 그게 쉽지 않았다.

이상하게 쑥스러웠다. 그래서 말을 하려고 할 때마다 혀끝에 말이 걸리는 기분이다. 운혜는 그렇게 생각하면서 괜스레 웃고는, 그 웃음을 감추려고 난영의 치마폭에 얼굴을 묻었다. 그런 그녀의 머리 위로 조심스러운 손길이 다가왔다. 머리를 쓰다듬어 주는 난영의 손길이 좋아서 배시시 웃는 운혜의 해맑은 얼굴을 보며 연 상궁과 린랑은 흐뭇한 미소를 지었다.

사흘 전부터 운혜는 양심전으로 난영을 보러 찾아왔다. 류의가 그날의 공부를 끝내고 나면 양심전에 와도 괜찮다고 허락을 했기 때문이었다. 때문에 그녀는 다른 어느 때보다 얌전히 공부에만 집중했다. 아직 난영이 양심전 바깥으로 나갈 수는 없었지만, 이렇게 얼굴을 보는 것만으로도 아이는 기쁜 모양이었다. 그날은 아침부터 들떠 있었다는 성 상궁의 푸념을 연 상궁에게서 전해 듣고서 난영은 그녀가 더욱 애틋해졌다.

"의원이 다녀갔다기에 많이 걱정했어."

눈을 반짝거리며 안부 인사말을 건네는 운혜가 어찌나 귀엽고 고맙던지, 난영은 저도 모르게 그 아이를 꼬옥 껴안았다. 그녀의 그런 반응에 운혜는 얼굴을 붉혔지만, 그녀를 밀어내지는 않았다. 오히려 그녀의 몸에 매달리듯이 더욱더 안겨 왔다.

"걱정해 주신 만큼 잘 지냈어요. 저야말로 좀 더 빨리 안부를 전하지 못해 죄송합니다."

"황궁 생활은 다 그래. 자네도 이제는 좀 더 익숙해져야 할 걸."

너무나 의젓하게 대꾸하는 운혜 때문에 감격스러웠던 재회는 웃음바다가 되었다.

그 뒤로 난영은 그녀를 만나서 반가웠지만, 또한 고민스럽기도 했다. 운혜에게 자신의 임신 사실을 말해야 하는데 어떻게 해야 할지 좀처럼 운을 뗄 수가 없었던 것이다. 오늘도 열심히 생각을 골몰해 봐도 좀처럼 좋은 수가 나지 않았다.

"비가 올 것 같은 날씨야."

과자를 먹다 말고 운혜가 정자 바깥을 내다보며 그렇게 말하자 난영도 고개를 내밀어 바깥을 바라보았다. 북동쪽의 하늘에서부터 검은 구름 떼가 꾸역꾸역 몰려들고 있었다. 그 때문에 한낮인데도 날이 점점 어두워지고 있었다.

"계절이 바뀌려고 비가 오려나 봐요."

"그래?"

"예, 아버지가 이맘때쯤에는 늘 그렇게 말씀하셨어요."

"자네에게도 아버지가 계셔?"

운혜가 눈을 동그랗게 뜨고 새삼스럽다는 듯이 말하자 난영은 오히려 미소를 지으면서 말했다.

"당연하죠. 하늘에서 갑자기 뚝하고 떨어지지는 않았어요."

"그런가……. 그럼 두 분하고 떨어져 궁에서 지내니까 보고 싶겠다. 가끔 그런 궁녀들도 봤거든. 생각시들도 부모님이 보고 싶다고 울 때가 있어."

"저는 오래전에 헤어져서 우는 일은 없습니다."

"헤어져?"

"두 분 다 예전에 돌아가셨어요. 어머니는 제가 태어난 지 며칠 만에 돌아가셨고, 아버지는 재작년에 병환으로 돌아가셨지요."

"그 말은……."

운혜는 잠시 우물거리다가 시무룩하니 말했다.

"자네도 나랑 같네."

"공주마마께는 아버님이계시잖아요. 그것만으로도 저는 공주마마가 부러워요."

"응…… 맞아."

미소를 지으면서 고개를 끄덕이는 운혜의 손을 잡으면서 난영은 결심을 굳혔다. 더 이상 질질 끌지 않고 지금이라도 그녀에게 말할 생각이었다. 하지만 그때, 가까이서 대기하고 있던 성 상궁이 입을 열었다.

"연윤 공주마마 이제 돌아가실 시간입니다. 더 지체하다간 가시는 길에 비를 만나실 것입니다."

"아, 그래. 알았네, 그만 돌아가 보겠……네."

망설이는 표정으로 운혜는 말끝을 흐리더니 이내 자리에서 일어났다. 그런 그녀를 배웅하던 난영은 쌩하니 다가와 머리카락과 치맛자락을 멋대로 들쑤시는 바람에 잠시 숨을 멈추었다. 바람이 심상치 않은 것이 오늘 밤은 비가 많이 내릴 것 같았다.

"바람도 뒤숭숭하게 부는 것을 보니 오늘은 좀 쌀쌀할 것 같아요. 비도 많이 올 것 같고요. 방문을 꼭 닫으세요. 감기 들면 큰일 나니까요."

"걱정하지 마……. 자네나 고뿔에 걸리지 않도록 주의하게. 갈게……."

의젓하게 말하고서 운혜는 걸음을 옮겼다. 돌아서는 그녀의

얼굴은 약간 불만스러운 표정이었다. 이번에야말로 존댓말을 멋지게 쓸 생각이었는데 그게 마음처럼 되지 않은 것이다. 어째서 이놈의 말은 제대로 입 밖으로 못 나오는 것인지. 속으로 꿍알거리면서 걸음을 옮기다 보니 어느새 연윤궁에 도달해 있었다. 지난 일을 계속 마음에 두는 성격이 아니었기 때문에 디딤돌에 발을 올렸을 때 운혜는 머릿속을 맴도는 생각을 깨끗하게 지워 버렸다.

그녀가 방에 들어섰을 때, 후두둑하고 물방울이 떨어지는 소리가 들리기 시작했다. 궁녀들이 바지런히 움직여 물이 들어오지 않도록 덧창을 닫는 것을 보면서 그녀는 잠시 내리는 빗방울을 바라보았다. 난영의 말대로 많이 쏟아질 것 같은 비다. 굵은 물방울이 닿은 곳마다 번져서 진해지는 초록색 잔디를 응시하고 있는데, 문밖에서 소란스러운 소리가 들려왔다. 무슨 일인가 싶어 복도로 나오자, 성 상궁이 그녀를 발견하고 빠르게 말했다.

"홍 미인마마께서 오셨습니다."

"홍 미인께서?"

"예, 지나치시는 길에 갑자기 비를 만나서 잠시 피하고자 하신답니다."

"그럼 안쪽으로 뫼셔라."

운혜가 의젓하게 말을 끝내자 기다렸다는 듯이 복도의 끝에서 홍 미인 낭패스럽다는 표정으로 걸어왔다. 옷자락이 약간 젖어 있는 것으로 보아 정원에 들어섰을 때부터 비를 맞은 모양이었다.

"산책 중에 이게 무슨 날벼락인지 모르겠습니다. 잠시 비를 피했다가 돌아가도 될까요, 공주마마?"

"예, 들어오십시오. 곧 차를 대령하겠습니다."

"아까 들어오면서 들으니 공주마마께서 양심전에 다녀오셨다고요? 죽헌당 계집을 보러 가신 것입니까?"

의자에 앉자마자 냉큼 그렇게 묻는 홍 미인의 말에 운혜는 고개를 끄덕였다. 어차피 궁에서 가장 소식이 빠른 홍 미인은 그녀가 언제 몇 시에 양심전에 들어갔는지도 알고 있을 사람이었다. 굳이 부인할 필요가 없었다.

"어이구, 제까짓 게 뭐라고 감히 공주마마를 오라 가라 한답니까?"

"아바마마께서 양심전을 못 나가게 하시니 제가 움직여야지요."

"하긴 그렇긴 하겠네요. 그래, 말짱하던가요? 혹여 회임의 낌새가 보입니까?"

"홍 미인마마."

"오호호호! 제 입이 좀 경솔했습니까? 하지만 궁금하답니다. 이 궁에서 그 여인의 얼굴을 모르는 사람은 저뿐일 것이라서요."

"건강히 잘 있습니다. 아바마마께서 애지중지하시는데 아플 새가 있겠습니까?"

"그래요? 그것 참……."

입맛을 다시면서 홍 미인은 찻잔을 냉큼 잡아들었다. 운혜는 그녀가 차를 마시면서 입을 다물자 속으로 안도의 한숨을 내쉬었다. 그냥 내버려 두면 그녀는 정말 하루 종일이라도 말을 하고 다닐 사람이었다.

"과자는 드시지 않습니까?"

홍 미인이 그렇게 묻자, 운혜는 고개를 저었다.

"양심전에서 먹고 왔습니다. 공기가 차가워져서 그런지 따뜻한 차만 마시고 싶군요."

"그래요? 거기 과자는 맛이 있나 보군요."

"황궁에서 나오는 게 크게 차이가 있겠습니까?"

"차이가 있지요. 귀비께서 계시는 소선당의 앵도수나 월병은 특별히 더 맛이 있지 않습니까? 그게 다 귀비께서 솜씨가 좋으셔서 그런 것이지요."

"저는 잘 모르겠습니다만……."

"그거야 아직 공주마마께서 어리셔서 그런 거랍니다. 그나저나 비가 참 많이 내리는군요. 바람도 심하고…… 저기 번쩍하는 것을 보셨습니까?"

"어디요?"

갑자기 바깥을 가리키며 홍 미인이 호들갑스럽게 말하자, 운혜도 반사적으로 고개를 그쪽으로 돌렸다. 아닌 게 아니라 번개가 번뜩이고 있었다. 가까이서 보고 싶은 마음에 자리에 일어나는 그녀와는 반대로 홍 미인은 금방이라도 죽는 소리를 하며 난리를 피웠다.

"에그머니나! 이를 어쩐담! 저는 정말 천둥이며 번개가 너무 싫은데!"

그렇게 큰 소리를 치면서 홍 미인은 운혜의 찻잔에 살짝 손을 담갔다가 빼냈다. 그러자 그녀의 긴 손톱 밑에 숨겨 둔 약품이 차 안에 녹아들었다. 두어 번 번개가 친 다음이 우르릉거리는 천둥소리가 귀를 울렸다. 그러자 홍 미인은 더욱더 큰 비명을 질렀고, 궁의 여기저기서도 궁녀들이 비명을 지르는 소리가 들려왔다.

운혜는 그 와중에 별것 아니라는 듯이 가볍게 혀를 차면서 고개를 돌렸다. 그녀의 눈에 보인 홍 미인은 의자의 팔걸이를 잡은 채 하얗게 질린 표정으로 눈만 깜빡이고 있었다. 주변의 궁녀들도 자기들끼리 부둥켜안거나 귀를 막느라 정신이 없었다. 천둥소리가 가시자 홍 미인은 신기하다는 어조로 운혜에게 말했다.

"공주마마께서는 무섭지도 않습니까?"

"머리 위에 떨어지는 것도 아닌데 무섭긴요."

그렇게 대꾸하면서 운혜는 차를 한 모금 마셨다. 겁에 질린 척하면서 그 모습을 확인한 그녀는 운혜가 그 잔을 다 비울 때쯤에 자리에서 일어났다.

"천둥소리가 그쳤으니 저도 빨리 제 거처로 돌아가 보겠습니다. 비가 더 심해지기 전에 이불 속에 들어가고 싶어요. 공주마마께서도 괜히 호기 부리지 마십시오."

"예, 살펴 가십시오."

인사를 하는 운혜를 뒤로 하고 홍 미인은 발걸음을 재촉했다. 누가 보아도 그녀는 비와 천둥번개가 싫어 서두르는 것처럼 보였다.

홍 미인이 떠나고 나서 운혜는 옷을 갈아입기 위해 방으로 들어갔고, 어린 생각시가 두 사람이 마셨던 찻주전자와 찻잔을 들었다. 그녀는 잠시 생각에 잠긴 표정으로 운혜의 찻잔을 내려다보았다. 차는 잔의 바닥쯤에 조금 남아 있었다.

아주 잠시 고민하다가 그녀는 조심스럽게 걸음을 옮겼다.

✻ ✻ ✻

빗줄기는 점점 거세져 세상을 집어삼길 것처럼 쏟아졌다. 그와 더불어 세차게 부는 바람 때문에 지붕마저 들썩거리는 것 같았다. 하지만 그렇게 밤새 난동을 피우던 비바람은 다음 날 아침이 되자 거짓말처럼 개어, 하늘은 구름 한 점 없이 깨끗하고 푸르렀다.

이상하게 뒤숭숭한 기분 때문에 난영은 밤에 한숨도 자지 못했다. 저녁 때 잠시 돌아왔던 류의는 도승지의 보고를 받고 다시 대전으로 나가 버렸기 때문에 더욱 그랬다.

“비가 이렇게 오는데 다시 나가 보셔야 하나요?”

걱정스럽게 말하자, 그는 고개를 끄덕였다.

“걱정하지 말게. 어차피 전각 몇 개만 지나면 되는 일이니.”

“……조심히 다녀오세요.”

나가기 전에 그는 그녀의 몸을 조심스럽게 안아 주었다. 난영은 그런 그에게 미소를 지어 보였지만, 잠을 자기 위해 침상에 누워서는 좀처럼 잠을 이루지 못했다. 그것은 귓전을 어지럽히는 바람 소리 때문인 것 같기도 하고, 괜스레 세게 뛰는 심장 소리 때문인 것 같기도 했다.

이상하게 들뜨고 두려운 기분에 그녀는 밤새 제대로 자지 못하고 뒤척였다가 새벽부터 일어났다. 이른 아침을 먹고 맑게 갠 하늘을 바라보는데, 잠시 자리를 비웠다가 돌아온 린랑이 다급한 어조로 말했다.

"아뢰옵니다. 연윤궁에서 사람이 왔습니다. 공주마마께서 갑자기 심하게 열이 오르셨다 하옵니다."

"뭐? 어디가 아프신 거야?"

"자세한 이야기는 듣지 못했지만, 어의를 불렀다고 합니다."

"그럼 가서 공주마마의…… 아니, 내가 직접 갈게."

"하지만 아씨, 황상께서 아직 양심전 밖으로 나가지 말라고 하셨습니다. 어의가 갔다고 하니 잠시 기다려 보시는 것이 어떠실는지요."

연 상궁은 일단 난영을 말려 보았으나 그녀는 고개를 세차게 저으며 말했다.

"지금은 황상의 명보다 공주마마의 안위가 더 중요합니다. 혼이 나더라도 제가 알아서 할 터이니 연 상궁님은 더 이상 아무 말씀하지 마십시오."

단호하게 말하는 난영의 태도에 연 상궁은 더 이상 만류하지 않고 그녀의 뒤를 따랐다.

연윤궁에 도착하자, 나인들은 그녀의 모습을 보고 놀라서 움직임을 멈췄다. 그동안 소문 속에서만 이야기를 듣던 그녀를 실제로 보았다는 놀라움과 생각했던 것보다 훨씬 더 평범한 난영의 모습에 더더욱 놀랐던 것이다.

그녀는 사람들의 시선을 뒤로한 채 운혜가 누워 있는 방으로 들어갔다. 성 상궁은 난영이 양심전을 나온 것이 놀라운지 눈을 크게 떴다.

"아, 아니, 아씨……. 대체 여기까지 웬일로……."

"공주께서 아프시다는 이야길 듣고 왔습니다. 의원은 다녀갔습니까? 뭐라고 하던가요?"

"그리 큰일은 아닙니다. 가볍게 배앓이를 하시는 것이라 잠시 쉬시면 된다고 하더군요. 어제 오늘 드신 음식이 뭔가 잘못된 모양이지요. 곧 책임자를 찾아내 문책할 생각입니다. 걱정해 주시는 것은 감사하오나 공주마마께서는 지금 환약을 드시고 주무시고 계십니다. 그러니……."

"잠시 보고 갈 생각입니다. 마마께서 주무신다고 하니 너무 소란스럽게 하지는 마세요."

얌전하고 수동적인 인상의 난영이 이렇게 나오자 성 상궁은 당황하면서 그녀가 하는 대로 우두커니 지켜보았다. 그래서 난영은 별다른 제지를 받지 않고 운혜에게 다가갈 수 있었다. 커다란 이불 속에 파묻힌 듯이 누워 있는 자그마한 아이는 눈을 꼬옥 감고 있다가 난영의 인기척에 눈을 떴다.

"왔는가?"

"예, 아프시다는 소식을 듣자마자 문병을 왔습니다."

"아바마마께서 예까지 오는 걸 허락하셨나……?"

평소보다 힘이 하나도 없는 어조로 자신을 걱정하는 운혜를 보자, 난영은 코끝이 찡해졌다. 말을 하면 목소리가 떨릴 것 같아서 고개를 끄덕이는 난영의 모습에 운혜는 안심했다는 듯이 웃어 보이고 걱정하지 말라는 듯이 말했다.

"나는 괜찮아. 뭘 잘못 먹었는지 배탈이 난 것뿐일세."

"저보고는 아프지 말라 하시면서 공주마마께서 먼저 아프시네요."

"그러게…… 쑥스럽게스리……."

거기까지 말하고서 약기운이 돌았는지 운혜의 눈꺼풀이 무겁게 내려앉았다. 이내 고른 숨을 쉬며 잠이 든 그녀의 이마에 맺힌 식은땀을 수건으로 닦아 주면서 난영은 어두운 표정을 지었다. 대체 무슨 일로 어제까지 건강했던 아이가 이리 아픈 것인지 걱정이 된 것이다.

"차를 가지고 왔습니다, 아씨."

여리여리한 아이의 목소리가 들려오자 난영은 운혜에게서 시선을 뗐다. 탁자 위에 다반을 놓고 공손하게 인사를 올리는 아이는 아직 나인의 칭호를 받기에는 한참 어려 보였다. 얼핏 보아도 운혜와 비슷한 또래였던 것이다. 운혜와 닮은 듯한 옆선을 가지고 있어서 혹시나 하는 생각이 머리에 떠올랐다.

"공주마마를 모시는 생각시입니다. 소화라고 불러 주십시오."

"혹시 공주마마께서 종종 대역을 맡긴다는……?"

"예, 처음 뵙겠습니다."

인사를 하는 소화의 얼굴에는 걱정이 어려 있었다. 그 마음을

알기에 난영은 그녀에게 가까이 다가가 손을 잡았다.

"괜찮아. 공주마마께서는 곧 건강히 일어나셔서 소화와 함께 놀 수 있을 거야. 마마께서 나으시면 함께 양심전에 올 수 있지?"

"그럼 저야 영광이죠."

안도하는 아이는 이내 미소를 지어 보였다. 그런 아이의 머리를 조심스럽게 쓰다듬는데 소화는 잠시 망설이다 입을 열었다.

"아씨께서 이렇게 와 주셔서 기뻐요. 황상의 명이 지엄하셔서 못 오실 줄 알았거든요. 공주마마께서 아씨를 얼마나 좋아하시는지 아시죠?"

"응, 나도 공주마마가 너무 좋단다."

그렇게 말하는 난영을 성 상궁은 굳은 표정으로 바라보았다. 하나하나 도무지 마음에 드는 구석이 없기에, 난영이 어떤 행동을 해도 그녀의 눈에는 좋게 보이지 않았다.

난영이 운혜의 병문안을 하러 연윤궁에 왔다는 소식은 후궁에 빠르게 퍼져 무 귀비의 귀에 들어갔다. 소식을 듣자마자 그녀는 지금이 가장 큰 기회라는 것을 깨달았다. 지금이 아니면 안 된다. 홍 미인도 그것을 알 것이다.

그녀의 생각대로 그녀가 연윤궁에 갈 차비를 끝내고 소선당 바깥으로 나오자마자 홍 미인이 나인들을 이끌고 찾아왔다.

"이야기 들으셨지요?"

"들었네. 자네도 연윤궁에 가는가?"

"예, 소문이 자자한 여인의 얼굴이 궁금해서요. 소인만 아직 만나 보지 못했지 않습니까? 아프시다는 공주마마의 안위도 걱정이 된답니다."

"그리 어린 것이 갑자기 탈이 나다니……. 별일일세."

"뭐, 그 어미처럼 급환이 걸린 것이겠죠. 듣자 하니 배탈이라고 하던데 대체 뭘 잘못 먹었는지 모르겠습니다. 큰일은 아닐 것입니다. 아이들은 원래 아프면서 크는 것 아니겠습니까?"

"그렇겠지. 그런데 공주가 어쩌다가 그리 큰 탈이 났는지 사네는 아는가?"

"듣자 하니 공주가 탈이 나자마자 연윤궁의 문 내관이 사색이 되어 어제 공주께서 드신 음식들의 식재료와 담당자를 찾아 문책하고 있답니다."

"쯧쯧, 곧 날도 더워지는데……. 대체 무엇을 먹었기에……."

"어제 양심전을 다녀온 공주가 입맛이 없다하여 저녁을 물렸다는 이야기가 있습니다. 연윤궁 사람들의 실수가 없다면 문제는 양심전이겠지요."

의미심장한 홍 미인의 말에 무 귀비는 입가에 잔잔한 미소를 띠었다. 하지만 그녀는 이내 미소를 지우고 앞쪽으로 시선을 고정하며 걱정스럽다는 듯이 말했다.

"황상께서도 별탈이 없으셔야 할 텐데……. 새사람이 들어오고 나서 이런 일이 벌어지다니……. 쯧쯧."

"그러게 말입니다. 옛 어른들의 말씀이 틀린 것 하나도 없습니다. 집안에는 사람이 잘 들어와야 하는 것 같아요."

고개를 끄덕거리면서 걸음을 옮기는 무 귀비의 심장은 긴장과

기대감으로 가득 찼다. 그래서 그녀는 홍 미인의 꿍꿍이를 알아채지 못했다. 자신의 생각에 잠긴 탓에 한 발짝 뒤에서 따라오는 홍 미인의 눈가에 스쳐 지나가는 교활한 빛을 놓친 것이다. 연윤궁에 들어가기 전에 그녀는 잠시잠깐 고개를 돌렸지만, 눈이 마주친 홍 미인의 얼굴에는 평소처럼 헤픈 미소만이 떠올라 있을 뿐이었다.

약기운이 돌기 시작했는지, 운혜는 조금씩 열이 떨어졌다. 물수건을 갈아 주면서 이마의 열이 아까보다 많이 낮아진 것을 확인한 난영은 가까이에서 대기하고 있던 성 상궁에게 말했다.

"황상께 공주마마의 병환 사실을 알려야 하지 않은가요?"

"정무에 바쁘신 황상께 무슨 잔걱정을 안기려 하는 겐가?"

나무라는 듯한 목소리가 들려오자마자 난영은 반사적으로 고개를 돌렸다. 장지문이 소리 없이 열리고 나타난 무 귀비를 보자마자 난영은 자리에서 일어나 예를 올렸다.

"귀비마마를 뵈옵니다."

"자네가 황상의 총애를 받는 것은 사실이나, 이런 일로 황상의 심기를 어지럽히는 것은 경우가 아닐세."

"하오나 황상께서 공주마마의 일을 뒤늦게 알게 되시면 더 언짢아하시지 않을까요?"

"고작해야 배탈 조금 난 것을 가지고 황상께 걱정을 끼치는 것이 더 큰 일일세. 그렇지 않아도 정무가 바쁘신 분이야. 그리 생각이 짧아서야 과연 황상을 잘 보필할 수 있을지 걱정일세."

무 귀비의 근엄한 호통 소리에 난영은 더 이상 아무 말도 하지 않았다. 그녀의 말이 틀린 것도 아니었다. 류의는 어제 대전에서 돌아오지 않았고, 운혜의 상태는 조금씩 나아지고 있었다. 조금 더 차도를 보고 나서 그에게 말을 해도 늦지 않으리라.

"흐음, 자네가 바로 이번에 황상을 모시게 된 사람인가?"

"예, 처음 뵙겠습니다. 예난영이라 하옵니다."

귀비의 옆에 서 있는 여인은 처음 보는 사람이지만 난영은 그녀가 누구인지 짐작할 수 있었다. 류의의 두 번째 후궁인 홍 미인이리라.

홍 미인은 관찰하듯이 그녀를 빤히 바라보더니 생긋 미소를 지으며 말했다.

"기대했던 만큼은 아니로군."

"내가 말했지 않은가?"

무 귀비는 홍 미인의 말에 그렇게 대꾸하고서 얼굴이 붉어진 난영을 향해 운혜의 안부를 물었다.

"공주는 어떠한가? 내가 듣기엔 어제 밤새 앓았다던데?"

"밤새요?"

"몰랐는가? 하긴…… 양심전의 방비가 보통 심한 것이 아니니……."

"……."

비꼬는 그녀들의 말에 난영은 가슴이 무거워졌다. 어차피 혼

자서 잤으니, 밤새 같이 있어 주었을 것이다. 어른이라도 아프면 어리광이 심해진다. 외롭고 서러운 마음이 커지는데, 하물며 운혜는 아직 아이였다.

"으음……."

잠자리가 불편한지 운혜는 몸을 뒤적였다. 그런 아이의 이불을 고쳐 주는 난영에게 무 귀비는 대수롭지 않은 어조로 말했다.

"공주의 안부도 살폈고, 자네의 얼굴도 보았으니 우리는 이만 가 보겠네."

"어머, 귀비마마. 벌써 가시게요."

"가 봐야지. 너무 오래 있어도 환자에게는 불편할 따름이야. 게다가 공주가 언제 일어날지도 모르는데 계속 있어 봐야 할 일도 없지 않은가. 자네도 적당히 하고 돌아가게. 황상께서 자네가 양심전을 나온 것을 아시게 되면 결코 좋은 소리는 듣지 못할 터이니."

"아니, 마마. 저기……."

그렇게 말하며 귀비가 침실을 나가 버리자, 홍 미인은 다소 당황했다는 듯이 그녀의 뒤를 따랐다. 난영은 그런 두 사람을 향해 멀리 나가지 않겠다고 말하고 의자에 앉았다. 불편했던 감정을 털어 내기 위해 잠시 숨을 내쉬었지만, 좀처럼 좋아지지 않았다.

천천히 걸음을 옮기는 귀비의 뒤를 따르면서 홍 미인은 이해가 되지 않는다는 듯이 말했다.

"어찌하여 그냥 자리를 뜨시는 것입니까? 공주에게 잘못된 음식을 올린 죄를 그 계집에게 물으셔야지요?"

홍 미인의 말에 무 귀비는 대답하지 않고 가까이 있는 나인을 불렀다. 그녀의 손에 작은 쪽지를 하나 건네주면서 귀비는 낮은 목소리로 뭔가를 속삭였다. 나인이 물러나자 귀비는 묵묵히 걸음을 옮기다가, 연윤궁을 나와 인적이 드문 길에 들어서자 전천히 입을 열었다.

"그 자리에서 추궁해 봐야 괜한 소란만 일어날 뿐이야. 게다가 황상의 심기를 거슬리게 되겠지. 자네도 머리가 있다면 생각을 하며 행동하게."

"그럼 귀비마마의 고견(高見)을 듣겠습니다. 소인이 아둔하여……."

"사람을 시켜 세 시진 후에 그 계집을 후궁으로 끌고 오게. 공주에게 잘못된 음식을 올린 죄를 묻겠다고 하면 돼. 정식으로 절차를 밟은 것이니 황상께서도 어쩔 수 없을 것일세. 그 계집이 설령 무고하다 하더라도, 죄를 묻는 와중에 무슨 일이 벌어질지 누가 알겠는가?"

"어머나! 그런……. 소인은 전혀 생각지도 못한 좋은 생각이옵니다. 과연……."

새삼 감탄하면서 홍 미인은 호들갑스럽게 연신 고개를 끄덕였다. 하지만 그런 그녀의 눈빛은 한순간 싸늘하게 굳어졌다 풀렸다. 그 정도쯤은 이미 예상하고 있었다. 어차피 귀비는 이

미 자신의 손바닥 안에 있었다. 계획했던 대로 차근차근 이뤄지고 있는 일에 만족하면서 그녀는 열심히 귀비에게 아부를 떨었다.

마음에도 없는 아부 이외에 그녀가 할 일은 기다렸던 순간이 눈앞에서 펼쳐지는 것을 지켜보는 것뿐이었다.

14.
멀어지는 마음, 가까워지는 마음

"이만 양심전으로 돌아가십시오, 아씨."

성 상궁이 그렇게 말하자, 난영은 그것이 무슨 말이냐는 표정으로 그녀를 바라보았다.

"공주마마께서 열도 떨어지셨고 탕제도 잘 들고 있습니다. 이대로라면 내일이라도 털고 일어나시겠지요. 그러니 아씨께서는 양심전으로 돌아가시어 황상을 모시도록 하세요. 궁을 비우신 것을 아시면 황상께서 불벼락을 내리실지도 모릅니다."

"그렇다면 공주마마께서 깨시는 것을 보고……."

"그러실 필요 없습니다. 소인은 공주마마께서 태어나실 때부터 지금까지 공주마마를 각별히 모셔왔습니다. 소인에게 맡기시고 이만 돌아가십시오."

단호하게 말하는 성 상궁의 기세에 밀려 난영은 결국 연윤궁을 나왔다.

조금 걸었을 때, 연윤궁 쪽에서 궁녀 하나가 다급한 걸음으로 달려오더니 연 상궁을 향해 말했다.

"성 상궁마마님께서 급히 보자고 하십니다. 지금 와 주시지 않으시겠습니까? 공주마마와 관련된 아주 중요한 일이니……."

"가 보세요, 연 상궁님. 저는 린랑과 돌아가겠습니다."

"예, 그럼……. 다녀오겠습니다."

연 상궁이 연윤궁으로 돌아가자, 난영은 린랑과 나란히 걸음을 옮겼다. 아침에만 해도 맑았던 하늘은 다시 구름이 끼기 시작했고 바람도 조금씩 세게 불었다.

"다시 비가 올 것 같네요."

"그러게……. 그래도 어제처럼 심하게 내리지는 않을 거야."

"구름이 그리 짙지 않으니 잠깐 비만 뿌리고 갈 것 같아요. 그나저나 공주마마께서 크게 아프신 것이 아니어서 다행이에요."

"이왕이면 깨시는 것을 보고 나오고 싶었는데……."

"내일 다시 뵈면 되죠."

"그렇겠지……."

난영이 그렇게 말했을 때였다. 반대편에서 갑자기 한 무리의 사람들이 우르르 나타났다. 건장한 체격의 내관과 궁녀들은 거침없이 난영 일행을 에워싸더니 그중 한 사람이 다짜고짜 난영을 향해 호통을 쳤다.

"죄인은 오라를 받으라!"

"예? 그게 무슨 말씀이십니까?"

밑도 끝도 없는 말에 린랑이 목청을 높였지만, 내관들은 막무가내였다.

"공주마마께서 드실 음식에 독을 탄 죄로 죽헌당 예씨를 끌고 오라는 명이 있으셨소. 자, 어서 끌고 가라!"

"네?"

내관의 호통 소리에 난영은 어안이 벙벙한 표정으로 굳어 버렸다. 머릿속에서 그가 한 말을 되씹으며 이해해 보려고 했지만 그전에 우악스러운 손길에 이끌려 어디론가 끌려갔다.

정신이 들었을 때 그녀는 어딘가의 전각 앞에 주저앉아 있었다. 양옆에서 궁녀들이 난영을 어깨를 내리눌러 그녀는 고개를 들 수조차 없었다.

'공주마마의 음식에 독을 탔다고? 내가? 대체 어떻게 된 일이지……?'

머릿속에 혼란과 의문이 가득했지만 난영은 일단 침착하게 상황을 지켜보기로 했다. 자신은 아무것도 잘못한 것이 없다. 누명을 쓴 것은 분명했고, 자세히 조사해 보면 결국 억울함은 풀어질 것이다. 문제는 시간과 사람이었다. 누가 자신에게 누명을 씌웠고 누명을 풀 시간이 있을지 알 수 없었다.

"아씨, 괜찮으십니까? 이게 대체 어찌 된 일일까요……."

그녀와 마찬가지로 포박된 린랑이 나지막한 목소리로 속삭였다. 난영은 그나마 린랑이 가까이 있다는 사실에 안도하면서 고개를 설레설레 저었다.

"나도 잘 모르겠어. 공주마마가 아프신 것만으로도 정신이 없는데, 난 데 없이 내가 공주마마의 음식에 독을 탔다니……. 양심전의 음식이 잘못된 걸까? 그래서 공주마마께서 그리 갑자기 탈이 나신 걸까?"

"귀비마마께서 납십니다."

내관의 우렁찬 목소리를 듣고 두 사람은 놀란 표정으로 서로의 얼굴을 바라보았다. 린랑은 확신에 잠긴 눈빛으로 입술을 깨물었지만, 난영은 거기에 동의할 수 없었다. 아닐 것이다. 어째서 귀비가 자신에게 이런 짓을 한단 말인가. 게다가 운혜까지 끌어들여서. 운혜가 잘못되면 류의는 결코 귀비를 용서치 않을 것이었다. 귀비가 그 사실을 모를 리 없었다.

그렇게 혼란스러운 얼굴로 그녀는 의자에 앉는 귀비를 바라보았다. 한 치의 흐트러짐이 없는 꼿꼿한 자세에는 비집고 들어갈 틈이 없어 보였다. 눈빛이 차가웠다. 한없이 냉혹한 표정으로 귀비는 난영을 응시하며 말했다.

"오늘 자네를 이리 다시 볼 줄 꿈에도 생각하지 못했네. 정말 놀라운 일이로군. 그 동안은 얼굴을 보고 싶어도 볼 수 없는 사람을 하루에 두 번이나 만났으니 말이야."

"저도 이리 빨리 귀비마마를 다시 뵙게 될 줄은 생각지도 못했습니다. 대체 이 일이 어찌 된 영문입니까?"

당황하고 겁을 먹고 있는 표정으로도 할 말을 또박또박하는 난영의 모습에 귀비는 불쾌감을 느꼈다. 믿는 구석이 있으니 저리 당당하게 나오는 것이리라. 하지만 이번에는 그 콧대를 반드시 꺾어 놓을 생각이었다. 지금이 아니면 기회는 없을 것이었다.

"어제 공주에게 탈이 나자마자 연윤궁의 나인들은 공주의 식사에 들어간 식재료들을 꼼꼼히 살폈네. 하지만 아무런 이상이 없었어. 게다가 공주가 아프기 시작한 것은 양심전을 다녀온 이후부터야. 성 상궁의 말로는 공주는 저녁 전에 속이 좋지 않다 하여 식사를 하지 않았네. 그러니 자네가 의심스럽지 않겠는가? 솔직하게 죄를 고하고 잘못을 빈다면, 그 점을 감안하여 황상께 잘 말씀드리겠네."

"저는 아무런 잘못이 없습니다. 귀하신 공주마마를 해하려 하다니 제가 어찌 감히 그런 생각을 하겠습니까? 이것은 분명히 무언가 잘못된 일일 것입니다. 차근차근 조사해 보신다면 마마도 분명히 아실 것입니다."

"그리 뻔뻔하게 나오는 건가? 자네를 그렇게 보지 않았는데 매우 실망이구먼."

"마마! 그런 것이 아니오라……."

자신의 말을 들으려 생각도 하지 않는 귀비의 태도를 보면서 난영은 점점 더 당황스러워졌다. 어째서 그녀가 저렇게 나오는 것인지 도무지 이해가 되지 않았다. 귀비는 애초에 그녀를 범인이라고 단정 짓고 있었던 것이다.

"양심전의 음식이 잘못되었다면 어제 그 음식을 먹은 공주마마뿐만 아니라 저를 비롯한 모든 사람들에게 탈이 났어야 할 것입니다."

"그렇사옵니다, 마마! 게다가 양심전의 음식에 탈이 난다면

그것은 아씨의 문제가 아니라 식재와 요리를 담당하는 자들을 문책하여야 할 것입니다! 엄한 아씨를 나무라지 마십시오!"

"너는 지금 어느 안전이라고 그 입을 함부로 놀리는 것이냐!"

귀비를 모시는 상궁이 항변하는 린랑에게 호통을 쳤다. 동시에 그녀의 옆에 있던 내관이 린랑을 향해 몽둥이를 휘둘렀다. 난영은 비명을 질렀다.

"무슨 짓이에요! 마마! 제발 제 말을 들어 주십시오! 저도 지금 이 일이 당황스럽습니다. 하지만 …… 하지만 억울합니다. 좀 더 자세히 알아보시면……."

"이미 모든 사실이 명명백백한데 굳이 더 이상 알아볼 필요가 있는가?"

차분하게 말하는 귀비의 눈빛은 보는 사람의 가슴이 얼어붙을 정도로 차가웠다. 난영은 무슨 말을 해도 그녀는 들을 생각이 없는 것이다. 입가에 미소를 지으며 모든 혐의를 확신하는 귀비의 모습을 보자, 난영은 이 일을 계획한 사람이 귀비라는 것을 깨달았다.

그녀는 자신을 가만두지 않을 것이다. 벼르고 벼른 일을 이제와서 실행하고 있었다.

"저 계집을 정신이 번쩍 들도록 호되게 치게! 더 이상 거짓을 고하지 못하게 말이야!"

우아한 목소리로 귀비가 그리 말하는 순간 린랑은 사색이 되어 소리쳤다.

"마마! 아니 되옵니다. 마마! 아씨를 치시려거든 저를 치세요.

아씨의 몸에 손끝 하나도 대어서는 안 됩니다."

"그게 무슨 말이냐?"

"지금 아씨께는 황상의 귀하신 아기님이 계십니다. 이 일로 아기님이 잘못되시기라도 한다면 귀비께서도 그에 합당한 책임을 지셔야 하실 것입니다!"

"뭐라고?"

린랑의 말에 장내가 한순간 조용해졌다.

※ ※ ※

연윤궁으로 돌아간 연 상궁이 첫 번째로 의아함을 느낀 것은 자신을 부른 성 상궁이 입을 열기를 기다리면서였다. 긴히 할 말이 있다면서 좀처럼 입을 열지 않는 그녀를 보면서 연 상궁의 마음에는 묘한 불안이 싹트기 시작했다.

"무슨 일이신데 이리 뜸을 들이시는 겁니까?"

"……연 상궁, 어제 양심전에서는 별일이 없었는가?"

"예? 별다른 일은 없었습니다. 무슨 일이십니까?"

"아무래도 공주마마께서 급환이 나신 것이 양심전에서 먹은 음식 때문에 그런 것 같아서 말일세."

무 귀비가 난영에게 했던 이야기를 성 상궁은 연 상궁에게 말했다. 그 말을 듣고서 연 상궁은 믿을 수 없다는 듯이 펄쩍 뛰었다.

"그럴 리가 없습니다. 양심전은 그 어떤 곳보다 관리가 엄한

곳입니다! ……성 상궁, 대체 어찌하여 그런 생각을 하신 것입니까?"

"정황상 그렇다는 것일세. 혹여 죽헌당의 아씨가 공주마마를 탐탁지 않게 생각하셨는지도 모르지. 아닌 게 아니라 그쪽 아씨가 회임이라도 하면 가장 큰 방해물이 우리 공주마마 아닌가?"

"그런 말씀 마십시오. 아씨께서는 공주마마를 얼마나 간곡히 생각하시는데……. 그런 말도 안 되는 경망스러운 생각은 마음에만 품어 두세요."

"하지만 증거가 모두 그분을 가리키고 있으니 하는 말 아닌가!"

"증거라니요?"

"……."

"대체 그것이 무슨 말씀이십니까!"

갑자기 입을 조개처럼 다물어 버리는 성 상궁을 보고 연 상궁은 두 번째로 의아함을 느꼈다. 의아함이 불길함으로 바뀐 것은 순식간이었다. 앉은자리에서 벌떡 일어나 그녀는 성 상궁에게 소리쳤다.

"만약…… 만약 아씨께 무슨 일이라도 생긴다면 성 상궁도 결코 무사하지 못할 것입니다. 내 장담하지요!"

연윤궁을 나와서 연 상궁은 양심전으로 달려갔다. 난영과 함께 왔던 길을 거슬렀지만, 중간에서 난영과 린랑을 만나지 못했다. 양심전에 도착해서도 난영이 오지 않았다는 말을 듣자, 연 상궁은 상황이 예상했던 것보다 훨씬 더 심각하다고 느꼈다.

앞뒤를 가릴 상황이 아니다. 그녀는 재빨리 대전으로 달려갔다. 지금 난영이 어디로 사라졌는지 알아낼 사람이 있다면 한 명밖에 없었다.

바늘 하나 떨어지는 소리도 들릴 정도로 조용한 가운데 그곳에 모인 모든 사람들은 긴장한 표정으로 일제히 귀비를 올려다보았다. 특히 귀비의 사람들은 그녀가 무슨 말이라도 해 주기를 바라는 눈치였다. 린랑의 말이 사실이라면 그들은 지금 몹시도 난처한 상황에 빠져 있기 때문이었다. 잘못하면 그들 모두가 한꺼번에 능지처참을 당할 수도 있었다.

그런 무거운 분위기 속에서 귀비는 표정 하나 변하지 않았다. 아니, 변한 것이 있었다. 그녀의 서늘한 눈매에는 한없는 증오와 분노가 서려 있었다. 처음에 귀비는 그저 난영을 적당히 윽박지를 생각이었지만 이제는 도저히 그녀를 그냥 내버려 둘 수 없었다. 자신은 그토록 가지고 싶어 하던 모든 것을 난영이 한순간에, 한꺼번에 가지고 갔기 때문이었다.

"황상께서 그 사실을 아시는가?"

류의라면 알면서도 굳이 공표하지 않았을지도 모른다. 아니, 여태까지 난영을 애지중지하면서 감추려 들었던 것은 이것 때문일 것이다. 섣불리 첩지를 내려 후궁에 들여앉히는 것보다, 회임이 확실해진 뒤 그녀가 아들을 낳으면 어떤 자리든 그녀를 올려놓기에도 쉽기 때문이었다. 난영에게 묻는 것은 단지 확인하는 것뿐이다.

"……아직 말씀드리지 않았습니다. 적당히 때를 보아 말씀드리려 했었지요."

"그래? 그리 귀하신 몸을 내가 이리 박정히 대해 섭섭한가?"

"아니요. 오해가 풀리시면……."

"……내관들은 저 계집을 우물에 던져 버려라."

말을 자르며 내려온 귀비의 냉혹한 명령에 장내의 분위기는 급격히 가라앉았다가 소란스러워졌다.

"마마! 그러시면……."

"마마 대체 뒷일을 어찌 감당하시려 그러십니까?"

"억울함을 이기지 못한 죽헌당이 자진하였다고 하면 된다. 어차피 죽은 이는 말이 없는 법. 너희들만 입조심을 하면 될 일이야. 입을 함부로 놀리는 자가 있다면 내 친히 그자의 목을 베어 주겠다."

"마마!"

"뭐하는 게냐? 어서 명을 따르지 않고!"

호통을 치는 귀비의 말에 잠시 망설이던 내관 한 명이 우악스러운 손길로 그녀를 잡아끌기 시작했다. 그러자 그때까지 보고만 있던 다른 이들도 부산히 움직였다.

"마마! 마마, 제발 오해를 풀어 주십시오!"

"마마, 아니 되옵니다! 아씨를 놓아주십시오!"

난영은 끌려가지 않으려고 버텼고 린랑이 미친 듯이 소리쳤지만 귀비의 서늘한 표정은 풀리지 않았다. 그녀는 냉정한 얼굴로 난영을 응시했다. 그녀가 공포에 질려 필사적으로 잘못을 빌어도 기분은 나아지지 않았다. 점점 더 나빠져 갔다. 어떻게 해야 할지 참을 수 없는 초조감에 귀비는 입술을 깨물며 자리에서 일었다. 차라리 자신이 난영을 우물로 밀어 버리면 속이 시원할 것 같았다.

"……."

그러나 바로 그때, 누군가가 귀비의 곁을 스쳐 지나갔다. 익숙한 침향이 느껴지자, 귀비의 등골이 한순간 서늘해졌다. 그녀는 자신의 눈앞에서 멀어지는 금색의 곤룡포를 보았다. 그는 결코 뒤를 돌아보지 않았고 사람들에게 위압적으로 고함을 치지도 않았다.

한마디만 했을 뿐이었다.

"물러나라."

난영을 붙들고 있는 손들은 그 목소리가 사라지기도 전에 떨어졌고 바닥에 이마를 찧으며 머리를 조아렸다. 목숨만을 살려 달라고 청하는 그 목소리들이 난영에게는 멀리서 울리는 메아리처럼 들렸다. 그녀는 멍한 표정으로 자신에게 손을 내미는 류의의 모습을 바라보다가 눈물이 젖은 얼굴로 숨을 토해 내듯이 말했다.

"저는…… 공주마마께 독을 올리지 않았습니다."

"알아. 자네가 운혜에게 해를 끼칠 사람이 아니라는 것은 짐이 제일 잘 알고 있어."

그 말에 난영의 뺨으로 눈물이 흘러내렸다. 그녀는 숨을 참듯이 눈물을 참아 보려고 했지만, 그것이 쉽지 않았다. 류의는 그런 난영의 몸을 억지로 일으켜 세웠다. 비틀거리며 몸을 주체하지 못하는 그녀를 부축하는 그의 손길은 한없이 조심스러웠다.

"연 상궁, 내 비(妃)를 양심전으로 모시게. 나는 이 일을 처리하고 곧 갈 테니."

너무나 차분했기 때문에 오히려 그의 분노가 분명하게 전달되었다. 그의 말대로 연 상궁은 재빨리 난영을 부축해 그 자리를 떠났다.

난영이 그 자리를 완전히 뜨자, 류의는 그제야 무 귀비를 돌아보았다. 화도 내지 않는 그의 얼굴을 귀비는 두려운 듯이 바라보았다. 원경 황후의 일이 벌어졌을 때, 그가 얼마나 길길이 날뛰는 것을 보았었기에 더욱.

"홍 미인의 말이 자네가 죽헌당을 혼쭐내려고 한다더군. 그런데 이건 혼쭐이 아니라, 죄도 없는 사람을 우물에 던지려 하는 일이야. 못 본 척할 마음도 없었지만, 자네를 용서할 수 없을 것 같아."

차분한 그의 목소리에는 마치 이 모든 것을 예상하고 있었던 것 같은 분위기마저 느껴졌다. 귀비는 어쩌면 그가 자신을 일부러 이런 식으로 몰아간 것이 아닌가 하는 생각이 들었다.

"어째서…… 저는 황상의 마음에 들어갈 수 없었던 것입니까? 어째서 그 계집은 되고, 저는 되지 못한 것입니까?"

"자네는 내가 감당할 만한 사람은 아니었으니까. 죽은 황후와 자네는 너무나 많이 닮아 있어서, 나는 같은 사람은 한 명 더 필요치 않았네. 게다가 자네는 누군가의 사랑을 받으면서 살아야 할 사람이라고 생각했어. 이전에도 이런 대화를 한 것 같은데, 다시 또 하게 되는군."

원경 황후가 황태자비로 간택되고 나서 무 귀비는 엉엉 울면서 그에게 이유를 따져 물었었고, 그 때 류의가 했던 대답도 그것이었다. 그 대답을 듣고서 귀비는 인내하면서 기다렸다. 황후가 죽을 때까지 그녀는 기회를 만들어 내기 위해 무던히 노력했던 것이다. 결국 실패로 끝나 버린 발버둥의 시간들을 생각하자, 귀비는 너무나 허탈한 나머지 미친 듯이 웃기 시작했다.

"깔깔깔깔! 폐하는 결국 원하시는 바를 이루셨군요. 지난 십여 년간 저를 이곳에서 내몰기 위해서 그리 노력하셨었지요? 이제 조정에서 폐하의 명을 거역할 사람들은 아무도 없겠군요. 저는 온 힘을 다해 황상을 연모하였는데, 그 결과가 이것이라니요. 황후의 죄도 묻지 않으셨다면, 저의 죄도 묻지 마셔야지요. 그것이 공정한 처사가 아닙니까?"

"공정하지 않아."

"네?"

류의는 그녀의 앞으로 다가갔다. 한 발 한 발 두 사람의 거리가 좁혀지고 그는 그녀의 귓가에 대고 속삭이듯이 말했다.

"그녀는 내 명으로 자결했으니, 진정 공정하게 되려면 자네도 똑같이 해야 하네."

"……뭐라고요?"

"여봐라, 귀비를 냉궁으로 옮기고 이곳에 모인 자들을 모두 철저히 조사하여 죄를 물으라."

귀비는 그 말에 아무 말도 하지 않았다. 전혀 생각하지 못했던 그의 말이 그녀의 모든 이성을 마비시킨 것이다. 궁녀들이 자신의 양팔을 잡고서 끌고 나가려는데도 제대로 움직이지 못했던 것이다. 그런 귀비를 뒤로한 채, 류의는 다시 명을 내렸다.

"혼자서 외로워하지 말게. 자네가 쓸쓸해하지 않도록 홍 미인도 함께 냉궁(冷宮)에 갇히게 될 거야."

"그, 그게 무슨 말씀이시옵니까, 폐하! 제가 무슨 잘못을 했다고요!"

갑작스럽게 화살이 자신에게 향하자, 아무것도 모르는 척 그와 함께 이곳으로 달려온 홍 미인은 억울하다는 듯이 소리쳤다. 연 상궁이 대전에 도착했을 때, 홍 미인은 이미 그곳에 도착해 있었던 것이다. 그녀가 류의에게 뭐라고 말하기도 전에 홍 미인이 어찌 된 일인지 모두 고해바쳤던 것이다. 그래서 류의는 늦지 않게 이곳에 도착할 수 있었다.

거기까지가 홍 미인의 계획이었다. 제일 눈엣가시인 귀비를 치워 버리고 나서 천천히 난영을 제거하고 황궁 내에서 입지를 다지겠다는 것이었다. 물론 귀비가 정말로 난영을 죽이려할 줄은 생각지도 못했지만, 어찌 되었든 모든 것은 그녀의 의도대로 이루어지고 있었다. 류의가 그런 말을 하기 전까지는.

"대체 그게 무슨 억한 말씀이십니까? 귀비께서 저지른 일인데 어이하여……."

"자네에게 혐의가 없다는 것이 밝혀지면, 오늘의 일을 참작하여 풀어 주겠네. 지금으로서는 자네도 이 일에서 혐의를 벗을 수가 없더군. 이야기를 들어 보니 운혜가 갑자기 탈이 난 것은 어제 자네가 다녀간 뒤부터라더군. 그러니 자네의 행적과 사람들을 철저하게 조사해 볼 생각일세. 따로 할 말이 있는가?"

"저는 억울하옵니다. 정말로 억울하옵니다. 모두 귀비께서 시키신 일인데……."

"시켰다는 말은 이 일에 관계가 있다는 소리인 듯하니, 앞으로의 조사를 하면서 참고하겠네."

류의의 냉정한 말에 홍 미인은 하늘이 무너지는 것 같이 절망적인 표정을 지었다. 자신의 말실수를 뒤늦게 깨달은 것이다. 어수선하게 정리되기 시작한 그곳을 떠나 그는 난영이 있는 곳으로 가려고 했다.

"황상, 아씨는 양심전이 아니라 연윤궁으로 가셨습니다."

"운혜에게?"

"예, 그곳에서 마음을 추스르시겠다고 ……."

다소 난처한 표정으로 우 내관은 대답했다. 난영이 고집을 피워 그곳으로 향했다는 뜻임을 알고 그는 별다른 말을 하지 않았다. 지금은 그저 난영이 괜찮은지가 더 걱정이었다. 무 귀비와 홍 미인을 투옥시키는 일이 아니라면 그는 모든 것을 내팽개치고 그녀와 함께 있었을 것이었다. 마지막 정리를 말끔하게 끝내는 것이 그동안 그녀들과의 관계에 대한 예의라고 생각하지 않았다면, 그렇게 했을 것이다.

한 발짝 한 발짝, 점점 더 빨라지는 류의의 걸음을 좇아가느라 시중들은 거의 뛰다시피 하고 있었다. 어느 틈엔가 그는 저만치 달려가 버렸고, 시중인들은 그 속도를 따라가지 못해 점점 더 뒤쳐졌다.

연윤궁의 정원에 난영은 혼자 서 있었다. 탐스럽게 핀 흰 용담꽃 나무 아래에는 어제의 비바람에 떨어진 꽃잎이 잔디 위에 하얀 눈처럼 쌓여 있었고, 그녀는 그 발밑의 꽃들을 쳐다보느라 고개를 숙이고 있었다. 난영이 혼자서 울고 있지는 않았는지 계속 걱정하고 마음을 졸였던 류의는 담담한 그녀의 모습에 오히려 놀랐다.

천천히 속도를 줄여 그녀의 곁으로 다가갔다. 여기까지 올 때에는 그렇게 열심히 뛰었는데 정작 눈앞에 그녀가 있자, 더 이상 뛸 수 없었다. 사냥을 할 때처럼 무의식적으로 인기척을 죽이고 발걸음도 소리 나지 않게 조심스럽게 움직였다.

바로 그 순간 바람이 불었다. 지면을 한순간에 쓸고 지나가는 바람에 떨어진 꽃잎들이 허공에 날려 마치 눈이 내리는 것처럼 보였다. 난영은 그렇게 날리는 꽃잎을 바라보다가 류의를 발견하고 어색한 미소를 지었다. 울어서 눈가가 빨갛게 부어 있었음에도 불구하고 그녀는 아름다워 보였다.

"괜찮은가?"

저도 모르게 긴장한 나머지 목소리가 떨려 왔다. 이런 일이 생기지 않도록 일부러 난영을 후궁에서 떨어뜨려 놓았었다고 이제와 말하기엔 너무 늦어 버린 것이다. 될 수 있으면 평생 이런 일이 없도록 지키고 싶었다.

"놀랐고 무서웠고, 화도 났지만…… 지금은 괜찮아요. 귀비마마는 어찌 되셨나요?"

"벌을 받을 일을 했으니 벌을 받을 걸세. 자네는 신경 쓰지 않아도 돼."

망설이다가 그는 조심스럽게 말했다.

"……앞으로는 이런 일은 없을 거야."

"그럴 거라 믿어요."

난영이 대답을 끝냈을 때, 그녀의 눈에서 눈물이 주르륵 흘러나왔다. 두려움, 걱정, 원망, 안도를 모두 담고 있는 눈물이었다. 그녀는 그럼에도 불구하고 애써 웃어 보려고 했다.

어떤 식으로든 이런 일이 벌어질 것이라고 각오했었다. 그리고 생각했던 것만큼 최악으로 끝나지 다행이었지만, 두려움은 완전히 사라지지 않았다. 그리고 그를 보자 그때까지 참고 있던 감정이 눈물로 폭발해 버렸다. 울고 싶지 않았지만, 눈물은 계속 흘러내렸다.

"죄송해요. 울기 싫은데…… 자꾸 눈물이 나요."

류의는 더 이상 아무 말도 하지 않았다. 살면서 갚아 주겠다고 생각했다. 두 번 다시 이런 일로 그녀를 아프게 하지 않다고 다짐했다. 팔을 뻗어 그녀를 붙잡고 품에 안았다. 언제나 자신의 품 안에서 그녀를 단단히 지켜 줄 것이었다. 상처 입지 않도록, 항상 행복할 수 있도록.

"괜찮아. 내가 전부 그 그걸 받아 줄 테니까. 그리고 앞으로 결코 자네를 이런 식으로 울리지 않겠어. 절대, 절대 그렇게 하

지 않겠어."

그 말에 그녀는 그를 꼬옥 붙잡았다. 놓지 않으려는 것처럼.

그럴수록 류의는 더욱더 단단히 그녀를 껴안았다. 절대로 놓지 않으려는 듯이. 언제나 언제나 함께할 수 있도록.

그런 그들의 머리 위로 하얀 꽃잎이 한 장씩 한 장씩 떨어졌다.

결(結)

배탈에서 털고 일어난 운혜는 귀비와 홍 미인이 난영을 죽이려 한 혐의로 냉궁에 갇혔다는 소식을 소화에게 들었다. 덧붙여 자신을 돌봐 왔던 성 상궁도 그 일에 연루되어 옥에 갇혔다는 말을 들었을 때에는 큰 눈에 눈물이 고였다. 그녀를 언제나 한심하다고 생각했지만, 진짜 싫어한 적은 없었던 것이다.

덧붙여 난영이 그런 와중에서도 자신을 간호하기 위해 계속 연윤궁에 머물렀다는 이야기를 들었을 때는 가슴속에서 뭉클한 무언가를 느꼈다.

"그런 일 때문에 아바마마가 싫어지거나 황궁이 싫어진 건 아니지?"

"저는 공주마마가 더 걱정인 걸요. 괜히 저 때문에 탈이 나셨잖아요."

"그냥 좀 아픈 거야. 감기랑 다를 바 없다고. 게다가 내 잘못도 아니고, 잘못한 사람은 벌을 받았잖아. 그럼 된 거지, 뭐. 게다가, 자네는 죽을 뻔했잖아."

"하지만 죽지 않고 이렇게 무사한 걸요. 저도 그래서 다른 일은 생각하지 않기로 했어요."

죽음의 위협을 버틴 사람의 담담한 표정을 운혜는 신기한 듯이 바라보았다. 그녀는 이제 정말로 그동안 미뤄 두었던 말을 해야겠다고 생각했다.

"공주마마."

"응?"

갑자기 난영이 자신을 정색하면서 불렀기 때문에 운혜는 눈을 동그랗게 뜨고 그녀를 바라보았다. 난영은 머릿속에서 그동안 생각했던 모든 말들은 정리하면서 재빨리 입을 열었다.

"공주마마께 드릴 말씀이 있어요."

"그, 그게 뭔가?"

"공주마마께 꼭 말씀드리고 허락을 받아야 하는 일이에요."

난영이 그렇게 말하자, 운혜는 눈을 동그랗게 뜨더니 대수롭지 않은 어조로 말했다.

"내게 동생이 생기는 건가?"

"네? 어찌 그걸……."

"어제 아바마마께 들었어. 그럴 거라고 생각했고."

류의와 단둘이서 이야기를 나누었던 것을 떠올리면서 운혜는 미소를 지었다. 난영이 잠시 자리를 비운 틈을 타서, 그는 그 사실을 운혜에게 말했다. 조목조목 그녀의 마음이 상하지 않도록 조심하면서.

"그러면 아바마마, 죽헌당이 제 새어머니가 됩니까? 그분을 황후로 세우실 건가요?"

"아직은 그녀를 황후로 책봉하기엔 이르다고 본다. 황궁의 생활에 익숙해져야 할 것이고, 사람을 상대하는 법도 좀 더 익혀야겠지. 황후의 일이란 그런 것이니까."

"그래도 제 어머니가 되는 것이지요? 제 동생도 생기는 거고요?"

"섭섭하지 않느냐?"

"아니요. 괜찮아요. 제가 좋아하는 분이 제 어머니가 되는 거잖아요. 게다가 제게 형제가 생기는 일입니다. 무엇보다도…… 아바마마께서 다시 웃음을 찾으셔서 다행이에요."

"네가 너무 무심했다고 내가 싫은 것은 아니지?"

"아니요."

웃는 아이의 얼굴을 류의는 미소로 바라보았다. 이 아이를 위해서 그는 평생 자신이 원경 황후에게 한 일을 감추고 살 것이었다. 그리고 그 선택에는 후회는 없었다.

"아바마마께서는 잘 부탁한다고 말씀하셨어. 나 때문에 자네가 아주 많이 고민하고 있다고 말이야."

"……싫지 않으세요?"

"동생이 생기는 일을 싫어했다면, 아마 처음부터 자네도 싫어했을 거야. 그런 일은 신경 쓰지 말아……."

"감사합니다!"

난영은 안도의 한숨을 내쉬면서 운혜에게 미소를 지었다. 그 미소를 보자 운혜는 큰 결심을 한 듯이 그녀의 앞에 바짝 다가가 앉아서 난영을 똑바로 바라보았다. 아이의 그런 행동에 난영도 덩달아 긴장했다. 아기가 태어나는 문제가 해결되었어도 아직 뭔가가 더 남아 있는지 궁금했던 것이다.

"그러니까…… 앞으로…… 내가, 아니 제가 다, 당신을 어, 어머니라고 불러도 될까요? 둘만 있을 때라도……."

"공주마마께서 그렇게 해 주신다면…… 저는 더할 나위 없이 영광입니다."

붉어진 얼굴로 대답하는 난영을 보며 운혜는 활짝 미소를 짓더니 그녀의 품으로 파고들었다. 그녀의 몸을 감싸 안으면서 난영은 전에 없이 기쁜 감정과 안도를 느꼈다.

이렇게 하나씩 행복을 느낄 수 있음에 그녀는 마냥 감사할 따름이었다.

❀ ❀ ❀

결제가 끝난 두루마리의 마지막 권을 승지에게 건네면서 류의는 가볍게 투덜거렸다.

"요즘 나는 몹시 기분이 찝찝해."

"무슨 일 있으십니까? 신은 조정 내에 큰일은 없다고 알고 있습니다만."

"죽헌당과 연윤의 사이가 너무나 좋아서 내가 그 틈에 끼어들 수 없네. 그래서 불만이야."

"참으로 행복한 불만이시군요."

"게다가 죽헌당의 배가 많이 불러서 더 이상 함께 잘 수 없어서 짜증나."

"상당히 원초적인 말씀이십니다만, 역시 복에 겨우셨습니다. 괜히 그 짜증을 신료들에게 풀지 마십시오. 그렇지 않아도 연말이라 모두들 바쁩니다."

승지의 말에 류의는 잠시 그를 노려본 다음, 자리에서 일어났다. 하지만 화가 나지는 않았다. 승지의 말대로 그의 불평은 복에 겨운 것이기 때문이었다.

쌀쌀한 초겨울의 바람이 뺨을 스쳤다. 찌푸린 회색 하늘 위에는 회색의 구름이 끼어 있었다. 양심전에 들어서자, 정원을 산책하고 있던 난영과 운혜가 그를 발견하고 걸음을 멈췄다. 두 사람을 보자, 그 때까지 그를 괴롭히던 하루의 피곤이 모두 풀리는 것 같았다.

미소를 짓는 두 사람을 향해 류의는 천천히 걸음을 옮겼다. 그런 그의 머리 위로 하얀 눈이 꽃잎처럼 한 송이 두 송이 떨어졌다.

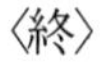

http://www.bbulmedia.com

http://www.bbulmedia.com